BASTEI
LÜBBE

Über die Autorin:

Arlene J. Chai wurde 1955 in Manila geboren und wuchs dort auf. 1982 wanderte sie mit ihren Eltern und Schwestern nach Australien aus.

ARLENE J. CHAI

Der Fluch der Konkubine

ROMAN

Aus dem Englischen von
Katrin Odenberg

BASTEI
LÜBBE

BASTEI LÜBBE TASCHENBUCH
Band 26375

Vollständige Taschenbuchausgabe der im Ehrenwirth Verlag
erschienenen Hardcoverausgabe

Bastei Lübbe Taschenbücher und Ehrenwirth Verlag
sind Imprints der Verlagsgruppe Lübbe

Titel der amerikanischen Originalausgabe:
On the Goddess Rock

Lektorat: Claudia Alt
Titelbild: © getty-images/Don Klumpp
Umschlaggestaltung: Hilden Design, München/Anrea Barth
Satz: Bosbach Kommunikation & Design GmbH, Köln
Druck und Verarbeitung: Ebner & Spiegel, Ulm
Printed in Germany
ISBN 3-404-26375-8

Sie finden uns im Internet unter
www.luebbe.de

Tante Tina gewidmet

VORBEMERKUNG

Drei Generationen der Familie meines Vaters sind in der ersten Hälfte dieses Jahrhunderts zwischen China und Manila hin- und hergezogen, doch ihre eigentliche Heimat ist immer die Insel Gulangyu im Süden Chinas geblieben.
Aber das Schicksal wollte es, dass sie sie mehrere Jahrzehnte lang nicht mehr zu Gesicht bekommen sollten. 1949 endete der Bürgerkrieg mit dem Sieg der Kommunisten, und ein paar Jahre später schlossen sie die Tore nach China, um die tiefwurzelnden Probleme dort in den Griff zu bekommen.

Manila wurde der Familie meines Vaters eine neue Heimat. Meine Generation kam dort zur Welt. Doch während ich heranwuchs, hörte ich oft von der anderen Heimat: Gulangyu. Meine Großeltern, mein Vater und meine Lieblingstante sprachen davon voller Rührung, Liebe und Sehnsucht. In meiner Vorstellung umgibt sie ein goldener Hauch – die Farbe der Nostalgie.

1982 wanderten wir nach Australien aus, jeder mit Koffern voller Erinnerungen, so wie alle heimatlosen Menschen.

Als ich 1997 an diesem meinem dritten Buch zu schreiben begann, wurde mir bewusst, wie meine Gedanken um die Insel meiner Großeltern kreisten, und diese Geschichte ist in vieler Hinsicht von diesem Ort geprägt.

Es gibt zwei Gulangyus: die eine Insel, die den Geschichten meiner Großeltern aus deren Sicht entspricht, und diejenige, wie sie sich in meinen Augen darstellt.

Im August 1997 bin ich zum letzten Mal durch die engen, steilen Straßen dieser Insel gestreift, nachdem ich *Der Fluch der Konkubine* abgeschlossen hatte. Teilweise war Gulangyu genau so, wie ich es mir vorgestellt und wie ich es beschrieben hatte, und teilweise war es auch auf unerwartete Weise anders. Aber das ist eine andere Geschichte, ein anderes Buch.

Wie in meinen früheren Büchern verbinden sich in *Der Fluch der Konkubine* Wahrheit und Fiktion. Einerseits ist der Felsen der Göttin meine Erfindung, ein Wahrzeichen meiner Vorstellung. Und nachdem es einst zwei Friedhöfe auf der Insel gegeben hatte (einen für Chinesen und den anderen für die Angehörigen der ausländischen Gesandtschaft, die auf der Insel wohnte), gibt es heute gar keinen mehr. Der ehemalige chinesische Friedhof ist jetzt schon seit langem in Privatbesitz, und auf dem der Ausländer steht heute das Kino dieser Insel.

Noch ein letzter Punkt: die Schreibweise der chinesischen Namen und Orte. Puristen mögen mir die Verwendung zweier Systeme verzeihen. Zeitweilig habe ich auf das bis 1979 gültige Wade-Giles-System zurückgegriffen, anstatt die heute übliche Pin-Yin-Umschrift anzuwenden.

Sydney, 1998

PROLOG

Der Wind stieß sie vor sich her, die verlassene Straße entlang, den Pfad hinab, der zum Strand führte. Ihre Füße bewegten sich wie von selbst, ohne auch nur einmal innezuhalten, auch dann nicht, als sie sich umdrehte, um zu sehen, ob ihr jemand folgte. Aber da war nicht einmal der Schatten irgendeiner rastlosen Seele. Die Insel schlief. Es war nach Mitternacht. Und bei einem Blick hinauf in den Himmel sagte ihr die tiefe Dunkelheit, dass das Morgengrauen noch mehrere Träume weit entfernt war.

Seitdem sie die Wärme ihres Bettes hinter sich gelassen hatte, um in die Nacht hinauszugehen, war sie allein geblieben. Allein mit dem Wind, dem Rascheln aufgewehter Blätter und mit der Stimme der Alten Herrin. Nach all den Jahren war sie noch immer klar und deutlich zu vernehmen; die Stimme von jemandem, der dazu geboren war zu befehlen.

Aiy! Der Zeitpunkt war nahe; der Zeitpunkt, vor dem man sie vor so vielen Jahren gewarnt hatte, damals, als ihre Knochen noch kräftig waren und der Kälte trotzen konnten. Sie seufzte und fragte sich, ob sie in der Lage sei, ihre Aufgabe zu erfüllen, worin diese auch bestehen mochte. Sie durfte jetzt nicht versagen, die Alte Herrin würde ihr das nicht vergeben.

Die Alte Herrin hatte das Versprechen nicht vergessen, das sie ihrer Dienerin vor langer Zeit abgenommen hatte. Sie war gekommen, um sie daran zu erinnern, sie aus ihrem Schlaf zu wecken, indem sie sie mit dem Namen aus ihrer Jugendzeit ansprach, einem, mit dem man sie schon seit vielen Jahrzehnten nicht mehr gerufen hatte.

Sie hätte der Alten Herrin gerne gesagt, dass sie wachsam gewesen sei, aber es hatte kein Zeichen gegeben, und schließlich war es nur zu menschlich, wenn sie hoffte, die bitteren und schrecklichen Worte, die damals in jener Nacht gefallen waren, hätten über die Zeit ihre Macht verloren. Närrisches Weib! Wie hatte sie nur vergessen können, dass Worte immer Wirklichkeit werden?

Das Bild der Alten Herrin aus ihrem Traum tauchte erneut vor ihr auf. Sie konnte sie mit den scharfen Augen ihrer Jugend sehen. Die Alte Herrin war wie stets in dunkelgraue Seide gewandet, ihr Gesicht war so ernst wie immer, mit Augen wie Stahl. Nichts hatte sich geändert. Diese Vorstellung erschreckte sie, denn sie wusste, dass bei einem Zusammentreffen alle würden leiden müssen, so wie es von der anderen, der Verbannten, vorausgesagt worden war. Und ging es bei dem Traum nicht eben darum? Welch tiefer Hass, so viel Abneigung.

Der aufwirbelnde Wind nahm zu, drückte gegen ihren Rücken, trieb sie zur Eile an. Sie holte tief Luft, atmete eine salzige Böe ein und beschleunigte ihre Schritte.

Sie kehren zurück … Sie kehren zurück. A-San, denke an dein Versprechen.

Ich habe es nicht vergessen, Alte Herrin.

Ihre Füße pflügten durch den tiefen Sand, hielten auch dann nicht inne, als der Schmerz in ihren Hüften zunahm. Scharfe, winzige Sandkörner scheuerten an ihren Fußsohlen, aber sie zog die Slipper nicht aus, um sie auszuleeren. Sie ging weiter.

Schließlich erreichte sie den Rand des Strandes, wo der meeresfeuchte Sand einen festen Untergrund bot. Die Anstrengung in ihren Beinen ließ nach. Einen Herzschlag lang hielt sie inne, bevor sie weiterging. Jetzt war sie beinahe da. Sie konnte bereits die Umrisse dessen, was sie suchte, erkennen. Und als sie näher kam, spürte sie seine bedrückende Gegenwart. Wie lange war es her, seit sie das letzte Mal hier gewesen war?

Dann lagen sie vor ihr, die wild verstreuten Felsen, von denen es hieß, der Himmel selbst habe sie umgestoßen. Hier bei den Felsen schmatzte der Sand unter ihren beschuhten Füßen. Sie spürte die kalte Strömung des Wassers, wie der Sand weicher wurde und zurückwich, wenn das Meerwasser wieder und wieder durch die feinen Körner vor und zurück spülte – wie Beweise der Gunst, gegeben und genommen und abermals gegeben.

Ohne auch nur einen Gedanken daran zu verschwenden, was ihr dabei zustoßen könnte, stieg sie auf den nächstgelegenen Felsen. Seine von der geduldigen See geglättete Oberfläche war glitschig, und es fiel ihr schwer, das Gleichgewicht zu wahren. Erst leckte das Wasser noch an ihren Füßen, aber als sie von Fels zu Fels weiterstieg, mit jedem Schritt nach sicherem Grund tastete, entzog sie sich dem Wasser immer mehr. Sie vergaß sie nicht, die See, die auf sie wartete wie eine falsche Freundin.

Eile dich! Eile, A-san! Sie kehren zurück!

Sie stieg höher und höher. Ihre Augen suchten nach Bekanntem. Sie blickte hinauf, der Platz war jetzt nicht mehr weit. Sie erklomm einen weiteren Felsen, sprang über eine Kluft, fand ihr Gleichgewicht wieder und ging auf die unregelmäßigen Stufen zu, von denen sie wusste, wo sie in der Dunkelheit verborgen lagen. Sie stieg sie hinauf, bis sie schließlich auf der vorspringenden Klippe stand. Wen die See diese Nacht auch bringen mochte – er würde sich nicht verbergen können. Dort, wo sie stand, lag alles offen im milchigen Licht des Mondes.

Als sie sich auf den kalten Granit hinaufbemühte, hörte sie, wie ihre Gelenke protestierend knackten. Sie war zu alt für diesen Ort und für diese Stunde, ihr Atem ging schwer, und sie schwitzte. Der Aufstieg hatte sie erhitzt, auch wenn hier oben ein heftiger Wind wehte. Dann war auf einmal kein Wind mehr zu spüren, und auch das Wasser wurde ruhig. Gespenstige Stille. Fröstelnd verschränkte sie ihre Arme. Nach einer Weile blickte sie zum Himmel empor. Ihr Atem stockte. Wolkenfetzen hatten sich vor den Mond geschoben und gingen nun daran, in stummem, wildem

Aufruhr wirbelnd und tanzend, die Sterne zu verschlingen, die ihnen im Weg standen. Dichter Nebel schob sich über die dunkle Oberfläche des Meeres heran. Sie sprang auf, aber hier auf den Felsen gab es keinen Schutz. Die Nebelwand türmte sich in mehreren Schichten vor ihr auf. Schon war sie davon erfasst, bemüht, zu erkennen, was dort verborgen sein mochte. Wieder heulte der Wind und fegte über sie hinweg, zwang sie, sich zu ducken wie ein sturmumtoster Baum.

Dann sah sie es. Auf dem aufgewühlten Meer, aus dem Innersten des Nebels, tauchte ein schwarzes Schiff auf, drohend und größer als alle Schiffe, die sie bisher gesehen hatte. In das Tosen, das seine Ankunft begleitete, mischte sich auch ihre Stimme:

»Sie sind da... Sie sind gekommen! Alte Herrin, sie sind zurückgekehrt!«

TEIL I

1

Josie schloss die Eingangstür und durchquerte die Wohndiele. Schlagartig kam ihr das Haus leer vor, nachdem ihre A-yi gegangen war. Der einzige Laut kam von ihren Schritten auf den Holzdielen. Mit geschlossenen Augen wäre es ihr vorgekommen wie in einer Kirche.

Die verglaste Veranda – ihr Atelier – wurde von Licht durchflutet, und augenblicklich spürte sie, wie sich ihre Stimmung besserte. Einen Moment lang war sie beinahe glücklich. Sie ging vorbei an ihrem Arbeitstisch mit den Bechern und Dosen voller Pinsel und den Farbtuben und blickte aus dem Fenster. Sie war erstaunt darüber, dass es zwei verschiedene Welten zur gleichen Zeit geben sollte – ihre eigene und die der übrigen Menschheit.

Die Rollerblade- und Skateboard-Fahrer waren an diesem Morgen in Massen angetreten. Sie konnte hören, wie sie den gepflasterten Gehweg hinunterratterten, der an dem felsigen Vorsprung entlang zum Wasser hinabführte. Durch die Äste hindurch blickte Josie auf die schlendernden Paare und die Powerwalker bei ihrem Training in der Marine-Parade. Unweit davon stiegen die Surfer mit ihren Brettern zum Shelly Beach hinab. Auch wenn es ein Wintertag war, sah es in Sydney heute nach Sommer aus.

Wenn sie doch bloß nicht wegfahren müsste. Das Gespenst ihrer bevorstehenden Reise kehrte zurück, zusammen mit dem bedrückenden Gefühl, das sie ergriffen hatte, seit ihr Entschluss zum Aufbruch gefallen war.

China. Schon vor einem Jahr hätte sie fahren sollen, nach dem Tod ihres Großvaters. Dann wäre sie in der Lage gewesen, ihm seinen letzten Wunsch zu erfüllen. *Bring mich heim, Josie-ah. Versprich mir, dass du mich heimbringst.*

Aber in dem Winter, in dem er gestorben war, hatte sie eine seltsame Trägheit verspürt, und es hatte nahezu eine Ewigkeit gedauert, bis sie in der Lage gewesen war, diese uncharakteristische Passivität abzuschütteln, die sie Tag und Nacht heimgesucht hatte.

Nun konnte die Reise nicht mehr aufgeschoben werden, das Ticket war bezahlt, das Hotel gebucht. Und selbst wenn sie noch hätte absagen können, so hätte ihr Pflichtgefühl sie daran gehindert, sich zu drücken. Trotzdem wünschte sie, nicht fortzumüssen, wünschte, dass diese Aufgabe jemand anderem zugefallen wäre. Aber es gab nur noch Josie.

Josie war die Letzte der Lees.

Der Tod war ihr nicht fremd.

Der Tod hatte sie seit dem Tag ihrer Geburt begleitet. Die Anstrengung, ein neues Lebewesen in die Welt zu setzen, war zu viel gewesen für ihre schöne, zerbrechliche Mutter. Zwei Tage nach der Geburt ihres ersten Kindes, auf das sie drei Jahre lang gewartet hatte, nahm der Tod sie zu sich. Ein Leben für ein Leben.

Josies Vater war untröstlich gewesen. Er hatte mit Anfang dreißig geheiratet, was spät war für die damalige Zeit. Bevor er Josies Mutter traf, hatte er noch keiner Frau sein Herz geschenkt. Als sie starb, ließ sich seine Trauer an seinem Schweigen ermessen. Ohnehin schon ein Einzelgänger, zog er sich nun noch weiter in sich selbst zurück, wo er für alle unerreichbar war, auch für sein Kind. So war es die Sache von Josies Großeltern und ihrer A-yi gewesen, sich um das Neugeborene zu kümmern, dessen Geschrei das Haus auf dem Eastern Hill erfüllte. Jahre später sagte ihre Tante zu ihr: »Du hattest starke Lungen, Josie-ah.«

Anfangs war noch die Rede davon gewesen, dass Josies Vater

wieder heiraten sollte. Schließlich war er immer noch jung, und eine Frau wäre gut für ihn gewesen. Seine Eltern ermunterten ihn dazu, sich mit anderen Frauen zu treffen, und machten ihn auf mehrere passende Kandidatinnen aufmerksam. Sie wünschten sich für ihn die gleiche Kameradschaft, die sie in ihrer eigenen Ehe gefunden hatten. Außerdem wollten sie eine Mutter für Josie. Ein junges Mädchen brauchte eine Frau, die ihr Aufwachsen begleitete, die sie in den wichtigen Dingen des Lebens unterwies, ihr half, einen guten, befähigten Ehemann zu finden. Auch konnte eine zweite Ehe einen Sohn hervorbringen, wodurch der Name der Lees um eine weitere Generation gesichert wäre.

Auf all dies hatte ihre A-yi mit Missfallen reagiert. Ihre Tante war eine Yang, die Schwester von Josies verstorbener Mutter, und daher empfand sie den Gedanken an eine neue Frau als Beleidigung des Andenkens an ihre Schwester. Und wenn es ihr auch möglich gewesen wäre, ihre Rücksichtnahme auf die Tote hintanzustellen, so wäre es ihr doch nie gelungen, das Wohlergehen ihrer Nichte aus den Augen zu verlieren. Sie legte einen Eid ab, niemals etwas zuzulassen, wodurch Josies Glück beeinträchtigt und ihr Erbe gemindert werden könnte. Ihrer Meinung nach bekam Josie alle Liebe, die sie brauchte, und was den mütterlichen Rat betraf, so brauchte Josie sich nur an sie zu wenden. Ganz gewiss brauchte ihre Nichte keine andere Frau, die sie anleitete.

»Wie sollte ich das deiner Mutter erklären, Josie-ah? Wie könnte ich ihr erklären, dass ich nicht so auf dich aufgepasst habe, wie ich es versprach?«

Josies A-yi glaubte, Josie würde in den Hintergrund gedrängt werden, wenn ihr Schwager noch einmal heiratete und seine Frau ein eigenes Kind bekäme. Josie wurde zu ihrer vorrangigsten Aufgabe. Und das Mädchen beobachtete die Manöver ihrer Tante gegenüber den Großeltern, die sie umso bewusster wahrnahm, je älter sie wurde. Sie konnte die Lees nur bemitleiden, denn gegen ihre A-yi hatten sie keine Chance. Aber letzten Endes erwiesen sich die Befürchtungen der A-yi als unbegründet, denn Josies Vater blieb anderen Frauen gegenüber gleichgültig.

Josie vermutete, das käme daher, weil er all seine Leidenschaft für seine tote Frau gegeben hatte und nichts für eine zweite Ehe übrig geblieben war. Daher war er auch nicht ernstlich an einem Ersatz interessiert. Nach Josie gab es kein weiteres Kind, und die Lees mussten das Ende ihrer Linie mit ihr akzeptierten.

Spuren ihrer Mutter, die sie nur von Fotos her kannte, fand Josie im Spiegel wieder. Ihr Gesicht hatte die dunklen Augen ihrer Mutter bewahrt und das Kinn mit dem kleinen Grübchen. Und so stellte ihr Vater fest, dass er nicht alles verloren hatte, als er aus seiner Trauer erwachte. Doch in diesem Trost lag wiederum Kummer. Der Anblick seiner Tochter erinnerte ihn an die Frau, um die er so trauerte. Auch wenn darüber nie ein Wort fiel – wie wäre das auch möglich gewesen? –, war Josie sich immer der schmerzlichen Erinnerungen bewusst, die sie in ihrem Vater weckte. Sie entwickelte einen sechsten Sinn für seine Stimmungen, wusste, wann er sie gerne um sich hatte und wann er es vorzog, allein zu bleiben.

Josie hatte ihm dies eigentlich nie übel genommen. Ihre Großeltern machten die Zurückhaltung ihres Vaters mehr als wett. Ihre Zuneigung war so tief und grenzenlos, dass sie sich nie allein gelassen fühlte oder traurig war.

Bis vor vier Jahren.

Als ihre Großmutter starb, erschien ihr das Haus riesig und leer. Dabei war sie eine stille Frau gewesen, so ganz anders als Josies Großvater, und doch hatte sie so gut zu ihm gepasst. Josies Großmutter war ein Mensch, der Zufriedenheit darin gefunden hatte, die Welt von seinem Zuhause aus zu betrachten. Wenn das Schicksal es gestattet hätte, wäre sie immer glücklich an einem Ort geblieben und hätte dort Wurzeln geschlagen. Doch sie hatte einen Mann geheiratet, der voller Tatendrang steckte, der sich nach Bewegung und der Entdeckung von Neuem sehnte. Und daher war ihr Leben so verlaufen, wie sie es sich selbst niemals ausgesucht hätte. Es war ihr durch das Wesen des Mannes auferlegt worden, den sie geheiratet hatte.

Als er zweiundzwanzig war, hatte Josies Großvater seine junge Frau aus der vertrauten Welt Chinas fortgeführt. Mit ihr zusammen war er nach Manila gekommen. »Ich wollte nicht fort«, hatte die Großmutter Josie erzählt. »Ich wollte die Mutter meines Mannes nicht verlassen, die mich geliebt hat wie eine leibliche Tochter. Ich konnte es nicht ertragen, mich von ihr zu verabschieden. Ich wusste, sie würde allein bleiben ohne uns, eine Witwe, deren einziges Kind, dein Großvater, nicht bei ihr sein konnte, um sie zu trösten. Und dabei war sie es, die uns befahl, die Insel zu verlassen. Sie sagte, dieser Fortgang geschehe zu Gunsten der Lees, im Interesse künftiger Generationen. Und ihren Worten musste man gehorchen.«

So hatte Josies Großmutter Gulangyu verlassen, die Insel, auf die sie als Braut gekommen war und zu die sie eine große Liebe entwickelt hatte. Sie begleitete ihren Mann nach Manila, und sie begannen dort ein neues Leben, in einem Land, wo es keine einander bekriegenden Armeen gab. In dieser von ihm erwählten Stadt tat Josies Großvater sich mit einem Cousin aus der Lee-Familie zusammen, der ein Geschäft mit den Geldern dieser Familie aufgezogen hatte. Das Unternehmen wuchs rasch, seitdem die Ideen von Josies Großvater mit einflossen.

Ein Jahr später gab Josies Großmutter ihrem Mann und seiner in China verbliebenen Mutter Anlass zur Freude: Sie gebar Josies Vater. Eine neue Frucht in einem neuen Land – seine Ankunft war der Beweis dafür, dass ihr Fortgehen die richtige Entscheidung gewesen war.

»Doch wir haben unsere alte Heimat immer vermisst. Vielleicht habe ich mich mehr danach gesehnt als dein Großvater – ein Mann hat andere Dinge, die sein Leben ausfüllen, eine Frau hat nur ihr Heim. Aber ich konnte so nicht leben, mit der einen

Hälfte meines Herzens in Gulangyu, das tut nicht gut. Daher habe ich mir gesagt: Ein Ort ist nur ein Ort, ein Haus nur ein Haus, wichtig ist meine Familie. Solange ich mit meinem Mann und unserem Sohn zusammen war, war ich glücklich. Ich habe gut daran getan, so zu denken, denn im Lauf der Jahre sollte ich noch viele Orte verlassen, so manches Zuhause, vertraute Straßen und liebe Freunde. Dein Großvater ist am glücklichsten, wenn er woanders hingehen kann.«

Josies Großvater zog von einem Unternehmen zum nächsten, jedes noch erfolgreicher als das vorherige. Wo andere Männer glücklich gewesen wären mit einem Teil des von ihm Vollbrachten und es vorgezogen hätten, auch weiterhin bewährten Pfaden zu folgen, fuhr Josies Großvater fort, sich in neuen Gefilden umzutun. Jedes erfolgreiche Unternehmen bedeutete für Josies Großmutter, das alte Zuhause zu verlassen und ein neues zu betreten.

»Hat dir das viele Umziehen nicht zu schaffen gemacht?«, hatte Josie gefragt.

»Das ist so, als ob du mich fragtest, ob ich etwas am Wesen deines Großvaters auszusetzen hätte. Ich habe ihn geheiratet... Einen anderen Mann hätte ich nicht heiraten mögen.« So hatte die Antwort ihrer Großmutter gelautet.

Es war gut, dass ihre Großmutter so dachte, denn zu Beginn der siebziger Jahre entwurzelte der Großvater seine Familie erneut. Josies Vater wollte nach Australien auswandern, weil seine Frau ihre Schwester vermisste, Josies A-yi, die zwei Jahre zuvor dorthin gezogen war. Alles andere als verärgert über eine weitere Veränderung in seinem Alter, begrüßte Josies Großvater diesen Wechsel. Die Großmutter fürchtete den Umzug, weil sie kein Englisch verstand, aber die Aussicht, ihrem Sohn nahe zu sein, überwog alles Unerfreuliche.

»Ich war mit meiner Familie zusammen. Ich war zufrieden. Und dann, ein Jahr nachdem wir nach Sydney gekommen waren, wurdest du geboren. Wie dein Vater warst du eine neue Frucht in einem neuen Land. Ein Glückskind.«

Ein Glückskind. Josies Großmutter hatte sie oft so genannt, als sie heranwuchs, wenn sie ihr das Haar kämmte, sie zu Bett brachte oder ihr zum Frühstück ein Glas Milch hinstellte. Es war wie eine Segnung und eine Feststellung zugleich. Josie hatte nie an den Worten ihrer Großmutter gezweifelt, sie entsprachen für sie der reinen Wahrheit.

Als ihre Großmutter gestorben war, hatte Josie sie in vielen kleinen Dingen vermisst. Sie vermisste die scharlachroten Bougainvillea-Ranken, die sie im Frühjahr und Sommer immer ins Haus gebracht hatte. Sie vermisste auch den herrlichen Geschmack der frischen Frühlingsrollen ihrer Großmutter, vermisste sogar die widerlich schmeckenden Kräuter, die sie Josie zu essen gezwungen hatte.

Erst als sie nicht mehr da war, erkannte Josie, was für ein stabilisierender Faktor die Großmutter für ihr Leben gewesen war. Sie war für Josie mehr gewesen als eine Mutter. Sie hatte für ihre Beziehung eine Geduld und Weisheit aufgebracht, wie sie nur durch ihre Reife möglich waren. Sie war bestimmt, aber sanft gewesen, hatte angeleitet, ohne zu dominieren, wodurch Josie jene Mutter-Tochter-Streitigkeiten erspart geblieben waren, die das Leben ihrer Schulfreundinnen geprägt hatten. Natürlich hatte die Großmutter dazu geneigt, Josie im Übermaß beschützen zu wollen, aber Josie hatte gelernt, sich in so einem Fall an den Großvater oder ihre A-yi zu wenden, damit sie für sie eintraten.

Ihr Großvater. Der Zauber seiner Persönlichkeit hatte Josies Heranwachsen begleitet. In seiner heiteren Gegenwart hielt sie sich selbst für einen vielfach begabten Menschen. Er war es gewesen, der sie ständig dazu ermunterte, etwas Neues auszuprobieren, eine neue Erfahrung nach der anderen zu sammeln, sei es ein neues Gericht, das sie noch nie gegessen hatte, oder ein Talent, das sie noch entwickeln konnte. Es war der Großvater gewesen, der ihre A-yi gebeten hatte, ihr einen Klavierlehrer zu suchen. Und als sich erwies, dass Josie auf diesem Gebiet kein Talent besaß, hatte er nicht aufgegeben, sondern einfach etwas Neues für sie zum Ausprobieren gefunden. Tatsächlich war er es gewesen, der ihr die ersten Pinsel und Wasserfarben gekauft hatte. Damit hatte er Josie geholfen, ihre Begabung für die Malerei zu entdecken.

In den Augen ihres Großvaters konnte Josie nichts falsch machen, und sie genoss seine bedingungslose Anerkennung. Sie sah sich gerne mit seinen Augen und er sich mit ihren. Und wenn es auch stimmte, dass sie beide Großeltern liebte, so liebte sie den Großvater noch etwas mehr.

Am häufigsten erinnerte sie sich an ihren Großvater, wie er in seinem abgegriffenen Englisch-Wörterbuch blätterte. Drei Wörter pro Tag hatte er sich vorgenommen. Ständig wollte er etwas dazulernen, und seine Begabung entsprach diesem Wunsch. Dazu besaß er das Talent, sein Leben zu genießen, was sich auch spürbar auf Josie übertrug. Sie war ein ausgeglichener Mensch. Wollte man sie miteinander vergleichen, so stand sie irgendwo zwischen der Introvertiertheit ihres Vaters und dem extrovertierten Wesen ihres Großvaters. Ihre Persönlichkeit war eine Mischung zwischen diesen beiden Seiten, wobei sie es vorzog, wie ihr Großvater zu sein. Am meisten aber bewunderte Josie an ihm die Unerschrockenheit, mit der er sein Leben meisterte. Sein Selbstvertrauen, sein Mut erfüllten sie mit Ehrfurcht.

In Josies Augen war ihr Großvater einfach perfekt. Hatte Josie denn überhaupt Sehnsucht nach einem Vater, der in ihrem Leben mehr als nur eine Schattenexistenz führte? Nicht, solange sie ihren Großvater hatte. Und sehnte sie sich nach einer Mutter? Ihre Großmutter genügte ihr, und dann war da ja auch noch ihre A-yi. Beide Großeltern waren ihr ein fester und sicherer Hort in den Jahren des Heranwachsens.

Der Tod ihrer Großmutter bedeutete einen Verlust an Geborgenheit. Josie vermisste die beruhigende Gegenwart und die liebevollen Worte. Ohne ihre Großmutter kam Josie sich weniger vom Glück begünstigt vor. Diese erste Verlusterfahrung hinterließ in ihr ein erschütterndes Gefühl der Leere.

So sehr Josie ihre Großmutter auch vermisste, es war nicht zu vergleichen mit dem, was ihr Großvater bei diesem Verlust verspürte. Der Tod seiner Frau warf ihn aus der Bahn. Nachdem er sie als Neunzehnjähriger geheiratet hatte, war er einundsechzig Jahre mit ihr verheiratet gewesen. Zumindest in Josies Augen waren sie das Paradebeispiel eines Ehepaars gewesen. Jahrelange Gemeinsamkeit hatte mit der Zeit die Leidenschaft gedämpft, die Unterschiede geglättet, und übrig geblieben war, worauf es am meisten ankommt – innige Liebe und Zuneigung. Sie erkannte in beiden die stille Akzeptanz des anderen, die Zufriedenheit.

Am Ende erlag ihre Großmutter einer Lungenentzündung. Geschwächt und nach Atem ringend, war es ihr nicht mehr möglich gewesen zu sprechen. Sie hatte es versucht. Voller Verzweiflung hatte der Großvater immer wieder gefragt: »Was ist denn? Was willst du uns sagen? Was?« Es waren keine Worte gekommen. Aber ihre Augen sprachen für sie, vielleicht besser, als Worte es vermocht hätten. Aus ihrem brennenden, leuchtenden Blick sprach eine Liebe, welche die Jahrzehnte unverändert überdauert hatte.

Bald darauf und völlig unerwartet, im Alter von sechsundfünfzig Jahren, starb Josies Vater. Eines Nachmittags war er lediglich zu einem Spaziergang aufgebrochen, und als man ihn heimbrachte, war er tot. Das Letzte, was Josie von ihm gesehen hatte, war sein Rücken, als er die Straße hinabgegangen war. Später sollte sie noch oft davon träumen, wie er von ihr fortging, und jedes Mal erwachte sie mit ausgestrecktem Arm und fragte sich, was sie gerade hatte tun wollen. Aber diese Träume ließen rasch nach, als die Gesundheit ihres Großvaters sich zusehends verschlechterte.

Nur sie beide waren jetzt noch in dem Haus auf dem Eastern Hill. Doch das blieb nicht lange so. Wie viele Schicksalsschläge kann ein Mensch ertragen? Auch wenn nie darüber gesprochen worden war, so hatte nach Josies Ansicht der Tod seines Sohnes den Verlauf der Krankheit ihres Großvaters und sein darauf folgendes Hinscheiden beschleunigt. Doch dieses Schweigen hatte ihre Trauer nicht gemindert, sondern nur vertieft. Ein Jahr zuvor noch ein rüstiger Mann, starb Josies Großvater schließlich an gebrochenem Herzen.

Im Krankenhaus, wo sie an seinem Bett wachte, fühlte sie Verzweiflung, als sie ihn so zusammengeschrumpft sah. Sein graues Gesicht, sein ausgezehrter Körper vermittelten ihr das Gefühl von Hilflosigkeit. Sie wusste, was es bedeutete, und kämpfte dennoch, um es durch die Kraft ihres Willens abzuwenden. Während sie am Bett des Großvaters wachte, fürchtete sie sich oft davor, einzuschlafen. Sie glaubte, ihn zurückhalten zu können, wenn sie wach bliebe, in ihrer Wachsamkeit nicht nachließ. Viele Nächte lang hielt sie den Tod auf diese Weise fern.

Auch er klammerte sich an das Leben, trotz seiner Schmerzen und seines schwächer werdenden Körpers. Josie wusste, dass er so auf der Schwelle verharrte, weil er sie nicht verlassen wollte. »Du bist noch so jung, erst zweiundzwanzig, und ich lasse dich mit so wenig zurück«, hatte er zu ihr gesagt. Die grausamen Schicksalsschläge, von denen die Lees in der letzten Zeit heimgesucht worden waren, hatten Josies Erbe gemindert und erschien damit ihrem Großvater als zu wenig, obwohl es immer noch mehr war, als die meisten Menschen je erwarten konnten.

Doch beim Anblick ihres leidenden Großvaters kam Josie zu der Einsicht, dass für ihn der Tod den Schmerzen vorzuziehen war. Daher hatte sie versucht, ihm seine Sorge zu nehmen, ihm gesagt, er könne beruhigt von ihr gehen. Er bräuchte nichts zu befürchten, ihre A-yi wäre ja da, um sich um sie zu kümmern. Schließlich, angesichts des entschlossenen Ausharrens von Gevatter Tod, hatte er nicht mehr weiter am Leben festgehalten. Aber nicht bevor er seinen letzten Wunsch geäußert hatte.

»Bring mich heim, Josie-ah. Versprich mir, dass du mich heimbringen wirst.«

Der Tod ihres Großvaters hinterließ Josie leer und niedergeschlagen. Nach der Beerdigung hatte sie sich auf ihr Zimmer zurückgezogen, war im Bett geblieben und hatte an die Decke gestarrt, den Kopf voller Leere. Nach diesem Muster waren auch die darauf folgenden Tage, Wochen und Monate verlaufen. Erinnern konnte sie sich kaum an die verflossenen Stunden, hätte nichts dazu sagen können. Doch mit der Zeit wich diese Stumpfheit, und Josie erinnerte sich an das Versprechen, das sie ihrem Großvater gegeben hatte.

Nun endlich würde sie ihn nach Gulangyu, zu seiner Insel bringen, rechtzeitig zum ersten Jahrestag seines Todes. Zuerst hatte ihr der Gedanke nicht behagt, die Asche ihres Großvaters in einem fremden Land zurückzulassen, so weit fort von ihr. Aber ihre A-yi hatte gemeint: »Verstehst du denn nicht, Josie, er wird immer bei dir sein, denn von dort aus, wo er ist, kann er dich am besten behüten.

Das ist ein chinesischer Glaube. Er hat etwas mit Feng Shui zu tun, mit der Kraft von Wind und Wasser. Liegt ein Vorfahre an einem günstigen Ort begraben, werden alle Nachkommen zeit ihres Lebens vom Glück begünstigt sein. Also musst du deinen Großvater auf einem erhöhten Platz bestatten. Achte darauf, dass er von dort aus das Meer sehen kann, das er in seinem Leben so oft befahren hat. Dann kannst du seiner Allgegenwart sicher sein, denn das ist der Ort, von dem aus er dich behüten kann.«

»Daran glaubst du? Du bist doch Katholikin!«, hatte Josie entgegnet.

»Ja, aber zuerst einmal Chinesin. Sagen wir, es schadet nichts, daran zu glauben. Ich weiß, manches, was Chinesen glauben, ist ziemlich seltsam, aber manchmal ist es wahr. Doch darum geht es hier nicht, sondern um den letzten Wunsch deines Großvaters. Er hat daran geglaubt, also musst du ihn erfüllen. Und denke daran, er hat sich das für dich gewünscht, Josie-ah. Du musst ihn heimbringen. Du hast es ihm versprochen.«

2

In seinem Büro in der Zentrale von Global Developers Inc. lachte KC Yu leise in sich hinein, als er sich an die Worte seines Enkels erinnerte.

Pao-Pao hatte ihn angerufen, um ihn an sein Versprechen zu erinnern, ihn am Wochenende zum Strand mitzunehmen. Doch KC Yu hatte sein Wort nicht halten können, da es vor seiner China-Reise in der nächsten Woche noch einige Dinge zu erledigen gab. Das hatte er dem Jungen erklärt, aber Pao-Pao hatte sich nicht so leicht abfertigen lassen. Es zählte auch nicht, dass er KC nach China begleiten würde.

»Du hast gesagt: Ein Versprechen ist ein Versprechen«, hatte Pao-Pao entgegnet. Und KC hatte sich zusammenreißen müssen, um nicht laut aufzulachen, als er hörte, wie der Sechsjährige ihn zitierte.

Schließlich hatte KC gesagt, er werde ihn dafür entschädigen. Er werde mit Pao-Pao nicht nur in China an einen Strand gehen, sondern dort warte auch eine Überraschung auf ihn. KC Yu hatte ausgemacht, dass Pao-Pao den Enkel des stellvertretenden Direktors Chiu, Xiaoru, kennen lernen sollte. Nach allem, was er über ihn gehört hatte, war KC davon überzeugt, dass er einen hervorragenden Spielkameraden für Pao-Pao abgeben würde.

KC hatte die Reaktion seines Enkels auf dieses Versprechen einer Überraschung abgewartet. Und das musste er ihm lassen: Er hatte nicht gefragt, was das für eine Überraschung sei. Schließlich, nach kurzem, schweigendem Abwägen dieses Angebots, hatte Pao-Pao entgegnet: »Ok, Ye-Ye, ich glaube dir – ein letztes Mal.«

Dieser kleine Schlingel.

KC wusste, dass er Pao-Pao verwöhnte. Aber einem Großvater konnte man so eine Nachgiebigkeit schon verzeihen, vor allem, wenn der Enkel ihm wie aus dem Gesicht geschnitten war. Wie sehr es ihn freute zu hören, wenn die Leute sagten, Pao-Pao sei ihm ähnlicher als seinem eigenen Vater, KCs einzigem Sohn Patrick. Sowohl KC als auch Pao-Pao waren schmal, aber kräftig gebaut, und man konnte deutlich erkennen, dass das Gesicht des Jungen immer mehr die ausgeprägten Züge von KC annehmen würde. Und was noch wichtiger war: Beide waren sich auch im Wesen sehr ähnlich. KC konnte in seinem Enkel jene große Konzentrationskraft erkennen, die ihn selbst in die Lage versetzt hatte, seine vielen Ziele zu erreichen.

Es war diese Fähigkeit gewesen, die es KC ermöglicht hatte, ein ganzes Leben lang geduldig darauf zu warten, seiner Mutter ihren größten Wunsch zu erfüllen. In ein paar Tagen würde er endlich seine geliebte Mutter nach China heimführen.

Das geschah gerade rechtzeitig zu ihrem achtzigsten Geburtstag. Was für ein Fest das sein würde! Vierhundert Gäste, darunter viele große Namen aus Hongkong und Umgebung, würden ihr zusammen mit ihm ein langes Leben wünschen. Vierhundert Einladungen, vierhundert Zusagen. Alle hatten sie teilhaben wollen an KCs Geheimnis. Alle hatten sie geschworen, den eigentlichen Ort der Feier vor Madame Yu geheim zu halten. Seiner Mutter hatte KC Yu gesagt, das Bankett zu ihrem Geburtstag werde im Festsaal des Hotels »Großer Reichtum« in Xiamen stattfinden. Dieses Fünf-Sterne-Hotel sollte erst am Tag nach ihrer Ankunft offiziell eröffnet werden, und das war Grund genug für Madame Yu, die ungern verreiste, diesmal mitkommen zu wollen. Dieses Hotel hatte eine besondere Bedeutung für sie. Es war ebenfalls Teil eines lebenslangen Strebens – ihres eigenen und das ihres Sohnes.

KC hatte seiner Mutter allerdings verschwiegen, dass man ihren Geburtstag auf der Insel feiern würde: *auf Gulangyu.*

Die Insel war seiner Mutter das Liebste in ihrem Leben gewesen. Sie hing so sehr daran, dass ein auf Seide gesticktes und eingerahmtes Bild davon in nahezu jedem Haus aufgehängt worden war, das sie bewohnt hatten. Auch heute noch betrachtete sie es versonnen, manchmal mit einem so hungrigen Ausdruck, dass es ihn geradezu schmerzte, wenn er es sah. Denn sie schätzte das Bild wegen seiner Geschichte und nicht wegen seiner wunderbaren Stickerei, obgleich diese allein schon Grund genug gewesen wäre, es aufzuhängen.

In seiner Jugend hatte sie auf seine Fragen immer geantwortet: »Vor langer Zeit war ich dort, und eines Tages werde ich zurückkehren. Und du wirst es sein, KC, der mich zurückbringen wird.«

So oft hatte sie das zu ihm gesagt, dass ihre Worte gleichsam zu seinen eigenen geworden waren, zu einem Versprechen, das er ihr gegeben hatte. Daher war es auch nicht verwunderlich, wenn die Insel in seiner Vorstellung geradezu mythische Ausmaße angenommen hatte, als Verkörperung der Träume seiner Mutter. Und in den feinen Fäden des gestickten Bildes konnte er auch seine eigenen Träume entdecken, denn sie waren zu eng mit den ihrigen verwoben, um voneinander getrennt zu werden.

Nun, da die Rückkehr seiner Mutter auf die Insel unmittelbar bevorstand, hoffte er, sie würde dort die Freude und Zufriedenheit finden, wie es ihr, dieser großartigen Frau und Gestalterin seiner Karriere, in den schönsten Träumen vorschwebte. KC schuldete seiner Mutter ungemein viel. Sie hatte immer an ihn geglaubt und war immer zur Stelle gewesen, um ihn zu unterstützen. Während andere ihn verlassen hatten – sein Vater war gestorben, als KC noch ein Teenager war, und seine Frau starb vor sechs Jahren an Krebs –, war Madame Yu bei ihm geblieben.

Sie auf die Insel ihrer Träume zu führen war das mindeste, was er tun konnte. Er dachte an all die Jahre sorgfältiger Planung, an die zahllosen Schritte, die er unternommen hatte, um sie zu dem Ort zurückzubringen, der einst ihre Heimat gewesen war. Obgleich nur wenige Minuten Fahrt mit der Fähre Gulangyu von Xiamen entfernten, hatte KCs Reise auf die Insel bereits vor Jahrzehnten begonnen.

Ermutigt von seiner Mutter und mit Hilfe des Kapitals aus den Grundstücken seines Vaters Yu Tsao-Li, hatte KC Yu Anfang der sechziger Jahre Global Developers Inc. gegründet. Nach den ersten anfänglichen bescheidenen Jahren – drei, um genau zu sein – hatte seine aufstrebende Firma begonnen, sich einen Namen zu machen. Ein Auftrag folgte dem nächsten, noch bevor der Name von KC Yu in Hongkong bekannt geworden war. Von hier aus blickte er weiter, auf den Kontinent, auf die Großstädte Asiens. Dort, in Seoul, Taiwan, Kuala Lumpur, Manila, Bangkok und Singapur, errichtete er Gebäude, die zu Wahrzeichen wurden.

Als KC Yu in einem Interview für das »Asiaweek Magazine« gefragt worden war: »Wo werden Sie jetzt noch hingehen?«, hatte seine Antwort gelautet: »Nach China, denn nichts geht über eine Heimkehr.«

In der Tat hielt er ständig sein Augenmerk dorthin gerichtet, schon als er in Hongkong sein Vermögen machte. Denn eine Investition in China bedeutete einen wesentlichen Schritt hin zu der Insel.

KCs nunmehr siebenjähriger Einsatz in China hatte sich bezahlt gemacht, auch wenn viele an der Richtigkeit seiner ersten Entscheidung gezweifelt hatten: an der Wahl des Ortes für seine Niederlassung. Während die meisten seiner Kollegen ihre Hauptbüros in Guangzhou einrichteten, wegen seiner Nähe zu Hongkong, hatte sich KC für Xiamen in der Provinz Fujian entschieden und danach ein Zweigbüro in Shanghai eröffnet.

»Warum Xiamen, wenn Guangzhou doch über eine viel bessere Infrastruktur verfügt?«, hatten alle gefragt.

»Zu viele Leute dort«, war stets seine schlagfertige Antwort gewesen.

»Sogar Shanghai ist sinnvoller als Xiamen ... Schließlich stammen Sie doch aus Shanghai«, hatte einmal ein Geschäftspartner gemeint.

»Oh, man sollte mir gelegentlich ein bisschen Sentimentalität gestatten«, war KCs Antwort gewesen, die der Wahrheit schon etwas näher kam. »Sie müssen wissen, meine Mutter hat einige Zeit in der Provinz Fujian gelebt. Es hat sie stark beeindruckt.«

Es gab etwas in Xiamen, was KC haben wollte: ein ganz bestimmtes Grundstück. Als er mit seinen China-Geschäften begann, war es noch nicht erhältlich gewesen, aber er konnte warten. Wie bei allen anderen Dingen im Leben war es nur eine Frage der Zeit, bis es sich von allein ergeben würde. Das wusste KC. Geduld war der Schlüssel zu seinem Erfolg. In der Zwischenzeit übernahm er an Aufträgen, was man ihm auch nur anbot – angefangen von kleinen Schulgebäuden bis zu mittleren Wohnanlagen. Seine Freunde und Geschäftspartner sagten ihm, er vergeude seine Zeit. Kümmere dich nur um die großen Sachen, war ihr Rat. Aber KC machte auf seine Weise weiter wie bisher. Er erkannte, was die anderen nicht sahen: Bei jedem Projekt ergab sich die Möglichkeit, neue Verbindungen zu knüpfen.

Die bürokratische Pedanterie in China konnte auf eine ebenso lange Geschichte zurückblicken wie das Land selbst, daher waren Verbindungen, von den Chinesen *Guanxi* genannt, das Allerwichtigste. Ohne *Guanxi* lief einfach gar nichts. KC richtete sich danach und pflegte seine Kontakte, indem er die Menschen, mit denen er zu tun hatte, kennen lernte und herausfand, was an ihnen liebenswert sein mochte. Im gesellschaftlichen Umgang war er jemand, für den die Menschen sich rasch erwärmten, er konnte sich gut mit ihnen unterhalten und verstand sich darauf, aufmerksam zuzuhören. Mit seiner Natürlichkeit bezauberte er die Menschen. Innerhalb kürzester Zeit empfingen ihn die Regierungsbeamten mit offenen Armen, angefangen von den höheren bis hinab zum kleinsten Amtsinhaber. Dabei war natürlich der Bekanntheitsgrad von Global Developers in dieser Region eine Hilfe, ebenso wie das Wissen um seine eigene, KC Yus, Rolle.

KC Yus Verbindungen zahlten sich aus. Während der letzten vier Jahre waren Aufträge für Verwaltungs- sowie Bürogebäude und Hochhäuser an ihn vergeben worden, in Xiamen ebenso wie im geschäftigen Guangzhou, im aufstrebenden Shanghai und in Peking, dem politischen Herzen Chinas. Dann, eines Tages, erwähnte ein Beamter der Baubehörde, dass ein erstklassig gelegener Block im alten Stadtzentrum von Xiamen als Entwicklungsareal ausgeschrieben worden sei, was nur sehr selten vorkam. Ob KC Yu daran interessiert sei? KC Yu erinnerte sich daran, wie ihm bei dieser Information kurz der Atem gestockt, wie er instinktiv gewusst hatte, dass sich von nun an alles wie von selbst fügen würde. Eine kurze Überprüfung gab ihm Gewissheit. Es handelte sich um das Grundstück, das er haben wollte, ein ganzer Block entlang der Zhongshan-Straße, die durch das Zentrum des Geschäftsviertels der Stadt führte.

KC Yu schlug den Bau eines Luxushotels auf diesem Grundstück vor, und als besonderen Leckerbissen bot er an, gegen einen Anteil daran einen Teil des Bauvorhabens zu finanzieren. KC selbst übernahm die Planungsaufsicht und die Präsentation des Angebots, wobei er das ganze Gewicht seines Namens und seiner Reputation mit ins Spiel brachte. Es war klar, dass er den Zuschlag bekam.

Als Erstes ließ er umgehend das weitläufige zweistöckige Handelshaus abreißen, das seit Beginn der zwanziger Jahre dort gestanden hatte. Die Eile, mit der das geschah, überraschte die Stadtverwaltung. Ein Beamter, der sich den leeren Platz ansah, meinte, es sähe aus wie ein aufgerissener Mund ohne Zähne. Nun, KC hatte den Mann angelächelt und entgegnet, er habe es genossen, jeden Zahn einzeln zu ziehen. Es gab keine Worte, die die

Zufriedenheit beschreiben könnten, die ihn erfüllte, als er vor dem freigeräumten Areal stand. Er wusste, dass er einen weiteren Meilenstein in seinem Leben erreicht hatte.

Am Tag nach dem Abriss rief KC den Beamten an, der ihn von der Verfügbarkeit des Grundstücks in Kenntnis gesetzt hatte. »Wenn das Hotel eröffnet ist, müssen Sie mit Ihrer Familie dort ein Wochenende verbringen«, sagte er zu ihm. Zwei Jahre später schickte er ihm als Dankeschön einen Gutschein für ein Wochenende in einer Luxussuite. KC war kein Mann leerer Versprechungen.

Es war nicht immer möglich, persönliche Beziehungen zu knüpfen. Also beugte KC sich der Notwendigkeit, in China Geschäfte mit freigebiger Hand zu machen. Er wusste jedoch um die feine Linie zwischen Freigebigkeit und Bestechung. Letztere vermied er, weil sie nach seinem Geschmack zu plump war, und zog es stattdessen vor, sich auf diskrete Weise als generös zu erweisen, was häufig mehr Anklang fand als offensichtliche Bestechung. Dazu gehörte das Verleihen seiner Traktoren, das Ausführen von Maurerarbeiten oder Reparaturen durch seine Handwerker, das Spenden von Generatoren an örtliche Schulen, oder er erbot sich, die elektrischen Leitungen des Gesundheitsamtes zu erneuern und einen Gemeinschaftssaal zu renovieren.

Überflüssig zu erwähnen, dass die Adressaten von KCs Freigebigkeit ihre Dankbarkeit erwiesen, indem sie Freundschaftsdienst mit Freundschaftsdienst vergolten. Sie ließen für ihn nicht nur, wo immer möglich, die bürokratischen Barrieren fallen, sie behandelten ihn auch wie einen von ihnen. Nicht nur zu offiziellen Anlässen wurde er häufig eingeladen, sondern auch zu Familienfesten. Und von diesen bereiteten ihm die Einladungen des stellvertretenden Direktors Chiu die größte Freude.

Diesen Mann mochte KC besonders gern und sah in ihm nicht nur einen wertvollen Geschäftskontakt, sondern auch einen Freund. Während der Kulturrevolution war Chiu als Konterrevolutionär gebrandmarkt und geschmäht worden. Erst in den achtziger Jahren konnte er mit der persönlichen Unterstützung von Deng Xiaoping einen Neuanfang starten und erhielt seinen derzeitigen Posten. Chiu widmete sich seiner neuen Aufgabe, ohne wegen der früheren Schikanen nachtragend zu sein. Er hatte dadurch weder seinen Humor verloren noch seinen praktischen Sinn, und KC Yu bewunderte ihn wegen seiner Flexibilität.

Obwohl ihre Schicksale kaum zu vergleichen waren, gab es viele Ähnlichkeiten im Familienleben. KC und Chiu waren gleich alt und fanden Vergnügen daran, dass beide einen Sohn und zwei Töchter hatten und ihre beiden Enkelsöhne aus der männlichen Linie im selben Jahr geboren waren.

Chiu wusste nichts davon, dass er es gewesen war, der es KC ermöglicht hatte, seiner Mutter ihren größten Wunsch zu erfüllen. Alles hatte mit einem Essen in Xiamens bekanntem Restaurant »Goldener Phönix« begonnen.

»Lieber Freund, wann werden die beiden Kleinen sich kennen lernen?«, hatte der stellvertretende Direktor gefragt, als der Kellner gerade eine Platte mit frischen Schnecken und Pilzen auf ihren Ecktisch stellte.

KC hatte gelächelt und den Kopf geschüttelt: »Vielleicht nächstes Jahr. In diesen Schulferien möchte er jeden Tag an den Strand gehen. Er schwimmt wie ein Fisch.«

»Es gibt Strände in ...«

»Ich weiß, ich weiß, aber Pao-Pao wird unruhig, wenn er in einer Hotelsuite wohnt. Sie wissen ja, wie kleine Jungen sind. Auch Ihr Xiaoru ist so ein kleiner Wildfang.«

Bei dem Gedanken an ihre Enkel lachten beide Männer mit vor Vergnügen strahlenden Augen. »Ja, ich möchte sie schon zusammen spielen sehen. Sie haben Recht, es ist an der Zeit, dass sie sich kennen lernen«, meinte KC. Chiu nickte zustimmend, hob seine Teetasse und nahm einen Schluck. Es folgte ein kameradschaftliches Schweigen, das erst von KC unterbrochen wurde:

»Wissen Sie, was ich außerdem gerne erleben würde?«

»Erzählen Sie.«

»Meine Mutter hier zu Besuch ...«

»Aber was hält sie davon ab? Sie haben doch ein Hotel, wo sie wohnen kann!«, rief Chiu.

KC seufzte: »Das ist eben das Problem. Sie mag keine Hotels. Es ist wirklich komisch: Ich baue sie, aber meine Mutter hat noch nie in einem davon übernachtet.«

Ein Hauch von Unglauben huschte über das Gesicht von Chiu.

»Sie sagt, Hotelzimmer sind wie Kisten.«

Chiu klatschte in die Hände und verkündete: »Dann gibt es nur eins. Sie brauchen hier ein eigenes Haus!«

»Unmöglich«, entgegnete KC. »Da ist einmal Pao-Pao, an den ich denken muss, und meine Mutter ... Nur die Insel würde ihr zusagen. Ich kann nicht allen gerecht werden ...«

»Insel? Welche Insel?«

KC sagte es ihm.

»Aber Sie haben Gulangyu noch nie zuvor erwähnt!«, rief Chiu. »Nun, viele reiche Südchinesen aus dem Ausland haben sich dort Häuser gebaut, darunter übrigens einige wirklich große. Haben Sie sich noch nicht nach etwas zum Verkauf Angebotenem umgesehen?«

KC schüttelte den Kopf und gab zu, die Insel selbst noch nie betreten zu haben. »Außerdem«, fügte er hinzu, »möchte meine Mutter etwas, von wo aus sie das Meer sehen kann, und niemand würde sich von so einem Stück Land trennen.« Kurz hielt er inne. »Und überhaupt – ich habe ihr oft geraten, die Insel ihrer Jugendzeit lieber in ihren Träumen zu bewahren. Die Wirklichkeit hält nur selten damit Schritt. Es ist so, als ob man nach vielen Jahren das Zuhause aus seiner Kindheit wieder sieht. Alles erscheint so viel kleiner als in der Erinnerung.«

Chiu hatte genickt, aber nichts weiter gesagt, ein Zeichen,

dass er immer noch über die Angelegenheit nachdachte. KC beugte sich vor, berührte den Arm seines Freundes und meinte: »Nun, machen Sie sich keine Gedanken über meine Familienangelegenheiten. Ich selbst habe schon längst den Versuch aufgegeben, das älteste und das jüngste Familienmitglied der Yus zufrieden zu stellen.«

Während der übrigen Zeit des Essens sprachen sie über Fortschritte in der Handelspolitik, die von der Regierung angeregt worden waren, und um zwei Uhr nachmittags hatte KC sich von dem stellvertretenden Direktor mit der Zusage verabschiedet, in ein paar Wochen wieder mit ihm zusammenzutreffen. Zwei Tage später übermittelte seine Sekretärin KC Yu eine willkommene Nachricht. Über sein Büro in Xiamen erreichte ihn eine dringende Botschaft vom stellvertretenden Direktor Chiu: Auf der Insel seien zwei Residenzen aus Staatsbesitz zu vergeben, darunter eine auf einem Felsen mit Meeresblick. Allerdings, so der Hinweis, befinde sie sich in sehr schlechtem Zustand. Ob KC sie sich ansehen wollte?

KC verschwendete keine Zeit. Er schickte Wei, seinen Ersten Projektleiter, damit er die Immobilien überprüfte. Wei berichtete ihm, dass bei beiden die Renovierung ein Vermögen kosten würde, aber die Grundmauern des Hauses auf dem Felsen seien sehr solide. Wei meinte, wer es auch immer gebaut haben mochte, habe keine Kosten gescheut. Das Areal um dieses Haus herum biete jedenfalls genug Platz für eine Armee, und die Aussicht sei einfach umwerfend. KC traf auf der Stelle seine Entscheidung. »Mach die Sache fest«, lautete seine Anweisung. Als vorsichtiger Mann schlug Wei vor, KC solle sich vor einer Entscheidung beide Häuser noch einmal ansehen, doch KC hatte erwidert: »Nicht nötig. Ich weiß es auch so ... Das ist es.«

Bei seinem Telefonat mit dem stellvertretenden Direktor Chiu übermittelte KC seinen herzlichsten Dank und meinte, der kleine Pao-Pao werde vor Freude außer sich sein, weil das Haus nah zum Strand lag. Was seine Mutter betraf, so würde sie zu gegebener Zeit davon erfahren, und zwar sobald es rechtzeitig zu ihrem achtzigsten Geburtstag renoviert wäre.

Als Chiu dies hörte, meinte er: »Sie sind ein guter Sohn. In der Tat, das sind Sie.«

»Und Sie, Sie sind ein guter Freund. Ich bin Ihnen sehr zu Dank verpflichtet«, hatte KC erwidert.

Was KC seinem Freund verschwieg, war, dass er die ganze Zeit von den beiden Immobilien gewusst hatte, schließlich verfügte er auch noch über andere Quellen. Er hatte genau gewusst, welche von beiden er haben wollte, er brauchte nur jemanden mit der entsprechenden Verfügungsgewalt, um an sie heranzukommen, weil es sich um Staatseigentum handelte. Nicht dass dieses Geständnis Chiu letztlich etwas ausgemacht hätte. Für ihn zählte, KC Yu glücklich gemacht zu haben. Davon legte die Kiste mit französischem Jahrgangschampagner Zeugnis ab, die ihm ins Haus geliefert wurde. Eine Notiz dazu lautete: »Am Zwölften zu öffnen.« Irgendwie hatte KC Yu seinen Geburtstag herausbekommen.

All das hatte sich vor sechs Monaten ereignet, und seit dem schicksalsträchtigen Mittagessen im »Goldenen Phönix« war viel geschehen: An dem Haus und dem Garten waren nur noch ein paar abschließende Handgriffe nötig, und bis zu dem von KC Yu so sorgfältig geplanten Fest war es nur noch eine Woche hin.

Bei der Aussicht, mit seiner Mutter über die Schwelle des Hauses zu treten, schlug KC das Herz höher. Es war unerheblich, dass die Reise dorthin schließlich über die Hälfte seines Lebens gedauert hatte und so voller Umwege gewesen war.

Noch hatte KC Yu selbst den Ort nicht gesehen. Während der monatelangen Bauarbeiten hatte er sich geweigert, seinen Fuß dorthin zu setzen. O ja, er war neugierig gewesen, aber noch größer als seine Neugier war sein Wunsch, es zur gleichen Zeit wie Madame Yu zu erblicken und mit ihren Augen zu sehen. Denn ihre Freude würde die seine noch steigern, und das Wissen, ihr den größten und glühendsten Wunsch erfüllt zu haben, wäre seine Belohnung.

KC Yu schob seinen Sessel zurück und stand auf. Er musste seine Ungeduld zügeln. Noch eine Woche würde er warten können, sagte er zu sich selbst, während er sich zur Fensterwand seines Büros umdrehte und darin sein Spiegelbild erblickte. Sechzig. Er fühlte sich jünger und sah auch jünger aus. Die Zeit hatte es gut mit ihm gemeint. Als er näher trat, wich sein Spiegelbild der Aussicht draußen.

Schimmernd und mit zahllosen Sampans gesprenkelt lag der Hafen von Hongkong in der Sonne des späten Nachmittags. Die unverwechselbare Star Ferry zog ihre Bahn durch das algengrüne Wasser. In diesem Augenblick vernahm KC ein bekanntes tiefes Dröhnen, und als er aufschaute, erblickte er einen Jumbojet am dunstigen Himmel. Auch nach all den Jahren stellte er fest, dass er immer noch den Atem anhielt, wenn ein Flugzeug zur Landung auf dem Kai Tak-Airport hinter der Wand aus Wolkenkratzern ansetzte.

Während er beobachtete, wie das Flugzeug herabsank und hinter den hoch aufragenden Gebäuden verschwand, dachte er daran, dass er selbst sich in einigen Tagen zusammen mit seiner Mutter und der übrigen Familie an Bord eines Flugzeugs in Richtung Xiamen befinden würde. Von dort aus ginge es dann weiter zur Insel, um dort zu feiern, wie sie noch nie gefeiert hatten. Bei dem Gedanken an das, was vor ihm lag, sagte sich KC, dass seine Geduld sich vollauf ausgezahlt hatte.

3

Die Sonne war nun beinahe völlig untergegangen. Vom Eckfenster des Zimmers ihrer Großeltern aus beobachtete Josie, wie das Licht schwand. Unbeweglich saß sie in dem Lieblingssessel ihres Großvaters, während ihre Augen sich auf das Dämmerlicht einstellten, das sich im Raum ausbreitete. Von draußen konnte sie ferne Stimmen hören, das verwehte Lachen einer Frau und die vorbeihastenden Schritte eines Passanten. Stille. Nach einer Weile stand sie auf und schaltete das Licht ein.

Die grelle Helligkeit ließ sie blinzeln. Abgesehen von den leeren Stellen, wo sich Kleidung und Schuhe befunden hatten, war in diesem Zimmer nichts verändert worden. Ihre A-yi mochte die schweren Eichenmöbel nicht, die nun, ohne die Anwesenheit ihrer Großeltern, eine bedrückende Atmosphäre ausstrahlten. Josie hatte das Umräumen auf die Zeit nach ihrer Reise verschoben – teils als Zeichen des Respekts und teils, weil sie sich einfach nicht dazu aufraffen konnte. In diesem Zimmer bewahrte sie die Asche ihres Großvaters auf, in einer kleinen Messingurne auf einer Kommode, die er mit der Großmutter geteilt hatte.

Hier fühlte Josie sich ihren Großeltern am nächsten. Die Stille brachte ihre Stimmen wieder ganz deutlich zurück, ebenso das Mienenspiel auf ihren Gesichtern, die besondere Weise, mit der ihre Großmutter sich die Lippen abwischte, wie sich ihr Großvater in seinem Sessel niederließ, um Zeitung zu lesen, das Rascheln, wenn er die Seiten umblätterte. Hier konnte sie noch einmal der Augenblicke gedenken, in denen ihr eigenes Leben von dem ihrer Großeltern umhegt war. Noch einmal überließ sie sich diesen Erinnerungen, um sie dann loszulassen.

Sie war allein. Ganz auf sich allein gestellt. Jetzt konnte sie diese Worte ohne Panik akzeptieren. Dass sie dazu überhaupt in der Lage war, hatte sie ihrer A-yi zu verdanken. Sie hatte die Scherben, aus denen Josie nur mehr bestanden hatte, aufgesammelt und zusammengefügt, mit Hilfe einer Mischung aus Freundlichkeit und scharfen Worten. Josie wusste, sie war nicht ihr altes Ich; vielleicht würde es das auch nie wieder geben, aber sie konnte wenigstens wieder leben.

Es war ihre A-yi, die Josie schließlich dazu hatte überreden können, die Sachen ihres Großvaters auszusortieren, etwas, das Josie so lange wie möglich vor sich her geschoben hatte. An einem der Frühlingstage war ihre A-yi einfach in das Zimmer gekommen und hatte gesagt: »Das hier ist kein Totenschrein! Also, wo soll es losgehen?«

Vieles wurde fortgegeben, doch das eine oder andere sollte aufbewahrt werden, wie zum Beispiel der Brieföffner ihres Großvaters, seine Pfeife, sein Abakus. Und sie behielt auch seine Zigarrenkiste, die sie in der untersten Kommodenschublade fand und in der ihre Großeltern Erinnerungsstücke aus ihrem Leben aufbewahrt hatten. Das Jadearmband – die Hälfte eines Armbands, um genau zu sein – hatte durchscheinend geleuchtet, als sie es ans Licht hob. Es fühlte sich kühl an. Dann hatte ihre A-yi mit dem Fingernagel dagegen getippt.

»Josie-ah, das ist gute Jade!«, rief sie aus.

»Hör mal. Hörst du diesen Klang? Wie Glas, nicht wahr? Darum nennt man dies ›Glasjade‹. Und schau dir die Farbe an: wie das Licht durch das Grün schimmert; dies ist ein sehr kostbares Stück. Mmh … Ich glaube, dein Großvater hat es deiner Großmutter zur Hochzeit oder zu einem Geburtstag geschenkt … vielleicht, als dein Vater geboren wurde … Bist du sicher, dass die andere Hälfte nicht dabei ist? Das ist sehr schade … Nun, sie muss in winzige Stücke zersplittert sein, Josie-ah, was meinst du? Daher hat deine Großmutter nur diese eine Hälfte aufbewahrt.«

Unter dem Jadestück lag ein brauner Umschlag mit zwei Fotos von ihren Großeltern. Bei der Betrachtung waren sie und ihre A-yi ganz betroffen angesichts ihrer Jugendlichkeit. »Schau, Josie-ah, sie muss damals jünger gewesen sein als du jetzt … achtzehn vielleicht, mmh, was meinst du?«

Josie hatte das Foto mit ihrer Großmutter eingehend betrachtet, war überrascht von ihrem geblümten Kleid, hatte sie doch geglaubt, dass Frauen in China früher immer nur Cheong-sams getragen hatten. Und da war ihr Großvater, ganz schick im westlichen Anzug, das Haar ordentlich zurückgekämmt – wie jung er aussah.

Ihre A-yi hatte leise aufgelacht und gemeint: »Ich glaube, er hat viele Herzen gebrochen, dein Großvater. Gut sieht er aus, Josie-ah.« Was sie am meisten interessiert hatte, war der Gesichtsausdruck ihrer Großeltern gewesen, der schon damals ihr späteres, reiferes Selbst wiedergab: das zurückhaltende Lächeln ihrer Großmutter und der Großvater mit seinem weltoffenen Blick.

Jetzt nahm Josie die Aufnahmen heraus, um sie noch einmal zu betrachten. Doch diesmal sah sie nicht nur die Gesichter ihrer Großeltern. Es war erstaunlich, was ihr zuvor entgangen war. Da war das Haus auf dem ersten Foto, mit seinem Portal und einem steinernen Löwen, der gerade noch eben am Rande zu erkennen war. Wie groß war wohl die ganze Anlage? Und als sie sich das zweite Foto ansah, das, auf dem ihre Großeltern im Sonnenschein auf einer Klippe standen und in die Kamera lächelten, da waren es die durcheinander gewürfelten Felsbrocken dahinter, die ihr Augenmerk auf sich zogen. Ob sie diese Stelle wiedererkennen würde, falls sie dorthin käme?

Dies waren die wenigen Anhaltspunkte aus der Vergangenheit ihrer Großeltern. Mehr hatte sie nicht, wonach sie sich auf ihrer Reise würde richten können: Bilder aus einer längst verblichenen, vergessenen Vergangenheit. Josie legte die Aufnahmen beiseite und griff nach der Messingurne mit der Asche ihres Großvaters.

Sie wurde sich des geringen Gewichts bewusst, als sie sie in ihr Schlafzimmer trug. Wie konnte das alles sein, was von einem Mann übrig geblieben war, der achtzig Jahre lang gelebt hatte? Asche. Alle die Erlebnisse, die Mühen und die weite Wanderschaft - alles nur noch eine Hand voll grauen Staubs. Fleisch, Knochen - alles vergangen.

In ihrem Zimmer zog Josie das Stück roter Seide hervor, das ihr die A-yi am Vortag gegeben hatte, und breitete es über ihre Knie. Eingehend betrachtete sie die Schriftzeichen aus schwarzer Tusche, folgte mit der Fingerspitze den graziösen Pinselstrichen, die den Namen ihres Großvaters wiedergaben, die Angaben zum Ort und Datum seiner Geburt wie zu denen seines Todes. Ihre Tante hatte einen Kalligrafen aus Chinatown damit beauftragt, das Stück Seide zu beschriften. »Es ist wichtig, dass die Schrift gut lesbar ist, Josie-ah.« Darauf hatte sie gedrungen. Als kleine, letzte Besonderheit hatte sie den Mann gebeten, die Namen der Meere zu verzeichnen, die der Großvater bereist hatte, dazu die Namen jener Orte, an denen er jeweils einen Teil seines Lebens verbracht hatte. Als Josie sie noch einmal las, war sie sich sicher, dass ihm diese Aufzählung gefallen hätte, denn er war immer stolz auf seine Reisen gewesen.

Das Meer rinnt in unseren Adern, Josie-ah. Die Lees sind wie Fische.

Ihr Großvater hatte ihr immer gerne von den Ahnen der Lees erzählt. Als sie heranwuchs, hatten ihre Abenteuer so manche schöne Gutenachtgeschichte ergeben. Und jedes Mal hatte das Meer darin eine Rolle gespielt.

Und jetzt, Josie-ah, werde ich dir etwas von einem Lee erzählen, der mir der Liebste von allen ist, von dem, der mit dem berühmten chinesischen Admiral Chen Ho gesegelt ist. Ich würde sagen, das war die erste aller Reisen der Lees.

Doch das geschah lange, bevor die Lees auf die Insel kamen.

Die Aufzeichnungen unserer Familie belegen, dass die Lees zu Beginn der Südlichen Sung-Dynastie vom Norden nach Süden zu ziehen begannen. Dort haben unsere Vorfahren Land erworben und bestellt, gesät und geerntet, sich von dem ernährt, was es hervorbrachte, und verkauft, was noch übrig blieb. Nur war das nicht unsere wahre Bestimmung. Es sollte jedoch noch bis zur Regierungszeit des Kaisers Yung-Lo in der Ming-Dynastie dauern, bis unsere Vorfahren entdeckten, was das Schicksal für sie bereithielt.

Sein Name war Lee Yuan. In jedem Namen steckt eine gewisse Macht, und seine Eltern hatten ihm einen Namen gegeben, der ihn weit bringen sollte ... jedoch nicht in dem Sinn, wie sie es sich gedacht hatten. Bei ihm sollten es keine Reichtümer aus Grund und Boden sein.

Lee Yuan war ein unruhiger Geist.

»Junges Blut« war die Erklärung seines Vaters für seine Ruhelosigkeit. Aber auch als er älter wurde, wich nicht dieses Verlangen nach etwas, das er nicht näher zu benennen vermochte. Er war jedoch ein gehorsamer Sohn, und so arbeitete er neben seinem Vater und dem älteren Bruder auf den Feldern, doch schon von weitem konnte jeder erkennen, wie unglücklich er dabei war. Als dann einmal die Ernte misslang, sagte sein Vater: »Die Unzufriedenheit dieses jungen Mannes hat die Erde verdorben.«

Somit wurde Lee durch sein Unglück von dem Land befreit. Man schickte ihn zu dem Bruder seines Vaters, einem Kaufmann, damit er dort als Lehrling diente. Das war der Wendepunkt in seinem Leben und für das Schicksal unserer Familie.

Lee Yuans Füße trugen ihn nicht länger zu den Reisfeldern, sondern hin zu den Docks. Dort beaufsichtigte er das Verladen der Waren seines Onkels auf die Handelsdschunken, die in fremde Länder segelten. Ihr Anblick sollte ihn auf eine Weise verändern, die er damals noch nicht begreifen konnte.

Zur Verwunderung und Freude seines Onkels bewies Lee Yuan einen Sinn für Geschäfte. Und so schickte er ihn ins Landesinnere, um

Handelsgüter aufzutun. Er kaufte Suzhou-Seide, grünes Celadongeschirr und bläuliches Qingbai-Porzellan, außerdem Töpferwaren aus Cizhou im Norden und sogar Dehua-Porzellan aus Fujian. Das Geschäft gedieh. Schon bald begann sein Vater allenthalben zu erzählen: »Mein Sohn braucht kein Land. Sein Kopf ist wie fruchtbarer Boden, aus dem wertvolle Gedanken sprießen.«

Während einer Einkaufsreise im Norden erreichten Lee Yuan wunderliche Nachrichten. Vom Herzog von Yan, der seinen Neffen vom Thron verjagt und sich selbst zum Kaiser Yung Lo ernannt hatte, war der Befehl ergangen, eine Flotte hochseetüchtiger Schiffe zu bauen. Wie Lee Yuan vernahm, würden diese Schiffe viele Meere durchsegeln, beladen mit Geschenken an die Herrscher anderer Länder, um dann mit deren Gesandten und Tributzahlungen an den Kaiser zurückzukehren und so sein himmlisches Mandat anzuerkennen.

»Wer wird die Flotte befehligen?«, fragte Lee Yuan.

»Nun, der Großeunuch Ma Sanbao natürlich! Habt Ihr es nicht gehört? Um ihn und seinen neuen Rang zu ehren, hat ihm der Kaiser den Namen Chen Ho verliehen.«

Diese Neuigkeit rüttelte Lee Yuan auf wie noch nie etwas zuvor. Er schwor sich selbst, dass er mit dieser Flotte segeln würde. Du verstehst, Josie-ah, die See hatte ihn gerufen. Er spürte das Verlangen, seinen Fuß auf fremdes Land zu setzen, die Luft neuer Welten zu atmen, einen anderen Himmel über sich zu sehen.

Über zwei Jahre musste Lee Yuan warten, bis sich sein Traum erfüllte. So lange dauerte es, bis die Schiffe gebaut waren. Er begann, sich nach etwas Einzigartigem umzusehen, das ihm zu der Passage auf einem der Schiffe verhelfen sollte.

Als in jenem Herbst die Flotte endlich die Drachenbucht verließ, verbreitete sich die Nachricht davon in Windeseile entlang der Küste, und Tausende säumten das Ufer, um sie vorbeifahren zu sehen. Noch nie zuvor waren so viele Schiffe zusammen gesegelt. Dann erreichte die Flotte den Ankerplatz Taiping in der Nähe von Fujian, und hier bot sich Lee Yuan ein Anblick, den er sein ganzes Leben lang nicht vergessen sollte. Den ganzen Horizont entlang spannten sich die roten Segel über dem Meer.

Mehr als dreihundert Dschunken zogen in breiter Formation durch das Wasser. Weiß leuchteten die Schiffskörper im Herbstlicht, und ihre roten Segel blähten sich forsch im Wind. Die Schiffe waren unterschiedlich groß, aber am beeindruckendsten waren die Schatzschiffe mit ihren neun Masten, von denen eines über einhundertdreißig Meter lang war. Die Schiffe jagten allen Furcht ein, die sie erblickten. Drohende Augen waren ihnen auf den Bug gemalt, damit ein jedes seinen Weg durch die Meere fand. Die Besatzungen bestanden insgesamt aus achtundzwanzigtausend Mann, die Tigermasken trugen und Rüstungen aus Bambus.

Am allermeisten jedoch beeindruckte Lee Yuan der Anblick des Admirals auf seinem Flaggschiff Sternenbarke. Bei einem Körperumfang von anderthalb Metern war Admiral Chen Ho über zwei Meter groß. Ein Gigant.

Er stammte aus einer armen chinesisch-muslimischen Familie im Norden Yünnans und war in der Regierungszeit des ersten Ming-Kaisers zur Welt gekommen. Nun, in China gab es damals viele von diesen fremden Siedlern, die ein paar hundert Jahre zuvor mit Dschingis Khan ins Land gekommen waren. Um sie zu vertreiben und zu töten, schickte der Ming-Kaiser seine Truppen aus. Die Soldaten trieben alle Jungen und Männer zusammen und kastrierten sie. Ma Sanbao war einer von ihnen.

Er starb jedoch nicht, sondern überlebte dank seiner Kraft und seines Willens. Danach – als wolle er damit noch beweisen, kein normaler Sterblicher zu sein – wuchs und wuchs er, bis er die meisten anderen Menschen überragte. Dazu verfügte er über eine außergewöhnliche Intelligenz, und das verhalf ihm dazu, sein Schicksal zu verändern. Im Alter von zwölf Jahren wurde er auserkoren, im kaiserlichen Haushalt zu dienen. Und nun, Jahre später, leitete er ein großes Unternehmen zur See.

Während der Admiral am Ankerplatz von Taiping auf die Mon-

sunzeit mit ihren starken Winden wartete, wurde ihm zu Ehren ein Bankett ausgerichtet. Lee Yuan bestach einen der Eunuchen und erhielt einen Platz an der Tafel des Admirals. Im Verlauf des Abends enthüllte Lee Yuan seinen Schatz: ein unbezahlbares Stück Jade, gut anderthalb Meter lang, meisterhaft in Form eines Berges geschnitzt und mit Pagoden darauf. Bei diesem Anblick sprach der Admiral kein Wort, aber Worte waren auch nicht nötig. Seine Augen leuchteten auf, und er nickte zustimmend. Der Jadeberg wurde auf das Schatzschiff Friedliche Passage *verladen, und Lee Yuan erhielt die Erlaubnis, ihn zu begleiten.*

Als im Dezember der Nordostmonsun begann, segelte die Flotte mit dem Wind gen Süden nach Champa und dann weiter nach Java, wo Lee Yuans Jadeberg einem der dortigen Würdenträger überreicht wurde. Bald danach nahm Lee Yuan seinen Abschied von der Flotte. Er blieb auf Java, hielt Ausschau nach Handelsmöglichkeiten und kehrte erst zum Ende des Jahres an Bord einer Handelsdschunke nach Hause zurück.

Auch wenn er nicht so weit herumkam wie der Admiral, der sieben Reisen machen sollte und sogar bis Ostafrika gelangte, so veränderte diese Reise doch das Geschick der Lees. Denn Lee Yuan war der erste aus unserer Familie, der die Meere befuhr.

Die Seeluft, die er auf seiner ersten Reise eingeatmet hatte, füllte seine Lungen und durchdrang jede Faser seines Körpers. Alle Lees, die nach ihm geboren wurden, hatten das Meer im Blut, und wie ihr Vorfahre werden alle Lees immer über die Grenzen hinweg blicken, wobei ihre Herzen nach dem Rhythmus der Brandung schlagen. Es heißt, wenn man einem Lee die Haut ritzt und das Blut schmeckt, erweist es sich als ebenso salzig wie die Meere, über die er gesegelt ist.

Josie nahm die Urne, stellte sie mitten auf das rote Seidentuch und schlug sie darin ein. Sie knotete die Enden fest zusammen, damit die Urne darin gut aufbewahrt war. Dann legte sie sie zwischen zwei Hemden in ihre Reisetasche, die sie am nächsten Tag mit ins Flugzeug nehmen wollte.

In dieser Nacht hatte sie einen Traum. Darin sah sie sich selbst neben einem Mann stehen, von dem sie wusste, dass er ihr Vorfahre Lee Yuan war, denn er trug die Kleidung jener Zeit und dazu eine Tigermaske. Sie befanden sich auf hoher See an Bord der *Friedlichen Passage*, und die Wogen hoben und senkten sich, während das Schiff mit großer Geschwindigkeit dahinfuhr, denn es wehte ein starker Wind. Dann nahm Lee Yuan die Maske vom Gesicht und wandte sich zu ihr um. Da erkannte sie das Gesicht ihres Großvaters als junger Mann. Breitbeinig mit dem Körper die Bewegungen des Schiffes ausgleichend, hob er sein Fernrohr zum Horizont. Als Josie sich umwandte, um den Blick über das Meer schweifen zu lassen, stellte sie fest, dass die übrige Flotte in eine andere Richtung davongesegelt war.

»Wohin fahren wir?«, fragte sie voller Panik. Mit ruhiger und Vertrauen erweckender Miene wies ihr Großvater nach Norden. Als sie in diese Richtung sah, erblickte Josie endlich ihren Bestimmungsort. Ein Berg aus Jade hob sich aus dem Meer, und vom Schiff aus konnte sie darauf Hunderte von Pagoden mit goldenen Dächern erkennen.

Am nächsten Morgen erwachte Josie zu dem Geräusch des Regens und begann, die Tropfen zu zählen, die auf den Hibiskus fielen, der draußen vor ihrem Fenster wuchs. Sie überließ sich diesem Rhythmus, bis ihr ganz allmählich ins Bewusstsein drang, was das für ein Tag war. Da sprach sie leise das Wort aus, das für sie mittlerweile für Vergangenheit und Zukunft stand: *China*.

4

Die lauten Rufe der Männer drangen zu Großmutter Chen hinüber, lange bevor der Pier zu sehen war. Sie erkannte die energische, feste Stimme des Vorarbeiters Wei, mit der er seine Männer anwies. Sie kannte auch die Gesichter dieser Männer, denn seit sechs Monaten kamen sie nun schon fast jeden Tag auf die Insel. Und doch waren sie für sie fremd geblieben, nicht nur, weil den Inselbewohnern der Zutritt zu ihrem Arbeitsplatz verwehrt war, sondern wegen ihrer Schweigsamkeit. Die wenigen Einheimischen, denen es möglich gewesen war, mit ihnen ins Gespräch zu kommen, mussten feststellen, dass sie nicht auf ihre Fragen eingingen. Sie äußerten sich wohl über das Wetter, das Essen und die Insel, aber verrieten nichts über ihre Arbeit oder für wen sie sie ausführten. Darin unterschieden sie sich von den Arbeitern auf anderen Baustellen, die nur allzu bereit waren, über ihre Arbeit und ihre Auftraggeber zu sprechen.

Das Geheimnis, das Wei und seine Mannschaft umgab, hielt die Neugier der Inselbewohner an dem Haus auf der Klippe wach.

»Die Männer vom Schiff«, so wurden sie genannt, denn der große schwarze Dampfer traf jeden Tag mit Material für die Baustelle ein. Zu beobachten, was dabei ausgeladen wurde, verriet den Inselbewohnern viel über den Fortgang der Arbeit. Großmutter Chen war oft gekommen, um zu sehen, was gebracht wurde. Sie hatte glänzende Metallrohre gesehen, lange Bretter und breite Holzplanken, Zementsäcke und zigtausende Ziegel – eben alles, was man brauchte, um ein verfallenes Haus wieder in ein solides und imposantes Gebäude zu verwandeln.

In diesen letzten sechs Monaten hatte Großmutter Chen den Pier genau beobachtet und machte damit das Versäumnis, die Ankunft des Schiffes verpasst zu haben, mehr als wett. Was sie keinem erzählt hatte, war, dass sie sein Phantombild gesehen hatte … bereits Stunden zuvor von seiner Ankunft gewusst hatte. Man hätte sie für ebenso verrückt gehalten wie Feng, wenn sie darüber gesprochen hätte.

Es war Feng gewesen, der überall bekannte Idiot der Insel, der sie bewusstlos auf dem Felsen gefunden hatte. Feng, der dann hektisch ein Fischerboot herbeigewunken hatte. Nach ihrer Rettung hatte sie geschlafen und geschlafen – die Nachbarn dachten schon, sie würde überhaupt nicht mehr aufwachen. Sie hatten sich jedoch geirrt, denn drei Tage später schlug sie die Augen auf. Was sie erfuhr, als sie ihr Bewusstsein wiedererlangte, nahm ihr jede Hoffnung, jene Nacht auf dem Felsen könnte ein Traum gewesen sein. Und das Schiff, das am Pier schaukelte, war der Beweis.

Die alte Frau näherte sich dem Pier und hielt in der Menge nach Feng Ausschau. Sie erblickte ihn an seinem üblichen Platz am Anlegepoller. Seit Ankunft des Schiffs hatte Feng die meiste Zeit damit verbracht, die Besatzung zu beobachten und auch die Einheimischen, die Arbeit gefunden hatten, indem sie mit ausluden. Großmutter Chen drängte sich zu der schmutzigen Gestalt mit grauen Bartstoppeln hindurch.

»Feng-ah, wer hat dir zu essen gegeben?«, fragte sie ihn. Dabei stellte sie fest, dass seine abgetragenen weiten grauen Hosen wieder ein paar neue Löcher aufwiesen, nachdem sie sie zuletzt geflickt hatte. Sie roch sein Haar und rümpfte die Nase: Er und seine Kleider hatten eine Wäsche nötig. Aber sie musste abwarten, bis sie Unterstützung fand. Feng konnte schwierig sein.

Großmutter Chen wiederholte ihre Frage. Hatte er gegessen? War er hungrig? Feng ließ nicht erkennen, ob er sie gehört hatte, seine Aufmerksamkeit galt weiter dem geschäftigen Treiben auf dem Pier. Sie betrachtete ihn genauer. Seine Abwesenheit während der letzten drei Abende hatte ihr Sorgen bereitet, denn sie war es gewohnt, dass er zum Abendessen zu ihr kam. Niemals missgönnte sie Feng das Essen, das sie mit ihm teilte, auch wenn sie es sich kaum leisten konnte, ihn zu verköstigen. Aber sie hatte sonst niemanden und war die meiste Zeit allein, da ihre Enkelin Soon-li sie nur am Wochenende besuchte. Daher freute sie sich über Fengs Gesellschaft. In ihrem Alter beruhigte sie die Anwesenheit von jemand anderem, auch wenn es so einer war wie er.

Was für ein seltsames Paar sie abgeben mochten: eine untersetzte alte Frau in schlecht sitzenden, völlig ausgeblichenen Kleidern, die kein Muster mehr erkennen ließen, und ein zerknitterter, ungekämmter Mann, der nicht ganz richtig im Kopf war. Sie stellte sich vor, wie Fremde sie für Mutter und Sohn halten mochten. Nun, sie war alt genug, um Fengs Mutter zu sein. Er mochte wohl so in den Fünfzigern sein, auch wenn sein Gesicht das Alter nicht erkennen ließ. Feng hatte etwas Kindliches an sich, auch wenn sein Haar ergraut und sein Gesicht faltig geworden war. Er besaß eine Art von Unschuld, über die sie sich für ihn freute, weil ihm dadurch die Trostlosigkeit seiner Lage nicht bewusst wurde. Sie fühlte das Bedürfnis, ihn zu beschützen, und wenn die Menschen ihn für ihren Sohn hielten, dann machte ihr das nichts aus.

»Wo hast du letzte Nacht geschlafen?«, fragte sie ihn, wobei sie ihn am Ärmel zupfte, um seine Aufmerksamkeit auf sich zu lenken. Falls Feng sie gehört hatte, gab er es jedenfalls nicht zu erkennen. Er neigte lediglich den Kopf etwas zur Seite, so wie ein neugieriger Vogel. Abermals zupfte sie, diesmal etwas stärker. Unverständliches Gemurmel war das Resultat. Sie bemerkte jedoch, dass seine Aufmerksamkeit eigentlich nicht ihr galt, sein Blick blieb auf den Männern haften, die geschäftig mit den Kisten hantierten. Sie seufzte und gab es auf, mit ihm zu sprechen. Er gab so selten zu erkennen, wenn er etwas verstand – warum also sollte sie sich darum kümmern.

Nach einer Weile zog das Schiff auch ihre Aufmerksamkeit auf sich, denn sie hörte, wie die Frau des Teehausbesitzers ausrief: »Ein Springbrunnen! Sie errichten einen neuen!« Erst jetzt bemerkte Großmutter Chen die beiden Männer, die sich bemühten, etwas anzuheben, das so aussah wie das Mittelstück eines Springbrunnens, während vier andere die beiden Hälften des steinernen Beckens in einen hölzernen Rahmen wuchteten. Einiges Geächze und Geschnaufe war zu hören. Nach zwanzig Minuten schafften sie es, den Rahmen selbst anzuheben. Der Mann namens Wei rief und trieb sie an. Er ging voraus und führte sie.

Ein paar Schritte dahinter watschelte Feng und folgte ihnen nach. Großmutter Chen blickte hinter ihm her und fragte sich, was ihn zu dem Bauplatz auf der Klippe hinzog. Was ging in seinem Kopf vor, wenn er dort war? War es nur Neugier, die ihn hinführte, oder verband er damit irgendwelche Erinnerungen?

Sie selbst war nur einmal dort gewesen, seitdem der schwarze Dampfer das erste Mal angelegt hatte. Das war Monate her, in jener Woche ihres Unfalls. Sie war allein dorthin gegangen, nachdem die Arbeiter fort waren, und hatte geglaubt, dort in Ruhe umhergehen zu können, aber sie war dabei auf Feng getroffen. Sie erinnerte sich, wie er ausgesehen hatte, mit den Händen das Gitter des verschlossenen Tores umklammernd und auf das Grundstück starrend, voller Verlangen, dort drinnen zu sein.

Während der letzten Jahrzehnte hatte dieses Gebäude mehrmals seine Funktion gewechselt. Ursprünglich die Residenz einer wohlhabenden Familie, hatte es für kurze Zeit als Verwaltungsbüro gedient, doch die Lage war dafür nicht günstig, und daher wurde es zum Wohnhaus für acht Familien umfunktioniert – eine Familie in jedem Zimmer. Dies währte einige Zeit, bis jemand entschied, hier ein Erholungsheim für Staatsbedienstete einzurichten. Doch bis man vor sechs Monaten mit den Arbeiten begann, hatte das Gebäude fast ein Jahr lang leer gestanden. Weil kaum irgendwelche Reparaturen erfolgten, war das Wohnen hier ungemütlich geworden, und es stand verlassen da. Das Dach war undicht, und der Wind fuhr durch die zerbrochenen Fensterscheiben. Auch die Wasserleitung war verrostet und damit das Wasser untrinkbar geworden. Die weiträumigen Zimmer mit den hohen Decken wurden nachts nicht mehr warm, trotz der milden Winter auf der Insel. Das Grundstück selbst war zu weitläufig, um es zu pflegen, und daher hatte man es zuwuchern lassen.

Überall gab es Zeichen der Vernachlässigung. Efeu war an den stuckverzierten Wänden emporgewachsen, Risse zogen sich durch die Eingangsstufen, und von den Säulen des Portals war die Farbe abgeblättert. Doch selbst in diesem Zustand des Verfalls machte alles noch einen imposanten Eindruck. Großmutter Chen war sich dort klein vorgekommen. Als sie ihren Blick über das kniehohe Gras schweifen ließ, das den Sockel des verstaubten, unbenutzten Springbrunnens verbarg, wurde ihr das Herz schwer vor Trauer. Wie sehr hatte sich dieser Ort verändert.

Als sie so neben Feng vor dem Tor stand, rief sie sich das Bild in Erinnerung, wie es hier in den Tagen seines Glanzes ausgesehen hatte. Denn für sie war es nicht irgendeine alte Villa, sondern *das* Herrenhaus auf der Klippe, in dem vor langer Zeit eine der reichsten Familien der Insel gelebt hatte.

Jetzt erstrahlte das Haus erneut in seiner ganzen Pracht, weiß, mit hohen Säulen, eher ein Gebäude im westlichen als im chinesischen Stil. Der Rasen davor war ordentlich gemäht, die Büsche sorgfältig beschnitten, und dort zur Rechten verlief ein gepflegter Pfad durch die dicht stehenden Palmen und seidig schimmernden Eichen. Großmutter Chen kannte diesen Pfad gut, denn ihn entlang hatte sie, zusammen mit einer der anderen Dienerinnen, die Alte Herrin jeden Tag getragen. Sie stellte sie sich auf einem Lehnstuhl an ihrem Lieblingsplatz vor, auf dem vorspringenden Felsen, wie sie über das Meer schaute. Eine stolze, einsame Gestalt.

Das Tor rasselte, und die alte Frau drehte sich um. Sie sah, wie Feng an der dicken Kette rüttelte, die ein glänzendes neues

Schloss trug. In ihre Gedanken vertieft, hatte sie ihn völlig vergessen.

»Nein, Feng, wir können dort nicht hinein.«

Er blickte ihr in die Augen, etwas, das er nur selten tat, wenn jemand mit ihm sprach. »Worüber denkst du nach, Feng-ah?«, wollte sie ihn fragen, aber seine Aufmerksamkeit hatte sich wieder dem Haus zugewandt. Sie beobachtete, wie er seine Schultern hielt, die Konzentration, mit der er das Haus betrachtete, ohne einen Lidschlag. Sie folgte seinem Blick, konnte jedoch nichts Ungewöhnliches entdecken. Ob er Bilder aus der Vergangenheit sah? Nach einer Weile begann er eine Melodie zu summen, die sie kannte, ein altes Liedchen, das Erwachsene ihren Kindern vorsangen. Es war lange her, seitdem sie es gehört hatte. Weitere Minuten vergingen, und sie bemerkte, wie das Tageslicht schwand und die Luft kühler wurde. Es war spät; Zeit, heimzukehren, hatte sie zu Feng gesagt und ihn am Arm fortgeführt. Er war ihr ohne Widerstand gefolgt wie ein gehorsames Kind.

Anders als Feng war Großmutter Chen nicht mehr zu jener Stelle zurückgekehrt. Das war auch nicht nötig gewesen. Berichte über die Renovierungsarbeiten erreichten sie durch gut ein Dutzend Inselbewohner, die das angelieferte Material vom Lastschiff zu der Baustelle hinauftrugen. Wenn sie erst einmal dort waren, hielten sie Augen und Ohren offen und erzählten alles jedem, der ihnen bereitwillig zuhören mochte. Damit ersparte sie sich den gewundenen Weg den Berg hinauf. Informationen waren an jeder Straßenecke zu bekommen.

Sie wusste, dass die Arbeiten am Haus selbst vor zwei Wochen beendet worden waren, dass alle acht Zimmer wieder wie neu waren, die verrosteten Leitungen ausgewechselt, und im großen Badezimmer im oberen Stockwerk gab es eine riesige Wanne mit fließend heißem Wasser. Alle Zimmer waren möbliert worden. Sie selbst hatte einige der Möbel gesehen, als man sie vom Schiff lud. Sie wusste auch, dass alle angestoßenen, fleckigen und rissigen Oberflächen instand gesetzt worden waren und die Innenräume wieder in Makellosigkeit erstrahlten. Außen war alles in der ursprünglichen soliden Weise restauriert, der Efeu verschwunden und ein neuer Anstrich aufgetragen worden. Jetzt war man mit den Arbeiten auf dem Grundstück selbst zugange.

Als ihr Nachbar Min von einem bevorstehenden großen Fest in der Residenz erzählte und von der Ankunft einer Gruppe wichtiger Leute, wusste Großmutter Chen, dass die Renovierung nun wirklich abgeschlossen war. Sie erschauerte trotz der glühenden südlichen Sonne, als ihr Blick auf den plumpen schwarzen Dampfer fiel und seine bedrückende Erscheinung auf dem Wasser dümpeln sah. Anders als jene, die aus Neugier kamen, um zu sehen, was er anlieferte, wusste sie als Einzige um die Bedeutung all jener Dinge, die er zur Insel brachte: Dies war das Material, um eine dunkle, noch nicht abgeschlossene Vergangenheit wieder aufleben zu lassen. Sie kannte auch die weitere Bedeutung: Damit kündigte sich die Ankunft der anderen an, unter denen sich auch der neue Eigentümer dieses Herrensitzes befinden würde.

Der Zeitpunkt, von dem die Alte Herrin vor so vielen Jahren gesprochen hatte – dieser Zeitpunkt war nah.

TEIL II

5

Josie trat auf die Straße hinaus und spürte augenblicklich, wie sich ihre Haut in der Hitze spannte. Aus dem Winterwetter Sydneys eingetroffen, musste sie sich erst an den Temperaturwechsel gewöhnen, wie an das meiste hier in China.

Den allerersten Blick auf dieses Land hatte sie durch das Flugzeugfenster erhascht: Wolken wie riesige Wattebäusche hatten sich geteilt und die zerklüftete Küste vor Xiamen freigegeben. Als das Flugzeug zur Landung ansetzte, konnte sie die zerfurchte Landschaft besser erkennen. Wie die gesamte Provinz Fujian, so war auch um Xiamen herum alles hügelig, mit jäh und schroff aufragenden Bergspitzen.

Gestern war Josie von Sydney nach Hongkong geflogen, um nach einer zweistündigen Wartezeit den Anschlussflug nach Xiamen anzutreten, wo sie am späten Nachmittag eingetroffen war. Alles, wonach sie sich sehnte, als sie die Abfertigung hinter sich hatte, war die Ruhe und Stille eines Hotelzimmers. Ihr Reisebüro hatte für sie etwas im Hotel »Großer Reichtum« gebucht, mit dem Hinweis, dass es zwar nicht billig sei, aber dafür neu und somit garantiert annehmlich. Zudem lag es nahe zur Anlegestelle der Fähre nach Gulangyu. Als Josie dem Taxifahrer ihr Ziel nannte, erfuhr sie, dass es sich bei dem »Großen Reichtum« um das Spitzenhotel der Stadt handelte, welches erst in zwei Tagen offiziell eröffnet würde.

Müde von der Reise, nahm Josie während der zwanzigminütigen Fahrt durch das Stadtzentrum nur wenig von den unzusammenhängenden Szenen wahr, die sich ihr durch das Autofenster boten. Wie sollte man China beschreiben? Anhand der von Tiergespannen gezogenen Karren, zusammen auf derselben Straße mit dahinrasenden Lastwagen, hupenden Autos und bäuerlichen Fußgängern? Mit den Turmblöcken aus Beton, die unversehens auf freiem Feld emporragten? Bevor sie ihre Umgebung richtig wahrnehmen konnte, war die vorbeifliegende Szenerie verstopften Straßen gewichen, in denen Autos, Busse und Menschen auf Fahrrädern und Mopeds sowie Fußgänger voranzukommen versuchten.

Nach ein paar Abzweigungen fuhr das Taxi eine breite mehrspurige Straße entlang, und Josie erblickte das Hotel »Großer Reichtum«. Sein verglaster Turmbau, in dem sich goldschimmernd die untergehende Sonne brach, ließ die umliegenden Gebäude alt und schäbig aussehen. Es war ein unerwarteter Anblick. Als sie die elegante Lobby betrat, sah Josie noch mehr Bewundernswertes: glänzender schwarzer Marmorfußboden, gläserne Wände und strahlende Leuchter. Alles sah neu aus.

Ihre Verwunderung hielt auch noch an, als sie in ihrem Zimmer zu den Glastüren des Balkons hinüberging und diese weit aufschob. Die Luft verriet die Nähe des Meeres und trug die Andeutung von Gerüchen mit sich, in denen sie schließlich doch noch Spuren jenes China entdeckte, das sie erwartet hatte. Diese Reise war kein Traum. Sie war hier. Ins Zimmer zurückgekehrt, duschte sie und zog sich um. Schließlich lag sie in dem großen Bett, dessen kühle Laken auf bequemer Unterlage sie in einen traumlosen Schlaf sinken ließen.

Am nächsten Tag bemächtigte Xiamen sich ihrer.

Hier hatten die Lees ihr Vermögen gemacht. Xiamen war das traditionelle Zentrum des Teehandels gewesen, und seit jeher hatten die Lees auf den Hügeln weiter im Inland Tee angebaut. Als Xiamen eine der fünf Hafenstädte geworden war, die man dem Westen 1842 nach der beschämenden Niederlage Chinas im ersten Opiumkrieg geöffnet hatte, fanden die Lees neue Absatzmärkte für ihre Produktion. »Schau, Josie-ah, dies ist das chinesische Zeichen für Krise, doch es bedeutet auch Gelegenheit«, hatte ihr Großvater erklärt. Die Niederlage im Krieg förderte den Handel. Der Tee der Lees wurde an die Engländer verkauft, die ihn bis in ihr Heimatland transportierten.

Xiamen schäumte über vor Leben. Entlang der Hauptstraße reihten sich die Warenhäuser, Kleidungsboutiquen, Imbissbuden und Fischrestaurants aneinander sowie Bürogebäude, Banken, Hotels und kleine Geschäfte, in denen es einfach alles gab, angefangen von chinesischen Heilkräutern über getrocknete Schnecken und Pilze bis hin zu Haifischflossen, eingemachten Pflaumen, gekühlten Getränken und Snacks.

Von dem Lärm in einer schmalen Gasse angezogen, entdeckte Josie einen offenen Markt, wo der Geruch der Menschen sich mit dem unverwechselbaren Aroma von Früchten, die in der Hitze überreif wurden, sowie dem Meeresgeruch von lebenden Fischen in Wassereimern mischte. Hausfrauen feilschten mit ungeduldigen Verkäufern über den Preis von Bambusmuscheln, Krabben und Gemüse. Ihre Stimmen waren laut und schrill. Josie musste lächeln bei der Vorstellung, ihre A-yi hier ihre Geschicklichkeit im Feilschen beweisen zu sehen. Am Ende des Marktes bog Josie zweimal rechts ab und kam wieder auf die Zhongshan Road, auf der die Lastwagen und Busse vorüberratterten und schwarze Abgaswolken ausstießen. Der Dunst verschleierte die Propagandatafeln, auf denen die Menschen dazu angehalten wurden, für ein wohlhabenderes China zu arbeiten.

Während sie an einer Ampelkreuzung auf grünes Licht wartete, blickte Josie sich um, wartete auf ein Gefühl von Vertrautheit oder Zugehörigkeit. Sie hatte gedacht, sie würde sich heimisch fühlen, allein schon deshalb, weil sie Chinesin war. Doch inmitten der vorbeiströmenden Menge spürte sie nur Fremdheit. Sie passte nicht so recht hierher. Sie war nicht hier geboren.

Ihre Art zu sprechen verriet sie. Am Empfangstresen des Hotels hatte man nachsichtig über ihren Akzent gelacht und gemeint: »In Xiamen sagt man ... und nicht ...« Nur aus Höflichkeit hatte Josie auf den Hinweis verzichtet, dass der hiesige Akzent seltsam sei und nicht ihr eigener. Doch als sie nun das Stimmengewirr vernahm, wurde sie sich ihres Fremdseins bewusst. Nicht dass es ihr etwas ausgemacht hätte. Hier betonten die Menschen ihre Worte sehr deutlich. Der südliche Dialekt, den sie selbst verstand und sprach, modulierte nicht so glatt und elegant wie das Mandarin. Sie kannte diese Nachteile, aber sie hatte ihn noch nie auf diese Weise ausgesprochen gehört und vor allem nicht so laut. Hier würde ihre A-yi unterwürfig und sanft erscheinen, eine Vorstellung, die Josie zum Lachen reizte.

Wenn doch bloß ihre A-yi mitgekommen wäre, dann hätten sie sich gemeinsam auf die Suche nach der Vergangenheit machen können. Denn als Josie durch die Stadt ihrer Ahnen streifte, verspürte sie eine leise Neugier. Hier waren Spuren aus ihrer Familiengeschichte zu finden. Sie wusste, dass die Lees über viele Generationen hinweg im Stadtzentrum Grundstücke in der besten Lage besessen hatten und ihr Großvater über ein großes Haus im Herzen der Stadt verfügte. Er hatte jedoch nie genauer beschrieben, wo genau sich alles befunden hatte. Josie wusste nur, dass die Lees nach und nach ihren Grundbesitz abgestoßen hatten, so wie man eine alte Haut abstreift. Die Mutter ihres Großvaters hatte alles verkauft, um die Familie in den Jahren des Bürgerkriegs nach der Besetzung durch die Japaner ernähren zu können. Jetzt besaßen die Lees nichts mehr in China.

Während sie die Gebäude rings um sich her betrachtete, sagte sich Josie, dass sie wenig Chancen hatte, irgendetwas aus der Vergangenheit zu finden, auch wenn sie danach suchte. Ihre Anhaltspunkte waren zu gering. Was auch immer ihrer Familie hier gehört haben mochte, es würde ihr unbekannt bleiben. Vielleicht war es das Schicksal der Lees, alles zu verlieren, was sie einmal besessen hatten. Auch wenn ihr Großvater das Meer überquert hatte, war er diesem Schicksal nicht entronnen, ebenso wenig wie sein Sohn.

Wie war es zu diesen Verlusten gekommen? Ohne den brausenden Verkehr wahrzunehmen, kehrte Josie in Gedanken zu jenem Abend zurück, an dem ihrer Ansicht nach der Verfall ihres Vaters seinen Anfang genommen hatte. Diese Erinnerung würde ihr immer präsent und unberührt von Raum und Zeit bleiben. Jeden Laut vernahm sie noch, jede Kleinigkeit hatte sie vor Augen, sogar das Licht und die Schatten im Flur, als sie ihm die Tür öffnete und ihnen allen eine dramatische Wende in ihrem Leben bevorstand. Er war um zehn Uhr abends heimgekehrt, das Gesicht aschgrau und mit der beklemmenden Aura eines Besiegten. Er war stundenlang herumgefahren. Wohin?, war ihre Frage gewesen. Er hatte lediglich mit den Schultern gezuckt.

Als er ihre Stimmen hörte, war der Großvater aus seinem Zimmer gekommen. Es war ungewohnt für ihn, sich jetzt noch Sorgen um seinen Sohn machen zu müssen. Es hatte so gar nicht der Art von Josies Vater entsprochen, nicht zum Abendessen zu erscheinen, nicht anzurufen. Sonst war sein Leben in seiner Regelmäßigkeit eher mit einem Busfahrplan zu vergleichen. Josie hatte seine Sekretärin angerufen, aber die wusste auch nichts. Josie wollte sich schon an die Polizei wenden, als sie ihren Vater die Auffahrt hinaufkommen hörte. Nachdem fast eine Ewigkeit vergangen schien, begann ihr Vater zu sprechen. »Weg ... Alles ist weg ... Ich habe alles verloren.« Er hatte Josie mit der Hand bedeutet zu gehen. Sie war zu jung. Und bloß eine Tochter. Dann, ganz als ob er sich darauf besann, dass sie nun alles war, was er noch besaß, winkte er sie zurück. »Bleib. Hör zu. Das betrifft auch dich.«

Sie waren in den Salon gegangen, nahmen in ihren Lieblingssesseln Platz, der Großvater in seinem Lehnstuhl, der Vater in seinem. Josie hatte das Licht einschalten wollen, aber ihr Vater knipste die Stehlampe an, weil er ihr gedämpftes Licht vorzog. Er saß dort, gebeugt – immer noch sah sie ihn deutlich vor sich –, die eine Hälfte seines Gesichts im Schatten. Sie erinnerte sich an sein Schweigen, hundert Herzschläge lang, das schließlich mit Worten gebrochen wurde, die sie erschreckten. Denn sein Versagen und Verlust beraubte sie ihres Gefühls von Geborgenheit, nicht nur in materieller Hinsicht, sondern in einem weitaus tieferen Sinn. Die Unschuld und das Vertrauen, das sie der Welt entgegengebracht hatte, waren verloren, ausgelöscht durch seine unangenehme Offenbarung. Sie kam sich verletzlich vor; auch innerhalb der dicken Mauern des Hauses, das ihr Heim war, fühlte sie sich nicht mehr sicher.

»Die Geschäfte liefen schlecht…« Mit diesen Worten hatte Josies Vater begonnen. Er besaß ein Elektroingenieurbüro, das mit großen Baufirmen zusammenarbeitete. Zwanzig Jahre zuvor hatte der Großvater geholfen, das Startkapital aufzubringen, wobei er die geschäftliche Seite ganz seinem Sohn überließ. Die Einkünfte waren recht ordentlich, wenn auch nicht überragend gewesen. Das hatte den Großvater nicht weiter gestört, da die Familie noch über andere Einkommensquellen verfügte. Ein Totalverlust war dagegen etwas anderes.

Ohne ihn anzusehen, spürte Josie, wie ihr Großvater bei den Worten seines Sohnes erstarrte. Sie selbst hatte den Atem angehalten, bis ihr die Lungen schmerzten. Sie versuchte stark zu sein und zuzuhören.

»Ich machte eine Anleihe bei der Bank, ein kurzfristiger Kredit, der mich über Wasser halten sollte, bis es wieder besser laufen würde. Um ehrlich zu sein: Andrew hat geraten, uns geschäftlich einzuschränken, statt Geld zu leihen. Aber ich meinte, er sei zu vorsichtig. Wie es sich dann zeigte, hat er Recht gehabt… Damals habe ich das nicht so gesehen. Ich glaubte immer noch, dass es nur eine Frage der Zeit sein würde, ein paar Monate, bis sich wieder alles zum Besseren wendet. Ich habe mich nochmals an die Bank gewandt. Sie waren bereit, gegen etwas höhere Zinsen den Kreditrahmen zu erweitern… Ich hatte gerade den Vertrag für das vierundzwanzigstöckige Hotel an der Gold Coast bekommen. Du erinnerst dich daran, nicht wahr? Ich habe öfters davon gesprochen. ›Meridian‹ sollte es heißen. Aber aus der Sache wurde nichts. Einer der Partner hat sich daraus zurückgezogen. Ich hatte darauf gezählt, um den Bankkredit zurückzuzahlen, und jetzt war ich in einer noch schlimmeren Lage. Der zusätzliche Bankkredit war für dieses Geschäft draufgegangen. Ein paar kleinere Einnahmen kamen noch herein, aber der Kredit musste ja auch noch bezahlt werden. Die Bank wollte nicht mehr geben.

Ich hätte damals auf Andrew hören und Konkurs anmelden sollen. Das erschien mir unvorstellbar. Ich brauchte einen anderen Kredit, um die Bank zu bezahlen, aber keine Bank war dazu bereit. Dann meinte Lawrence Wong, einer der Leute, mit denen ich an dem Gold-Coast-Projekt gearbeitet hatte, er könne mir vielleicht helfen. Ich hatte ihm von meiner Situation erzählt, als das Projekt gekippt wurde ... Es tat ihm sehr leid, denn er wusste, wie sehr ich darauf gezählt hatte. Daher verwies er mich an jemand anderen, einen Simon Kwang aus Hongkong, der einige private Geldgeber kennt, die vielleicht bereit wären, mir einen Kredit zu geben.

Andrew hat versucht, mir das auszureden. Er sagte, ich würde mich nur immer tiefer in Schulden verstricken ... aber ich war verzweifelt und habe wieder nicht auf ihn gehört. Wie auch immer, dieser Simon meinte, es sähe nicht allzu gut aus, da das Geschäft ständig Verluste mache, nicht nur in den letzten achtzehn Monaten, sondern auch schon im Jahr davor. Ich bat ihn, bettelte geradezu, einen anderen Weg zu finden. Einen Monat später rief er an, um mir mitzuteilen, er habe eine andere kleine Finanzierungsgesellschaft aufgetan: ›Paragon Finance‹ ... Paragon war bereit, mir einen Kredit zu geben, aber nur gegen sehr viele Sicherheiten.«

Ihr Vater hatte innegehalten, war sich mit den Fingern durch die Haare gefahren. Josie vermied es, ihn anzuschauen, blickte stattdessen verstohlen zu ihrem Großvater hinüber. Sie sah den grimmigen Ausdruck in seinem Gesicht, während er auf den Teppich starrte und mit stoischem Schweigen darauf wartete, dass sein Sohn mit seinem Bericht fortfuhr.

Es war immer weiter abwärts gegangen.

»Verhandlungen über die Bedingungen waren nicht möglich. Die Firma verlangte zwei Prozent mehr als die Bank, dazu die Vermögensmasse als weitere Sicherheit. Ich war nicht in der Position, um mich dagegen zu wehren. Zu diesem Zeitpunkt war das Geschäft schon so gut wie nichts mehr wert, also hatte ich zusätzlich mit allem dagegen zu halten, was ich besaß ... alles ... Alles, was du vor fünf Jahren auf meinen Namen überschrieben hast ... alle Grundstücke. Meine Aktien habe ich Stück für Stück verkauft, um den Kredit zu bezahlen. Du musst verstehen: Ich habe immer noch gehofft, dass sich früher oder später die Dinge ändern, die wirtschaftliche Lage sich bessern würde und ich imstande wäre, aus meinen Schwierigkeiten herauszukommen. Aber diese Rezession ... Dadurch wurde alles nur noch schlimmer. Es hat nicht lange gedauert, und ich konnte die Rückzahlungen nicht mehr aufbringen. Ich bat um Zahlungsaufschub und verwies auf die Sicherheiten. Sie gaben mir sechs Monate Zeit. Und jetzt haben sie die Rückzahlung des Kredits verlangt.«

Danach folgte Stille, die nur von dem leisen Ticken der Uhr auf dem Kaminsims unterbrochen wurde. Nach einer Weile blickte ihr Vater auf, und dann folgte, was bei Josie den bleibenden Eindruck einer öffentlichen Beichte hinterließ, die sie gleichermaßen erschütterte und abstieß. Sie wünschte, er hätte diese Worte allein ihrem Großvater mitgeteilt und ihr als seiner Tochter die Erniedrigung erspart. Aber es war nicht möglich, diesen Moment auszulöschen. Sie war Zeugin von alledem gewesen.

Mit eintöniger Stimme, so als ob er vor einer Schulklasse etwas aufsagen würde, sagte ihr Vater: »Alles, was mir mein Vater gegeben hat ... all das, was an meine Tochter hätte gehen sollen, habe ich verloren. Ich kann der nächsten Generation nichts hinterlassen. Ich bin ein schlechter Sohn gewesen und ein schlechter Vater.«

Mit gesenktem Kopf hatte Josies Großvater zugehört. Schließlich meinte er: »Nun ist es so weit gekommen.« Dann war er aufgestanden, um in sein Zimmer zu gehen. Neben dem Sessel seines Sohnes blieb er kurz stehen und berührte seinen Arm. »Nein, ich mache dir keine Vorwürfe.« Josie war verblüfft von seiner ruhigen Hinnahme ohne jede Verärgerung, noch viel mehr aber von dem, was er dann zu seinem Sohn sagte. »Alles dies ist das Resultat meines Tuns ... Der Fehler liegt bei mir.« Wieso war ihr Großvater der Ansicht, er trage die Schuld? Sie grübelte über seine Worte nach, als sie ihn fortgehen sah, mit den Schritten eines alten Mannes.

Am folgenden Tag hatten der Vater und der Großvater das Haus früh verlassen und waren den ganzen Tag fortgeblieben. Sie hatten Andrew Finnegan aufgesucht, den Finanzberater der Familie und Buchhalter der Firma, denn es sah nicht danach aus, als wären bereits alle Unannehmlichkeiten vorüber gewesen. Die Gläubiger wollten das Haus haben. Nach ihren Angaben hatten die gegebenen Sicherheiten nicht die gesamten Schulden abgedeckt.

Josies A-yi hatte den Himmel mit ihren Gebeten bestürmt, ihren Gott beschworen, ihrer Nichte das Haus zu erhalten. Ebenso hatte sie dem Teufel die Hölle heiß gemacht, damit er die Gläubiger vernichte. Vielleicht war es die Wirkung ihrer Gebete; diesmal jedenfalls war das Schicksal ihnen gnädig. Das Haus war vor jedem Zugriff geschützt. Sein Titel lief ausschließlich auf den Namen des Großvaters, als einziger aus einer langen Liste von Besitztümern der Familie.

Die A-yi war überzeugt, dass sie dies Andrew Finnegan zu verdanken hatten. »Er wusste, dass nicht alles zum Besten stand, Josie-ah. Erinnerst du dich, wie dein Großvater vor ein paar Jahren das Haus auf deinen Vater übertragen lassen wollte? Andrew hatte gemeint, dafür gäbe es keine Notwendigkeit und keine Steuervorteile. Er hat es gewusst! Er wusste, dass alles verloren gehen würde. Natürlich konnte er nicht über die Probleme deines Vaters sprechen, aber ich bin sicher, Josie-ah, er hat deinen Großvater davon abgebracht, das Haus zu überschreiben, um es zu retten.«

Andrew Finnegan hatte dem Großvater geraten, umgehend sein Testament zu ändern, unter Übergehung seines Sohnes das Haus Josie zu hinterlassen und so die Pläne der Gläubiger auf immer zu durchkreuzen. Josies Vater war einverstanden gewesen. Was blieb ihm auch anderes übrig? Und außerdem sollte kein Jahr mehr vergehen bis zu seinem Tod.

Ein alter Laster rumpelte die Straße entlang und verpestete dabei die Luft mit Kohlenmonoxid. Josie wedelte mit der Hand vor ihrem Gesicht, aber der Geruch hielt sich. Sie hustete. Als sie sich umschaute, stellte sie fest, was für einen weiten Weg sie gelaufen war. Was wollte sie hier vor dem Postamt? Wo genau war sie überhaupt? Sie war der Meinung gewesen, immer auf der Zhongshan Road geblieben zu sein, aber auf dem Straßenschild stand Xinhua Road. Auf der Suche nach etwas Bekanntem entdeckte Josie in der Ferne den Turmbau ihres Hotels; er strahlte in der Sonne. Ein Blick auf die Uhr sagte ihr, dass ihr gerade noch genug Zeit blieb, ihre Reisetasche im Hotel abzuholen, bevor der Zubringer des Hotels kommen und sie zum Pier bringen würde. Sie beschleunigte ihre Schritte, die Absätze klapperten auf dem harten Bürgersteig, und einmal schaffte sie es gerade noch über die Straße, bevor die Ampel von Gelb auf Rot schaltete. Sie keuchte und schwitzte von der Anstrengung und spürte die neugierigen Blicke der Passanten.

Als sie zum Eingang des Hotels kam, sah Josie einen wartenden Wagen mit offen stehenden Türen. Schon wollte sie den Fahrer ansprechen, als sie bemerkte, dass er für jemand anderen bestimmt war. Ein kleiner Junge, schick angezogen in einem dunkelblauen und weißen Matrosenanzug, kam die Hoteltreppe herabgelaufen und sprang in den Wagen. Sekunden später tauchte er wieder auf, wobei er mit konzentrierter Miene eine leuchtend blaue Schachtel an sich drückte. Ohne auch nur einen Blick auf seine Umgebung zu verschwenden, machte er sich daran, die Treppe wieder hinaufzusteigen, wobei er auf halbem Wege ins Stolpern kam. Dabei entglitt ihm die Schachtel und verstreute ihren Inhalt. Ein unwilliger Ausruf entfuhr ihm, gefolgt von verärgertem Stirnrunzeln, als er die Muscheln und Korallenstücke überall um ihn herum verteilt sah. Leise murmelte er etwas vor sich hin und ging dann daran, seinen Schatz wieder einzusammeln.

Ein Page in brauner und cremefarbener Uniform kam herabgeeilt, um ihm zu helfen, während Josie sich nach einer Muschel bückte, die vor ihren Füßen gelandet war. »Hier, deine Kauri ist heil geblieben«, sagte sie, als sie ihm die braun gesprenkelte Muschel reichte.

Mit aufmerksamem Blick aus dunklen Augen schaute er auf. »Kau...«

»Kauri«, wiederholte sie. »So nennt man diese Muscheln«, fügte sie erklärend hinzu. Amüsiert musterte sie sein Gesicht, während er diese Information verarbeitete. Seine Augen sagten ihr, dass er eine rasche Auffassungsgabe besaß. Dann fragte er sie: »Kennst du ... alle ihre Namen?«

Josie lächelte. Ihr gefiel der leichte englische Akzent, der nicht so recht zu seinem asiatischen Gesicht passte. Sie vermutete, dass er aus Hongkong stammte und wohl sechs oder sieben Jahre alt war. Auf alle Fälle war er intelligent und alles andere als scheu. Seine Offenheit sagte ihr zu.

»Ein paar kann ich dir nennen«, bot sie an, während sie zusah, wie der Junge die Schachtel vom Pagen entgegennahm. Seine Aufmerksamkeit galt nun ihrem Inhalt, und die Muscheln und

Korallen klimperten, als er in ihnen herumsuchte. Schließlich fand er das gewünschte Stück: eine weiße, konisch geformte Muschel. Er nahm sie und hielt sie Josie entgegen: »Diese hier.«

Er wartete auf ihre Antwort.

Beim Anblick seines ihr zugewandten Gesichts beneidete ihn Josie um sein Vertrauen und seine Unschuld. Dieses Kind vertraute darauf, dass die Welt sich seinen Wünschen fügte. Und das würde sie höchstwahrscheinlich auch tun. Er war ein Charmeur. Auch sie wäre bereit, sich seinen Wünschen zu beugen. Doch bevor sie ihm die Bezeichnung für die Muschel nennen konnte, wurden sie unterbrochen.

»Was hast du denn angestellt, Pao-Pao?«, rief eine Frau von dem Glasportal her. Sie kam zu dem Jungen herab, und Josie richtete sich auf, um sie anzuschauen. Sie trug einen eleganten taubengrauen Hosenanzug. Sie war gleich groß, aber, so schätzte Josie, drei oder vier Jahre älter als sie. Ihre Blicke kreuzten sich, und die Frau nickte Josie zu, wobei ein kleines, steifes Lächeln ihre Müdigkeit verriet.

Gerade in diesem Moment kam jemand von der Rezeption hinaus, um Josie mitzuteilen, der Wagen des Hotels sei unterwegs, und so eilte sie hinein, um ihre Tasche zu holen. Auf dem Weg hinaus begegnete sie dem Jungen und seiner Mutter, die ihn an der Hand mitzog und sagte: »Geh schneller, Pao-Pao, dein Ye-ye wartet.« Damit verschwanden sie im Lift.

Zehn Minuten später war auch Josie wieder unterwegs. Vom bequemen Rücksitz des Hotelwagens aus ließ sie das hektische Treiben in Xiamens Geschäftsviertel durch einen Smogschleier hindurch an sich vorübergleiten. Zu dieser Zeit am Vormittag konnte man den Straßenverkehr mit einem Hindernisrennen vergleichen. Dann bog der Wagen nach rechts in die Lujiang Road ein. Mit einem Mal lag die Bucht vor ihnen, und Josie erhaschte einen Blick auf die herannahende Fähre.

KC Yu beobachtete, wie sein Enkel durch das Zimmer hüpfte. »Der Strand ... Du hast gesagt, wir gehen zum Strand!«, forderte er.

»In zwei Tagen, junger Mann. Ich selbst werde mit dir dorthin gehen.« Das Kind wollte protestieren, wurde aber rasch von seiner Mutter zum Schweigen gebracht. KC runzelte die Stirn und wünschte, seine Schwiegertochter würde mehr Geduld für ihren Sohn aufbringen.

Wie er wusste, fiel es Mei-ling schwer, Pao-Pao zu bändigen. Er schien nicht nur vor lauter Energie zu bersten, er hatte auch einen Dickkopf. Der Junge war unerschütterlich davon überzeugt, den Großvater auf seiner Seite zu haben, und KC hatte herzlich wenig unternommen, um dieser Ansicht zu widersprechen. Ohne Zweifel von Mei-ling dazu angehalten, hatte sein eigener Sohn Patrick zu ihm gesagt, der Junge brauche mehr Disziplin, doch KC konnte nicht anders, als den Wünschen seines Enkels nachzugeben. Der Junge hatte seit dem Augenblick sein Herz gewonnen, als er ihn schlafend in einem Brutkasten auf der Säuglingsstation der Klinik gesehen hatte. Pao-Pao war drei Wochen zu früh geboren worden, so wie KC. Und daher war er zu der Ansicht gelangt, sein Enkel hätte die gleiche kämpferische Einstellung zum Leben wie er und sei damit die Fortführung seiner selbst. Pao-Pao war die Zukunft.

KC hob seinen Enkel auf den Schoß und sagte: »Urgroßmutter hält ihren Mittagsschlaf. Darum müssen wir alle leise sein, Pao.« Seine Ermahnung kam zu spät, denn gerade in diesem Moment öffnete sich die Tür, und KC Yus Mutter betrat den Salon. Nur wenige Tage vor ihrem achtzigsten Geburtstag war Madame Yu ihr Alter in keiner Weise anzumerken. Als sie sich in einen Sessel niederließ und dabei die Hilfe von Mei-ling ablehnte, weil sie alles verabscheute, was sie an Gebrechlichkeit gemahnte, bemerkte KC ihre Beweglichkeit. Er sah darin ein Zeichen für viele weitere gemeinsame Jahre.

Noch immer ließ ihr Gesicht die Schönheit aus der Zeit des Frühlings und des Sommers ihres Lebens erkennen. Die fein geschnittenen Züge hatten die Wirren der Jahre überstanden, und was es an kleinen Veränderungen geben mochte, war unerheblich. Alles Wesentliche war unverändert geblieben. Ihr Verstand war immer noch so scharf wie früher, und trotz ihres fortgeschrittenen Alters war sie immer noch die beste Verbündete ihres Sohnes, diejenige, die seine Vision teilte und auf die er sich absolut verlassen konnte. Er wiederum sah in ihr mehr als in sonst irgendjemandem einen Teil seines Lebens. Im Vergleich zu ihr existierten alle anderen nur vorübergehend, sogar seine Frau, die ihm drei Kinder geschenkt hatte, und sogar Yu Tsao-li, der einzige Vater, den er je gekannt hatte. Und obgleich ihm beide Eltern viele wertvolle Dinge beigebracht hatten, so waren es die Lektionen seiner Mutter, die er am besten bewahrt hatte.

Immer noch erinnerte sich KC an die Schale der Geduld, die sie ihn zu essen gezwungen hatte.

In jener Nacht, als seine Mutter angeordnet hatte, das Abendessen erst spät zu servieren, war er nicht älter gewesen als Pao-Pao. Er hatte sich bei seiner Amah beklagt, weil er hungrig gewesen war. Wie hatte sein Magen geknurrt! Konnte man der Köchin nicht sagen, sie solle sich beeilen? Die Antwort seiner Amah hatte ihn verwirrt: »Deine Mutter meint, du musst warten.«

KC hatte gewartet. Dabei stellte er sich die ganze Zeit eine Schale gefüllt mit dampfendem weißem Reis vor, auf den gehäuft war, was immer die Köchin an diesem Abend zubereiten mochte. Endlich hatte man ihn zum Essen gerufen. Er war ins Esszimmer gegangen, wo ihn seine Mutter erwartete. Sie forderte ihn auf, sich zu setzen, was er bereitwillig tat, da er völlig ausgehungert war. Als dann eine Schale mit Reis vor ihn gestellt wurde, griff KC nach seinen Stäbchen und hob die Schale an seinen Mund. Doch bevor er auch nur einen Happen Reis essen konnte, legte die Mutter ihre Hand auf die seine und sagte: »Noch nicht, KC.«

Er hatte aufbegehrt. »Ich habe so einen Hunger vom Warten.«

Sie beugte sich nahe zu ihm heran und entgegnete: »Heute Abend wirst du lernen, noch länger zu warten. Jetzt hör mir zu, bevor du etwas isst, und wenn du es tust, dann wirst du immer nur einen kleinen Happen nehmen.«

»Aber der Reis wird kalt.«

»Deine Gedanken werden ihn warm halten.«

KC war verwirrt und konnte nicht verstehen, warum seine Mutter wollte, dass er hungrig blieb, aber irgendetwas in ihrem Ton sagte ihm, es war etwas Wichtiges.

»Du musst warten können«, hatte ihm seine Mutter erklärt. »Bei manchen Dingen dauert es fast ein ganzes Leben, bis man sie erreicht. Doch wenn du warten kannst, bist du schon im Besitz des Erstrebten.«

Er hatte sich geschämt, weil sein Magen ganz laut knurrte, doch er zwang sich, zuzuhören. Dann erzählte seine Mutter vom Abwarten und davon, dass im Vergleich zu einer ganzen Lebensspanne ein Jahr oder auch zehn Jahre nichts bedeuteten.

Geduld, so erzählte sie KC, war eine Eigenschaft, die alle erfolgreichen Männer besaßen. Geduld zu haben ermöglichte einen klaren Blick für das Naheliegende ebenso wie für das Entferntere. Immer. Jeder Schritt sollte einen seinem Ziel näher bringen. Und das galt für geschäftliche Angelegenheiten ebenso wie für den Ausgleich von Ungerechtigkeiten.

»Wenn dich heute jemand verletzt, dann bist du oft nicht in der Lage, dich gleich zu wehren. Vielleicht musst du die Demütigung eine Zeit lang hinnehmen. Aber vor dir liegt noch das ganze Leben, die vielen Jahre, in denen du deine Vergeltung planen kannst. Mit diesem Wissen wirst du imstande sein, Schmerz und Erniedrigung zu ertragen. Das bedeutet Geduld, KC. Es ist genau so, als ob du deinen Reis isst, langsam und immer nur ein kleines bisschen. Zeit ist kein Feind, sondern ein Freund. Und wenn die Zeit kommt, da du das Unrecht vergelten kannst, das man dir angetan hat, dann wird dir das köstlicher vorkommen als alles, was du bisher geschmeckt hast. Deshalb, mein Sohn, musst du lernen, geduldig zu sein.«

Zwischendurch hatte seine Mutter ihn immer wieder gefragt, ob er auch verstand, was sie ihm erklärte. Er hatte genickt, denn während er darauf wartete, dass sie zum Ende kam, lernte er tatsächlich zu warten. Und wenn auch das eine oder andere seinen jungen Verstand noch überstieg, so begriff er doch das Wesentliche ihrer Worte.

Schließlich hatte sie ihm zu essen erlaubt. Der Reis war inzwischen nicht mehr heiß, aber sein Hunger immer noch gewaltig. Trotzdem gelang es KC, sich zurückzuhalten. Er aß langsam, nahm jedes Mal nur ein wenig Reis mit den Stäbchen auf, und das bisschen kaute er sorgfältig, bevor er es hinunterschluckte. Auf diese Weise leerte er seine Schale mit kaltem Reis.

Für diese Lektion war KC seiner Mutter ewig dankbar. Damit hatte sie ihm geholfen, der Mann zu werden, der er jetzt war. Sie war die Weiseste von allen, und es gab keinen größeren Segen, als eine Mutter zu haben wie Madame Yu. Sie gab ihm den Gedanken ein, dass er im Gegensatz zu anderen dazu geboren war, zu führen statt zu folgen. Nach dem Tod seines Vaters widmete sie KC ihr Leben. An jedem Wendepunkt stand sie ihm zur Seite und half ihm in den Anfängen seiner Karriere. Ihr Glaube an ihn geriet nie ins Wanken, und niemals enttäuschte er sie. Wäre Yu Tsao-li noch am Leben gewesen, hätte er gesehen, wie sein Vermögen von dem seines Sohnes weit in den Schatten gestellt wurde. Und während KC ein Stockwerk auf das nächste türmte und seine Bauten immer höher wurden, festigte sich die Beziehung zu seiner Mutter immer mehr.

Als er sie jetzt betrachtete, wie sie sich zu Pao-Pao hinunterbeugte, der zu ihr gelaufen kam, um ihr ein kindliches Geheimnis zuzuflüstern, glitt ein Lächeln über KCs Lippen. Hier im Penthouse des Hotels »Großer Reichtum« waren die Älteste und der

Jüngste der Yus vereint beisammen. Und später würden dann noch sein Sohn Patrick und seine beiden Töchter mit ihren Ehemännern und Kindern dazukommen. Vier Generationen in Erwartung der Eröffnung des neuesten und großartigsten Hotels dieser Stadt.

Er war stolz auf sein neuestes Bauwerk, und er wusste, dass seine Mutter dieses Empfinden teilte. Aber es kam noch besser ... der höchste Lohn für seine jahrelange Geduld.

Während des Fluges nach Xiamen hatte KC seiner Mutter schließlich verraten, dass ihr achtzigster Geburtstag nicht im Hotel gefeiert werde, wie ihr glauben gemacht worden war. Es war nicht notwendig gewesen, mehr zu sagen. Sie hatte verstanden. Sie ergriff seine Hand und wandte das Gesicht ab. Nachdem sie ihre Fassung wiedererlangt hatte, hörte er sie flüstern: »Endlich ... endlich.«

6

Die Fähre entließ ihre Passagiere. Josie beobachtete, wie sie die Rampe hinabdrängten, als ob die wenigen Sekunden, die sie dadurch gewannen, ihr Leben veränderten. Während sie wartete, lauschte sie auf die Gespräche rundum. Ein buntes Durcheinander an Idiomen wirbelte rings um sie her. Da war der Sing-Sang einer Gruppe älterer japanischer Touristen, hinter ihr unterhielten sich zwei amerikanische Paare: ein Apotheker aus Buffalo, New York, der mit seiner Frau, einer Lehrerin, unterwegs war sowie ein pensioniertes Ehepaar aus Texas, das China zum zweiten Mal bereiste. Der Großteil der Menge waren jedoch Chinesen, wobei die Touristen mit ihren Videokameras, Leicas und Canons leicht von den Einheimischen und ihrer schweren Last aus Taschen, Kisten und Kästen zu unterscheiden waren, die sie auf ihre Insel brachten. Allen gemeinsam war ein unbändiges Geschnatter, das sogar das Dröhnen der Schiffsmotoren übertönte.

Josie zuckte schmerzhaft zusammen, als sie das metallische Kreischen vernahm, mit dem das Gitter zurückgezogen wurde, um den Durchgang für die Passagiere zu öffnen. Einer aus der Mannschaft signalisierte der wartenden Menge an Land, an Bord zu kommen, und schon begann das Geschubse. Sie begriff schnell, dass in China Höflichkeit in öffentlichen Verkehrsmitteln nicht an der Tagesordnung war. Sie wurde gegen eine junge Frau mit einer blau karierten Jacke gestoßen, die Bücher und eine Tasche trug. Josie entschuldigte sich, und die junge Frau antwortete mit einem Lächeln. An Bord begann dann das Gerangel um die Sitze, während Josie unwillkürlich der jungen Frau eine Treppe hinauf zum oberen Deck folgte.

Josie zog die Reling den Sitzen aus Metall vor, lehnte sich an und hielt über die dunklen Wasser des Lujiang-Flusses Ausschau nach Gulangyu. Ihrem Reiseführer nach maß diese Insel lediglich anderthalb Quadratkilometer, doch sie schien größer zu sein, und Josie war erstaunt, wie üppig ihre Vegetation wirkte. Zudem war sogar von dieser Seite des Flusses aus ein gewaltiger Granitblock zu erkennen, der die umliegenden bewaldeten Hügel überragte. Sie wusste sofort, was das war: der berühmte Sonnenfelsen. Ihr Großvater hatte ihr davon erzählt und auch, wie sehr sich der steile Aufstieg lohnte, denn von dort oben konnte man über alle Dächer auf Gulangyu bis nach Xiamen auf der anderen Seite der Wasserstraße blicken.

Die Fähre drehte die Motoren auf und legte ab. Josie konnte das rhythmische Stampfen durch ihr leichtes Schuhwerk spüren. Eine warme Brise trug den Geruch des Wassers zu ihr, und sie atmete ihn tief ein. Dadurch fühlte sie sich der Insel näher. Sie brannte darauf, dort anzukommen.

»Machen Sie Ferien?«

Josie drehte sich um und entdeckte die junge Frau in Blau neben ihr. Sie lächelte und erklärte, sie habe sich um Familienangelegenheiten zu kümmern.

Die Frau nickte. Sie heiße Soon-li und sei Studentin an der Universität von Xiamen, wie sie stolz erzählte. Josie nannte ihren Namen, erzählte, dass sie aus Sydney komme, wobei das Gesicht der Frau interessiert aufleuchtete. Wie sie sagte, habe sie Bilder von der Brücke und der Oper dort gesehen.

Nach einer Weile fragte sie: »Haben Sie Verwandte auf der Insel?«

Josie schüttelte den Kopf: »Ich bin mir nicht sicher ... Aber meine Großeltern haben hier vor langer Zeit gelebt.« Eine plötzliche Eingebung veranlasste sie zu der Frage: »Kennen Sie irgendwelche Lees auf der Insel?«

Diesmal war es Soon-li, die den Kopf schüttelte. Doch sie versicherte rasch, dass dies nicht bedeuten musste, es gäbe überhaupt keine Lees dort; schließlich handelte es sich um einen weitverbreiteten Namen. Josie hörte Soon-li zu, die erzählte, sie wohne im Studentenwohnheim der Universität und verbringe fast jedes Wochenende und die Semesterferien bei ihrer Großmutter.

»Schauen Sie, wir sind gleich da«, sagte sie dann und wies zur Insel hinüber.

»Irgendwie habe ich sie mir kleiner vorgestellt«, gab Josie zu.

»Aber sie ist auch überhaupt nicht groß«, entgegnete Soon-li. Sie erzählte Josie, wie ihre Eltern damals, als sie noch ein Kind war, an einem Morgen ein Ruderboot gemietet hatten. Es hatte nicht länger als zwei Stunden gedauert, damit die Insel zu umrunden.

Josie wollte fragen, ob man auch jetzt noch so ein Boot mieten konnte, als das laute Schiffshorn der Fähre sie unterbrach.

»Da! Das ist das Lastschiff!«, rief Soon-li aus, als ein großer schwarzer Dampfer, voll beladen mit großen Kisten, unbekümmert den Weg der Fähre kreuzte. »Es wird an einem anderen Pier ausgeladen, bei Guanhaiyuan, nahe bei dem großen Haus, das ein reicher Mann restaurieren lässt.«

Josie warf einen Blick auf ihre Uhr: Es war fast Mittag. Sie hatte ihr Gepäck im Hotel in Xiamen gelassen, wo man ihr versichert hatte, dass ihr Zimmer jederzeit für sie bereitstünde, wann immer sie auch zurückkäme, wobei man dort davon ausging, Josie im Handumdrehen wiederzusehen. Wie man ihr berichtet hatte, boten die Gasthäuser auf der Insel allenfalls den minimalsten Komfort. Trotzdem hatte Josie für den Fall eines möglichen Aufenthalts ihre Reisetasche mit Wäsche zum Wechseln für zwei Tage mitgenommen. Auf der Insel angekommen, wollte sie alles dem Zufall überlassen. Sie hoffte darauf, jemanden zu finden, vielleicht einen entfernten Verwandten, der ihr in ihrer Angelegenheit behilflich sein konnte. Bei dem Gedanken daran, wie schlecht sie vorbereitet war – etwas, woran sie sich seit ihrem

Abflug aus Sydney nicht mehr hatte erinnern mögen –, spürte Josie abermals, wie Verunsicherung sie überkam.

Um sich etwas zu beruhigen, musterte sie die Insel, nahm die Szenerie mit den Hausdächern auf, die da und dort aus dem Grün hervorlugten. Während sie so ihre Blicke schweifen ließ, verspürte sie etwas Seltsames. Es war ihr, als ob ihr auf unerklärliche Weise alles irgendwie bekannt vorkam – so, als wäre ihr die Erinnerung an diesen Ort genauso vererbt worden wie ihre schwarzen Haare und Augen.

Die Fähre erzitterte leicht beim Andocken. Ein Besatzungsmitglied schlang ein Seil um den Anlegepoller, während ein anderer sich bereithielt, den Ausgang aufzuschieben. Josie griff nach ihrer Reisetasche, als Soon-li zurückkehrte, um ihre Sachen einzusammeln. Beide mischten sich unter die hinausströmende Menge.

Auf dem Pier angelangt, wurden sie von der Masse verschlungen und getrennt. Josie verdrehte sich den Hals, um ihre neue Bekannte zu entdecken. Sie erblickte ihre blaue Jacke, aber bevor sie sie erreichen konnte, drängte eine Woge begeisterter Touristen sie beiseite. Als sich die Menge endlich verlaufen hatte, fand Josie sich auf einem weitläufigen Platz wieder. Soon-li war weit zurückgeblieben und sprach zu jemandem am Zaun des Piers. Sie rief, Soon-li schaute auf, und Josie winkte ihr zum Abschied zu. Doch bevor sie davongehen konnte, rief Soon-li: »Warten Sie, Fräulein Lee!« und rannte rasch herbei. Außer Atem sagte sie: »Ich möchte Sie mit jemandem bekannt machen.«

Eine kleine, alte Frau kam zu ihnen heran. Josie schätzte sie auf Ende siebzig, trotzdem schien sie immer noch rüstig zu sein. Das sah man an der Art und Weise, wie sie ging und Schultern und Arme bewegte. Jemand, dem Arbeit nicht unbekannt war. Die alte Frau hatte das breite Gesicht der Menschen im Süden, von feinen Falten durchzogen. Die Sonne hatte ihr Gesicht gebräunt, und ihre geblümte Kleidung sah daneben noch verblichener aus, als sie es ohnehin schon war. Sie machte einen nüchternen, pragmatischen Eindruck, typisch für die Leute, mit denen Josie bislang zusammengetroffen war.

Die alte Frau kam herbei und stand neben Soon-li, wobei sie Josie mit einer derartigen Intensität musterte, dass diese wegblicken musste. Um irgendetwas zu tun, wechselte sie ihre Reisetasche von der einen Hand in die andere und war dankbar, als Soon-li die peinliche Stille unterbrach. »Das ist meine Großmutter«, sagte sie.

Bevor Josie die alte Frau begrüßen konnte, vernahm sie deren feste Stimme mit den Worten: »Willkommen daheim, Fräulein Lee.«

Ihre alten Knochen ... die hatten sie noch nie belogen. Sie hatte es in ihren Knochen gespürt, als sie die junge Frau neben Soon-li auf dem Oberdeck erblickte. Großmutter Chen hatte das Herannahen der Fähre bemerkt und war zum Pier gegangen, um ihre Enkelin zu begrüßen. Sie hatte Soon-li auf dem Oberdeck entdeckt, und dann waren ihre Blicke von der jungen Frau neben ihr angezogen worden. Sogar aus der Entfernung hatte sie an ihr eine Ruhe bemerkt, wie sie bei einem so jungen Menschen ungewöhnlich war.

Als ihre Enkelin sich durch die Menge auf dem Pier gedrängt hatte und, mit großen Augen voller Begeisterung, verkündete, sie habe sich mit jemandem angefreundet, mit einer jungen Dame namens Josie aus Sydney, deren Familie – die Lees – von der Insel stammte, da hatte Großmutter Chen ihre Hand auf ihr altes Herz gelegt, sein heftigeres Schlagen gespürt, während ihr der Atem gestockt war, als ob sich ein Felsen auf ihre Brust gesenkt hätte.

Eine von ihnen war also hier.

Großmutter Chen hatte die junge Dame zu sich nach Hause eingeladen. Zuerst hatte sie abgelehnt und gemeint, sie wolle sich nicht aufdrängen, doch Großmutter Chen wusste, was sie zu sagen hatte.

»Einst habe ich bei einer Lee gedient, bei einer großen Dame. Vielleicht sind Sie mit ihr verwandt.«

Oh, wie sich die Augen der jungen Dame vor Überraschung geweitet hatten, als sie diese Worte vernahm. Sie sah, wie sie die Wahrhaftigkeit ihrer Worte erwog. Um alle ihre Zweifel zu zerstreuen, hatte Großmutter Chen als Nächstes den Namen des Sohnes der Alten Herrin, den des Jungen Herrn, genannt. Das genügte. Das junge Gesicht spiegelte Erkennen wider, gefolgt von Freude und schließlich von Erleichterung.

Beim Anblick dieser Erleichterung hatte Großmutter Chen den Wunsch verspürt, diese Lee zu beschützen. Den Lees war die Macht zu Eigen, andere Menschen für sich einzunehmen. Auch die hier hatte das gewisse Etwas, so jung sie noch war.

Soon-lis angeregtes Plappern begleitete sie auf ihrem Weg in die Fuxin Road, wo Großmutter Chen zu Hause war. »Was für ein Zufall!«, meinte ihre Enkelin immer wieder. Die junge Dame nickte bloß. Sie mochte zwar stumm bleiben, aber Großmutter Chen wusste, dass die Fragen ihr auf der Zunge brannten. Sie spürte ihren Blick von der Seite, für einen kurzen Moment trafen sich ihre Augen, und Großmutter Chen lächelte ihr beruhigend zu.

Tief in ihrem Innern war Großmutter Chen alles andere als ruhig. Wenn sie diese Lee so betrachtete, konnte sie nur Angst um sie haben. So jung ... und dazu noch eine Frau. Das war das größere Unheil. Wie sollte eine so unerfahrene Seele damit fertig werden können? Wie sollten sie beide damit fertig werden? Die eine zu alt, die andere zu unerfahren.

In der Geborgenheit ihres kleinen Wohnzimmers betrachtete Großmutter Chen ihren Gast eingehend. Licht fiel durch das schmale Fenster und erhellte das Gesicht der jungen Frau, das dasjenige einer Lee war und doch auch wieder nicht. Die Form hatte sie wohl von der Mutter. Es war oval und mit feineren Zügen als bei den Lees. Auch die Hautfarbe war anders, viel heller. Ihr Nasenrücken war so breit wie bei den Lees, aber die Nase war nicht so fleischig – ein Zeichen, das Reichtum versprach. Ließ sich denn das Gedeihen der Lees von einem Gesicht ablesen? Dann war da das kleine Grübchen an der Kinnspitze, das Zeichen für ein nicht ganz so ruhiges Leben. Ihre Kraft, so sie überhaupt welche besaß, war verwässert.

Diese junge Lee hatte traurige Nachrichten mitgebracht. Sie war gekommen, um die Asche ihres Großvaters auf der Insel zu begraben. Der Junge Herr war also nicht mehr. Großmutter Chen sagte sich, dass dies nicht verwunderlich war. Schließlich war sie selbst inzwischen alt und verschrumpelt. Trotzdem fiel es ihr schwer, sich ihn als alt und tot vorzustellen, denn sein letztes Bild in ihrer Erinnerung war das eines jungen Mannes.

Als sei diese Neuigkeit nicht schon schlimm genug gewesen, gab es noch mehr. Von den Lees gab es nur noch diese eine letzte. Das Mädchen stand allein da, kein Wunder, dass sie so verwundbar schien. Großmutter Chen seufzte. Was konnte sie ihr sagen? Schweigen breitete sich in der Stube aus, nur unterbrochen durch das Geräusch vom Ausschenken des Tees, als Soon-li die Tassen herumreichte.

Die junge Dame nahm einen Schluck und hob dann den Blick. »Das alte Haus meiner Großeltern ... steht es noch?«

Großmutter Chen hatte darauf gewartet und war daher imstande, ruhig zu antworten: »Ja, und ich werde Sie dorthin führen. Aber ich muss Ihnen auch sagen, dass wir dort nicht hineinkönnen ... Der neue Besitzer wird bald ankommen.«

Irgendjemand spielte Klavier. Die süße, klare Melodie schwebte aus dem Fenster der Villa, als sie daran vorübergingen. Josie kam sich vor wie in einer anderen Zeit. Und dieses Gefühl wurde umso stärker, je weiter sie sich von dem geschäftigen Zentrum der Insel entfernten, fort von den Touristen und dem Lärm der Menge.

Das war heute und doch nicht heute, China und doch nicht China.

An den Bauten, die die Zeit überdauert hatten, ließ sich erkennen, dass sich hier einmal die ausländische Gesandtschaft von Xiamen befunden hatte. Ein flüchtiger Blick durch rissige Mauern und schwere Eisentore erhaschte eine kleine, lauschige Welt aus zerbröckelnden viktorianischen Villen inmitten eines Laubteppichs der alten Bäume. Überall blühten die Bougainvilleen, umrankten die Fenster, schmückten die Mauern. Nun verstand sie, warum ihr Großvater in seinen letzten Augenblicken den Ruf dieser Insel vernommen hatte. Ein zerbrechlicher Zauber ging von ihr aus. Wenn auch die Vergangenheit noch erhalten war, so hatte die Gegenwart ihren Anteil gefordert. Überall auf der Insel waren neue Häuser entstanden. Josie konnte Hammerschläge vernehmen, und als sie um eine Kurve bogen, kamen sie zu einem zweistöckigen roten Ziegelbau, der beinahe fertig gestellt war. Er gehörte einem chinesischen Geschäftsmann von den Philippinen, einem Textilmillionär, wie ihr die alte Frau erzählte. Sie sagte, immer mehr Söhne und Töchter Chinas kämen zurück, und jedes neue Gebäude legte Zeugnis ab von ihrem Reichtum.

Josie wäre gerne noch geblieben, um die Überreste aus der Vergangenheit zu betrachten, doch die alte Frau bog nun in eine andere Gasse ein, und auch Soon-li war ihr schon einige Schritte voraus. Josie beeilte sich, um sie einzuholen. Vom Zentrum aus war es bergauf gegangen, und sie spürte, wie ihre Waden zu schmerzen begannen. Sie wäre gerne stehen geblieben, aber Soon-lis Großmutter ging immer weiter, auf Beinen, die bessere Dienste leisteten als Josies.

In der kurzen Zeit seit ihrer Ankunft auf der Insel war Großmutter Chen für Josie ein Bindeglied zu einer Vergangenheit geworden, von der sie geglaubt hatte, sie sei für sie verloren. Sie hatte nie angenommen, auf jemanden zu stoßen, der die Lees gekannt hatte. Das war etwas, was ihre A-yi mit ihrem festen Glauben an die Macht des Schicksals als Fügung bezeichnet hätte.

Josie konnte sich dieses zufällige Zusammentreffen nicht erklären. Sie wusste lediglich, dass sie nun jemanden hatte, der ihr helfen konnte und den sie außerdem gut leiden mochte. Da sie von ihren Großeltern erzogen worden war, hatte Josie sich immer wohlgefühlt in der Gesellschaft älterer Menschen. Und die Stunde in Großmutter Chens Wohnstube hatte sie mit einer Ausgeglichenheit erfüllt, die sie seit dem Tode ihrer Großmutter nicht mehr verspürt hatte. Sie hatte nicht damit gerechnet, so fern von daheim auf einen Verbündeten zu treffen. Noch hatte sie erwartet, das Haus ihres Großvaters zu sehen, wohin sie jetzt gerade unterwegs waren. Josies Neugier war geweckt worden, als sie hörte, dass es noch stand. Es überraschte sie, wie sehr sie danach verlangte, es zu sehen.

Die Sonne blinzelte durch einen dichten Baldachin aus Laub, dann traten sie hinaus ins Licht, und Josie erblickte das Meer. Sie ging bis an die Felsenkante heran und schaute auf den glitzernden Sandstrand hinab.

»Das da unten ist der Dadeji-Strand.« Soon-li war ein paar Schritte zurückgetreten. »Dort ist es felsiger, daher gehe ich zu dem anderen Strand, Meihua. Da ist ein langer Streifen Sand, ganz weiß.«

Josie konnte im Wasser die dunklen Köpfe der Badenden erkennen, die dort herumplanschten. Weiter draußen erblickte sie ein halbes Dutzend Bambusflöße und eine Dschunke, deren Segel sich spreizten wie Fledermausflügel. Über ihr zog flatternd ein Schwarm Vögel vorüber. Josie blinzelte in die Sonne und sah sie in dem gleißenden Licht abwechselnd verschwinden und wieder auftauchen.

Da hüstelte Großmutter Chen leise, um Josies Aufmerksamkeit auf sich zu lenken, und wies dann zu einem Pfad hinüber, der in dem wuchernden Grün kaum auszumachen war. Sie bedeutete Josie, ihr zu folgen. Mit Soon-li hinter sich watete sie durch das hohe Gras und war froh, ihre Jeans anzuhaben, denn die scharfen Halme strichen bei jedem Schritt kräftig gegen ihre Beine.

Sie gelangten an einen alten Friedhof, die Grabsteine auf den eng gereihten Gräbern waren im Laufe der Zeit fleckig geworden. Viele von ihnen wiesen Risse auf und standen schief. Vielleicht hatten die Toten niemanden mehr aus ihrer Familie hier, der Letzte war vielleicht fortgezogen – so wie die Lees –, und daher war niemand gekommen, um die Spuren der Zeit und der Elemente zu beseitigen. Der Ort vermittelte den Eindruck von Verlassenheit, von Stille, die gleichzeitig friedlich und traurig stimmte.

Großmutter Chen hielt vor einer Reihe von Gräbern am Hügelhang, die eine Gruppe bildeten. Man brauchte es ihr nicht zu sagen, Josie wusste, dass dies die Gräber der Lees waren. Sie kauerte sich auf den Boden und begann die Schriftzeichen zu lesen, die ein Graveur meisterhaft in einen der Steine gehauen hatte. Demnach war dies das Grab ihrer Urgroßmutter. Dann bemerkte sie das kurze Gras um die Gräber herum. Es war zwar nicht sorgfältig gemäht, aber ermöglichte doch den Zugang. Es war nicht notwendig, ihr zu sagen, wessen Hand hier gewirkt hatte. Sie wandte sich nach Soon-lis Großmutter um, wies auf das Gras und sagte: »Danke.« Sie wollte noch mehr sagen, doch sie sah, wie sehr ihre Worte die alte Frau in Verlegenheit brachten.

»Keine Ursache ... keine Ursache ... Ich mache das für die Alte Herrin.«

Josie war gerührt angesichts der Ergebenheit dieser alten Frau gegenüber ihrer längst verstorbenen Herrin. Ihre Worte bestärkten Josie in dem Gefühl, sich auf Großmutter Chen verlassen zu können. Diese alte Frau besaß eine Zuverlässigkeit, welche Josie an ihre Großmutter erinnerte. Sie fühlte sich nicht mehr so allein.

Die alte Frau begann, Josie von dem Glück der hier Begrabenen zu erzählen, denen ein besseres Los beschieden war als denen auf anderen Friedhöfen. Auf dem Festland waren die Gräber von den Roten Garden geschändet worden, die das Holz der Särge sammelten. Die Toten sind tot, sagten sie, aber die Lebenden brauchen Holz. Wenn sie wieder abzogen, blieben die Toten nicht nur ohne ihre Särge zurück, sondern auch ohne die Wertsachen, die sie mit ins Grab genommen hatten. Es hatte viele Berichte gegeben von Körpern, die einfach zusammengeworfen worden waren, die Knochen wild durcheinander, oft auch einfach so liegen gelassen. Viele Friedhöfe waren in Ackerland verwandelt worden, und der Staat verlangte, dass die Toten verbrannt wurden. Doch irgendwie war der Insel solches erspart geblieben und die Ruhe der Toten nicht gestört worden.

Während Großmutter Chen davon erzählte, schaute Josie sich um. Der Ort lag zwar erhöht, war aber durch die Bäume vor dem Wind geschützt. Ihr Großvater wäre einverstanden, hier seine letzte Ruhe zu finden, neben seiner Mutter bei den anderen Lees.

»Ich möchte meinen Großvater hier begraben.«

Großmutter Chen runzelte die Stirn. Sie meinte, der Friedhof sei schon seit Jahrzehnten geschlossen. Er war voll. Sie wolle doch nur eine kleine Urne begraben, wandte Josie ein. Die und ein kleiner Stein oder eine Plakette aus Metall würden nur sehr wenig Platz benötigen. Trotzdem schaute die alte Frau zweifelnd drein und meinte, Josie solle trotzdem besser mit jemandem in der Bezirksverwaltung sprechen. Jetzt jedoch sollten sie sich umgehend zum alten Haus der Lees aufmachen.

Großmutter Chen wandte sich um und eilte den Pfad hinab. Josie erhob sich, klopfte ihre Jeans ab und folgte ihr. Die drei Frauen gingen schweigend, wobei Josie sich die Schweißtropfen aus dem Gesicht wischte und sich fragte, wie lange es wohl noch dauerte, bis sie dort sein würden. Als ob sie ihre Gedanken gelesen hätte, drehte Großmutter Chen sich um und meinte: »Wir sind fast da.«

Der Pfad war immer schmaler geworden, und baumhoher Bambus hielt einiges von den Sonnenstrahlen ab. Lichtflecken tanzten über den Boden, und nach ungefähr zwanzig Metern traten sie abermals hinaus in die Sonne, wo sich vor ihnen eine hohe Steinmauer mit einem Eisentor erhob. Vor dem Tor stand ein Mann in schlecht sitzenden Kleidern, der sich an das Gitter klammerte und zum Grundstück hineinschaute.

»Feng-ah!«, hörte Josie Großmutter Chen rufen. »Was tust du hier schon wieder, Feng-ah?«

Der Mann grunzte, schwenkte seine Arme und wurde ruhig, als er Josie erblickte. Sie sah ihm in seine seltsamen Augen, erkannte den vagen Ausdruck darin und verstand, dass er nicht ganz richtig im Kopf war. War er verwandt mit der alten Frau? Um Großmutter Chen nicht zu beleidigen, versuchte sie, sich nichts anmerken zu lassen, aber sie war doch dankbar, als Soonli sie am Arm nahm, sie mit sich zog und sagte: »Von hier aus können Sie mehr erkennen.«

Josie presste das Gesicht ans Gitter. Dahinter sah sie eine Gruppe Arbeiter, geschäftig wie die Ameisen. Sie beobachtete, wie vier von ihnen kleine Felsbrocken auf Schubkarren luden, während weitere vier sich mit riesigen Tontrögen abmühten, die mit kleinen Jadebäumchen bepflanzt schienen. Und in der Ferne dahinter erblickte sie das Haus.

Es war genau so, wie sie es sich nach den Überlieferungen ihrer Großeltern vorgestellt hatte. Weiß strahlten die verputzten Wände, hoch ragte das wuchtige Eingangsportal. Josie erwartete fast, die beiden Türflügel würden sich öffnen und ihre Großeltern heraustreten, wobei sie so aussahen wie auf dem Foto in der Zigarrenkiste. Da war auch der Löwe, nur gab es zwei davon. Sie bewachten die Treppe zum Eingang. Im Garten stand der Springbrunnen, von dem ihre Großmutter so oft erzählt hatte, aber er lag still, kein Wasser sprudelte. Von dort aus, wo Josie stand, ließ sich nicht erkennen, ob die Frauengestalt mit dem Krug im Arm in seiner Mitte stand, so wie es ihre Großmutter beschrieben hatte. Sie wäre gerne näher herangekommen.

»Was habt ihr alle hier zu suchen?«

Josie sah sich einem Mann gegenüber, der verärgert die Stirn runzelte. Sie hatte sein Herankommen nicht bemerkt und war erschreckt über seinen unfreundlichen Ton, froh über das Gitter zwischen ihnen. Großmutter Chen war es, die ihm antwortete. Sie erklärte, dass Josie aus dem Ausland, aus Sydney, gekommen sei, eine Besucherin der Insel. Der Mann wandte sich Josie zu, um sie diesmal etwas genauer zu mustern. Als er dann weitersprach, war sein Benehmen nicht mehr so schroff.

»Das hier ist keine Touristenattraktion. Es ist Privatbesitz.«

»Könnte ich dann wenigstens mit dem Besitzer sprechen?«, fragte Josie. »Dieses Haus nämlich ... Wissen Sie, es hat meiner Familie ...«

»Nein, Fräulein, nicht! Besser nicht«, flüsterte Großmutter Chen ihr zu und zupfte sie am Ärmel.

»Ihrer Familie?«, fragte der Mann mit plötzlichem Interesse.

Josie nickte.

»Wie heißen Sie?«

»Josie ... Josie Lee. Dies war einmal das Haus der Lees, und ich würde es mir gerne anschauen, wenn es möglich ist.«

Der Mann schüttelte den Kopf. Dann stellte er sich überraschenderweise selbst vor: »Ich bin Wei ... Ich bin der Vorarbeiter.« Er machte eine Pause, um dann zu erklären: »Vor übermorgen wird der Eigentümer nicht hier sein. Sie müssen das schon mit ihm besprechen.« Als wollte er ihre Enttäuschung lindern, fügte er noch hinzu: »Er ist ein ganz vernünftiger Mensch.«

Josie dankte ihm und sagte, sie werde in zwei Tagen wiederkommen und ob er nicht dem Besitzer ihren Besuch ankündigen könne. Wei erklärte sich dazu bereit und kehrte dann zu seiner Arbeit zurück. Großmutter Chen versuchte, auch Feng dazu zu überreden, mit ihnen zurückzukehren, aber er weigerte sich fortzugehen. So war der letzte Eindruck, den Josie von dem Anwesen mitnahm, der von Feng, wie er durch das Gitter auf das Haus dahinter starrte.

In der Bezirksverwaltung wies eine verdrießlich dreinblickende Frau Josie an, einen formellen schriftlichen Antrag an das Amt für Angelegenheiten mit Auslandschinesen in Xiamen einzureichen. Josie fragte, wie lange es dauern würde, bis sie eine Antwort erhielt, doch die Frau zuckte bloß die Achseln und meinte: »Sie müssen abwarten.« Josie merkte an, ob es nicht schneller ginge, wenn sie den Antrag direkt in Xiamen einreichte. Noch während sie sprach, erkannte sie, dass sie damit einen Fehler machte. Die Frau warf ihr einen wütenden Blick zu und beschied ihr, dass alle Inselangelegenheiten über die Außenstelle auf der Insel zu gehen hätten.

Josie kochte innerlich wegen der Verzögerung, und sie wusste, dass die Frau keine große Hilfe sein würde. Trotzdem entschied sie, sich besser nicht mit ihr zu überwerfen. Also lächelte sie und dankte ihr freundlich für ihre Hilfe. Nicht an Dank gewöhnt, warf die Frau ihr einen misstrauischen Blick zu und antwortete mit einem Stirnrunzeln.

Auf dem Heimweg sagte Großmutter Chen, Josie könne gerne bei ihr bleiben, wenn sie die einfache Unterbringung nicht störe. Dadurch bliebe es Josie erspart, nur wegen des Antrags an diesem Abend nach Xiamen zu fahren und am nächsten Morgen wieder zurückzukehren und dann noch einmal das Gleiche zu tun, wenn sie übermorgen den Hausbesitzer treffen wollte. Falls Josie bliebe, so konnte der Antrag geschrieben werden, sobald sie zu Hause angekommen wären, um ihn gleich am nächsten Morgen einzureichen. Soon-li stimmte ihr begeistert zu und meinte, sie werde Josie die Insel zeigen, auf der es viel zu sehen gäbe.

Großmutter Chen hatte Recht, doch Josie wollte ihr nicht zur Last fallen und bestand darauf, sich ein Zimmer in einem der Gasthäuser auf der Insel zu nehmen. Die alte Frau meinte, das sei ganz und gar keine Belastung, aber sie könne es sehr wohl verstehen, wenn Josie es vorzog, dort zu übernachten, wo sie es bequemer hatte. Peinlich berührt sah Josie sich nun außerstande, sich noch länger zu weigern, und nahm die Einladung an. Als das geklärt war, tätschelte Großmutter Chen Josies Hand und meinte: »Gut … Gut … Genau so hätte es die Alte Herrin gewollt.«

7

Der ausländische Besuch bei Großmutter Chen erregte einiges Aufsehen in dem großen Haus, das sie sich mit drei weiteren Familien teilte. Die Kinder im Hof unterbrachen ihr Spiel, um Josie anzustarren, während die vorwitzigeren zu Soon-li rannten und riefen: »Woher kommt deine Freundin? Wie heißt sie?« Als sie sich umwandte, sah Josie Großmutter Chen, die von dem Ehepaar aufgehalten worden war, das den übrigen Teil des Erdgeschosses bewohnte. Auch sie wollten wissen, wer die Fremde war.

Als Soon-li endlich die Wohnung ihrer Großmutter erreicht hatte und die Tür aufstieß, beeilte Josie sich, hineinzukommen. Doch schon bald lugten neugierige Koboldsgesichter durch das Fenster der Wohnstube. Josie erkannte, dass es keine Ruhe geben würde, bevor ihre Neugier gestillt war, daher ging sie hinaus, um mit ihnen zu reden. Als sie hörten, wie sie im hiesigen Dialekt sprach, blieb ihnen vor Staunen der Mund offen. Ihr Interesse schwand sehr rasch, denn damit wirkte sie gar nicht mehr so besonders ausländisch. Als Großmutter Chen kurz darauf kam, waren alle Kinder verschwunden.

Während Soon-li Tee zubereitete und Großmutter Chen im Hinterhof verschwand, sah Josie sich um. Das Haus hatte laut Großmutter Chen einst einer Familie gehört. Dann hatte es der Eigentümer in einzelne Wohnungen aufgeteilt und bewohnte nun selbst eine davon in der oberen Etage. Die Miete war erschwinglich, wie sie sagte, aber das hieß auch, dass wenig getan wurde, um das Haus instand zu halten. Tatsächlich bestand die einzige Erneuerung im Einbau eines gemeinsamen Badezimmers.

Angesichts der würdevollen Säulen davor und den hohen Decken in den Innenräumen war es in Josies Augen regelrecht ein Verbrechen, ein solches Haus dermaßen verkommen zu lassen. Die großzügige Bauweise ließ die wenigen Möbel im Wohnzimmer – einen wackeligen Tisch, zwei Stühle und einen kleinen Hocker – unangemessen und schäbig erscheinen. In dem einzigen Schlafzimmer dieser Wohnung sahen das alte Bett wie auch die brusthohe Kommode winzig aus, und die Küche oder das, was als solche diente, war genauso kahl. Es gab lediglich ein kleines Waschbecken und einen primitiven Herd. Hier fand Josie Soonli, die Tassen auf ein Tablett stellte, während sie wartete, dass das Wasser kochte.

Josie ging hinaus und gesellte sich zu Großmutter Chen, die gerade Gemüse klein schnitt. Die alte Frau schaute auf, als Josie herankam, und wies auf einen Hocker. Josie setzte sich und blickte sich um. Offensichtlich teilten sich alle Bewohner diesen kleinen Hinterhof. Es gab keine Bepflanzung, nur ein Durcheinander an Topfpflanzen, zwei alte Linkang-Bäume und Gras, das gemäht werden musste. Entlang der einen Mauer hing eine schlaffe Wäscheleine mit ein paar vereinzelten Wäschestücken. Die meisten Bewohner hatten ihre Wäsche an Leinen aufgehängt, die entlang der von Säulen getragenen Veranda verliefen, die zum Hof hinausging. Die schlapp herabhängenden Kleidungsstücke waren eine Beleidigung fürs Auge.

»Das ist nicht das, was Sie gewöhnt sind.«

Josie drehte sich nach Großmutter Chen um, deren Blicke auf ihr ruhten. Sie spürte, wie ihr das Blut ins Gesicht stieg. Um ihre Verwirrung zu überspielen, fragte sie Großmutter Chen, wie lange sie schon auf der Insel lebte.

»Mein ganzes Leben lang«, lautete die Antwort. »Es stimmt, China ist ein großes Land, aber die meisten Menschen verbringen ihr Leben nur in einem sehr kleinen Teil davon. Gewöhnlich sterben sie auch dort, wo sie geboren wurden. Ich bin jedenfalls weiter auf dem Festland herumgekommen als die meisten, nicht nur bis Xiamen, sondern sogar nach Shanghai.«

»Wann war das?«

»Vor langer, langer Zeit … Ich war noch sehr jung, und es war auch nur für ein paar Wochen. Dann bin ich hierher zurückgekehrt und nie wieder weiter fort gewesen als bis Xiamen.«

In dem schwindenden Licht betrachtete Josie diese Frau, die den größten Teil ihres Lebens Josies Urgroßmutter gedient hatte. Sie spürte eine Loyalität, wie sie ihr noch nie zuvor begegnet war. Und sie wusste, dass sich darin die Persönlichkeit ihrer Urgroßmutter widerspiegelte. Diese Ergebenheit war begreiflich und angebracht, solange sie gelebt hatte, aber dass sie noch so lange über ihren Tod hinaus anhielt, war etwas anderes.

»Wie war sie, meine Urgroßmutter?«

Großmutter Chen antwortete nicht sofort. Schließlich sprach sie: »Die Alte Herrin wusste, wie … man Haltung bewahrt.«

Die alte Frau legte ihr Messer auf das Hackbrett und sah Josie direkt ins Gesicht. »Es war die Alte Herrin, die zum Jungen Herrn sagte: ›Geh in ein anderes Land und beginn ein neues Leben.‹ Die Alte Herrin ahnte, dass harte Zeiten kommen würden, und sie wollte nicht den Jungen Herrn hier haben, wenn man die alte Welt fortfegte. Sie sagte zu mir: ›Es wird noch viele schwere Jahre geben, A-san, bevor wieder Frieden herrscht.‹ Und so gingen sie fort, der Junge Herr und seine Frau.

Die Alte Herrin … Aiy! Seit dem Augenblick hat sie nur Einsamkeit gekannt. ›Aber ich kann es ertragen‹, sagte sie zu mir, als ihre Familie an Bord des Schiffs nach Xiamen stieg und sie mit den Dienern im Haus allein blieb. Sie ertrug es. Denn sie wusste, dass die Lees gedeihen würden … wie ein umgepfropfter Ast auf einem Baum.

Ich wäre nicht so stark gewesen, aber meine Mutter pflegte mir zu sagen: ›Unser Charakter formt unser Leben.‹ Und die Alte Herrin war stark, daher vollbrachte sie, was Menschen wie ich niemals schaffen würden. Die Alte Herrin dachte an die zukünftigen Generationen der Lees. Sie ertrug die Einsamkeit, damit der Name Lee weiterleben konnte … O ja, sie dachte an *Sie*, lange bevor Sie geboren waren.«

Danach sprach die alte Frau nicht weiter, und Josie fragte sich, was ihre Urgroßmutter zu den Lees gesagt hätte, für die sie so viele Opfer auf sich genommen hatte. Würde sie alle für unwürdig halten? Wie hätte sie, diese starke Frau, über Josies Vater geurteilt? Josie dachte über die Fähigkeit, Leid zu ertragen, nach und darüber, wie viele Formen des Erduldens es gab – auch dann, wenn man versagt hatte. War dann nicht hier das höchste Maß an Haltung notwendig? Doch für ihren Vater gab es keine zweite Chance. Er hatte versagt und war gestorben. Einfach so.

Großmutter Chen brach das Schweigen und sagte: »Es ist an der Zeit hineinzugehen.«

Josie sah zu, wie die alte Frau das gehackte Grünzeug mit der Hand in eine Schüssel schob. Die Sonne war hinter den Dächern verschwunden und hatte einen roten Himmel hinterlassen. In dem dämmrigen Hof erhoben die Grillen ihren monotonen Gesang und die Moskitos kamen herbei. Josie schlug sich auf den Arm, zerdrückte eine und folgte der alten Frau zur Tür. Bevor sie eintraten, drehte Großmutter Chen sich nach ihr um und sagte: »Was auch immer geschieht, auch Sie werden es durchhalten … Sie sind eine Lee.«

Das Abendessen war eine schlichte Angelegenheit aus Reis, Gemüse und Fisch. Das Mahl war rasch beendet und verlief, von ein paar Fragen Soon-lis über Sydney abgesehen, schweigsam. Josie musste an ihre A-yi denken, deren unablässiges Geplapper jedes Essen begleitete. Gewiss, wenn jener Mann namens Feng erschienen wäre, so wie Großmutter Chen gehofft hatte, dann wäre die Mahlzeit geräuschvoller verlaufen. Josie war jedoch insgeheim erleichtert über sein Fernbleiben.

Nach dem Abwasch gab Großmutter Chen Josie einen Stift und einige Blätter groben Schreibpapiers. Mit der Hilfe von Soon-li, wenn es um die Schreibweise gewisser Schriftzeichen ging, begann Josie mit ihrem Antragsschreiben. Ihre Kenntnisse des südlichen Dialekts waren zwar gut und die des Mandarin recht passabel, doch ihre Schreibkenntnisse hielten sich in Grenzen. Es war ihr immer leichter gefallen, Chinesisch zu sprechen als zu schreiben. Nach ein paar Entwürfen einigten sie und Soon-li sich auf eine Version und lasen sie Großmutter Chen vor. Sobald sie deren Zustimmung hatte, faltete sie den Brief zusammen und steckte ihn in ihre Tasche.

Großmutter Chen und Soon-li zogen hinter einem Schrank, den Josie schon zuvor bemerkt hatte, ein rostiges Klappbett hervor. Dann rollte Soon-li eine Matte darüber aus und reichte Josie eine dünne Baumwolldecke. Hier pflegte sie während ihrer Besuche bei ihrer Großmutter zu schlafen, und nun war es Josies Bettstatt, solange sie hier war. Soon-li sagte, sie würde sich neben ihre Großmutter quetschen, und meinte, sie sei daran gewöhnt, auf engem Raum zu schlafen. An der Universität schliefen sie auf schmalen Feldbetten zu sechst in einem Zimmer. Da sie keine andere Wahl hatte, arrangierte Josie sich damit, doch sie zog es vor, das Bett in dem anderen Zimmer am Fenster aufzuschlagen, wo es, wie sie sagte, kühler sei. Danach unterhielt sie sich noch etwas mit Soon-li, doch Großmutter Chen, die früh aufstand, verabschiedete sich und ging zu Bett. Nicht mehr in der Lage, das Gähnen zu unterdrücken, folgte Soon-li ihr eine Stunde später.

Josie las noch eine Weile, aber das Licht war zu schwach, und daher zog sie sich auf ihr Lager am Fenster zurück. Kein kühlender Lufthauch war zu spüren. Sie musste ganz still liegen, wenn sie nicht schwitzen wollte. Vor langer Zeit hatte ihr der Vater erklärt, dass man sich nicht regen durfte, wollte man Kühle bewahren, und um warm zu werden, musste man sich bewegen.

Der Gedanke an ihn erinnerte sie an eine andere schlaflose

Sommernacht, als sie aus ihrem Zimmer gekommen und leise auf die Veranda gegangen war, wo sie gerne saß, um die Sterne zu betrachten, während die ganze Straße schlief. Dort war sie ihrem Vater begegnet. Sie hatte den Duft seiner Zigarette bemerkt, bevor sie ihn sah. Als sie durch die Glastür hinaustrat, drehte er sich zu ihr um, nickte ihr zu, ohne jedoch etwas zu sagen. Sie setzte sich auf den Rohrstuhl neben ihm, und so saßen sie, wie es schien, in kameradschaftliches Schweigen versunken. Viele Monate später, nach seinem schmerzlichen Geständnis, war ihr klar geworden, dass es nicht die Hitze, sondern seine heimliche Belastung gewesen war, die ihn nicht hatte schlafen lassen.

Er war ein Mann weniger Worte. In den letzten Jahren seines Lebens erinnerte sein Schweigen an eine verstopfte Arterie, die den Durchlauf von Konsonanten und Vokalen nicht länger gestattete. Vielleicht hätte ihr Vater seine Apathie abgelegt, wenn die Mutter da gewesen wäre, um sein Schweigen zu beenden. Schließlich konnte man eine Ehefrau nicht so einfach ignorieren. Da war zum Beispiel Josies A-yi, die immer fragte: »An was denkst du gerade?«, sobald irgendjemand in Schweigen verfiel. Aber niemand war da gewesen, der Josies Vater aus seinem Schweigen hätte herauslocken können. Und so wenig er zuvor schon gern geredet hatte, nach seinem geschäftlichen Versagen war ihm noch weniger danach zumute.

Josie, die ihren Vater zuvor so manches Mal auf seinen Spaziergängen am Strand begleitet hatte, hatte sich seit jener Nacht der Offenbarungen von ihm fern gehalten. Sie sagte sich, er habe den Wunsch, allein zu sein – aber ehrlich gesagt, wollte sie nicht in seiner Nähe sein. Sie begann, sich in seiner Gegenwart beklommen zu fühlen. Sie befürchtete, er könnte den Vorwurf in ihren Augen lesen, dass er es jemals so weit hatte kommen lassen.

Natürlich konnte man auch sagen, dass sich in ihrem Leben nichts geändert hatte. Das Haus gehörte ihr noch, sie verbrachte die Tage genauso wie früher, nichts fehlte. Das Problem lag tiefer.

Josie hatte das große Bedürfnis, sich auf jemanden verlassen zu können, und das konnte der Vater ihr nicht geben. Er konnte sich noch nicht einmal auf sich selbst verlassen. Ihr Glaube an ihn war erschüttert worden.

Sein Äußeres, das sich nach seinem Verlust stark verändert hatte, machte die Sache nicht gerade besser. Sie wünschte, er würde seine Niederlage nicht so offen zeigen. Sie ärgerte sich über sein Abmagern und über die tiefen Linien, die über Nacht in seinem Gesicht erschienen. Jede einzelne davon ein Zeichen der Resignation.

Sogar seine Schweigsamkeit, die sie einst als ein Teil seines Wesens gesehen hatte, war für sie nun ein Zeichen seiner Kapitulation. Sie erwartete von ihm, dass er ihr beschädigtes Leben reparierte. Aber das vermochte er nicht.

Dann hatte es nicht mehr lange gedauert, und er war nicht mehr bei ihnen. Tot. Einfach so.

Und nun, zwei Jahre danach, verlor sie sogar die Erinnerung an ihn. Es fiel ihr schwer, sein Bild heraufzubeschwören. Es war wie bei einem Bild, dessen Farben verblassten, die Konturen verschwammen, wurden unbestimmbar. Aber sie musste sich eingestehen, eigentlich nie besonders viel über ihn gewusst zu haben. Wenn sie ihn heute aus dem Gedächtnis malen würde, das wusste sie, würde sie zwar einen Eindruck von ihm wiedergeben können, eine genaue Ähnlichkeit wäre jedoch unmöglich. Nach seinem Tod dachte sie häufiger an ihn als zu seinen Lebzeiten. Seltsam, wie die Menschen erst dann über jemanden nachzudenken begannen, wenn er nicht mehr da war und sie sich nach etwas sehnten, das ihnen entglitten war.

Und wie war es bei ihrem Großvater? Könnte sie ein Bild malen, das ihm ähnlich wäre? Zum Ende hin hatte auch er sich auf seine Weise zurückgezogen. Er bevorzugte es, in seinem Zimmer zu sitzen, statt von der Veranda aus die Welt zu betrachten, wie er es bislang getan hatte. Er wandte sich von der Gegenwart ab und der Vergangenheit zu. Sie erinnerte sich, wie er immer häufiger von seiner Jugendzeit in Xiamen und auf der Insel erzählte, von seinem Weggang nach Manila und später nach Australien. Die Vergangenheit bot ihm Geborgenheit, denn die Gegenwart war ihm unerträglich geworden. Zwei Nächte vor seinem Tod hatte sie ihn im Schlaf murmeln hören. *Singapur.*

Josie hatte seine Begeisterung für Singapur nie verstehen können und weshalb er so oft mit Großmutter dorthin fuhr. Mit zehn Jahren war sie einmal für eine Woche mitgekommen. Die ersten paar Tage waren aufregend gewesen, weil alles so neu war. Am liebsten ging sie zu einem Parkplatz, auf dem sich abends die Garküchen und Stände mit Lebensmitteln drängten. Aber es dauerte nicht lange, und das Neue war abgenutzt. Ruhelosigkeit hatte Josie ergriffen.

Tagsüber ging der Großvater alleine fort, weil er, wie er sagte, einiges zu erledigen hatte. Und so ging Josie mit ihrer Großmutter im Park spazieren, oder sie unternahmen einen Schaufensterbummel, bis es an der Zeit war, ihn zum Mittagessen zu treffen. Doch das Einkaufen unterhielt sie nicht lange.

Dann hatte die Großmutter eines Morgens gesagt, sie habe eine Überraschung für Josie: einen Besuch im Tiger-Balm-Garten. Josie hatte ihn unausstehlich gefunden. Sie verabscheute die grellen Farben dort und die widerwärtigen Statuen seltsamer Figuren mit verzerrten Gesichtern, die sie danach im Schlaf verfolgten. Tags darauf hatte Josie verlangt heimzukehren. Zwei Tage später kehrten sie nach Sydney zurück.

Im darauf folgenden Sommer waren die Großeltern noch einmal nach Singapur gefahren. Josie weigerte sich mitzukommen. »Da gibt es nichts zu sehen!«, meinte sie, und die Großmutter entgegnete: »Dein Großvater muss dort nach jemandem suchen.« Diese Reise sollte die letzte gewesen sein. Nach so vielen Besuchen dort fanden sie diesen Ort schließlich doch nicht mehr so interessant.

Josie erinnerte sich noch an einen anderen Vorfall während der letzten Monate vor dem Tod des Großvaters. Eines Abends war sie in sein Zimmer gekommen, um ihn zum Essen zu holen. Da hatte er sie angesehen und gesagt: »Weißt du, Josie-ah, ich habe nur einen Fehler gemacht in meinem Leben.«

Danach war er in Schweigen versunken, und Josie hatte es vorgezogen, ebenfalls zu schweigen. Geständnisse waren ihr nicht mehr geheuer, und sie hatte nicht den Wunsch, abermals mit einem solchen belastet zu werden. Vielleicht wäre es letztlich auch nicht besonders gravierend gewesen, was ihr Großvater mitteilen wollte, doch das würde sie nun nie mehr erfahren. Sie hatte nicht gefragt, und der Moment war verpasst. Ein paar Monate später war das, was er hatte sagen wollen, für immer verloren.

In der Stille dieser warmen, schlaflosen Nacht wurde Josie sich einer traurigen Wahrheit bewusst: Sie, ihr Vater und ihr Großvater hatten einander im Stich gelassen. Jeder in seinen eigenen Schmerz vertieft, hatten sie Angst gehabt vor den Hilferufen der anderen, weil sie befürchteten, dass sich dadurch das eigene Leid nur noch verschlimmerte. Wegen ihrer Feigheit hatten sie nicht das Wunder geteilten Schmerzes erfahren ... seine Kraft, die Pein zu lindern.

Letzten Endes hatten die Lees kein Durchhaltevermögen bewiesen.

8

Josie erwachte und zuckte im selben Moment zusammen. Durch das Fenster blickte Feng auf sie hinab. Als sie hastig aufstehen wollte, lehnte er sich noch weiter herein, und sie spürte seinen warmen, schalen Atem auf ihrem Gesicht. Angeekelt von seinem Geruch und seiner zerlumpten Erscheinung wedelte sie mit der Hand, damit er fortginge. Er sah aus, als ob er im Freien geschlafen hätte. Ein Schmutzstreifen zog sich über sein Gesicht, und das fettige Durcheinander seines Haares erinnerte sie an einen Mopp. Ihre Verärgerung nahm noch zu, als er etwas grunzte. Josie hatte nicht sonderlich gut geschlafen. Das Klappbett sackte in der Mitte durch, und daher schmerzten ihr Rücken und Nacken. Doch Feng schien entschlossen, sie weiter zu belästigen. Wenn er sie doch bloß nicht so anstarren würde mit seinen seltsamen Augen.

Abermals scheuchte sie ihn davon, und diesmal zog er sich mit verblüffender Geschwindigkeit zurück und verschwand. Sie erhob sich, dehnte den Rücken und stöhnte über die Nackenschmerzen. Dann hörte sie ein lautes Kratzen – Feng stand nun vor der Haustür.

Großmutter Chen kam vom Hinterhof herein, die Hände voller Schaum, und eilte zur Tür. In diesem Augenblick trat Soonli aus dem Schlafzimmer. Sie gähnte und rieb sich den Schlaf aus den Augen. Knarrend öffnete sich die Tür, und Großmutter Chen begann zu schimpfen.

»Was denkst du dir dabei, Feng-ah, um diese Zeit herzukommen und dabei so einen Lärm zu machen! Nein, warte hier. Setz dich auf die Stufen und warte. Man will noch schlafen.«

»Machen Sie sich um mich keine Gedanken«, meldete sich Josie rasch. »Ich bin schon auf.«

Im nächsten Augenblick kam Feng hereingeschlurft. Angesichts seines Zustands begann Großmutter Chen erneut zu schimpfen und meinte gereizt, sie würde ihn abschrubben, sobald sie mit der Wäsche fertig sei. Josie sah, wie die alte Frau angewidert den Kopf schüttelte, als sie wieder zur Hintertür ging. Draußen auf dem Hof waren Stimmen zu vernehmen, dazu das Scheppern von Eimern und Wasserplanschen. Die Insel erwachte früh.

»Wo bist du gewesen, Feng-ah?«, kam nunmehr von Soon-li die Frage. Die Antwort war ein Gegrummel und Gemurmel. Dann erblickte er Josie und kam auf sie zu. Sie erstarrte. »Er tut dir nichts«, sagte Soon-li, ergriff Fengs Hand und führte ihn zu einem Stuhl, wo sie ihm befahl, still sitzen zu bleiben, um dann den Nachttopf unter dem Bett ihrer Großmutter hervorzuziehen und hinauszueilen.

Feng blieb auf seinem Stuhl, und Josie konnte ihn vor sich hin summen hören. Um irgendetwas zu tun, begann sie die Bettdecken zusammenzulegen. Danach klappte sie das Bett zusammen und lehnte es an die Wand, um mehr Platz zu schaffen. Sie stellte die wenigen Möbelstücke wieder an ihren ursprünglichen Platz, wobei sie sich die ganze Zeit über der Blicke bewusst war, mit denen der Mann sie aus seinen seltsamen Augen verfolgte.

Zu Josies Bedauern nahm Feng an ihrem Frühstück teil. Sie bemühte sich, nicht hinzuschauen, als er seine Reisschale aufnahm und sie zum Mund führte. Der Reis lief ihm über das Kinn und tropfte auf sein Hemd, wo er einen feuchten dunklen Fleck auf dem Kragen hinterließ. Großmutter Chen tadelte ihn dafür, doch seine einzige Antwort bestand aus unverständlichem Gebrabbel. Daher beugte sich die alte Frau vor und wischte ihm den Mund ab. Trotz ihres Hungers aß Josie nur wenig und hoffte, er würde sie wieder verlassen, sobald die Mahlzeit vorüber war.

Doch er sollte den ganzen Tag bei ihnen bleiben. Josies einziger Trost bestand darin, dass sich Großmutter Chen an ihr Versprechen hielt und ihn mit Hilfe von Soon-li und einigen Eimern Wasser wusch. Dabei schrie er gellend, sodass seine Stimme im ganzen Hof widerhallte. Josie blieb im Haus, während die beiden Frauen sich bemühten, ihn zu säubern. Dann erschien er im Wohnzimmer, das Haar noch feucht, aber gekämmt. Dazu trug er frische, gestopfte Kleidung. Josie bezweifelte, dass er lange so sauber bleiben würde.

Er war nicht abzuschütteln. Er folgte ihnen bis zum Bezirksbüro, und Josie musste allein hineingehen, während Soon-li mit ihm draußen blieb. In dem Büro sah Josie sich einem anderen Angestellten gegenüber. Die Frau, mit der sie gestern gesprochen hatte, sei krankgemeldet, informierte sie der Mann. Josie bemühte sich, höflich zu sein, weil sie hoffte, ihn damit für ihren Antrag gewogen zu machen. Das schien zu wirken, denn er nahm sich die Zeit, ihren Brief durchzulesen, und danach befragte er sie über Sydney. Geduldig antwortete sie auf alle seine Fragen und plauderte mit ihm über die Insel, fragte ihn nach Plätzen, die er für besichtigenswert hielt. Als Josie ihn verließ, erbot er sich, ihr bei Großmutter Chen eine Nachricht zukommen zu lassen, sobald eine Antwort aus Xiamen vorlag.

Als sie ihn fragte, wann das sein würde, meinte er, er werde eine Notiz an ihren Antrag heften mit dem Hinweis, es handele sich um eine dringende Angelegenheit, die umgehend erledigt werden müsste. Erst dann wurde Josie sich bewusst, dass sie es mit einem vorgesetzten Beamten zu tun hatte und nicht nur mit einem einfachen Untergebenen. Sie dankte ihm überschwänglich, und der Mann strahlte, wobei er sein Versprechen wiederholte, die Bearbeitung ihres Antrags zu beschleunigen.

Soon-li war überrascht, als sie das von Josie erfuhr. »Du hast großes Glück, denn er ist jemand, der sonst nie lächelt. Sogar seine Frau nennt ihn einen Sauertopf.«

Josie lachte. Zum ersten Mal, seit sie die Insel betreten hatte, hatte sie den Eindruck, voranzukommen. Vielleicht ließ sich die ganze Angelegenheit schneller erledigen, als sie gedacht hatte. Ihr war plötzlich ganz leicht zumute, und als Feng sie am Ärmel zupfte, fragte sie ihn, was er wollte, anstatt zurückzuweichen. Er antwortete, indem er vorauseilte und ihr und Soon-li bedeutete, ihm zu folgen.

Am Dadeji-Strand brannte die Sonne vom Himmel. Ein paar Möwen flogen vorüber, schwangen sich zur Wasseroberfläche hinab und flogen dann gemeinsam weiter. Die Luft war warm, und Josie spürte, wie die Hitze sich zu stauen begann. Sie leckte sich über die Lippen und schmeckte das Salz. Lautes Kreischen veranlasste sie, zu ein paar Kindern hinüberzublicken, die im Wasser herumspritzten. Sie schienen aus dem Nichts gekommen zu sein. Nicht länger imstande, der Versuchung zu widerstehen, die Füße ins Nass zu tauchen, zog Soon-li ihre Gummisandalen aus und lief ans Wasser. Dort ging sie in die Hocke und legte die Hand auf den Sand, während sie auf die nächste Woge wartete. Sie rief und fragte Josie, ob sie nicht auch zum Wasser kommen wolle. Josie verneinte, zufrieden mit dem Platz, wo sie sich befand.

Feng wurde ungeduldig, gestikulierte wild und wies nach vorn. Soon-li wollte nicht und meinte, es gäbe keinen Grund zur Eile, doch Feng begann nur noch mehr zu drängen. Schließlich gaben sie ihm nach und nahmen ihren Weg wieder auf, wobei er sie schlurfenden Schrittes anführte.

Erst als sie fast angelangt waren, konnte Josie diesen Ort in ihrer Erinnerung einordnen. Der felsige Teil der Insel, der bis zum Wasser hinabreichte, wo sich die versprengten Felsen wie ein Steg bis in das Meer hinein erstreckten. Das war der Ort auf dem Foto.

»Feng-ah, komm herunter!«, schrie Soon-li. Josie schaute auf und sah, dass Feng sich bereits einige Meter über ihnen befand und immer weiter kletterte.

»Komm zurück«, rief Soon-li.

Feng schaute hinunter und zeigte dann hinauf zu den Felsen über ihm.

Soon-li stieg ihm nach, wobei sie rief: »Nicht so schnell, Feng-ah!«

Josie beeilte sich, ihnen zu folgen, denn sie wollte nicht zurückbleiben. Kurz erblickte sie Soon-lis rote Bluse, bevor sie wieder hinter einem Felsbrocken verschwand. Doch von Feng war nichts zu sehen. Dann tauchte Soon-li wieder auf, und Josie rief ihr zu, sie solle warten.

»Dort oben«, sagte Soon-li und zeigte auf etwas, als Josie sie endlich eingeholt hatte. Josie schaute hinüber und erblickte ein paar aufeinander getürmte Felsen ... nein, Felsen, die aussahen wie künstlich gehauene Stufen.

Ihr Herz setzte einen Schlag lang aus. Sie wusste, wohin diese Stufen führten.

»Warte hier. Ich gehe und hole ihn«, meinte Soon-li. Doch Josie schüttelte den Kopf. »Nein, nein, ich komme mit dir.« Ihr Herz schlug wild und unregelmäßig. Josie achtete nicht auf Soon-lis Worte, sondern eilte die Stufen empor, ohne zu sehen, wohin sie ihre Füße setzte. Trotzdem stolperte sie nicht ein einziges Mal und hielt erst inne, als sie oben angelangt war.

Sie fand sich auf einem Felsvorsprung wieder, der wie eine Aussichtsplattform hinausragte. Dort stand Feng und erwartete sie. Er war ungewöhnlich still und ruhig, während auf seinem Gesicht ein Ausdruck von Ehrfurcht und Verehrung lag. Er hob die Hand und wies nach oben. Noch bevor sie hinsah, wusste sie, was sie dort erblicken würde.

Gegen den strahlenden Himmel hob sich als Silhouette das Profil einer Frau ab. Dies war der Felsen der Göttin, von dem ihr der Großvater erzählt hatte.

Dies ist meine Geschichte von der Göttin und dem Guten Sohn.

Es lebte einst ein Lee, der zur Zeit der Qing-Dynastie in einem Tiger-Jahr geboren worden war, damals, als die Lees noch auf dem Festland lebten. Seine Eltern gaben ihm den Namen Lee Sheng-san. Er war der zweite Sohn und das jüngste Kind von sechs, die dieses Paar bekommen hatte.

Er war ein ruhiger Junge, von freundlichem Wesen, der seine Mutter über alles liebte. Sie jedoch war nie sonderlich stark und gesund gewesen, und jedes Kind, das sie zur Welt brachte, schwächte sie nur noch mehr. Daher verbrachte sie immer mehr Zeit in ihrem Zimmer. Lee Sheng-san versäumte es nicht, sie regelmäßig zu besuchen, brachte ihr Neuigkeiten von jenseits der Mauern ihres Hauses: den Klatsch der Dienstboten, Dinge, von denen er in der Stadt erfahren hatte. Dann lächelte sie und lachte sogar mitunter. Seine Ergebenheit der Mutter gegenüber wurde von der Familie bemerkt, und man vernahm, wie der Vater sagte: »Der eine Sohn ist mit Glück gesegnet, der andere mit einem Herzen.«

In jenen Tagen war die Stadt kleiner, und die Menschen kannten einander. Die Familie Lee war reich und respektiert, daher kannte sie jeder. Und von Lee Sheng-san sagten sie, er sei ein guter Sohn.

Der liebste Tag für Lee Sheng-san war der erste Frühlingstag, denn dann wurde ihm die Seele leichter. Doch der erste Tag seines achtzehnten Frühjahrs brachte ihm wenig Freude. Ein Diener kam mit der Nachricht, dass seine Mutter sich seit dem Aufwachen nicht wohl befinde und man nach dem Kräuterdoktor gesandt habe, damit er ihr einen Trank bereite. Als dieser Mann die Dame sah, schüttelte er den Kopf und sprach flüsternd mit dem Großen Herrn und seinen Söhnen.

»Es ist nur noch eine Frage der Zeit«, meinte er.

Den ganzen Frühling hindurch betete Lee Sheng-san zu allen Göttern, die er nur kannte. Doch als der Sommer kam, vermochte dieser nicht mehr die Kälte aus ihrem Körper zu vertreiben. Bei dem Anblick, wie sie trotz der Hitze vor Kälte zitterte, grub sich Trauer in sein Ant-

litz, und die Diener flüsterten untereinander, der Junge Herr müsse auf sich achten, damit nicht auch er noch erkrankte.

Eines Tages, als Lee Sheng-san in seinem Zimmer saß, vernahm er ein leises Klopfen an der Tür. Er erhob sich, um sie zu öffnen. Es war die Zofe seiner Mutter, eine alte Frau, die ihr schon seit langem gedient hatte. Und diese Frau war eine große Verehrerin von Guanyin, der Göttin der Gnade. Jedes Jahr unternahm sie eine Pilgerreise zu einem ihr geweihten Tempel auf einer Insel.

»Zweiter Herr«, sagte sie, »Ihr dürft die Hoffnung nicht aufgeben. Morgen breche ich zu dem Tempel auf und werde dort der Göttin opfern.«

Zur Überraschung der Dienerin entgegnete er: »Ich werde mit dir kommen.«

Die Nachricht über ihre Abreise verbreitete sich in der Stadt. Als die Sänfte mit den beiden Pilgern die Hauptstraße entlang getragen wurde, sagte jeder, an dem sie vorbeikam: »Das dort ist der gute Sohn.«

Sie bestiegen ein Boot, das sie zur Insel bringen sollte. Der Ruderer fragte, ob sie sich gewiss seien und wirklich fahren wollten. Er wies nach Südosten und sagte, im Morgengrauen sei es dort dunkel gewesen – ein Zeichen, dass es noch vor dem Mittag regnen würde. Doch die vereinzelten Wolken erschienen Lee Sheng-san nicht bedrohlich.

»Lasst uns aufbrechen«, meinte er, weil er dachte, je eher sie zu der Insel kämen, umso schneller würde es auch seiner Mutter wieder besser gehen.

Der Mann begann, sie über das Wasser zu rudern. Alles schien gut zu verlaufen. Es blies ein lauer Wind, und die Wolken veränderten sich nicht. Doch kaum hatten sie sich weiter von der Küste entfernt, ballten sich die Wolken über ihnen zusammen. Dunkelheit breitete sich am Himmel aus, sodass es eher nach Sonnenuntergang als nach Tagesmitte aussah. Dann fiel der Regen – nicht in vereinzelten Tropfen, er stürzte vielmehr in derartigen Massen vom Himmel, dass ihr Boot anfing, voll zu laufen, während es von den Wogen hin und her geworfen wurde.

Die Zofe murmelte ein Gebet. Lee Sheng-san glaubte, sie alle würden ertrinken. Gerade als er jede Hoffnung aufgeben wollte, geschah etwas Seltsames: ein Wachtraum, an dem auch seine Begleiter teilhatten. Über ihnen erklang die kraftvolle Stimme einer Frau, die den Himmel erfüllte: »Ich befehle den Wassern, zur Ruhe zu kommen, und den Wolken, keine Tränen mehr zu vergießen, denn in diesem Boot befindet sich ein guter Sohn.«

Mit einem Mal erstarb der Wind, und das Boot hörte auf zu schaukeln, denn die See hatte sich beruhigt, kein Regen strömte mehr herab, und die Dunkelheit um sie herum schwand. Danach schien es, als ob all das zuvor nicht gewesen wäre. Die Sonne schien wieder, und der Tempel auf der Insel kam in Sicht.

Kurz darauf lief das Boot auf den Sandstrand, und Lee Sheng-san stieg mit der Zofe aus. Als sie über einen schmalen Holzsteg hinaufstiegen, zog eine Frau die Aufmerksamkeit von Lee Sheng-san auf sich, die dabei war, bei den Felsen Wäsche zu waschen. Sie schaute auf, ihre Blicke trafen sich, dann fuhr sie mit ihrer Arbeit fort.

Er stieg die steinernen Stufen zum Tempel empor. Auf halbem Weg hielt ihn ein Mönch an und fragte ihn: »Als ihr draußen auf dem Meer wart, habt ihr da eine Stimme rufen hören?«

Lee Sheng-san nickte. Doch bevor er fragen konnte, woher der Mann dies wusste, sprach der Mönch weiter: »Und als ihr auf die Insel kamt, habt ihr da eine Frau gesehen, die bei den Felsen Wäsche gewaschen hat?«

»Ja, in der Tat.«

»Das, mein Sohn, war Guanyin, die Göttin der Gnade. Geh nun und bringe ihr ein Opfer dafür, dass sie euer Leben und das deiner Mutter gerettet hat, denn auch sie wird genesen, weil du ein guter Sohn bist.«

Lee Sheng-san stiegen die Tränen in die Augen. Daraufhin eilten er und die Zofe hinauf zum Tempel, entzündeten dort den Weihrauch und begannen mit ihren Gebeten.

Als es an der Zeit war, wieder ins Boot zu steigen, hielt Lee Sheng-

san Ausschau nach der Wäscherin, doch sie war nirgends zu sehen. Der Mönch jedoch sprach ihn abermals an und sagte: »Die Göttin hat eine Botschaft für dich. Du musst eine Aufgabe vollbringen.«

»Ich werde alles tun, was sie verlangt«, antwortete Lee Sheng-san.

»Du musst zu der Insel fahren, die der Bucht gegenüberliegt, wo du wohnst. Dort musst du nach einem Felsen suchen, der das Antlitz der Göttin zeigt.«

»Wird mich jemand dorthin begleiten?«, fragte er den Mönch.

»Nein, denn andere werden nur einen Felsen sehen, wo du ihr Gesicht erblickst. Und das wird so bei allen Lees aus eurem Blute sein. Ich verkünde dir nunmehr, dass die Lees die Meere unter den wachsamen Augen der Göttin befahren werden, solange sie sich ihr gutes Herz bewahren. Sie werden immer sicher sein unter ihrer Hut und immer wieder heimfinden.«

Lee Sheng-san kehrte nach Hause zurück. In jenem Sommer gewann seine Mutter ihre Kräfte wieder. Angesichts seiner Tat gab ihm der Vater seinen Segen und ließ ihn zu der Insel gegenüber der Bucht fahren, um dort nach dem Ort zu suchen, von dem der Mönch gesprochen hatte. Und es gab ihn tatsächlich. Lee Sheng-san erblickte das Gesicht der Göttin auf dem Felsen. Und so, Josie-ah, kann man wohl sagen, dass die Lees seither auf der Insel mit dem Felsen der Göttin lebten, weil es unter ihnen einst einen guten Sohn gegeben hat.

Josie betrachtete voller Erstaunen den Felsen. »Und ich habe es immer nur für eine Geschichte gehalten. Schaut doch!« Sie zeigte auf das Felsengesicht. »Dort ist sie, die Göttin!«

Soon-li zog die Brauen zusammen. »Aber ich sehe nichts.«

»Vielleicht solltest du hierher kommen. Von hier aus kann man es deutlich sehen«, entgegnete Josie. Doch Soon-li konnte das Gesicht immer noch nicht entdecken. Josie blickte zu ihrer Freundin hinüber. Das Mädchen machte sich nicht lustig über sie. Also versuchte sie es erneut. Unter Berücksichtigung von Soon-lis Blickwinkel zog sie das Profil mit dem Finger nach, damit ihre Freundin einen Anhaltspunkt hatte. Doch Soon-li sah nach wie vor nur einen Felsen. Und sonst nichts weiter. Verärgert und enttäuscht gab Josie auf. Ihr Großvater hatte gesagt, nur Lees konnten das Gesicht der Göttin erkennen. Doch wie es schien, erkannte Feng es ebenfalls. Und warum dann nicht Soon-li? Vielleicht bildete Josie sich das Ganze ja auch nur ein. Schließlich verdiente sie sich ihren Lebensunterhalt mit Malen, und die Welt erschloss sich ihr in Linien und Formen, in Abstufungen von Licht und Schatten. Sie schalt sich selbst, weil sie so dumm gewesen war.

Nach einer Weile meinte Soon-li, es sei an der Zeit aufzubrechen. Rasch liefen sie die Stufen hinab, zusätzlich angetrieben vom Hunger. Es war beinahe Mittag. Diesmal war es Josie, die voranging. Hinter ihr folgte Soon-li mit Feng an der Hand. Als sie hinabkamen, sah Josie, dass das Wasser sich noch weiter zurückgezogen und noch mehr Felsen freigelegt hatte. Dann war sie am Strand angelangt. Josie trat nach einem Algenklumpen, der feuchtschimmernd auf dem glitzernden Sand lag. Als Soon-li und Feng sie eingeholt hatten, setzten sie ihren Weg fort.

Sie waren noch nicht sehr viel weiter gekommen, als Josie plötzlich herumfuhr und sich nach den Felsen umsah.

»Was ist? Hast du etwas vergessen?«, fragte Soon-li. Josie runzelte die Brauen und sagte »Nein«. Trotzdem suchte sie die Felsen mit ihren Blicken ab. Aber da war nichts ... niemand. Trotzdem konnte sie sich nicht des Eindrucks erwehren, dass da jemand nach ihr gerufen hatte. Eine tiefe Frauenstimme, die sagte: *»Komm wieder, Josie Lee. Du musst wiederkommen!«*

9

Feng stieß ein Wimmern aus, einen irritierenden Ton, der Josie an ein verwundetes Tier erinnerte. Soon-li eilte zu ihm zurück. Von dort aus, wo sie gerade stand, konnte Josie hören, wie sie zu ihm sagte: »Feng-ah, geh zum Pier ... Schau nach, ob das Schiff dort ist.«

Feng war Soon-li und Josie bis zum geschäftigen Zentrum der Insel gefolgt, wo sie sich mit Großmutter Chen zum Mittagessen im Restaurant »Drachenhaupt« verabredet hatten. Als Josie in die Longtou Road mit ihren ockerfarbenen und grünen Zementziegeln einbog, befand sie sich vor der Hauptstraße, durch die sich die letzte Touristenladung von der Fähre schob. Sie hoffte, sie würden Feng hier loswerden. Schließlich platzte hier alles aus den Nähten vor lauter Kauflustigen und Touristen, die sich die T-Shirts ansahen, die vor den Läden flatterten, Land- und Postkarten kauften oder zusätzliche Filmrollen, Päckchen mit Crackern aus Krabbenmehl und kalte Dosengetränke. Josie wäre selbst nur zu gerne stehen geblieben, um sich die großen Plastikwannen voll lebender Fische und Krabben, Muscheln und Krebse, Bambusmuscheln und Tintenfische in den Erdgeschossen der Restaurants anzuschauen, aber sie und Soon-li waren bereits ziemlich spät dran.

Das »Drachenhaupt« mit seinen auf traditionelle chinesische Art an den Ecken der Dachränder hinaufgebogenen roten Dachziegeln hob sich deutlich von den anderen, kleineren Lokalen in dem Viertel ab. Es war das meistbesuchte Restaurant auf der Insel. Josie betrat es durch seinen üppig verzierten rot-goldenen Eingang, ohne Feng hinter ihr auch nur eines Blickes zu würdigen. Sie hoffte, man würde ihn schließlich davon abhalten, sich zu ihnen zu gesellen. Feng mochte es jedoch gar nicht, wenn man ihn von irgendetwas abhielt, und so dauerte es auch nicht lange, bis sich vor dem Eingang eine Menschenmenge angesammelt hatte.

Josie wandte sich um und ging zurück zu Soon-li, die ihm Vorwürfe machte. Als er sie herankommen sah, rannte Feng auf sie zu. Sie trat beiseite, um ihm auszuweichen, und an diesem Punkt mischte sich einer der Zuschauer ein. In der Annahme, Feng würde Josie belästigen, die ganz offensichtlich ein Besucher auf der Insel war, gab er ihm einen Stoß. Feng zahlte es ihm mit gleicher Münze heim. Er schlug nach der Hand des Mannes. Der begann zu fluchen und laute Drohungen auszustoßen, was Feng nur noch mehr aufbrachte. Sein Geschrei wurde lauter, wobei er mit dem Fuß aufstampfte und wild mit den Armen fuchtelte.

Wieder und wieder schrie Soon-li: »Feng-ah, hör auf damit! Hör auf!«

Die Menge bildete nun schon einen dreifachen Ring um sie herum. Josie wünschte sich, sie würden verschwinden. Sie versuchte, ihnen zuzureden. Es sei alles in Ordnung, wollte sie erklären, wir kennen diesen Mann. Doch bevor sie dazu kam, ertönte eine laute, grobe Stimme: »Hau ab! Verschwinde hier!«

Josie wandte sich um und sah den untersetzten Mann aus dem Eingang des Restaurants auf sie zu eilen. Er war der Besitzer des »Drachenhaupts«, und er wurde von zwei Kellnern begleitet. Einer von ihnen begann, mit einem schmutzigen Geschirrtuch nach Feng zu schlagen, wobei er ihn wiederholt am Kopf traf. Der zweite Kellner trat nach Feng, traf ihn aber nicht, was ihn noch mehr in Rage brachte. Soon-li schrie laut, man solle aufhören, aber sie nahmen keine Notiz von ihr. Inzwischen hatten die scharfen Schläge Feng in die Knie gezwungen. *Patsch! Patsch! Patsch!* Feng schützte seinen Kopf und wimmerte wie ein verängstigter Welpe. Ein Murmeln kam aus der Menge, als Soon-li den Arm des Kellners ergriff, um ihn zum Einhalten zu bewegen. Die gewalttätige Atmosphäre um sie herum verursachte ein schmerzhaftes Pochen in Josies Schläfen. Die heiße Mittagssonne malte grelle Blitze vor ihren Augen. Gegen das Licht sah sie, wie der Besitzer auf Feng zuging. Über ihn gebeugt, hob er den Arm und ballte die Faust. Doch bevor er einen Schlag anbringen konnte, ertönte ein lauter Schrei: »Rühr-ihn-nicht-an!«

Der Besitzer fuhr herum und starrte voller Überraschung auf Josie. Sie hielt seinem Blick stand. Das Gesicht des Mannes nahm die Farbe von Soon-lis Bluse an. War das wirklich ihre Stimme gewesen? Wie ihr der Kopf schmerzte. Das wilde Pochen vernebelte ihre Sinne. Sie schloss die Augen.

»Josie ... Josie-ah«, hörte sie eine Stimme wie von ganz weit her sagen.

Josie blinzelte. Vor sich sah sie Soon-lis besorgtes Gesicht und daneben einen mittlerweile besänftigten Feng.

Soon-li sprach weiter, mit einer seltsam leisen und ruhigen Stimme: »Herr Ting hier hat es gut gemeint, Josie-ah. Er dachte, Feng würde uns belästigen. Ist es nicht so, Herr Ting?«

Das Hämmern in Josies Kopf ließ nach, und schließlich konnte sie wieder einen klaren Gedanken fassen. Sie hatte sich unbesonnen verhalten. Sie hatte vergessen, dass Soon-li, ihre Großmutter und Feng auf der Insel lebten und sich keine Feinde machen wollten.

Indem sie ihren Stolz hinunterschluckte, wandte sich Josie an den Besitzer, der wegen ihres Ausbruchs sein Gesicht vor den anderen verloren hatte. Mit besänftigendem Ton, doch laut genug, damit die Menge sie verstehen konnte, sagte sie: »Es tut mir leid, Herr Ting, ich habe Ihre Absicht missverstanden. Ich weiß nun, dass es Ihre Absicht war, uns zu schützen, und nicht, Feng etwas anzutun.«

Die Worte hinterließen einen schlechten Geschmack in ihrem Mund. Doch sie waren genau das, was der Mann hatte hören wollen. Josie beobachtete ihn, wie er sich vor der Menge aufspielte, sich ihnen gegenüber großherzig gab und sagte, er habe bloß seine Gäste beschützen wollen. Jeder wüsste schließlich, wie freundlich er im Grunde sei, niemals imstande, einer harmlosen Kreatur etwas anzutun, und ganz bestimmt habe er auch nichts gegen so benachteiligte Wesen wie Feng.

Als sie das hörte, lächelte Josie. Der Mann hatte sich die Blöße gegeben, auf die sie gewartet hatte. Während sie sich zu Feng umdrehte, sagte sie: »Komm, Feng. Wir dürfen keine Zeit verlieren. Drinnen wartet Großmutter Chen auf uns ... Wir müssen jetzt hineingehen.«

Dem Besitzer stand der Mund offen, und Soon-lis Gesicht zeigte das gleiche Entsetzen. Doch Josie wusste, dass der Mann Feng nicht daran hindern konnte, das Restaurant zu betreten, nachdem er derart mit seiner Großherzigkeit geprahlt hatte. Josie hatte aber auch nicht den Wunsch, ihn gegen sie aufzubringen. Sie machte ihm die ganze Angelegenheit dadurch etwas schmackhafter, indem sie zu ihm sagte: »Feng hier wird mein Gast in Ihrem berühmten Restaurant sein.«

Dann bat sie Herrn Ting höflich, für sie einen Tisch abseits der übrigen Gäste zu finden, wo Feng keinen Anstoß erregen konnte. Das trug viel zur Besänftigung des Mannes bei. Nachdem es nun so aussah, als ob er wieder das Sagen hatte, willigte er ein, doch nicht ohne Josie mitzuteilen, dass sie und ihre Gäste durch einen Nebeneingang gehen müssten. Josie entgegnete, sie könne ihn verstehen und danke ihm für seine Großmütigkeit. Die Menge murmelte Beifall, und eine Minute später wurden Josie, Soon-li und Feng vom Besitzer höchstpersönlich an ihren Tisch geleitet.

Bei Fengs Erscheinen konnte Großmutter Chen nur mit Mühe ihre Überraschung verbergen. Doch bevor Josie oder Soon-li etwas erklären konnten, war Herr Ting schon mitten in seiner dramatischen Wiedergabe dessen, was gerade vorgefallen war, wobei er sich die Heldenrolle zuschrieb. Während er sprach, spürte Josie, wie Großmutter Chen sie musterte. Sie befürchtete, das Missfallen der alten Dame erregt zu haben, doch als der Besitzer endlich fortging, begann sie zu Josies Überraschung leise glucksend zu lachen.

»Also haben Sie dem alten Ting Ihr Lee-Temperament gezeigt! Nun, der Mann hat es verdient. Er ist zu aufgeblasen und denkt, sein Erfolg mit dem Restaurant macht ihn zu einem wichtigen Mann. Wissen Sie, die Alte Herrin hätte ihn auch ordentlich zurechtgewiesen.«

Josie wollte entgegnen, dass dies gar nicht ihre Absicht gewesen sei und sie bloß auf die Misshandlung von Feng reagiert habe. Dabei war er ihr im Grunde gleichgültig. In Wahrheit ertrug sie Feng nur um Großmutter Chens und Soon-lis willen. Doch Josie sagte nichts. Sie war müde. Der Vorfall hatte sie erschöpft, und sie wünschte sich, alle würden sie in Ruhe lassen. Das Drama hatte sie jedoch zu einem Objekt der Neugier gemacht. Ihr Kellner, ein Mann mit schiefen Zähnen und ungekämmtem Haar – der Neffe des Besitzers, wie sie später erfuhr –, strich bei jeder Gelegenheit um ihren Tisch.

Josie überließ die Bestellung Soon-li und Großmutter Chen und sagte nur, sie würde gerne ein paar der hiesigen Spezialitäten probieren. Und nun, mit einem runden, flachen Klecks farblosen Glibbers vor sich, durch dessen Mitte sich graue Fäden zogen, begann sie diese Entscheidung schon zu bedauern. *O Sun Tang.*

Josie verstand das letzte Wort, und schlagartig wurde ihr flau im Magen. Sie konnte sich nicht überwinden, Meereswürmer zu essen, auch wenn Soon-li versicherte, sie seien sauber und reich an Eisen. Feng hatte keine derartigen Bedenken, wie sie feststellte. Im Handumdrehen hatte er seine verspeist. Josie wollte ihm schon ihre Portion geben, als Großmutter Chen sagte: »Ihr Großvater hat das gerne gemocht.« Josie schloss die Augen und biss in den Glibber. Er war erstaunlich fest und schmeckte innen nach Muscheln, nur milder. Aber, danke, nein, sie wollte keine zweite Portion davon haben.

Zu ihrer Erleichterung war das weitere Essen genussreicher. Die Taro-Teigtaschen mit ihrer saftigen Füllung aus Hackfleisch und gehackten Pilzen waren köstlich, ebenso der in der Pfanne gebratene Austernfladen, für den diese Gegend im Süden berühmt war. Josie hatte noch nie Austern dieser Form gesehen. Diese kleinen, runden Klümpchen waren schmackhafter als die Felsenaustern, die sie in Sydney gegessen hatte. Soon-li hatte auch eine große Platte mit Bambusmuscheln bestellt, die mit Ingwer und Knoblauch gegart waren. Es dauerte nicht lange, und ein Miniaturhügel aus leeren Muschelschalen türmte sich auf einem Teller mitten auf dem Tisch.

Während der Mahlzeit wurde wenig gesprochen. Josies Tischgenossen waren mit Essen beschäftigt, daher folgte sie ihrem Beispiel und konzentrierte sich auf ihr Mahl. Ihr gegenüber futterte Feng mit Begeisterung, wobei er seine Hände mehr benutzte als die Stäbchen. Er war nicht unbedingt der manierlichste Esser, und so beugte sich Großmutter Chen von Zeit zu Zeit zu ihm hinüber, um ihm das Kinn mit einem feuchten Tuch abzuwischen. Auch um Josie kümmerte sie sich, indem sie ihr leckere Happen in die Schale legte und dazu meinte: »Essen Sie ... Versuchen Sie dies. Es ist sehr gut.« Und jedes Mal, wenn sie das tat, fühlte Josie sich an ihre Großmutter erinnert.

Als das Essen vorüber war und der Kellner ihre Schalen abräumte, fragte er, ob es Josie geschmeckt habe. Sie sagte ihm, es sei das beste Essen, das sie je gegessen habe. Das verstand er als Ermunterung, ein Gespräch anzufangen.

»Ist die junge Dame wegen dem Fest hier?«, fragte er.

Unsicher, was er damit gemeint haben könnte, schaute Josie ihn an.

»Gehören Sie nicht zu den Gästen?«, hakte er nach.

»Die junge Dame ist zu Besuch auf der Insel. Vor vielen Jahren habe ich ihre Familie gekannt«, antwortete Großmutter Chen.

»Ist das wahr?« Der Kellner wandte sich an Josie. »Nun, vielleicht werden Sie am Tag des Festes noch hier sein. Es soll eine großartige Sache werden ... Es kommen einige wichtige Leute vom Festland herüber. Sie müssen wissen, das Haus ist völlig renoviert worden. Sie hätten es davor sehen sollen. Es zerfiel in seine Einzelteile.«

Jetzt endlich verstand Josie, von welchem Haus die Rede war. Der Mann fuhr fort: »Nun, es heißt, der Besitzer ist sehr reich, mit großen Unternehmen von hier bis nach Shanghai. Ein Geldsack aus Hongkong, heißt es.«

Großmutter Chen brachte ihn zum Schweigen: »Alles Gerüchte! Keiner weiß wirklich etwas.«

»Von wegen Gerüchte! Mein Vetter arbeitet in Xiamen. Kennen Sie Gao-ma? Nun, Gao-ma hat einen Freund, der auf einer Baustelle für ein großes Hotel gearbeitet hat. Und das hat dieser Mann gebaut ... Er ist ein Yu.«

»Ein Yu, sagen Sie ... Sind Sie sicher?«, fragte Großmutter Chen. Josie bemerkte ihr Interesse und fand es seltsam, so wie der Kellner.

»Jetzt glauben Sie mir, nicht wahr?«

»Was soll man da glauben? Übrigens ist nichts gewiss, bevor der Tag nicht vorüber ist«, konterte die alte Frau, worüber Josie lächeln musste.

Josie bezahlte das Essen, und kurz darauf gingen sie. Als sie hinaustraten, stießen sie auf eine Menschenmenge, die einer Prozession von Lastkarren zusah, die beladen waren mit Lebensmitteln, Kisten voll alkoholischer Getränke und anderen, auf denen »Glücksfest-Laternen« stand, dazu eine große Menge Tischtücher und aufeinander gestapelte Gartenstühle. Josie und ihre Begleiter hielten an, um den Vorbeizug der Karren zu beobachten. Der Kellner hatte nicht übertrieben. Es würde ein besonderes Fest sein.

10

Dies nennen wir den Sonnenfelsen«, verkündete Soon-li mit ihrer Fremdenführerstimme. »Wenn die Sonne darauf scheint, dann reflektiert der Felsen das Licht, und man kann ihn schon aus weiter Entfernung sehen.«

Sie waren dabei, eine Reihe von Treppen zu erklimmen, die zum Gipfel dieses berühmten Ortes führten. Nahezu völlig außer Atem, versuchte Josie mit Soon-li Schritt zu halten, welcher der steile Aufstieg nichts auszumachen schien. Josie versuchte so etwas wie Begeisterung aufzubringen, und sei es auch nur, um ihrer Führerin einen Gefallen zu tun. Soon-li nahm ihre Rolle ernst. Josie dagegen war an diesem Morgen herzlich wenig an Besichtigungen interessiert. Ihre Gedanken waren bei dem Haus auf dem Felsen. An diesem Tag sollte der Eigentümer eintreffen.

Nach dem Frühstück hatte Josie zum Pier der Fähre aufbrechen wollen, aber als Großmutter Chen von ihrem Vorhaben erfuhr, hatte sie ausgerufen: »Aber Sie wissen ja noch nicht einmal, wie er aussieht!«

Also hatte sich Josie mit einer Inseltour einverstanden erklärt. Doch nun, da Soon-li sie mit einem Detail nach dem anderen fütterte, konnte sie nur daran denken, wie sehr sie die Massen hasste. Sie schubsten und stießen, und ihre Stimmen schrillten ihr in den Ohren. Doch was auch immer ihr missfiel, kaum hatte Josie den Gipfel erreicht, war alles vergessen. Die Aussicht allein war den Aufstieg wert. Über den Lujiang-Fluss hinweg lag Ximen, die großen Gebäude ragten in den Himmel empor. Das war eine Stadt, die mit der Zeit gegangen war, und sie bot einen scharfen Kontrast zu der Insel, wo die alten Villen für eine völlig andere Epoche standen.

Sie blieben nicht lange. Hinter ihnen hatte sich schon eine Schlange gebildet. Josie und Soon-li gaben ihren hart erkämpften Flecken auf und stiegen die steilen Stufen hinab. Als sie unten das Tor erreichten, bedankte sich Josie bei Soon-li dafür, dass sie sie zu diesem Aufstieg überredet hatte. Soon-li lächelte verschmitzt und schlug umgehend einen Spaziergang zum Shuzhang-Garten vor, aber Josie hatte genug.

Sie kamen rechtzeitig zum Mittagessen nach Hause, aber Josie aß eher aus Höflichkeit als aus wirklichem Hunger. Sie hatte nur wenig Appetit. Nachdem sie den Tisch abgeräumt hatten, wanderte sie auf und ab, bis Soon-li sagte, es mache sie ganz schwindlig, ihr dabei zuzusehen. Schließlich sagte Josie, sie müsse an die frische Luft. Soon-li erbot sich mitzukommen, doch Josie entgegnete, es wäre schon in Ordnung. Nur wegen ihrer Unruhe sollte Soon-li nicht die Mittagshitze ertragen müssen.

Großmutter Chen begleitete sie zur Tür, und bevor Josie hinausging, ergriff die alte Frau sie bei der Hand und sagte: »Wissen Sie, er wird dann ankommen, wenn es an der Zeit ist. Kein Grund zur Sorge. Bei Sonnenuntergang wollen wir zu dem Haus gehen. Ich werde mit Ihnen kommen.«

Josie nickte, froh darüber, dass die alte Frau sich erboten hatte, sie zu begleiten, denn die Gegenwart von Großmutter Chen hatte etwas Beruhigendes für sie. Trotzdem zerbrach sie sich den Kopf über das bevorstehende Treffen mit diesem Mann. Was, wenn Herr Yu zu müde war, um sie zu empfangen? Wenn ein Fest anstand, konnte es gut sein, dass er keine Zeit für sie hatte. Wie sehr sie sich zu wissen wünschte, wann genau er ankommen würde.

Mit diesen Überlegungen wandte Josie sich dem Strand zu. Es war Ebbe, das Wasser zog sich sogar noch weiter zurück als am

Vortag. Auf diesem so entstandenen Spielplatz tobte eine Schar Kinder, die sich mit nassen Sandklumpen bewarf. Sie konnte ihre hin und her laufenden Gestalten in der Entfernung ausmachen und ihr Lachen hören. Josie zog ihre Strandschuhe und Socken aus und drückte ihre Zehen in den weichen Sand. Er fühlte sich unerwartet warm an. Wie lange es schon her war, seit ihre Füße Sand und Meerwasser gespürt hatten ... Zwei Jahre ... eine lange Zeit.

In diesem Augenblick nahm sie eine Bewegung zu ihren Füßen wahr. Als sie sich herabbeugte, sah sie einen Einsiedlerkrebs davonkrabbeln, dessen Schneckenhaus ihm um ein winziges zu klein war. Sie beobachtete, wie er sich auf einen Algenhaufen zubewegte, wobei ihr Schatten ihn die ganze Zeit überdeckte. Dann zeichnete sich neben ihrem noch ein zweiter Schatten auf dem Sand ab. Eine Sekunde später drängten sich zwei kleine sandbeschmierte Füße in ihr Blickfeld. Sie richtete sich auf und erblickte einen kleinen, dunkelhaarigen Jungen, der interessiert dorthin blickte, wohin auch sie geschaut hatte.

»Was ist da?«, fragte er mit verhaltener Stimme. Als er schließlich zu ihr aufsah, erkannte sie ihn. Es war der Junge aus dem Hotel in Xiamen, der mit der Muschelkiste. Er war genauso wenig scheu und zeigte die gleiche Neugier wie bei ihrem ersten Zusammentreffen. Sie lächelte ihn an und fragte sich, ob er sich überhaupt noch an sie erinnerte.

»Was hast du dir angeschaut?«, fragte er sie.

Josie sagte es ihm und zeigte auf den Einsiedlerkrebs, der gerade davoneilte. »Er trägt sein Haus auf dem Rücken. Siehst du es?«

Er erklärte ihr, dass er das schon oft gesehen habe.

»Aber wusstest du auch, dass er sich ein größeres Haus suchen muss, sobald er für das alte zu groß geworden ist?«

Der Junge dachte darüber nach, dann fragte er, wobei er seine Arme weit auseinander streckte: »Und was passiert, wenn er sooo groß geworden ist?«

Josie lachte. »Nein, so groß werden sie nicht!«

»Wie groß?«

Sie sagte, sie wüsste es nicht genau. Er runzelte die Stirn, sah sie zweifelnd an, und sie hatte den Eindruck, dass er von ihr erwartete, über alles Bescheid zu wissen.

Der Junge wandte sein Augenmerk wieder dem Krebs zu. Mit zwei Schritten hatte er ihn eingeholt. Da hörte Josie jemanden laut rufen: »Pao-Pao! Komm her! Belästige diese Dame nicht!«

Josie fuhr herum und erwartete, seine Mutter zu sehen. Stattdessen erblickte sie jedoch jemanden in einer Uniform. Es war das Kindermädchen des Jungen. Er schaute nicht einmal auf. Eine halb im Sand vergrabene Muschel hatte seine Aufmerksamkeit erregt. Er griff danach und wischte den Sand ab.

»Es ist kaputt«, sagte er und hob sie hoch.

Josie nahm sie. »Die meisten davon sind nicht mehr heil, aber die hier hat ein schönes Muster.«

»Ich habe viele Muscheln.«

»Ich weiß. Du hast eine ganz tolle Kaurimuschel, ganz unbeschädigt.«

Der Junge sah sie sich genauer an. Nein, er erinnerte sich nicht an sie, aber das hinderte ihn nicht daran, seine Einladung auszusprechen.

»Möchtest du meine Muscheln sehen?«

Josie lächelte ihn an und streckte die Hand aus, um ihm mit den Fingern durchs Haar zu fahren. »Vielleicht demnächst einmal.«

Er warf die zerbrochene Muschel hoch in die Luft. Sie landete im Sand neben einem Stück Treibholz. Dann wandte er sich nach Josie um und ergriff ihre Hand. Ihre höfliche Absage nahm er gar nicht zur Kenntnis; er war es gewohnt, seinen Willen zu bekommen. »Meine Muscheln sind in meinem neuen Haus«, erklärte er. Er zog an ihrer Hand, und Josie war erstaunt über die Kraft in seinem Griff.

»Wo ist dein neues Haus?«

Er wies hinauf zu den Felsen.

»Und wo ist euer anderes Haus?«, fragte Josie.

»Pao-Pao! Deine Mutter möchte, dass du jetzt sofort nach Hause kommst!« Das Kindermädchen war nur noch wenige Schritte entfernt, doch er ignorierte es immer noch.

»Hongkong ... Kennen Sie Hongkong?«

Josie starrte den Jungen an. Er wiederholte seine Frage.

»Ja. O ja! Ich kenne Hongkong.« Ihre Stimme war kaum mehr als ein Flüstern.

Da erreichte sie das Kindermädchen unter leichtem Schnaufen. Josie lächelte sie an und sagte zu der Frau: »Pao-Pao hat mich eingeladen, um mir seine Muschelsammlung zu zeigen.«

Bevor das Kindermädchen auch nur das Geringste äußern konnte, sagte der Junge zu Josie: »Komm! Ich zeige dir mein neues Haus.«

Josie ging auf eines der Portale zu und setzte sich davor hin. Irgendwo im Innern des Hauses hörte sie eine Tür zuschlagen. Der kleine Junge hatte gewollt, dass sie mit hineinkäme, aber sie hatte gesagt, sie würde hier warten. Und vielleicht konnte er seinem Großvater sagen, dass ihn jemand zu sprechen wünschte.

»Sag ihm, es ist Josie Lee ... aus Sydney.«

»Josie.«

»Ja. Josie Lee. Kannst du das behalten?«

Der Junge nickte und rannte ins Haus, gefolgt von seinem Kindermädchen.

Sie wartete. Abgesehen von dem Geräusch, das ein halbes Dutzend Sprinkler auf dem Rasen verursachten, herrschte rundum nur friedliche Stille. Der Springbrunnen lief, und das Wasser plätscherte sanft. Sie hatte ihn zuerst gar nicht bemerkt, als sie in Begleitung des plappernden Jungen auf das Grundstück gekommen war. Sie ging über den Rasen dorthin. Der Brunnen war genau so, wie ihn ihre Großmutter beschrieben hatte. Gerne hätte Josie die graziöse Frauenfigur berührt, aber das Becken war zu breit. Sie konnte nicht bis zum Mittelstück greifen.

Von fern hörte sie, wie eine Tür geöffnet und geschlossen wurde, aber statt der raschen Schritte eines laufenden Kindes vernahm sie das Klicken von Absätzen auf den Wegplatten. Sie schaute zum Haus und erblickte ihn. Die Abendsonne verlieh seiner Gestalt einen goldenen Schimmer, als er in den Garten hinabkam. Er war allein. Sie wartete auf den Jungen, der gleich mit seinem Muschelkasten erscheinen musste. Sie ging ihm über den Rasen entgegen, wobei sie sich überlegte, was sie zu ihm sagen sollte. Er kam die Treppe hinab auf den Rasen. Als er näher kam, waren seine Gesichtszüge deutlicher zu erkennen, und als noch ein paar weitere Schritte sie ganz deutlich erkennen ließen, blieben die Worte, die Josie sich zurechtlegte, für immer unausgesprochen. Wie aufgeschreckte Vögel wirbelten sie in ihrem Kopf durcheinander und dann auf und davon. Denn sie kannte den Mann, der da auf sie zukam, nur dass eine Zielstrebigkeit von ihm ausging, die er zu Lebzeiten nicht besessen hatte. Wie vom Meer an Land geworfen, war hier ihr Vater zurückgekehrt. Und er war nicht ertrunken.

Sie hatten seine Leiche erst einen Tag später gefunden. Wasserpolizei und Küstenwache waren noch am Abend hinausgefahren, um nach ihm zu suchen. Doch man hatte die Suche eingestellt, als ein Gewitter aufgekommen war. Am nächsten Morgen machten sie weiter, aber Josie war sich bewusst, dass sie ihn nur noch tot auffinden würden. Niemand, auch nicht ein so guter Schwimmer wie ihr Vater, konnte in diesem aufgewühlten Wasser überleben.

Allein schon dass er an jenem Nachmittag ausgegangen war, hätte sie alarmieren müssen. Den ganzen Tag schon war es bedeckt gewesen. Dunkel drohende Wolken hingen tief über Sydney, kein Tag für einen Spaziergang. Als alles vorbei war, erfuhr sie, wie weit er gegangen war – bis zum Freshwater Beach, eine gute Stunde Fußweg. Man fand seine Schuhe auf einem Felsen, die Socken ordentlich hineingestopft. Sie hatte sich vorgestellt, wie er sie sorgsam auszog, auf seine methodische Art. Zuerst den einen Schuh, dann die Socke und dann den anderen Schuh und die andere Socke. Dann sah sie ihn vor sich, wie er die Hosenbeine aufrollte, bevor er die Felsen hinabstieg. Und dann? Seine letzten Augenblicke würden ihr immer verborgen bleiben. Ihr blieben lediglich der spärliche Bericht von seinem Erscheinen am Strand, den der letzte Augenzeuge im Leben ihres Vaters, ein Surfer, der Polizei geliefert hatte.

Jener Mann war, wie so oft nach seiner Arbeit, mit seinem Surfbrett hinausgegangen. Die Brandung war gut, mit zweieinhalb Meter hohen Wellen. Er war ungefähr eine Stunde lang draußen gewesen, als die Wolken bedrohlich dunkel wurden und er beschloss, wieder an Land zu gehen. Da hatte er ihn kurz bemerkt. Ein völlig bekleideter Mann, der die Felsen hinabstieg. Er hatte gesehen, dass er barfuß war.

Der Polizei gegenüber beschrieb er ihn als »Asiaten mittlerer Größe, Ende vierzig, Anfang fünfzig – schwer zu sagen bei diesen Leuten. Bei denen kann man das Alter nicht so leicht erkennen.«

Dann sagte er noch aus, er sei bis an den Saum des Wassers gegangen.

»Nur wir beide waren da noch am Strand. Es war schon ziemlich düster. Ich drehte mich nach ihm um. Er schien seine Füße zu betrachten und das Wasser, wie es auf ihn zukam. Ich weiß nicht, ich habe ihn nur von hinten gesehen und, nun ja, ich habe mir nichts weiter dabei gedacht. Eben jemand, der zum Feierabend abschalten möchte. Ich meine, er sah nicht aus wie jemand, den irgendwas bedrückt oder so.«

Der Mann hatte dann sein Surfbrett genommen und war zum

Surferklub gegangen. Oben am Ende der Treppe angelangt, hatte er zurückgeblickt. Der Strand war leer. Nun, dachte er, der Mann konnte unmöglich so schnell wieder fortgegangen sein. Er zuckte die Achseln, schließlich war es nicht seine Angelegenheit. Dann war er zum Parkplatz hinter dem Klub gegangen. Hier begegnete er einem Rettungsschwimmer, der gerade ein Stück seiner Ausrüstung abholen wollte. Auf eine Eingebung hin berichtete er ihm von dem Mann im Anzug und ohne Schuhe und Strümpfe.

Dem Polizeibericht zufolge hatte der Rettungsschwimmer ausgesagt, er sei nicht gleich beunruhigt gewesen über das, was ihm der Surfer erzählt hatte. Er holte seine Sachen im Klub ab, schloss alles weg und wollte schon zu seinem Wagen gehen, als er sich doch noch entschloss, kurz einmal nachzusehen. Der Strand war leer. Aber da er nun schon einmal unten war, konnte er noch bei den Felsen nachschauen. Dabei fand er die Schuhe.

Kurz darauf rief man die Küstenwache. Und als Josie etwas später an diesem Abend anrief, um ihren Vater als vermisst zu melden, erfuhr sie von der Suche. Sie war zu der Polizeistation geeilt. Dort zeigte man ihr die Schuhe ihres Vaters.

MANN GEHT INS WASSER lautete die Schlagzeile der Lokalzeitung zu dieser Story. Und ein zu allem entschlossener Reporter hatte sich vor dem Gartentor postiert, um jemanden von der Familie des Ertrunkenen abzufangen. Stimmte es, dass der Tote erst kürzlich einen schweren geschäftlichen Verlust erlitten hatte? Hatte er deswegen unter Depressionen gelitten? War es Selbstmord? Josie und ihr Großvater hatten das Haus abgeschlossen und waren nach Cremorne zu ihrer A-yi geflohen.

In der Zeit hatte das Telefon im Haus nicht aufgehört zu klingeln. Peggy, die resolute irische Dame von nebenan, hatte gedroht, ihren Schäferhund Max auf den Reporter zu hetzen. »Lass die Leute in Ruhe«, hatte sie geschrien. »Sie haben genug Probleme gehabt.« Letzten Endes hatte Andrew Finnegan die

Hilfe eines Anwalts in Anspruch nehmen müssen, um dem ein Ende zu bereiten.

Eine Woche später hatte, zu Josies Erleichterung, das Interesse an dieser Angelegenheit nachgelassen. Doch das hielt sie nicht davon ab, sich selbst Fragen über Fragen zu stellen, die nun nie mehr beantwortet würden. Wann hatte er beschlossen, das zu tun? Hatte er es geplant, oder überkam ihn der Wunsch, der Gedanke erst, als er schon bis zur Hüfte im Wasser stand? Oder ging er nur immer weiter hinein, den Ausgang sich selbst überlassend? Sie fragte sich, ob es da einen Moment gegeben hatte, an dem er daran gedacht haben mochte, wieder umzukehren.

Und überhaupt – das Wasser: Wie war es wohl, wenn man es einatmete, schluckte? Sie erinnerte sich daran, darüber gelesen zu haben, wonach Ertrinken gar kein so schrecklicher Tod sei, wie man allgemein annahm.

Wenn man einmal aufgehört hatte, sich dagegen zu wehren, wenn man es akzeptierte, dann war es ein besänftigendes Gefühl. Es schien etwas daran zu sein. Sie selbst wäre einmal beinahe ertrunken, als sie und ihre Kusine Lily als Kinder schwimmen lernten. Es war im Schwimmbad, wo ihre A-yi sie zum Schwimmunterricht angemeldet hatte. Lily, die noch Wassertreten lernen musste, war in Panik geraten, als es sie auf die tiefe Seite zu getrieben hatte. Sie klammerte sich an die nächstbeste Person, und das war Josie gewesen, die gerade auf dem Rücken schwamm. Gemeinsam waren sie untergegangen, vergeblich darum kämpfend, wieder an die Oberfläche zu gelangen.

Nach der anfänglichen Panik war es Josie vorgekommen, als ob alles sehr viel langsamer verlief. Die Sekunden dehnten sich, sodass sie sich selbst denken hören konnte. Sie erinnerte sich daran, wie unwirklich ihr alles erschienen war; so, als sei sie gar nicht daran beteiligt. Sie bezweifelte, dass sie es war, der das geschah. Es war cin seltsames Gefühl des Schwebens gewesen. Von sich selbst losgelöst, empfand sie sich gleichzeitig als Betroffene und als Zuschauer ihres herannahenden Todes. Im nächsten Moment war sie außerhalb des Wassers. Grob wurde sie auf den harten Boden gelegt, während sie Wasser spuckte und nach Luft schnappte. Jemand hatte sie und Lily mit einem langstieligen Haken aus dem Wasser gezogen.

In der darauf folgenden Woche hatte sie sich geweigert, noch einmal zu diesem Schwimmbad zu gehen, und gesagt, sie wolle nicht mehr schwimmen lernen. Doch ihr Vater nahm sie mit dorthin. Es war eines der seltenen Erlebnisse, in denen er ihr seine Gegenwart bewusst werden ließ. Wochenlang war er mit ihr ins Wasser gegangen, bis er überzeugt war, dass sie sich ins Meer wagen konnte.

Er hatte sie zum Shelly Beach mitgenommen. Doch Josie hatte immer noch Angst. Ihr Vater gab nicht auf. In dieser Angelegenheit bewies er eine Ausdauer, wie er sie in anderen Bereichen seines Lebens nicht zeigte. Er ging daran, Josie zu unterweisen, weil er überzeugt war, Josie damit ihre Angst zu nehmen. Als sie älter war, zeigte er ihr die Handgriffe der Rettungsschwimmer und wie man einen panisch um sich schlagenden Schwimmer retten kann, ohne sich selbst in Gefahr zu bringen, so wie damals mit Lily. Er zeigte ihr, was zu tun ist, wenn man weit draußen müde wird, und wie man einen Ertrunkenen wiederbelebt. Nun sah sie die Ironie darin, nicht dort gewesen zu sein, um ihrem Vater zu helfen, nachdem er ihr alles zum Überleben beigebracht hatte.

Wenn es einen Ort gab, wo sie sich hätten näher kommen können, dann wäre es das Meer gewesen. Doch das sollte nicht sein. Anders als ihr Vater, dem das Meer ein Gefühl der Weite, Tiefe und Ruhe vermittelte, empfand Josie lediglich Isolation und Hilflosigkeit. Und während er weit hinaus schwamm, blieb sie immer im seichten Wasser, unfähig, ihm zu folgen und sich außer Sichtweite der Küste hinauszuwagen. »Spürst du denn nicht, Josie, wie leicht man sich im Wasser fühlt? So, als könne man mit der Stille dahintreiben«, sagte er dann.

Nein, er war nicht ertrunken. Sie hatte versucht, das ihrer A-yi zu erklären. Ertrinken setzte ein Nicht-Wollen voraus, dabei gab es keine Wahl. Ihr Vater war ins Meer hineingegangen, ganz so, wie es die Zeitungen geschrieben hatten. So hatte er sterben wollen, in den Armen der See. Als sie das hörte, schrie ihre A-yi auf. »Schhh! Josie-ah, so wie du das sagst, klingt es, als ob er das absichtlich getan hätte.«

Und genau das war es, was Josie glaubte. Wie hätte er so einfach aufgeben können?

Oberflächlich gesehen, verstand sie, warum er es getan hatte. Doch sie brauchte eine Bestätigung, und dazu brauchte sie ihn lebend. Und nun hatte sie dazu die Gelegenheit, denn er war zurückgekommen. Sie öffnete den Mund, um zu sprechen ... um ihm die Frage zu stellen, die sie ihm seit damals stellen wollte, als er dem Land und ihr und ihrem Großvater den Rücken zugekehrt hatte. Doch bevor sie dazu kam, sprach er.

»Sie sind eine Lee.«

»Ja, Josie Lee.«

Nun stand er vor ihr, eine Armlänge entfernt. Er blieb stehen und sah auf sie hinab. Es war nicht ihr Vater. Es war eine Einbildung gewesen, eine Ähnlichkeit, die mit der Nähe verschwunden war.

»Ich bin KC Yu.«

Sogar die Stimme war anders, kräftig und selbstsicher, während die ihres Vaters sanft war und wenig modulierte. Der Mann fuhr fort, sie zu mustern. Es fiel ihr schwer, seinem abschätzenden Blick standzuhalten. Josie meinte, sie müsste etwas sagen, vielleicht wartete er auf eine Erklärung.

»Ich bin vor zwei Tagen hier gewesen und habe mit ...«

Mit einer Handbewegung brachte er sie zum Schweigen. »Mein Angestellter hat mir von Ihrem Besuch berichtet.« Seine schroffe Art machte sie ratlos, was sie sagen sollte. Sie spürte seine Ungeduld und versuchte, sich über ihn klar zu werden. »Warum möchten Sie das Haus sehen?«

»Mein Großvater hat mir davon erzählt. Er kam oft darauf zu sprechen…«

Abrupt wandte sich der Mann ab. Josie schwieg. Sollte sie weiterreden? Sie betrachtete seinen gestrafften Rücken, seine Hände, die er dort übereinander gelegt hatte. Eine abweisende Haltung. »Ich wollte es sehen, bevor ich die Insel verlasse, wissen Sie, er…«

Er wandte sich wieder zu ihr um. Das feindselige Glitzern in seinen Augen passte zu dem harten Tonfall: »Hat Ihnen Ihr Großvater auch erzählt, Fräulein Lee, dass Sie, bevor Sie dieses Haus betreten können«, und hier wurde seine Stimme zu einem Flüstern, »vor mir auf den Knien liegen müssen?«

»Wer ist er?«, wiederholte sie noch einmal ihre Frage, ihre Stimme kaum mehr als ein Flüstern, das Gesicht bleich, mit dunklen, verstörten Augen.

Als die junge Frau gesagt hatte, sie wolle einen Spaziergang machen, hatte Großmutter Chen nicht angenommen, ihr könnte dabei etwas zustoßen. Und eigentlich konnte sie die Ruhelosigkeit des Mädchens verstehen. Ihr war selbst nicht wohl bei dem Gedanken an das bevorstehende Treffen zwischen ihr und dem Hausbesitzer. Doch dann wäre sie wenigstens dabei gewesen. Woher konnte sie wissen, dass es schon vorher zu dieser Begegnung kommen würde?

Die Alte Herrin war nicht zufrieden mit ihr, dessen war sie sich sicher. Sie war nicht da gewesen, als man sie brauchte. Und jetzt war die junge Frau zurückgekehrt, zitternd, die Arme über der Brust gekreuzt, als ob sie friere.

Vielleicht war es falsch gewesen, ihr nicht alles erzählt zu haben, aber sie hatte sie nicht erschrecken wollen. Auch hatte sie auf die Stimme ihres Herzens gehört und angenommen, dass vieles sich ihrer Handhabe entzog und sich die Dinge so ergeben würden, wie es die Götter für richtig hielten. Auf alle Fälle war diese Angelegenheit alles andere als erledigt.

»Er kennt meinen Großvater ... Kennen Sie ihn?«

Großmutter Chen antwortete nicht, jedenfalls nicht sofort. Stattdessen führte sie das junge Fräulein behutsam zu einem Stuhl und bedeutete Soon-li, ihr einen Tee zu bringen. Dann, als die junge Frau ihn ausgetrunken hatte, wobei ihr die Hände gezittert hatten, begann Großmutter Chen endlich zu sprechen.

»Der Name dieses Mannes ist zwar Yu, aber geboren ist er als ein Lee.« Sie hielt inne und beobachtete, wie die Augen ihrer Zuhörerin einen fragenden Ausdruck bekamen. Dann fuhr sie fort: »Er ist der uneheliche Sohn Ihres Großvaters, der, den sie den Seelenfänger nannten.«

Sie schaute in die beiden jungen Gesichter, die sich ihr zuwandten. Und da begann sie mit ihrer langen, düsteren Geschichte.

TEIL III

11

Drei Tage lang wehte der Wind und überraschte sogar die Bäume. Ohne Vorwarnung schüttelte er ihre Äste, und so fand ich eines Morgens die Erde mit Blättern übersät, viele davon noch grün. Die Köchin sagte, ich solle nicht dem Wind die Schuld wegen der Blätter geben, denn in Wahrheit seien das die Tränen der Bäume, die sie vergossen, weil Chinesen durch die Hand von Chinesen umkamen.

Aiy, dieser wahnsinnige Bürgerkrieg. Wenn ich ganz weit in meiner Erinnerung zurückgehe, fällt mir viel dazu ein. Er hatte begonnen, bevor ich geboren war, und sollte nicht enden, bevor ich nicht viele schreckliche Dinge erlebt hatte.

Der Same dieses Krieges war in den letzten Tagen der Qing-Dynastie gesät worden. Und meine Mutter hat bald gesagt: Aus Verkommenheit kann nichts Rechtes sprießen. Und wenn Sun Yat-sen mit seiner Revolution von 1911 auch mit den Qing Schluss machte, so brachte das China doch keinen Frieden.

Wie sollte das auch möglich sein, meinte sie, wenn keiner mit Weisheit zu herrschen wusste? In China gab es nur Männer wie Yuan Shi-kai, ein Tyrann, der lediglich Kaiser einer eigenen Dynastie werden wollte. Als er vier Jahre später starb, atmete das chinesische Volk erleichtert auf.

Aber immer noch gab es keinen Frieden für uns. In den folgenden zehn Jahren bekämpften einzelne Warlords einander, leiden mussten die Unschuldigen. Ganze Dörfer wurden zerstört. Viele verloren ihr Leben. In jener Zeit wurde in Shanghai die Kommunistische Partei gegründet. Das war 1921, da war ich fünf Jahre alt. Eine Zeit lang gingen die Kommunisten mit der Partei der Nationalisten zusammen, die Sun Yat-sen gegründet hatte. Er war für beide Seiten wie ein Vater, und solange er lebte, aßen seine Kinder gemeinsam an einem Tisch. Doch nachdem er gestorben war ... da sah es ganz anders aus.

Chiang Kai-shek wurde der Führer der Nationalistischen Partei. Er befreite China von den Warlords, indem er mit der vereinten nationalistischen und kommunistischen Kriegsmacht unter seinem Kommando den Norden besetzte.

»Endlich einer, der uns zu führen weiß«, meinte meine Mutter, »jemand, der uns Frieden bringen und die Japaner von chinesischem Boden verjagen wird.«

Sie irrte sich.

Chiang Kai-shek hielt die Kommunisten für eine größere Gefahr als die Japaner. Er schaltete sie aus wie jemand, der seinen eigenen Bruder betrügt. Mit Hilfe der Ausländer und Gangster in Shanghai ließ er sie umbringen. Viele sind in den Straßen Shanghais erschossen, geköpft und erschlagen worden.

Ich habe gehört, dass man denjenigen, den man hintergehen will, unbedingt töten muss und nicht nur verwunden. Andernfalls wird man sich eines Tages seinem schlimmsten Feind gegenübersehen. Trotz seiner ganzen Gerissenheit gelang es Chiang Kai-shek nicht, alle Kommunisten umzubringen.

1927, ich war damals elf, kämpften Chinesen erneut gegen Chinesen. Der Bürgerkrieg hatte Wurzeln geschlagen.

Als vier Jahre später die Japaner die Mandschurei aus Chinas Leib herausschnitten, waren es immer noch die Kommunisten, die er verfolgte und umbrachte. Die Japaner seien nur eine Hautkrankheit, meinte er, die Kommunisten dagegen eine Krankheit des Geistes. Wie blind er war! Er weigerte sich, das Gesicht seines wahren Feindes zu sehen. Und in jenem grausamen Winter bezahlten unschuldige Chinesen für seine Blindheit mit ihrem Leben.

Die einzige gute Nachricht in diesem Jahr war das Ende der

großen Hungersnot im Nordwesten. Man hatte gemunkelt, es sei Menschenfleisch in den Läden verkauft worden und die Hungernden hätten die Toten gegessen.

Doch bevor wir darin ein Zeichen für eine Veränderung zum Besseren erkennen konnten, trat der Jangtse über die Ufer und machte Millionen obdachlos. Zuerst Dürre und nun Überschwemmung. Die Götter waren wirklich erbost.

Es war nicht verwunderlich, dass sich auch im Haus auf der Insel eine trostlose Stimmung verbreitete, selbst wenn es weit im Süden lag. Der Anblick der nackten Bäume rundum gab uns allen ein Gefühl von Kälte und Traurigkeit. Der Obergärtner sagte eines Morgens zu mir, als ich Holz für die Köchin sammelte: »Das wird ein harter Winter. Und wenn es auch noch gefriert, dann wird so mancher den Frühling nicht mehr erleben.«

Auf den Herbst folgte rasch der Winter, und die Temperaturen fielen, als die Tage kürzer wurden. Das war nicht der milde Winter des Südens, wie wir ihn gewohnt waren. Diesmal konnten wir unseren Atem als weiße Wölkchen sehen. Nach einer Woche war die Erde eisig kalt, und schon nach wenigen Minuten draußen hatte man steif gefrorene Zehen. Im Wohnbereich der Dienerschaft, gleich neben der Küche, stampfte jeder beim Hereinkommen mit den Füßen, um das Blut wieder zirkulieren zu lassen. Dieser Lärm verärgerte die Köchin, und sie schrie: »Aiyah! Hört auf! Ihr macht mich alle verrückt!«

Die Köchin war ein gehetzter Mensch, die Arme. Doch man konnte ihr keinen Vorwurf machen, denn in jenem Winter musste sie besonders hart arbeiten. Ständig kamen Anweisungen, heißes Wasser hinaufzubringen, und wenn nicht Wasser, dann erhitzte Ziegel, um den Alten Herrn zu wärmen.

Ihm ging es nicht gut. Der Alte Herr sei wie einige der Bäume und Büsche draußen, flüsterte mir der Obergärtner zu. Er würde den Frühling nicht erleben. Damit ihn die Kälte nicht übermannte, brachte man ihm warme Suppe oder brühheiße Grütze hinauf, würzige und bittere Kräuter oder was auch immer seine Knochen erwärmen mochte.

Es wurde unser Los, die Treppe hinauf- und hinunterzulaufen, hinauf und hinunter. Trotzdem beklagte sich der Alte Herr Tag und Nacht. Genauso gut könnte er auch im Norden sein, sagte er, denn das war ein Nordwind, und was hatte der im Süden verloren und auf die Insel zu kommen und in sein Haus einzudringen? Aber er war zu schwach und machtlos, um dem Wind seinen Willen aufzuzwingen ... zu schwach, um überhaupt etwas zu tun. Nicht ein einziges Mal hat er in jenen Wochen die Insel verlassen und kaum einmal sein Zimmer.

Dieser Raum, in dem er damals lag, war nicht sein eigentliches Zimmer. Der Alte Herr war erst hinaufgezogen, als er krank wurde. Er wollte auf das Meer schauen. Er sehnte sich danach, nachdem er nun wie ein Gefangener in seinem Haus lebte, und von dort oben konnte er auf das Meer blicken. Die Alte Herrin zog mit ihm hinauf. Für sie war das ein großes Opfer. Wie bei allen Frauen aus guter Familie, hatten ihr die Eltern schon im zartesten Alter die Füße eingebunden. Eingebundene Füße sind nicht dazu gemacht, Treppen zu steigen. Ihre Füße, daran kann ich mich noch erinnern, waren so klein, dass sie in die Schachtel gepasst hätten, in der die Köchin die Zündhölzer aufbewahrte. Oben zu wohnen bedeutete für sie, nun zwei Dienerinnen zu benötigen statt nur einer, wenn sie im Haus zu tun hatte. Manchmal, wenn sie müde wurde, musste sie jemand auf dem Rücken tragen. In diesem Winter war das Leben hart für uns alle.

Doch die Alte Herrin gehörte nicht zu denjenigen, die sich beklagten oder vor Unannehmlichkeiten zurückschreckten. Als die Gesundheit des Alten Herrn sich verschlechterte, hat sie nicht einmal daran gedacht, ihn fremden Händen zu überlassen. Sie blieb bei ihm, hörte ihn stöhnen über die Schmerzen in seinen Gliedern und wie er um Luft rang. Denn im Verlauf der Wochen bekam er eine Erkältung, und das Atmen fiel ihm schwer. Darüber mochte sie wohl besorgt sein, aber war sie mit ihm zusammen, war davon nicht das Geringste in ihrem Gesicht zu lesen. Sobald sie jedoch das Zimmer des Herrn verließ, zeigten sich Sorgenfalten darin. Sie war stark, die Alte Herrin, nicht so wie ein Mann stark ist mit seinen Händen, sondern innerlich stark. Ihre Seele schien so fest wie ein Felsen.

Die Temperaturen fielen weiter, und die Gesundheit des Alten Herrn verschlechterte sich zunehmend. Die Alte Herrin befahl, alle Fenster geschlossen zu halten, und schickte jemanden zum Festland hinüber, schweren Stoff zu besorgen, damit die ohnehin schon schweren Vorhänge weiter abgefüttert würden. Aber die Kälte ließ sich nicht draußen halten. Sie war wie ein ungebetener Gast, der nicht fortgehen wollte. Wenn es in diesem Haus schon kalt war, dann stand es anderswo auf der Insel noch schlimmer. In den Vierteln der Armen starben die Menschen vor Kälte. Auf der Straße fand man einen erfrorenen Bettler, der sich wie ein Ball zusammengerollt und in seine Bettelmatte eingewickelt hatte. Jung und Alt, Reich und Arm, alle warteten auf das Ende der Kälte.

Es war in jener sonnenarmen Zeit, als ich die Zofe der Alten Herrin wurde. Ihre andere Zofe – an ihren Namen kann ich mich nicht mehr erinnern, so lange ist das her – war zu alt und zu langsam für die zahllosen Anordnungen der Alten Herrin. Ihre Beine schafften es nicht mehr, ständig hinauf- und hinunterzulaufen. Jüngere Füße wurden benötigt. Und so wurde ich mit fünfzehn Jahren aus dem Erdgeschoss befreit und damit vom Wäschewaschen am Morgen und dem Abwaschen von Töpfen und Pfannen, Schalen und Tassen am Abend, wenn die Familie gegessen hatte.

In der fünften Woche dieses grausamen Winters zog ich nach oben um. Und so war ich dort, als der Junge Herr aus Xiamen nach Hause kam.

Als er eintraf, brachte er Licht und Wärme mit sich. Die Schatten im Haus verzogen sich, und allein schon bei seinem Anblick erhellten sich unsere Gemüter. So war er, der Junge Herr, man freute sich, wenn man ihn nur ansah. Er war zwei Jahre älter als ich, und während ich im Haus der Lees aufwuchs, sah ich ihn zum Mann heranreifen. Die Alte Herrin hatte meine Mutter als Küchenmagd aufgenommen, nachdem sie schon früh Witwe geworden war und ganz allein für mich sorgen musste. Meine Mutter, möge Buddha ihr gnädig sein, pflegte mir zu erzählen, der Junge Herr habe die Gabe, Herzen zu gewinnen, war sich dabei aber nicht bewusst, dass er diese Herzen in der Hand hatte. Sie sagte, er konnte verletzend sein, da seine Gabe gekoppelt war mit der Neigung der Männer, schnell zu vergessen. Heute glaube ich, dass sie mich damit etwas lehren wollte. Aber jene beiden, deren Herzen er in den Händen halten sollte, hatten nicht das Glück, eine Mutter wie die meine zu haben, die sie über die Art der Männer belehrte.

Aber ich berichte das nicht so, wie ich es sollte ... Lasst mich also erzählen, was damals geschah ...

Als der Junge Herr zurückkam, fand er seinen Vater sehr geschwächt vor. Jeden Tag kam der Arzt, denn jetzt war die Kälte bis in die Lungen des Alten Herrn vorgedrungen. Er lag im Sterben.

Es war vieles zu bereden und zu klären in jenen letzten Wochen. Der Junge Herr war der Haupterbe der Lees, und so würde nicht nur ein großes Vermögen auf ihn übergehen, sondern auch alle anderen Geschäfte der gesamten Großfamilie. Natürlich war ihm die auf ihn zukommende Verantwortung nicht fremd. In den letzten anderthalb Jahren war er es gewesen, der sich auf dem Festland um die Geschäfte der Familie gekümmert hatte. Sein Vater hatte ihn nur mehr beraten.

Zu jener Zeit besaßen die Lees große Ländereien, auf denen Pachtbauern Reis anbauten. Dazu muss ich sagen, dass in den Jahren der Hungersnot jedes Reiskorn so kostbar wie Gold gewesen war. Das Vermögen der Lees vergrößerte sich gewaltig, als der Junge Herr Reis in den Nordwesten lieferte. In Xiamen waren die Lees Vermieter von Wohn- und Geschäftsgebäuden. Dazu gehörte auch ein großes Gebäude, das einen ganzen Block an der wichtigsten Geschäftsstraße der Stadt einnahm. Das hatte der Alte Herr zehn Jahre zuvor erbaut, und es war der ganze Stolz der Lees. Dann gab es da noch die Geschäftsunternehmen mit dem Tee, der auf ihrem Land angebaut und zusammen mit anderen Waren über die Meere verschifft wurde. Im Jahr zuvor war ein Vetter der Lees mit Geld, das ihm der Junge Herr geliehen hatte, auf die Philippinen gegangen, um dort sein Glück zu versuchen. Somit gab es viel, worum sich der Junge Herr kümmern musste, denn die Familie Lee war groß und mächtig und wuchs immer noch. Die eigentliche Familie war zwar nur klein, aber es gab viele, die zur Großfamilie gehörten: Tanten und Onkel, Vettern und deren Kinder. Zu dem Zeitpunkt seiner Geschäftsübernahme hatte der Junge Herr fünfzig Mäuler zu stopfen.

Er schien zu allem fähig, was von ihm erwartet wurde. Bei seiner Geburt hatte die Alte Herrin den alten Wahrsager vom Tempel kommen lassen, und der Mann hatte verkündet, der neue Sohn der Lees werde imstande sein, auch auf Felsen Reis anzubauen, wenn er das wollte. Aiy! Wie Recht dieser Mann haben sollte, denn alles, was der Junge Herr anfasste, gedieh.

Wir hörten es gern, wenn etwas von ihm erzählt wurde. Wir wussten, dass der Junge Herr gerne seinen Vergnügungen nachging und oft nach Shanghai reiste, manchmal wegen der Geschäfte und manchmal, um seine Lüste zu befriedigen. Damals war Shanghai eine Stadt für viele Vergnügungen, mehr als Xiamen, und so war es nur natürlich, dass es den Jungen Herrn und seine Freunde dorthin zog. Von seinem Leibdiener erfuhren wir von seinen vielen Abenteuern, von den Tanzhallen, wo er seine zarten Füße in Bewegung hielt, und von den schönen Frauen, die er in der Stadt ausführte.

Die Alte Herrin, die über alles Bescheid wusste, sagte nichts dazu, denn es waren nicht die Opiumhöhlen oder die Spielhöllen, zu denen es ihren Sohn in Shanghai zog. Diese Laster, so sagte sie, waren sehr viel gefährlicher, als mit Frauen auszugehen und zu tanzen. Darin glich der Junge Herr seinem Vater, denn es hieß, der Alte Herr habe in seiner Jugend ein Auge für schöne Frauen gehabt. Doch anders als andere reiche Männer hatte er keine Konkubine in sein Haus gebracht. Das war ein Zeichen für den Respekt – und manche sagen, für seine Furcht – vor der Alten Herrin.

Sorgen machte sich die Alte Herrin jedoch um den Jungen Herrn im Hinblick auf die Zeit, wenn er das Familienoberhaupt sein würde. Dann wäre es ihm nicht mehr möglich, zu kommen und zu gehen, wie es ihm beliebte. Dann müsste er auf der Insel wohnen, weil sie ihn in ihrer Nähe wünschte. Das alles bedrückte die Alte Herrin schwer in jenen letzten Wochen, als die Kälte über der Insel lag und der Alte Herr um sein Leben rang.

Letzten Endes haben wir noch erlebt, wie der Alte Herr den Winter überstand und die ersten drei Frühlingstage erlebte – nicht lange genug, um noch zu sehen, wie das Gras und die Knospen an den Bäumen wieder grün wurden. Trotzdem lebte er noch lange genug, um jene ins Unrecht zu setzen, die vorausgesagt hatten, er werde noch im Winter sterben.

Um seinen Übertritt ins Jenseits sicherzustellen, kamen zehn Mönche in das Haus, wo der Alte Herr in einem mit feinster Seide ausgeschlagenen Sarg aufgebahrt lag. Die Mönche sangen und rezitierten Sutras, während die Alte Herrin und der Junge Herr, zusammen mit anderen Mitgliedern der Familie, dort die ganze Nacht über die Totenwache hielten, um in gemeinsamem, friedlichem Gedenken den Übergang seiner Seele in das andere Leben zu begleiten.

Am darauf folgenden Tag brachte man den Sarg in einer Prozession zum Tempel. Hier waren Opferspeisen aufgestellt; sie hätten einem Kaiser zur Ehre gereicht. Als einziger Erbe führte der Junge Herr die Trauernden an. Es waren viele: Familienangehörige, Freunde und sogar sechs Personen, die man angeheuert hatte, damit sie besonders laut weinten und klagten. Denn der Tote war kein gewöhnlicher Mann, auf der Insel war der Alte Herr hochverehrt worden. Dann wurden eine Miniaturausgabe seines Hauses aus Pappmaché und auch von einer Kutsche, jener ähnlich, die der Alte Herr in Xiamen benutzte, ein Bett, Tisch und Stuhl, ein Abakus, ein Schachspiel und unzählige Mengen Papiergeld verbrannt. Dem Alten Herrn würde es im Jenseits genauso gut gehen wie in jenem Leben, das er hinter sich gelassen hatte. Noch lange sagten die Menschen auf der Insel, dass das Begräbnis des Alten Herrn sich mit keinem anderen vergleichen ließ.

Als die Begräbnisfeier vorbei war, lag das Wohlergehen des Hauses Lee in den Händen dessen, der Reis sogar auf Felsen anbauen konnte, wenn er es wollte.

Eine Weile ging alles gut.

Es gab viel zu tun, denn der Besitz der Lees war riesig. Der Junge Herr reiste häufig zum Festland hinüber, doch nur der Geschäfte wegen und nur nach Xiamen. Vergessen waren die Nachtklubs, die großen Filmpaläste und die Vergnügungen Shanghais. Davon abgesehen, musste diese Stadt sich erst noch von den japanischen Angriffen erholen, bei dem das Chinesenviertel in Flammen aufgegangen war.

Seit einiger Zeit kursierten Gerüchte. Es hieß, die Japaner planten, die Stadt einzunehmen, doch viele, darunter auch der Junge Herr, glaubten nicht, dass es irgendwelche Kämpfe geben würde.

Ich hörte ihn sagen: »Nicht eine Kugel wird man abfeuern. Jeder in Shanghai weiß, dass Chiang der 19. Armee befohlen hat, keinen Widerstand zu leisten, wenn die Japaner kommen. Sie sollen ihre Kugeln für die Kommunisten aufheben!« Das wurde mit Ekel ausgesprochen, denn daheim machte der Junge Herr keinen Hehl aus seiner Meinung über Chiang Kai-shek.

Daher waren wir überrascht, als gegen Ende jenes Winters Nachrichten über Kämpfe in Shanghai auf die Insel gelangten. Die Soldaten von General Chiang Kai-shek, die zuerst seine Befehle befolgt und den Rückzug aus dem chinesischen Teil der Stadt angetreten hatten, waren plötzlich zurückgekehrt, um den Feind zu bekämpfen.

Bomben fielen auf den Hauptbahnhof. Laute Explosionen und heftige Schießereien erschütterten die Straßen Shanghais. Eigentlich hätte alles schnell vorbei sein müssen, denn die 19. Armee verfügte lediglich über Gewehre und Maschinengewehre. Aber angesichts ihres tapferen Widerstands, ihres mutigen Ungehorsams gegenüber dem General kamen die Bewohner ihnen zu Hilfe. Am zweiten Tag hatte die Zahl der Soldaten gewaltig zugenommen, nachdem Tausende von Studenten zu ihnen gestoßen waren.

Auf der Insel verfolgten wir mit Stolz diesen Kampf. Ganz China konzentrierte sich in den nächsten Wochen auf nichts anderes.

Wir hörten von Zivilisten, die den Männern an der Front Nahrungsmittel spendeten, Süßigkeiten und Kleidung, von Sing-Song-Mädchen, die bei der Versorgung der Verwundeten halfen, von Ärzten und Krankenschwestern, deren Arbeit viele Leben rettete, und von jungen Pfadfindern, die ihr Leben als Botengänger riskierten.

Wohl weil ihnen bewusst war, wie sehr die Menschen auf sie zählten, leisteten die chinesischen Soldaten noch heftigeren Widerstand. Dadurch verlangsamte sich das Vordringen des japanischen Heeres, das ihnen zahlenmäßig überlegen und besser bewaffnet war. Wohnhäuser, Geschäfte, Büros und Tempel gingen in Flammen auf, die bald hundert Meter hoch schlugen. Die

Kämpfe dauerten vierunddreißig Tage. Da hatte die 19. Armee die Hälfte ihrer Männer verloren. Und auch wir verloren den Mut, als wir davon erfuhren. Wie sollte China jemals seinen Feind besiegen, wenn Chiang Kai-shek niemals seine Soldaten an der Front aufsuchte und ihnen keinerlei Unterstützung sandte?

Schließlich, nachdem ihre Zahl erheblich reduziert war und sie keine Munition mehr hatte, sah sich die chinesische Armee zum Rückzug gezwungen. Sie kam nach Fujian und brachte so den Krieg in unsere Provinz. Währenddessen handelte Chiang Kai-shek in Shanghai einen Vertrag mit den Japanern aus.

Ich erinnere mich daran, wie der Junge Herr wütend aufschrie. »Man sollte Chiang erschießen! Er schließt Frieden mit den Japanern und kämpft dann gegen den falschen Feind. Er ist nicht geeignet, unser Heer anzuführen!«

Es war ein verwirrender Krieg. Wir konnten nicht verstehen, warum unser eigener Anführer damit fortfuhr, den Kommunisten nachzustellen anstatt den Japanern. Und wir konnten auch nicht begreifen, was er ein Jahr später tat: Chiang Kai-shek liquidierte die Überlebenden der 19. Armee. Es zählte nicht, dass es seine eigenen Soldaten waren. Sie hatten seine Befehle, Shanghai den Japanern zu überlassen, nicht befolgt, und daher bestrafte er sie.

Angesichts der Geschehnisse auf dem Festland war die Alte Herrin froh, den Jungen Herrn dort zu wissen, wo sie ihn im Auge behalten konnte. Man kann durchaus sagen, dass er anfangs mit seinem Inselleben zufrieden war. Das Meer tat ihm wohl. Man sah ihn häufig am Strand entlanggehen, und jene, die ihm dabei begegneten, freuten sich über sein warmes Lächeln und seine Bereitschaft zu einem kurzen Plausch.

»Der junge Lee gehört hierher. Er ist einer von uns.« So sagten sie.

Sie liebten ihn dafür, und aus seiner Zufriedenheit erwuchsen große Gewinne für die Lees, denn in jener Zeit machten sie sehr gute Geschäfte. Die Jahreszeiten wechselten vom Sommer zum

Herbst und wieder zu einem Winter. Doch diesmal blies kein kalter Wind über die Insel hinweg, und die Fensterläden des großen Hauses auf der Klippe klapperten nicht. Viele meinten, anders als im letzten Jahr würde es diesmal ein echter Winter des Südens werden, weil das Haus der Lees jetzt einen starken Herrn mit warmem Blut hatte.

Aber jeder Mensch hat zwei Seiten. Das hat mir meine Mutter oft gesagt. Da ist die helle und dort die dunkle Seite.

Als in jenem zweiten Jahr der Frühling kam und die kahlen Äste wieder mit prallen Knospen von neuem Leben kündeten und die Vögel im Garten zwitscherten, da atmete der Junge Herr tief die Ruhelosigkeit ein, die vom Meer herüberwehte. Die Spaziergänge am Strand vermochten ihn nicht mehr zufrieden zu stellen. Das Wasser bot ihm keine Ruhe mehr. Wenn er auf seinen Spaziergängen jemandem begegnete, meinten jene, ein Schatten verdüstere sein Gesicht. Und die Kinder der Fischer erzählten, wie oft er sich auf den Felsen aufhielt und zum Horizont blickte; so, als zöge es ihn fort.

Es war wie eine Krankheit, die ihn plötzlich befallen hatte. Keiner hatte sein Leiden bemerkt, bevor er nicht begann, gegen Ende des Frühjahrs, als auf den Sommer zu die Nächte wärmer wurden, in den Gängen des Hauses auf und ab zu gehen. Seine Ruhelosigkeit war wie ein unablässiges Murmeln, das von allen vernommen wurde, die in dem großen Anwesen wohnten. Die Alte Herrin bemerkte es, und, nach den Worten der Dienerschaft, auch der Alte Herr musste in seinem Grab erwacht sein von dem unablässigen Aufundabgehen seines einzigen Sohnes. Den ganzen Sommer über hatten die Menschen seltsame Träume, wenn sie zu Bett gegangen waren, und wenn sie erwachten, war ihnen, als ob sie überhaupt nicht geschlafen hätten. Niemand konnte Frieden finden, solange der Junge Herr unter der Unruhe seines Geistes litt. Seine Umgebung gefiel ihm nicht mehr. Die Insel war seiner Seele zu klein geworden.

Bei seiner nächsten Reise zum Festland blieb er viele Tage fort. Und bei seiner Rückkehr zur Insel flüsterte mir sein Leibdiener ins Ohr – und ich danach in das der Alten Herrin –, dass die Füße seines Herrn ihn über Xiamen hinaus bis zu den Tanzsälen von Shanghai getragen hatten, wo er sich aufhielt, bis die helle Beleuchtung im ersten Morgendämmern verblasste. Und das in der Gesellschaft anderer junger Männer wie er, die das Vergnügen suchten in den Armen der gepuderten und parfümierten Frauen jener Stadt.

Der Junge Herr sollte Shanghai abermals besuchen. Diesmal brachte ihn das Schicksal mit einer Frau zusammen, die das Objekt seiner Begierde werden sollte.

Sie war ein Sing-Song-Mädchen. Ihr eigentlicher Name war Wu Ying-mei.

Shanghai war voll davon: schöne Frauen aus armen Familien, viele von ihnen aus Suzhou. Ihre Eltern waren arme Dorfbewohner, die sie an die Besitzerin eines »Teehauses« verkauft hatten, wo sie mit nicht einmal zwölf Jahren lernen sollte, wie man Männern zu Gefallen ist.

Dreist verlangte der Vater erheblich mehr als den üblichen Preis.

»Du verlangst den dreifachen Preis als sonst üblich«, meinte die Besitzerin mit verkniffenen Lippen.

»Aber sie ist auch dreimal schöner als die anderen«, erwiderte der Vater des Mädchens. Und er sagte die Wahrheit, denn das Gesicht des Mädchens war absolut perfekt und ihre Haut nicht nur makellos, sondern auch so zart wie Suzhou-Seide. Also bezahlte die Besitzerin des Teehauses den Preis, den der Vater verlangt hatte, und begann mit der Ausbildung des Mädchens.

Was das Mädchen betrifft, so fand sie hier eine neue Mutter, die ihr riet, dieses neue Zuhause als eine Art Schule anzusehen. Denn hier würde sie viele nützliche Künste erlernen, wie sie ihr erklärte. Sie würde nicht nur Lesen und Schreiben lernen, sondern auch, ein Instrument zu spielen und eine geistreiche Unterhaltung zu führen, wenn die reichen und spendablen Herren eintrafen.

Ihre neue Mutter sagte ihr auch: »Wenn du klug bist, fängst du dir einen davon ... einen großen, dicken Fisch, der dich mit Juwelen und Geschenken überschüttet, dir ein großes Haus einrichtet und dich mit so viel Geld versieht, dass es dir und deiner Familie wohlergeht, solange du lebst. Doch damit das geschieht, darfst du keinem Mann gestatten, dich zu berühren, bevor er dich zu seiner Konkubine gemacht hat.« Wie ihre neue Mutter erklärte, brächte es am Ende wenig Gewinn, wenn man einem Mann am Anfang zu viel gibt. Eine kluge Frau musste jemanden hinhalten können, denn ein Mann, dem man sich verweigere, bezahle einen höheren Preis, um sein Verlangen zu befriedigen. Und daher, so riet man ihr, musste sie ihre Jungfräulichkeit bewahren, denn diese ließ sich nur einmal verkaufen. Die neue Mutter empfahl dem Mädchen, nur den Höchstbietenden zu akzeptieren. Das war sie dem Teehaus und ihrer neuen Mutter schuldig für den Aufwand, den diese mit ihr hatte. Je mehr ein Mann bot, umso größer war der Gewinn des Hauses, dem sie gehörte.

Schließlich sagte die neue Mutter noch zu ihr: »Du musst herzlos sein. Es ist immer das Herz, über das ein Sing-Song-Mädchen stolpert. Es ist Dummheit, sich zu verlieben. Dabei vernebelt sich der Verstand, und das führt zu falschen Entscheidungen.

Und jetzt sing mir etwas vor«, befahl die neue Mutter. »Zeig mir, was du mitbringst.«

Das Mädchen öffnete den Mund, und schon beim Erklingen des ersten Tons wusste die Besitzerin des Teehauses, dass sie einen unbezahlbaren Schatz erworben hatte. Sie hatte recht daran getan, dem Vater den verlangten Preis zu zahlen. Die Stimme dieses Mädchens hatte die Klarheit von Glas-Jade. Ihr Gesang vermochte den Zuhörer in andere Welten zu versetzen. Daher war die Besitzerin des Teehauses, als der Gesang endete, zu dem Entschluss gekommen, das Mädchen selbst anzuleiten und zu unterrichten. Aah ... was für ein Potenzial.

Wie bei allen Mädchen in ihrem Besitz, so gab sie auch diesem einen neuen Namen, einen, der ihren Wert ausdrückte. Sie nannte sie Bao-yu, das bedeutete »Kostbare Jade«, ein Juwel.

Innerhalb kürzester Zeit war dem Mädchen, das als Wu Yingmei in jenes Haus gekommen war, als ob sie schon immer Kostbare Jade gewesen wäre. Und es war Kostbare Jade, mittlerweile zu einer jungen, begehrenswerten Frau herangewachsen, auf die sich die Ruhelosigkeit des Jungen Herrn richten sollte.

Als er an jenem Abend in dem Teehaus Platz nahm, ahnte der Junge Herr nicht, wie ein Lied und seine Sängerin sein Leben verändern würden. Als Kostbare Jade ihr Liebeslied sang, glaubte der Junge Herr, die Worte seien an ihn gerichtet, ganz allein an ihn. Während er ihr zuhörte, fühlte er sich in eine Welt versetzt, in der es nur zwei Wesen gab, ihn und die schöne Sängerin. Alles und alle anderen rings um ihn her verschwanden. Es war dieser Zauber, mit dem sie zu bestricken wusste.

Allein schon ihre Stimme fand er göttlich. Sie war süß und verführerisch zugleich, und jeder Ton vermochte mit seiner Reinheit bis in sein Herz zu dringen. Wie es ihn schmerzte. Dieser Schmerz, der nicht weichen wollte, bereitete ihm einen unbändigen Genuss, weil er sich durch ihn lebendiger fühlte als jemals zuvor in seinem Leben. In ihrem Lied sah er sich selbst. Er hörte auf, jener verlorene und ruhelose Mensch zu sein, der er in den vergangenen Wochen gewesen war. Obgleich es ihm da noch nicht bewusst gewesen war, jetzt war es ihm klar: Sie war der Grund gewesen für sein ruheloses Aufundabgehen des Nachts in seinem Zimmer. Sogar von seiner entlegenen Insel aus hatte ein Teil von ihm sie gespürt, hatte gewusst, dass in seinem Leben etwas fehlte. Jetzt hatte er sie endlich gefunden.

Noch lange nachdem sie ihr Lied gesungen hatte, meinte er es zu vernehmen. Ihre Stimme lag auf seiner Haut wie Honig. In seinem Hotelzimmer angelangt, schmeckte er immer noch ihre Süße. Und als er in seinem Bett lag, war ihm, als läge sie neben ihm, um ihn in den Schlaf zu singen, während die Nacht der Morgendämmerung wich.

Am nächsten Abend kehrte der Junge Herr in das Teehaus zurück. Er fragte nach dem Namen der neuen Frau, die mit der schönen Stimme. Die Männer, die ihn hörten, lächelten wissend und warnten ihn, sie sei für einen reichen, alten Karpfen reserviert.

Der Junge Herr sagte nichts, sondern lächelte nur seinerseits. Es war ihm wohl bewusst, dass es größere Vermögen gab als das der Lees, auch wenn das schon beträchtlich war. Er beschloss, nicht zu versuchen, sie mit Gold, Jade oder Ländereien zu gewinnen. Sie sollte ihn um seiner selbst willen begehren. Er hatte vor, kein Karpfen, sondern der Köder zu sein.

Also kam der Junge Herr jeden Abend, um ihr zuzuhören. Er saß immer an demselben Tisch, und wenn die Frau namens Kostbare Jade ihren Gesang beendet hatte, bat er um ihre Gesellschaft. Manchmal saß sie bei ihm, manchmal bei jemand anderem. Doch während die anderen ihre Eifersucht zeigten, vergnügte sich der Junge Herr gleichermaßen, ob sie nun bei ihm war oder nicht.

Vielleicht weil er sich unbeeindruckt gab, vielleicht auch, weil er keinen Versuch unternahm, sie zu kaufen, begannen ihre Augen nach ihm Ausschau zu halten, sogar dann, wenn sie bei anderen saß, die ihr kostbare Ringe an die Finger steckten. Wenn er einmal nicht erschien, dann stellte sie diskrete Nachfragen, um den Grund für seine Abwesenheit zu erfahren. Und wenn er dann wiederkam, strahlte sie vor Freude, nur weil sie mit ihm zusammen in demselben Raum verweilen konnte.

All dies blieb der Besitzerin des Teehauses nicht verborgen, und sie beobachtete mit wachsender Sorge, wie sich Kostbare Jade immer weiter auf einen gefährlichen Weg begab. Bevor es zu spät war, rief sie das Mädchen zu sich und sagte, ja, der Herr sehe gut aus, aber er sei nicht der dickste Fisch im Meer. Die dicksten, das waren die älteren. Sie lebten schon länger und hatten daher größere Vermögen anhäufen können. Dann erinnerte sie das Mädchen daran, dass er ihr immer noch nichts wirklich Wertvolles geschenkt hatte. Kostbare Jade nickte und nahm sich vor, klüger zu handeln. Doch beim Anblick des Jungen Herrn am darauf folgenden Abend waren alle ihre guten Vorsätze vergessen. Denn in ihrem Herzen, dem Herzen, das sie nicht zu bändigen vermochte, zog sie ihn allen anderen vor.

Es dauerte nicht mehr lang, und sie beging den schlimmsten Fehler, den ein Sing-Song-Mädchen machen konnte: Sie wurde seine Geliebte.

Es war, als ob der Krieg in dem Teehaus ausgebrochen sei und die Zimmer in Flammen aufgingen, als die Besitzerin einen Wutanfall bekam. Sie bezeichnete Kostbare Jade als undankbar und dumm, um ihr dann einen harten Schlag ins Gesicht zu versetzen. Kostbare Jade nahm es hin und weinte nur still, denn sie begriff, dass sie etwas Unverzeihliches begangen hatte. Doch als der Zorn der Besitzerin abkühlte, schickte sie Kostbare Jade nicht fort. Sie sagte zu ihr: »Du bist uns teuer zu stehen gekommen, aber wir müssen weiter zusammenarbeiten. Warten wir es ab. Vielleicht ergibt sich doch noch etwas ... Zumindest hat er sich in letzter Zeit etwas freigebiger gezeigt.«

Doch was der Junge Herr auch geplant und die junge Frau namens Kostbare Jade sich erträumt haben mochte, alles wurde hinfällig, als die Nachricht von der Beziehung des Jungen Herrn die Insel erreichte. Die Alte Herrin erfuhr davon durch eine Freundin, die sie besuchen kam. Die Freundin liebte den Klatsch und sagte zur Alten Herrin: »Dein Sohn ist ein flinker Bursche. Einen wunderschönen Edelstein hat er so manchem älteren und reicheren Sammler vor der Nase weggeschnappt! Jetzt verwahrt er dieses kostbare Juwel in einem Haus im französischen Viertel.«

Als er einmal für kurze Zeit heimgekehrt war, befahl die Alte Herrin ohne das Wissen ihres Sohnes dessen Leibdiener zu sich. Dieser hatte vor der Alten Herrin noch größere Furcht als vor dem Jungen Herrn und bestätigte daher diese Erzählung. Und als sie ihn nach seinem Eindruck von dieser Beziehung befragte, ob es sich um eine flüchtige Sache handele oder mehr bedeute, da erwiderte ihr der Mann: »Es wird immer stärker.« Diese Worte ließen Befürchtungen im Herzen der Alten Herrin aufkeimen. Daher sandte sie eine Nachricht an ihre Freundin in Shanghai mit der Bitte, alles über diese Kostbare Jade herauszufinden.

Während sie auf Antwort wartete, verschwendete die Alte Herrin keine Zeit. In jener Nacht, als der Junge Herr im Nordflügel schlief, kämmte ich der Alten Herrin das Haar, welches ihr bis über die Kniekehlen hinabreichte. Wohl mehr zu sich selbst als zu mir sagte sie: »Es ist an der Zeit, das junge Blut zur Ruhe zu bringen, es kann nicht ständig in Hitze sein. Und wenn doch, dann soll das daheim geschehen.«

Wie die chinesischen Armeen, die gegeneinander konspirierten, agierte die Alte Herrin hinter dem Rücken des Jungen Herrn, denn sie hatte ein böses Gefühl, was diese Kostbare Jade betraf. Daher war es für uns alle in diesem Haus keine Überraschung, als bekannt wurde, die Alte Herrin halte Ausschau nach einer Frau für ihren Sohn.

12

Ein Festmahl, um den Jungen Herrn heimzulocken. So bezeichnete die Köchin die Suche nach einer Frau für ihn. Sie sagte, die Alte Herrin werde darauf achten, dass diese Braut den Jungen Herrn mit Gewissheit auf der Insel zu halten wusste.

Es war natürlich keine einfache Sache, eine Frau für ihn zu finden, denn bei den Reichen und Mächtigen geht es anders zu als bei einfachen Leuten. Es ist sehr viel mehr zu bedenken, wie zum Beispiel Abstammung und Vermögen. Die Alte Herrin stammte selbst aus einer reichen Familie. Als sie zu den Lees kam, brachte sie nicht nur einen guten Namen mit, sondern auch Gold und Silber und etwas, das noch weitaus wertvoller ist: Sie brachte Land in die Familie, eine Mitgift, die niemals vergehen würde. Und die nächste Dame Lee würde die gleiche Stellung innehaben wie die Alte Herrin. Weniger kam für die Lees nicht in Frage.

Auf wen würde die Wahl der Alten Herrin fallen? Diese Frage beschäftigte uns alle, denn die Frau des Jungen Herrn würde einst die Matriarchin sein, deren Wort man zu befolgen hatte.

Es gab mehrere junge Damen, deren Wahl die Alte Herrin erwog. Da war einmal die älteste Tochter eines Landbesitzers aus Fujian. Sie war eine Schönheit, zart wie ein Rosenblatt, doch leider nicht nur äußerlich, sondern auch, was ihre Gesundheit betraf. Daher entschied sich die Alte Herrin nicht für sie. Denn es gab noch eine andere wichtige Überlegung: Ein Erbe musste aus der Verbindung entstehen, der den Namen der Lees fortführte. Eine kränkliche Frau war kaum in der Lage, gesunde Söhne zu gebären.

»Schade«, meinte die Alte Herrin, als sie sich gegen diese Kandidatin entschied. »Sie hat ein Gesicht, das mein Sohn gerne betrachtet hätte.«

Dann schlug jemand die zweite Tochter eines reichen Geschäftsmannes und Eigners vieler Schiffe aus Ningbo vor. Zuerst erschien sie der Alten Herrin recht vielversprechend, doch als sie sie kennen lernte, änderte sie rasch ihre Meinung.

»Zu verwöhnt und zu extravagant. Sie denkt zu viel an sich selbst«, urteilte die Alte Herrin und runzelte die Brauen bei der Erinnerung an die junge Frau im üppigen Pelzmantel, die Finger über und über mit Ringen besteckt. Sie mochte wohl eine große Mitgift einbringen, diese aber rasch durchbringen, um dann mit dem Vermögen der Lees weiterzumachen. Nein, so etwas konnte weder ihr Sohn noch das Haus der Lees gebrauchen. Geld in der Hand dieser Frau wäre wie Wasser in einem Sieb. Für die nächste Generation würde nichts mehr übrig bleiben.

Die dritte Kandidatin war eine junge Frau aus Xiamen, deren Familie sich durch die Anzahl an Gelehrten, hochrangigen Beamten und Magistraten in kaiserlichen Diensten auszeichnete, die aus ihr hervorgegangen waren. Die Frau selbst besaß Bildung, was ungewöhnlich war, da von einer Frau lediglich erwartet wurde, eine gute Ehefrau zu sein und viele Söhne zu gebären. Diese jedoch war anders erzogen worden. Ein Privatlehrer hatte ihr Lesen und Schreiben beigebracht, und sie kannte die Klassiker. Außerdem malte sie und war bekannt für ihre feinen Stickereien. Ihr Talent lag weit über dem Durchschnitt. Wenn man sich jedoch das Vermögen dieser Familie ansah, dann war da nur ein bisschen Land und deren Haus, von dem sich zu sprechen lohnte. Verglichen mit den anderen in Frage kommenden Bräuten war ihr Vermögen bescheiden. Auch von ihrer Erscheinung her unterschied sie sich von den anderen beiden. Auch wenn ihr Äußeres ansprechend war, ließ sie doch eine gewisse Lebhaftigkeit vermissen, von dem die Alte Herrin annahm, dass diese das Interesse des Jungen Herrn fesseln würde. Niemand, der sie gesehen oder von ihr gehört hatte, hätte angenommen, sie sei die Erwählte. Schließlich aber überraschte die Alte Herrin alle, indem sie diese junge Frau als die einzig angemessene Kandidatin für eine Braut der Lees und zukünftige Matriarchin bezeichnete. »Sie glänzt nicht, dafür aber besitzt sie einen beständigen Sinn. Sie wird dafür sorgen, dass seine Füße auf dem Boden bleiben.«

Nunmehr galt es nur noch, den Jungen Herrn darüber zu informieren, dass man eine Frau für ihn gefunden hatte.

Liebe ist in einer Ehe nicht notwendig. Frauen heiraten, um ein eigenes Heim und eine eigene Familie zu bekommen. Männer heiraten, um eine Frau zu haben, die sich um sie kümmert und ihnen Söhne beschert. Eltern verheiraten ihre Töchter, damit sie sie nicht auf Dauer ernähren müssen, und ihre Söhne, damit sie eine Schwiegertochter haben, die sie bedient, wenn sie alt sind, und ihnen Enkelkinder bringt. Zuneigung, Herz und Liebe führen oft nur zu unklugen Entscheidungen. Kein Mensch mit Verstand misst ihnen allzu viel Gewicht bei.

Auch der Junge Herr tat es nicht. Als echter Sohn aus vermögendem Haus wusste er wohl um seine Pflicht, eine überlegte Ehe zu schließen. Als daher die Alte Herrin mit ihm darüber sprach, stimmte er ihrem Vorschlag zu. Er vertraute ihrem Urteilsvermögen, denn ihre Interessen waren die gleichen. So jung und ruhelos er auch war, so wusste er doch um die Wichtigkeit einer sicheren Zukunft für die gesamte Familie. Außerdem war die Ehe für einen reichen Mann kein Käfig. Er würde weiterhin die Frau namens Kostbare Jade aufsuchen können oder nach wem auch immer es ihn gelüstete, und die Alte Herrin war weise genug, ihn nicht auf seine Vergnügungen anzusprechen.

Also kam der Ehevermittler zum Einsatz. Die Bedingungen wurden abgesprochen, und was die Familie der zukünftigen Braut mitgab, war mehr als erwartet. Denn ihre Eltern liebten sie sehr als ihre Erstgeborene, die erst im achten Jahr nach ihrer Eheschließung auf die Welt gekommen war.

In jenen Tagen sahen sich die Eheleute oft erst an ihrem Hochzeitstag zum ersten Mal. Und so wäre es auch bei dem Jungen Herrn gewesen, hätte er nicht einer Laune nachgegeben. Wie sie wohl aussah? Er wurde neugierig, und die Versicherung seiner Mutter, sie habe weder drei Augen noch ein Hinkebein, vermochte ihn nicht zu befriedigen.

Es muss gesagt werden, dass jene Kostbare Jade immer noch in seinem Leben existierte. Sein Diener sagte, sie habe die Nachricht von der bevorstehenden Verehelichung des Jungen Herrn mit Fassung aufgenommen. Und weil sie ihm weder Vorwürfe machte noch vor ihm in Tränen ausgebrochen war – obwohl sie durchaus welche vergoss – , noch irgendwelche Forderungen an ihn richtete, hatte er sie weiterhin besucht. Tatsächlich, so der Diener, habe er sie noch mehr lieb gewonnen. So war sie schließlich doch noch weise geworden, diese Kostbare Jade, denn sie wollte ihn behalten.

Eines Tages, als der Junge Herr zusammen mit seinem Diener von Xiamen nach Shanghai aufbrechen wollte, stellte er fest, dass sie sich in der Nähe des Hauses seiner Braut befanden. Aus einem Impuls heraus sagte er zu seinem Diener: »Wir wollen kurz dort vorbeischauen.« Der Diener wusste, wie ungewöhnlich so ein Verhalten war, so uneingeladen zu erscheinen, aber es war nicht an ihm, seinen Herrn von irgendetwas abzuhalten. Und so sah der Junge Herr seine Braut noch vor der Hochzeit.

Sein Eintreffen brachte den ganzen Haushalt in Aufruhr. Der Hausherr war nicht daheim, und die Herrin hielt oben gerade ein Nickerchen. Man geleitete den Jungen Herrn zu einer Sitzgruppe, die einen Ausblick auf den Garten bot. Hier bat man ihn zu warten, während der Diener ging, die Herrin von dem unerwarteten Erscheinen des Bräutigams zu unterrichten. Der Junge Herr lächelte, als er im oberen Stockwerk das Geräusch rennender Füße vernahm und das aufgeregte Flüstern der Dienerschaft hinter den Wänden und Türen. Er wusste, dass er der Grund dafür war. Ungerührt nahm er Platz und schaute sich um. Nach einer Weile wurde er ungeduldig vom Warten und begab sich in den Garten, dessen Pfad von Chrysanthemen in glasierten Töpfen gesäumt war.

Hier draußen war es ruhig. Vereinzelte Sonnenstrahlen kamen durch das Laub der Weiden, und überall wuchsen Holzapfelbäume. Er schlenderte herum, roch den Duft frisch gemähten Grases und genoss den leisen Windhauch auf seinem Gesicht, bis er im östlichen Teil des Gartens einen Brunnen unter einer Wistaria bemerkte, die zu dieser Jahreszeit keine Blüten trug. Er ging darauf zu, und als er ihn erreichte, sah er in den Schacht hinab. Er konnte auf der stillen Wasseroberfläche den Himmel sich spiegeln sehen sowie sein eigenes Gesicht im Schatten. Dann fiel ein Blatt herab und bewegte die Wasseroberfläche. Als sie sich wieder beruhigt hatte, spiegelte sie ein weiteres Antlitz.

Er richtete sich auf, wandte sich um und sah sich einer jungen Frau von vielleicht siebzehn oder achtzehn Jahren gegenüber. Das Erste, was ihm an ihr auffiel, waren ihre Augen. Es waren nicht die dunklen chinesischen Augen, sondern sie hatten einen ungewöhnlichen Schimmer, einen Hauch von Braun und Oliv, ernste Augen, die ihn neugierig musterten. Es war eigentlich nicht die Art des Jungen Herrn, sich geniert zu fühlen, schließlich war er ein Mann von Welt, daher überraschte es ihn selbst, als er begann, seine Anwesenheit zu erklären.

»Ich bin gekommen, um meine Aufwartung zu machen«, sagte er.

Die junge Frau fuhr fort, ihn zu mustern.

»... dem Herrn und der Dame dieses Hauses ...«

Immer noch blickte sie ihn stumm an.

»... und um die junge Dame dieses Hauses kennen zu lernen«, fügte er noch hinzu.

Sie neigte leicht den Kopf, wobei sie ihm weiter in die Augen blickte. Schließlich sagte sie: »Warum wollen Sie sie kennen lernen?« Ihre Stimme war unerwartet voll und ruhig; er fand sie angenehm. Trotzdem verblüffte ihn ihre Frage. Er war es nicht gewohnt, von irgendjemandem befragt zu werden, abgesehen von den alten Angehörigen seiner Familie. Und doch antwortete er ihr. Es war etwas in ihrem Blick, das Aufrichtigkeit forderte. Also nannte er seinen Namen und sagte: »Ich bin ihr … ihr zukünftiger Ehemann.«

Falls sie das überraschte, so ließ sie es sich nicht anmerken. Sie sah ihn nur noch interessierter an, sagte aber nichts weiter. Nach einer Weile entschuldigte sie sich, und er fragte: »Würden Sie der Dame des Hauses und meiner … der jungen Dame ausrichten, ich sei hier?« Sie nickte und ging davon.

Eine halbe Stunde später kam ein Diener und geleitete ihn zum Haus zurück, wo ihn seine zukünftige Schwiegermutter begrüßte. Sie bedeutete ihm, Platz zu nehmen, was er auch tat. Danach erkundigte sie sich nach seiner Mutter und nach seinem Reisevorhaben. Er antwortete höflich, wobei er sich bemühte, sich seine Ungeduld nicht anmerken zu lassen, denn er musste noch einen Blick auf seine künftige Frau erhaschen. Ihre Mutter hatte sie nicht erwähnt, fast so als wüsste sie nicht den Grund für seinen Besuch.

Dann hörte er hinter sich, wie eine Tür geöffnet wurde, und wusste, sie war da. Langsam drehte er sich um, damit er sie sehen konnte. Er war überrascht, aber irgendwie hatte ein Teil von ihm es schon gewusst. Vor ihm stand die junge Frau mit den ungewöhnlichen Augen. Sie neigte höflich den Kopf zur Begrüßung, ließ sich aber nichts von ihrer Begegnung im Garten anmerken. In ihren Augen konnte er jedoch etwas aufschimmern sehen und gab ihr auf gleiche Weise sein Eingeständnis eines gemeinsamen Geheimnisses zu verstehen. Plötzlich fühlte er sich von ihr angezogen. Diese Frau mit ihrem würdevollen Wesen, ihrem direkten Blick ließ eine Intelligenz erkennen, wie er sie bei Frauen, abgesehen von seiner Mutter, nicht gewohnt war. Er musterte ihr Gesicht. Es war eher edel als schön zu nennen, ernst statt lebhaft, und doch, sagte er sich, würde es ihm einmal gefallen können ... Er ertappte sich bei dem Wunsch, den ernsten Ausdruck zu verscheuchen und zu sehen, wie die Züge an Sanftheit gewannen. Er war überzeugt, dass seine Mutter die richtige Wahl getroffen hatte.

Bald darauf verabschiedete er sich, wobei er seiner künftigen Schwiegermutter mitteilte, er werde wiederkommen, um sich mit dem Hausherrn bekannt zu machen. Es war klar, auch ohne es direkt zu sagen, dass er ihre Tochter und seine zukünftige Frau wieder zu sehen wünschte. Das war ungewöhnlich und kam unerwartet, war aber nicht unerwünscht. Die Verbindung konnte durchaus noch eine Liebesehe werden, denn der Junge Herr erkannte, dass er seiner zukünftigen Frau nicht gleichgültig war. Er hatte genug Erfahrung mit Frauen, um zu wissen, wann eine interessiert war. Ihm gefiel der Gedanke, ihr den Hof zu machen, auch wenn schon alles arrangiert war.

Er hatte nicht länger den Wunsch, nach Shanghai zu fahren, und so sagte er seinem Diener, sie würden heimfahren. Und wenn er sonst sein Tun nicht zu erklären pflegte, so erfüllte es ihn diesmal mit Freude, dem Mann sagen zu können: »Morgen werden wir wieder hierher kommen.«

Shanghai entschwand seinem Sinn. Er blieb in Xiamen, kehrte nur zur Insel zurück, um nach seiner Mutter zu sehen. Doch wenn er auch Shanghai und Kostbare Jade vergessen haben mochte, so hatte sie ihn nicht vergessen. Nachdem er sie schon mehrere Wochen nicht besucht hatte, sandte sie eine Nachricht an den Jungen Herrn. Und so beschloss der Junge Herr, etwas zu unternehmen in dieser Angelegenheit, die begonnen hatte, wie eine dunkle Wolke über ihm zu hängen. Er würde Kostbare Jade erklären, dass es mit ihnen beiden vorbei sei. Denn während er seine Braut immer besser kennen lernte, hatte er erkannt, wie sehr sie seinen ganzen Respekt verdiente. Er schätzte sie und wünschte, ihr zu gefallen. Während er ursprünglich vorgehabt hatte, Kostbare Jade auch weiterhin aufzusuchen, so war ihm das jetzt nicht mehr möglich. Es würde die Frau verletzen und beleidigen, der er seinen Namen geben würde.

Am späten Nachmittag traf er in dem Haus von Kostbare Jade ein und verließ es noch vor der Abenddämmerung. Sein Diener berichtete, die Frau habe den Jungen Herrn nicht, wie die Male zuvor, bis zur Tür begleitet, aber er habe kurz ihr Gesicht an einem Fenster erblickt, als sie ihre Abfahrt beobachtete.

Sie weinte. Auf der Rückreise war der Junge Herr ungewohnt schweigsam. Es war ein schmerzliches Unterfangen für ihn gewesen. Auch wenn er ihr bei der Trennung eine großzügige Abfindung hatte zukommen lassen, war er doch unglücklich darüber, ihr Kummer bereitet zu haben. Es wäre für sie beide einfacher gewesen, wenn sie sich nicht zueinander hingezogen gefühlt hätten. Doch er hatte sein Herz verschlossen. Er hatte sich vorgenommen, das Leben mit seiner Frau ohne Belastung aus der Vergangenheit zu beginnen.

Die Alte Herrin war erfreut, als sie davon erfuhr. Und als ich ihr eines Abends beim Umkleiden half, sagte sie mehr zu sich selbst als zu mir: »Die andere ist nicht mehr.«

Doch da sollte die Alte Herrin sich sehr geirrt haben.

Im Spätherbst, als es erfreulich kühler geworden war, heiratete der Junge Herr endlich seine Braut.

Sie kam auf die Insel und stieg in Begleitung ihrer Familie und vieler weiterer Verwandter am Pier aus. Es war ein großer Tag für die Insel, und jeder kam, um die Braut zu sehen. Sie trug ein traditionelles rotes Seidengewand mit verschlungenen Stickereien, von denen es hieß, drei Paar Hände hätten an ihrer Fertigstellung arbeiten müssen. Ein perlenverzierter Kopfschmuck, über den ein rotes Seidentuch gebreitet war, verhüllte ihr Gesicht. In einer Sänfte wurde sie zu dem großen Haus gebracht. Diener mit Laternen und Fahnen begleiteten sie, und eine Musikkapelle, die Trompeten und Gongs ertönen ließ, tat ihre Ankunft kund.

Dann begann die Zeremonie. Als man dem Jungen Herrn die Braut zuführte, leuchtete sein Gesicht freudig auf, obgleich ihr Antlitz verhüllt blieb, als sie sich vor den Bildern seiner Ahnen und vor der Alten Herrin verneigte. Doch er wusste, was unter der roten Seide verborgen war, und freute sich darauf, ihr Gesicht mit den ernsten Augen im Brautgemach zu sehen. Der Gedanke ließ ihn lächeln. Hätte er jedoch gewusst, was sich zwei Stunden zuvor ereignet hatte, dann wäre er nicht so glücklich gewesen wie jetzt.

An jenem Morgen, noch vor dem Eintreffen der Braut, war eine Frau in mitternachtsfarbenem Kleid nach westlichem Schnitt auf die Insel gekommen. Sie trug einen Hut mit einem kurzen schwarzen Netzschleier, der ihre Augen verbarg. Aber selbst das wenige, das der Schiffer von ihrem Gesicht sehen konnte, sagte ihm, wie schön sie war. Und an der Art ihrer Kleidung ließ sich erkennen, dass sie nicht aus dieser Gegend stammte. Während der Bootsfahrt hatte er versucht, mit ihr ins Gespräch zu kommen, indem er sich höflich danach erkundigte, ob sie zu der Braut gehöre. Doch die Frau hatte seine Fragen ignoriert und ihm stattdessen gesagt, sie habe für die Zustellung eines Briefes an die Lees zu sorgen. Das hatte der Schiffer seltsam gefunden, aber angesichts ihrer distanzierten Haltung sah er von der Frage ab, warum sie das nicht selbst tue. Als sie am Pier eintrafen, suchte er einen kleinen Jungen für sie, dem diese Aufgabe aufgetragen wurde. Die Frau saß in einem schattigen Winkel und wartete auf seine Rückkehr.

Es war der Obergärtner, an den sich der kleine Junge wandte. Dieser richtete aus, er habe einen Brief für den Jungen Herrn, und als der Gärtner meinte, er würde ihn übergeben, schüttelte der Junge den Kopf und bestand darauf, ihn selbst dem Jungen Herrn zu überreichen.

»Was? Du dummer Junge! Weißt du denn nicht, dass heute sein Hochzeitstag ist?«

Der Junge wurde unsicher, doch abermals wiederholte er, was man ihm aufgetragen hatte. Diesmal fügte er hinzu: »Die Dame sagte, ich solle es ihm geben.«

Nun, wir Diener tuscheln häufig untereinander, und so hatte der Gärtner von der Frau des Jungen Herrn in Shanghai gehört. Er sah den Jungen an, dann den Brief und wusste, dass die Sache nach Ärger aussah. Schließlich sagte er zu dem Jungen, er könne ihn entweder ihm geben und darauf vertrauen, dass er ihn dem Jungen Herrn aushändigte, oder demjenigen zurückbringen, der ihn ihm gegeben hatte. Da dachte der Junge an das Geld, das man ihm versprochen hatte, und beschloss, dem Mann den Brief auszuhändigen und die Frau zu belügen.

Der Gärtner nahm den Brief und ging in die Küche, um sich mit der Köchin zu beraten. Diese meinte: »Nein, der Alten Herrin musst du diesen Brief geben.«

»Aber er ist doch für den Jungen Herrn.«

Die Köchin warf ihm einen vielsagenden Blick zu. »Du bist wirklich ein mutiger Mann …«

Der Gärtner verstand die Warnung. Und als ich dann in die Küche kam, gab man mir den Brief.

»Gib ihn der Alten Herrin«, sagte der Gärtner. »Sag ihr, eine Frau hat einen Jungen gebeten, ihn dem Jungen Herrn zu übergeben.«

Er war versiegelt, und der Jasminduft, der ihm entströmte, erinnerte mich an den Frühling. Ich nahm ihn nach oben, der Duft verbreitete sich, und ich befürchtete, der Junge Herr könnte ihn riechen und so von der Nachricht der anderen erfahren.

Als ich ihr Zimmer betrat, war sie gerade dabei, sich ihre Lieblingsbrosche aus Jade anzustecken. »Sage mir, A-san, sitzt sie gerade?«

Ich nickte und hielt ihr den parfümierten Brief hin.

Sie runzelte die Stirn. »Was ist das? Jetzt ist nicht die Zeit für Geschäfte.«

Verunsichert wiederholte ich, was mir der Gärtner gesagt hatte, und beobachtete, wie das Gesicht der Alten Herrin kalt und abweisend wurde, doch in ihren Augen zeigte sich Verärgerung und außerdem so etwas wie Furcht. Sie ergriff den Brief, riss ihn auf, wobei sie das wächserne Siegel zerbrach; ihre Augen schweiften über das Papier, und ich sah, wie sie ihre Lippen zu einer dünnen Linie zusammenpresste.

»Die Hure gibt nicht auf … Sie erinnert ihn an sein Versprechen vom Tag ihrer Trennung, zu ihr zu kommen, wenn sie ihn jemals brauchen sollte. Oh, wie dumm von meinem Sohn, er hat keinen klaren Schnitt gemacht.« Sie seufzte und las weiter. »Sie hat ihm etwas zu sagen … und wartet jetzt auf der Insel auf ihn.« Die Alte Herrin zerknüllte den Brief. »Sie wird vergebens warten.«

Sie wandte sich an mich. »Bring mir eine Kerze«, befahl sie.

Eine Minute später sah ich den Brief brennen, beobachtete, wie das Papier schrumpfte, wie die Kanten zuerst rot glühten und dann schwarz wurden. Da klopfte es an die Tür. Ich eilte mit dem Tablett und der Asche ins Umkleidezimmer. Der Junge Herr kam herein, und ich hörte ihn sagen: »Ich rieche Rauch, Mutter, und … Jasmin. Wie seltsam …«

»Räucherstäbchen«, antwortete die Alte Herrin. »Ich habe A-san gesagt, sie soll sie ausmachen.«

Dann meinte der Junge Herr, es sei an der Zeit, hinunterzugehen. Kurz darauf gingen sie die Treppe hinab und begaben sich in die Zeremonienhalle, um dort die Braut zu erwarten.

Was mit der anderen geschah, konnte keiner mit Sicherheit sagen. Doch einer der Diener, der mit dem Schiffer gesprochen hatte, berichtete, was er von ihm erfuhr. Er sagte, der kleine Junge kehrte zurück und erzählte ihr, der Junge Herr würde kommen, was eine gemeine Lüge war. Sie bezahlte den Jungen, der sich rasch davonmachte. Die Frau wartete und wartete. Nach einer Weile wurde sie ungeduldig und stieg wieder in das Boot, wo sie dem Schiffer befahl, sie nahe zu dem Haus der Lees zu rudern. Sie saß stumm im Boot, bis sie die Musik von oben herabwehen hörte. Die Hochzeitszeremonie war vorüber. Die Frau, so sagte er, saß sehr aufrecht, mit ganz geradem Rücken und hochgerecktem Kinn. Dann befahl sie ihm, sie nach Xiamen zurückzurudern.

So hat der Junge Herr nie von jenem Brief erfahren oder von der geheimnisvollen Frau, die an seinem Hochzeitstag die Insel besuchte. Die Herrin sagte kein Wort, und keiner von uns aus der Dienerschaft wagte es, auch nur das Geringste darüber zu verlieren, was wir erfahren hatten. Denn obwohl er jetzt auch der Herr war, so war es immer noch seine Mutter, die die Herrschaft innehatte. Und selbst wenn sie nicht da gewesen wäre, hätten wir uns gehütet, etwas zu sagen, denn da war nun die Junge Herrin, und sie gefiel uns.

Für alle in dem großen Haus war offensichtlich, dass dieser jungen Frau eine ruhige Kraft innewohnte, dass sie von guter Herkunft war und einen gesunden Menschenverstand besaß. Jene, die schon lange in den Diensten der Lees standen, meinten, sie erinnere sie an die Alte Herrin in ihrer Jugend, als sie selbst gerade erst in das große Haus gekommen war. Auch die Alte Herrin muss das gesehen haben, sie war eindeutig stolz auf ihre neue Tochter.

Es gab viel zu feiern, und das Fest dauerte drei Tage. Und als es so aussah, als ob alle guten Wünsche ausgesprochen worden seien – denn viele waren gekommen, um ihre Aufwartung zu machen –, verkündete ein berühmter Wahrsager den Lees eine unerwartet günstige Voraussage. Er war ein Mann, der mit einem blinden Auge geboren war und die Sehergabe besaß. Mit seinem einen gesunden Auge sah er klarer als jemand mit vollständiger Sehkraft. Er nahm die linke Hand des Jungen Herrn und betrachtete sie, während alle anderen mit verhaltenem Atem warteten. Dann wandte er sich an die Alte Herrin und verkündete: »Drei Söhne! Drei Söhne wird dieser junge Mann bekommen!« Als sie dies vernahmen, wandten sich die Gäste der Alten Herrin zu und sagten: »Aiy! Auf dem Haus der Lees ruht der Segen der Götter!«

13

Es folgte eine Zeit eingeschränkter Freude. So sehr sie auch aneinander Vergnügen fanden, der Junge Herr und seine Frau wurden ständig daran erinnert, dass der Krieg ihr Glück zerstören konnte.

In Jiangxi, gleich an der Grenze zu unserer Provinz, tobte der Bürgerkrieg. Und wie jeder hier im Süden verfolgte auch der Junge Herr aufmerksam das Kampfgeschehen. Für Großgrundbesitzer wie die Lees stand sehr viel auf dem Spiel. Und wenn der Junge Herr für Chiang Kai-shek als Führer nichts weiter als Verachtung übrig hatte, so war er sich doch im Klaren, dass die Lees ihren Landbesitz verlieren würden, wenn die Armeen der Nationalisten unterlagen und die Kommunisten den Sieg davontrugen. In den Bezirken, die von den Kommunisten besetzt waren, gehörte nun das Land den Bauern, die es bestellten, und viele von ihnen hatten sich der Roten Armee angeschlossen.

Gegen Ende des Sommers begannen die Nationalisten in Jiangxi einzurücken, wo sich das Hauptquartier der Roten Armee befand. Die Zeitungen nannten dies den größten Vernichtungsfeldzug General Chiang Kai-sheks. Davon hatte es im Verlauf der Jahre schon mehrere gegeben, aber zur Verärgerung und Enttäuschung war es dennoch nicht gelungen, die Kommunisten zu vernichten.

Diesmal jedoch, so erklärte der Junge Herr, hatte der General Hilfe aus dem Ausland: Ein deutscher Militärexperte war angeworben worden, um den Feldzug zu planen. Dieser Mann befahl den Bau von Straßen in das Innere der Provinz. Als sie fertig waren, rollten Panzer und Militärlastwagen auf das Lager der

Roten Armee zu, während siebenhunderttausend Soldaten marschierten. Als die Soldaten herangekommen waren, errichteten sie Betonsperren, bis die Rote Armee eingekreist war. Unterdessen warfen Flugzeuge Tausende von Bomben ab und verwüsteten das Land. Es gab kein Entkommen. Die Rote Armee saß in der Falle und mit ihnen viele Unschuldige. Städte und Dörfer, sogar das Land selbst brannten. Bald brach eine Hungersnot aus. Das Ende schien nahe. Obgleich jeder das Ende des Bürgerkriegs ersehnte, so waren wir doch traurig, dass dazu der Tod so vieler Chinesen erforderlich war.

In dieser düsteren Zeit begann das junge Paar sein gemeinsames Leben. Sie waren jung wie ihre Liebe, und ihre Herzen waren stark. Trotz alledem, was um sie herum geschah, stahlen sie sich ihre Momente des Glücks, und der Anblick der beiden gab uns viel zu reden. Im Quartier der Dienerschaft wurde mehr über den Jungen Herrn und die Junge Herrin gesprochen als über den Krieg. Es gab zwei Meinungen ... zwei Lager.

»Er liebt sie wirklich, jeder kann das sehen«, sagten die jüngeren Bediensteten, einschließlich meiner selbst.

Doch die alten und zynischen, darunter auch meine Mutter, sagten Unglück voraus. »Ja, natürlich, seine tiefe Zuneigung ist deutlich zu sehen, aber das bedeutet nicht, dass er nur sie lieben wird.«

»Ihr redet von der Vergangenheit«, war dann unsere Entgegnung.

Kopfschüttelnd konterten darauf die Alten: »Wir sprechen von der Zukunft.«

Aber wir blieben stur und zogen es vor, an das zu glauben, was wir sahen. Für uns war offensichtlich, wie sich der Junge Herr mehr und mehr zu der Jungen Herrin hingezogen fühlte. Wenn er geschäftlich verreisen musste, was jetzt häufiger der Fall war, kam er jedes Mal zurückgeeilt, sobald alles abgeschlossen war. Shanghai existierte nicht mehr. Hätte man ihm eine Landkarte vorgelegt und ihn gebeten zu zeigen, wo es liegt, hätte er es nicht mehr gefunden. Die Insel hielt sein Herz und seinen Sinn gefangen, denn hier war seine Frau. Jedes Mal, wenn er zurückkam, unternahm er lange Spaziergänge mit ihr, manchmal sehr lange, zum Pier oder zuerst am Strand entlang, oder sie kletterten über die Felsen und umrundeten von dort aus die Insel.

In mancher Hinsicht war er offener als sie. Sie war nicht eigentlich scheu, sondern zurückhaltend. Sie war dazu erzogen worden, auf ihre Worte zu achten, diskret zu sein. Wenn sie zusammen waren, dann drückte sie sich nicht an ihn und nahm auch nicht seinen Arm. Er hingegen zeigte offen seine Zuneigung. Aber so war er schon als Kind gewesen.

Er liebte es, Geschichten zu erzählen, der Junge Herr. Und so saß er auf dem vorspringenden Felsen, die Junge Herrin neben sich, und beide blickten auf das Meer hinaus. Und er erzählte ihr seine Geschichten ... alte Geschichten über die Lees, damit sie etwas über seine Familie erfuhr, zu der sie nun gehörte, aber am liebsten erzählte er aus seiner Kindheit und von seinen Streichen. Wie er eines Tages mit einem Fischer in dessen Boot hinausgefahren war und ihm sagte, seine Familie wisse, wo er war. Aber keiner wusste davon, und so dachte man, es sei ihm etwas zugestoßen, und man hatte begonnen, nach ihm zu suchen. Erst gegen Mittag war die Suche beendet, als das Fischerboot heimkehrte und er dem Fischer half, seinen Fang auszuladen.

Seine Geschichten riefen ein Lächeln auf ihre Lippen, und manchmal lachte sie leise, denn sie war wirklich eine ernste junge Frau. Und so machten sie ein Spiel daraus: Der Junge Herr erzählte Geschichten, um sie zum Lachen zu bringen. Wenn ihm das gelang, war es, als ob die Sonne aufging und mit goldenen Strahlen leuchtete. Dies war dann sein Lohn.

Dann wieder wurde der Junge Herr fortgerufen, und das Haus erschien mit einem Mal leer, noch größer und stiller, während alle Augen auf die Junge Herrin gerichtet waren. War sie einsam?

Hatte sie Heimweh? War sie der Insel überdrüssig? Wenn dem so war, dann ließ sie sich das nie auch nur im Geringsten anmerken. Und wenn sie mitunter niedergeschlagen dreinblickte, weil der Junge Herr nicht da war, ließ sie ihre Traurigkeit niemals überhand nehmen. Sie war keine, die herumsitzt, den ganzen Tag weint und die Zeit vergeudet. Sie war keine verwöhnte junge Frau.

Stattdessen lernte sie, wie man ein großes Haus führt, und stellte sich dabei äußerst geschickt an. Sie erwies der Alten Herrin große Ehrerbietung und zog es vor, von ihr zu lernen. Die Zustimmung der Alten Herrin in Bezug auf ihre neue Tochter wuchs und damit auch ihre Zuneigung. Dies war in der Tat eine Tochter, wie sie sie sich gewünscht hatte. Sie hatte viel Ähnlichkeit mit ihr selbst.

Als die Erntezeit nahte, fuhr der Junge Herr zum Festland hinüber, und zwar für eine längere Zeit. An dem Tag der Abreise des Jungen Herrn begann die Junge Herrin mit einer Stickerei. Sie arbeitete an einem großen runden Stück Seide, und jeder der Stiche ließ ihre gute Erziehung erkennen. Sie waren fein und gleichmäßig, und die Fäden lösten sich nie. Mitunter kam die Alte Herrin, um das Werk zu bewundern, und man konnte sie sagen hören: »Meine Tochter ist mit Geduld gesegnet ... eine Tugend, die ihr gute Dienste erweisen wird.«

Dann kehrte der Junge Herr nach langer Abwesenheit zurück, und er brachte einen Mann mit, der mit seiner schwarzen Kiste Fotos machte. Der Mann blieb einen Tag lang da. In dieser Zeit machte er eine Aufnahme von der Alten Herrin in ihrem grauen Seidengewand auf einem Sessel aus Rosenholz und viele Aufnahmen vom Jungen Herrn mit der Jungen Herrin. Wie jung und glücklich die beiden aussahen.

Bevor der Mann abreiste, versprach er, die Fotos zur Insel zu schicken. Der Junge Herr sagte, er werde die besten aussuchen und vergrößern lassen, um sie in seinem Arbeitszimmer aufzuhängen. Es dauerte eine Woche, bis die Fotos kamen. Aber sie sollten keine Freude bereiten. Tatsächlich sollte viel Zeit vergehen, bis man sie betrachtete, denn mit dem Schiff, das sie herbrachte, kam noch ein weiterer Umschlag. Darin war eine Nachricht für den Jungen Herrn.

Diesmal war er da, um ihn in Empfang zu nehmen.

Ich kann mich noch an den Tag erinnern. Die Sonne strahlte, und es blies ein frischer Westwind. Es gab ein Problem mit dem Springbrunnen. Der Gärtner hatte beim Reinigen des Brunnenbeckens bemerkt, dass das Ausflussrohr verrostet war und das Wasser braun gefärbt herausfloss. Er meinte, der Rost reiche bis ganz tief hinunter.

»Das macht der Seewind. Das Salz lässt alles verrosten«, sagte der Junge Herr. Sie überlegten weiter, was getan werden musste und ob es eine Möglichkeit gab, den Brunnen auseinander zu nehmen, um die verrosteten Rohre auszutauschen.

Die Alte Herrin hörte dies alles, denn sie war mit mir draußen, um zu zeigen, welche Blumen geschnitten werden sollten. Im Garten standen zu dieser Jahreszeit die Gardenien in voller Blüte. Es waren die Lieblingsblumen der Alten Herrin, und sie wünschte deren Duft in ihren Räumen um sich zu haben.

»Diese hier, A-san. Nimm sie, bevor die Blätter sich gelb verfärben.«

Ich zog den Stängel zu mir herüber, schnitt die Blüte ab, um sie in meinen kleinen Korb zu legen. Beim Nachzählen bemerkte ich, dass es schon ein Dutzend waren. Ich sagte dies der Alten Herrin, und sie meinte, das sei genug. Wir wandten uns zum Haus, als die Alte Herrin beschloss, zum Jungen Herrn hinüberzugehen, um zu erfahren, was man in Bezug auf den Springbrunnen beschlossen hatte. Genau dann kam ein Junge, einer der Gehilfen des Gärtners, den Pfad herauf. Er brachte zwei Umschläge, einen großen und einen kleinen.

Als er uns erreichte, wandte er sich an den Jungen Herrn. »Die hier sind mit dem Schiff gekommen.« Er übergab ihm die beiden Umschläge. Der große erregte die Aufmerksamkeit des Jungen Herrn, und er rief aus: »Die Aufnahmen sind da!« Doch bevor er das Siegel lösen konnte, sprach der Junge weiter und zeigte auf den kleinen Umschlag.

»Man hat mir aufgetragen, dafür zu sorgen, dass Sie ihn sofort lesen, und auf Ihre Antwort zu warten.«

»Wer sagte …«, fragte verblüfft der Junge Herr.

Der Junge zuckte die Achseln: »Sie hat nicht …«

»Sie?«, war jetzt die Alte Herrin zu vernehmen. Ihr Ton war scharf.

»Eine Frau … Eine Dienerin, glaube ich.«

Danach sprach niemand. Ich warf einen verstohlenen Blick zur Alten Herrin. Ihr Gesicht hatte sich versteinert, und ihre Augen blickten abweisend. Sie schaute zum Jungen Herrn hinüber, und ihre Blicke trafen sich. Ich weiß nicht, was in seinem Kopf vorging, aber ich wusste, was die Alte Herrin dachte. Ich war mir gewiss, sie dachte – so wie ich – an jenen anderen Brief.

Er betrachtete den Umschlag, zögerte, dann steckte er ihn in seine Tasche. Doch abermals sprach die Alte Herrin. Mit einer Stimme, die keinen Widerspruch zuließ, befahl sie: »Öffne ihn.«

Also las der Junge Herr die Nachricht. Sie war kurz, doch schon in den wenigen Augenblicken, die er für das Durchlesen benötigte, war er blass geworden. Seine Augen verdüsterten sich, und er blieb stumm. Da griff die Alte Herrin nach dem Brief und nahm ihn an sich. Ich erwartete, der Junge Herr würde ihr das verweigern, aber er gab ihn ihr.

Wie schlimm auch die Vorahnungen der Alten Herrin gewesen sein mögen – auf das, was sie las, war sie nicht vorbereitet. Ich hörte, wie sie nach Luft schnappte, ein schmerzlicher Atemzug, und ihre Augen wurden hart wie Stein, als sie den Brief zerknüllte.

Die Frau namens Kostbare Jade hatte ein Kind bekommen ... einen Sohn.

Auf diese Weise erfuhr die Junge Herrin von ihrer Vorgängerin.

Die Alte Herrin und ich folgten dem Jungen Herrn ins Haus und die Treppen hinauf. Es war eine bedrückte Prozession. Vor dem Zimmer der Jungen Herrin angelangt, hielten wir an, und nur der Junge Herr trat ein. Unter seinem Arm trug er den Umschlag mit den Aufnahmen und in der Hand den Brief.

»Ich werde hier warten«, verkündete die Alte Herrin.

Als der Junge Herr eintrat, konnte ich einen kurzen Blick von der Jungen Herrin erhaschen, die an ihrer Stickerei arbeitete. Erst am Tag zuvor hatte sie der Alten Herrin gezeigt, wie viel sie bereits geschafft hatte. Die Insel war schon vor einiger Zeit fertig geworden, und nun war sie dabei, das Meer zu sticken. Wie sie sagte, sollte das Wasser in der Ferne dunkelblau sein und näher zum Strand einen helleren Ton haben. Vielleicht würde sie nun ihren Sinn ändern, das Wasser schwarz gestalten und die Wolken stürmisch.

Was immer gesprochen wurde, kann man nur erahnen, denn der Junge Herr sah seine Mutter nicht an, als er wieder aus dem Zimmer herauskam, sondern lief rasch die Treppe hinab, um sich in seinem Arbeitszimmer einzuschließen.

Die Alte Herrin klopfte an die Tür. Es kam keine Antwort. Sie klopfte noch einmal. Sie runzelte die Stirn, warf mir einen flüchtigen Blick zu und öffnete die Tür. Sie war nicht verschlossen. Ich zögerte, ihr zu folgen, doch die Alte Herrin winkte mich herein, und ich sah, wie sie in den Nebenraum lief, den die Junge Herrin als Ankleidezimmer benutzte.

Man konnte sich leicht das Schlimmste ausmalen. Sie konnte sich aus Kummer oder aus Zorn oder wegen beidem etwas angetan haben. Also eilten wir hinter ihr her und fanden sie mit dem Gesicht zur Wand stehend. Sie hörte uns. Wandte sich um. Und ich sah ein Schimmern in ihren Augen, eine leichte Rötung. In den Händen hielt sie die Seidenstickerei, aber sie war nicht länger säuberlich in den runden Rahmen gespannt. Sie hielt sie zerdrückt in ihren krampfhaft verschlossenen Fäusten.

»Meine Tochter ...«, begann die Alte Herrin.

Bei dieser sanften Anrede kamen der Jungen Herrin die Tränen. Doch sie weinte still, so als schäme sie sich ihres Kummers. Ihre Schultern zuckten. Da nahm sie die Alte Herrin bei den Händen und führte sie zu einem Stuhl. Mir bedeutete sie, Tee zu bringen, und ich eilte in das andere Zimmer, wo die Kanne auf einem Tablett stand. Sie war noch warm, ich goss zwei Tassen voll und trug sie in den Nebenraum.

Inzwischen hatte die Junge Herrin sich wieder gefasst. Sie nahm ihre Tasse entgegen und nahm ein paar Schlucke, wobei ihre Hände zitterten. Dann holte sie tief Luft und begann zu sprechen. Sogar nach all diesen vielen Jahren kann ich mich an ihre Worte erinnern. Ein schwächerer Mensch hätte sie nicht aussprechen können. Voller Schmerz sagte sie Folgendes: »Ich bin sehr selbstsüchtig gewesen, Mutter. Ich sollte glücklich sein ... wir alle sollten glücklich sein, denn mein Mann hat einen Sohn bekommen, und der Name Lee wird über Generationen fortgeführt werden.«

Mit einer Stimme, die plötzlich rau klang, da sie bei aller Stärke doch betroffen war von dem Empfinden der jungen Frau ihres Sohnes, sagte die Alte Herrin: »Ich verspreche dir, meine Tochter, du wirst immer als die Erste Frau in Ehren gehalten werden ... Die andere ist ein Nichts. Sie wird nie einen Platz in meinem Herzen erlangen, sie wird nie ihren Fuß in dieses Haus setzen.«

Doch die Junge Herrin war anderer Ansicht. Sie sagte, diese Kostbare Jade sollte unbedingt gebeten werden, mit ihnen auf der Insel zu leben. Falls das nicht geschah, würde der Junge Herr stattdessen zu ihr gehen, denn eine verbotene Frucht schmeckt süßer. Daher wollte sie lieber die Anwesenheit seiner Konkubine ertragen als seine Abwesenheit.

Und abschließend sagte sie: »Mutter, wir müssen den Westflügel herrichten, um Ihren Enkel willkommen zu heißen und … Ihre neue Tochter.«

»Du musst mit meinem Sohn gehen«, sagte die Alte Herrin zu mir.

Der Junge Herr hatte vor, am nächsten Morgen nach Shanghai abzureisen. Zuvor war ich zu seinem Schreibzimmer gegangen und hatte ihm mitgeteilt, seine Frau wünsche ihn zu sprechen. Dann kehrte ich zu der Alten Herrin zurück.

Als ich dann ihre Worte hörte, schrie ich auf: »Oh, Herrin, bitte, Sie wollen mich ihr doch nicht geben. Ich möchte ihr nicht dienen!«

»Nein, A-san, du dienst mir dabei, du bist meine Augen. Ich selbst werde nicht zu dieser Hure gehen! Und wenn sie hierher kommt, werde ich sie nicht in ihren Räumen aufsuchen. Also bist du diejenige … Ich habe meinem Sohn gesagt, du würdest mitkommen, um zu helfen. Vielleicht hat sie selbst jemanden, aber du kannst deine Augen und Ohren offen halten. Ich muss wissen, wie die Dinge stehen … mit den beiden.« Da verstand ich, dass die Alte Herrin befürchtete, ihr Sohn werde wieder in den Bann von Kostbare Jade geraten.

Als ich an diesem Abend im Quartier der Dienerschaft meine Kleider einpackte, erzählte ich meiner Mutter von den Befürchtungen der Alten Herrin. Meine Mutter wusste dazu keine beruhigenden Worte. »Natürlich wird das geschehen. Diese Frau kommt als Erste Nebenfrau … Natürlich wird sie den Jungen Herrn wieder einfangen. Und nachdem sie jetzt einen Sohn geboren hat, hat sie auch Macht!«

»Heißt das, dieser Sohn ist auch der Erste Erbe?«

»Das Kind einer Konkubine? Natürlich nicht, was denkst du

dir? Das wird die Alte Herrin nicht zulassen. Der Sohn eines Sing-Song-Mädchens als Erbe der Lees!«

Die Köchin, die auch dabei war, fragte: »Und was geschieht, wenn die Junge Herrin keinen Sohn bekommt?«

»Schhh! Sagt bloß so etwas nicht!«, kam es von einer der Dienerinnen.

Doch nachdem es einmal ausgesprochen war, ließ es sich nicht wieder zurücknehmen. Es war wie Unkraut, diese schreckliche Möglichkeit, und es ließ weitere hässliche Gedanken hervorsprießen. Denn bislang erwartete die Junge Herrin noch kein Kind, und dabei war sie nun schon sieben Monate mit dem Jungen Herrn zusammen.

»Noch ist es zu früh«, meinte jemand. »Außerdem hat die Junge Herrin nicht den Kopf verloren, auch wenn ihr das Herz wehtut. Sie wird die andere überdauern.«

Und diese Worte trösteten mich, als ich am nächsten Morgen mit dem Jungen Herrn zu dem Haus der anderen abreiste.

14

Die Reise nach Shanghai glich dem Gang zu einem Begräbnis. Über dem Jungen Herrn hing eine dunkle Wolke, er sprach kaum, grübelte über das Ende seines Glücks nach und darüber, wie plötzlich sein Leben sich zum Schlechten wandelte. Auf der Insel hatte er seine junge Frau mit ihrem Schmerz und den Folgen seines Tuns zurückgelassen. Und hier war er nun auf dem Weg zu jener Frau, die der Grund dafür war und auch weiterhin sein würde.

Doch auch wenn er unklug gehandelt hatte, so war dies doch in der Vergangenheit geschehen. Er hatte gedacht, von dieser früheren Bindung befreit zu sein. Wie konnte er wissen, dass dies nicht so war? Wie viel davon war sein eigenes Tun, wie viel davon Schicksal? Wie es aussah, reichten gute Vorsätze nicht aus, es gab noch andere Mächte in dieser Welt. Daher mochte er zwar angenommen haben, von der anderen frei zu sein ... Aber sie war immer noch da ... wartete ... Ihre Angelegenheit war noch nicht erledigt. Und nun würde sie abermals in sein Leben treten und nicht so rasch wieder verschwinden.

Doch trotz all meiner finsteren Gedanken, die durch die Stimmung des Jungen Herrn noch mehr getrübt wurden, konnte ich nicht vergessen, dass ich hier in Shanghai war. Selbst in meinen wildesten jugendlichen Träumen hätte ich mir nie vorstellen können, jemals dorthin zu kommen. Ich hatte immer nur auf der Insel gelebt; und das weiteste, wo ich gewesen war, war Xiamen auf der anderen Seite des Flusses. Aber jetzt fuhr ich hier durch die geschäftigen Straßen Shanghais in einer Rikscha, gezogen von einem kleinen, stämmigen, barfüßigen Mann, der sich mit angespannten Muskeln einen Weg durch die Menge bahnte.

Der Junge Herr musste jemanden in geschäftlichen Angelegenheiten aufsuchen, daher hielten wir zuerst bei einem Lagerhaus am Wasser. Er verschwand im Inneren, und sein Diener folgte ihm. Doch ich wartete auf sie in meiner Rikscha, wo ich mich sicherer fühlte. Ich musste mich erst noch an den Gedanken gewöhnen, dass die Welt sehr viel größer war, als ich mir bislang vorgestellt hatte.

Xiamens geschäftiger Hafen erschien mir mit einem Mal klein und provinziell verglichen mit dem, was jetzt vor meinen Augen lag. Gewiss, auch Xiamen wurde von ausländischen Handelsleuten aufgesucht, war ihnen nach unserer schändlichen Niederlage im ersten Opiumkrieg, gleichzeitig mit Shanghai, geöffnet worden, aber dort ging es nicht so lebhaft zu wie hier. In Shanghai schien die Reihe der Piers und aus Ziegeln gemauerter Warenlager unendlich zu sein. Die Menschen bildeten ein verwirrendes Meer wogender Körper. Die Männer strömten vorbei, Tausende und Abertausende, beladen mit Kisten und Kästen, Männer, die wie die Ochsen arbeiteten. Ich hörte sie ächzen, sah und roch den Schweiß, der ihnen über die Gesichter und die bloßen Rücken lief. Und ich konnte die Rufe von Männern vernehmen, grob und laut, die ihre Anweisungen erteilten.

Der Junge Herr tauchte wieder aus dem Lagerhaus auf und sagte den Rikschafahrern, wohin sie uns zu bringen hatten. Wir fuhren los. Nach einiger Zeit lagen die Warenhäuser hinter uns. Dafür folgten wir nun einer breiten, von Bäumen gesäumten Straße entlang dem Fluss. An ihr reihten sich die höchsten Häuser, die ich je gesehen hatte. Dort waren viele Ausländer zu sehen, einige schlenderten, andere eilten geschäftig vorüber. Auch in Xiamen und auf der Insel gab es Weiße. Sie nutzten den Hafen von Xiamen, lebten aber auf der Insel, wo sie ihr eigenes Krankenhaus und sogar ihren eigenen Friedhof hatten. Aber es waren nicht so viele.

Als ich mich umschaute, wurde mir klar, dass wir jenen Teil von Shanghai durchquerten, der nicht zu China gehörte. Nach dem Opiumkrieg war Shanghai aufgeteilt worden wie ein Kuchen, wobei die stolzen Briten, Amerikaner und Franzosen die größten Stücke verlangten. Dann gab es da noch die Japaner, deren Anwesenheit nicht zu übersehen war. Seitdem wir den Japanern im Krieg um Korea unterlegen waren, hatten sie uns viele Forderungen gestellt. Schließlich blieben den Chinesen nur noch die Krümel von Shanghai. Sie lebten im alten Stadtteil Nantao, den Slums von Hongkew und in den gedrängten Vierteln von Chapei.

Auf den grauen Fluten des Huangpu sah ich andere bittere Hinweise auf die Wirren in China. Im Hafen lagen große grauweiße Schiffe, deren Flaggen im Wind flatterten, während ihre Kanonen auf die Stadt gerichtet waren. Ich erblickte ein japanisches Schiff – die Fahne kannte ich gut –, auf dem Soldaten ihre Wäsche an der Reling zum Trocknen aufgehängt hatten. Auf dem Huangpu verkehrten auch Hunderte chinesischer Dschunken mit aufgefächerten Segeln und unzählige auf und ab hüpfende Sampans, die ständig in Gefahr schienen, erdrückt zu werden. Sogar auf unseren eigenen Gewässern erschienen wir klein neben den Ausländern.

Ein glänzendes Automobil fuhr die wimmelnde Straße entlang, in die wir eingebogen waren, und überholte unsere Rikschas. In Shanghai schien alles in Bewegung zu sein. Das endlose Vorüberziehen der Trams, Busse, Fahrradkarren mitsamt meiner Rikscha machte mich schwindlig. Die Geschäfte und Restaurants schienen zu hüpfen und zu verschwimmen. Wenn ich die Stadt doch nur deutlich sehen könnte. An einer Kreuzung hielt mein Rikschafahrer an, und ich beobachtete, wie ein dunkelhäutiger Polizist, der sich ein Tuch um den Kopf gebunden hatte, den Verkehr regelte. Dann waren wir wieder an der Reihe weiterzufahren. Der Rikschafahrer versäumte keine Zeit. Wieder fühlte ich mich im Rhythmus seiner Bewegungen hin und her schwanken, als er sich durch die geschäftige Straße wand.

Ich lehnte mich hinaus, um zu sehen, ob der Junge Herr in der Nähe war. Ich befürchtete, wir könnten getrennt werden; ich würde in dieser großen Stadt verloren gehen und nie wieder zur Insel zurückfinden. Ich sah die Rikscha des Jungen Herrn gleich neben meiner, nah genug, um sie zu berühren. Ich sah auch das Gesicht des Jungen Herrn, wenn auch nur kurz, aber es genügte doch für die Feststellung, dass er blind war für seine Umgebung. Blind für den Bettler ohne Beine auf dem Gehsteig, der mit seinem Blechnapf rasselte, blind für das verführerische Lächeln seidengewandeter Damen in den Hauseingängen, blind für die Plakate mit den Gesichtern von Filmstars, für die vorüberfahrenden Straßenbahnen und Fahrradkarren; er roch nicht den süßen Duft, der von einer Opiumhöhle herüberwehte, an der wir vorbeifuhren, roch auch nicht den köstlichen Duft der Nudeln, die an Straßenständen angeboten wurden und der mir das Wasser im Mund zusammenlaufen ließ.

Dann fuhren wir einen breiten, schattigen Boulevard entlang, wo auf beiden Seiten elegante Häuser standen, die man flüchtig durch hohe Eisentore erblicken konnte. Nach ein paar weiteren Abbiegungen – ich wusste inzwischen überhaupt nicht mehr, wo wir uns befanden – kam der Rikschafahrer zum Stehen. Es war eine Erleichterung, nicht länger in Bewegung zu sein, und für einen Augenblick blieb ich sitzen. Doch der Diener lud bereits die Sachen des Jungen Herrn ab, und so verließ ich widerwillig den Schutz meiner Rikscha. Innerhalb weniger Sekunden war ich unsicher geworden. Bei einem verstohlenen Blick in das Gesicht des Herrn, der die Männer bezahlte, sah ich ihn grimmiger denn je dreinschauen. Er drehte sich um. Ich folgte seinem Blick und betrachtete, was ich nicht hatte sehen wollen. Das Haus von Kostbare Jade.

Das Kind weinte.

Der Junge Herr hörte es, sein Körper spannte sich. Inzwischen verbeugte sich der Diener, der uns hereingelassen hatte, und eilte dann die Treppe hinauf. Wenige Augenblicke später öffnete und schloss sich eine Tür.

Eine Wanduhr tickte in der Eingangshalle, und in der Luft hing ein Duft von Jasmin. Der Junge Herr wartete, einem Rollbild an der Wand zu seiner Rechten zugewandt. Darauf war ein Gelehrter in Seidengewändern abgebildet, der mit einem geöffneten Buch neben einem Felsen saß. In der Ferne dahinter waren steile Berggipfel und vorbeiziehende Wolken zu erkennen. Darunter lag ein ruhiger See. Er betrachtete es, wohl in der Hoffnung, etwas von seinem Frieden und der Harmonie aufnehmen zu können. Doch schon bald beanspruchte etwas anderes seine Aufmerksamkeit.

Das Rascheln von Seide. Diesem Ton ist etwas Weiches, Verführerisches eigen. Der Junge Herr hörte es und wandte sich um. Im Rhythmus seines Herzschlags kam sie die Treppe herabgeschritten. In den Armen hielt sie das Kind. Es war jetzt still. Ich habe Frauen mit derselben Anzahl von Tagen nach einer Niederkunft gesehen, ich weiß, wie sie aussehen. Anstrengung und Müdigkeit prägen ihr Gesicht, der Körper schlaff, die Bewegungen immer noch ohne Anmut ... Bei ihr war nichts von alledem. Wie eine Traumgestalt schwebte Kostbare Jade auf den Jungen Herrn zu. Sie war wunderschön.

Als sie bis auf eine Handbreit an ihn herangetreten war, blieb sie stehen und blickte ihm in die Augen. Er konnte erkennen, wie ihre feucht von unvergossenen Tränen waren. Dann sagte sie mit sanfter, trauriger Stimme: »Wir haben Sie erwartet ...« Sie sah das Kind an und dann wieder den Jungen Herrn. »Wir dachten schon, Sie würden nicht kommen ... nachdem Sie schon einmal nicht gekommen sind.«

Man kann nicht erwarten, dass ein Mann einer solchen Frau

zu widerstehen vermag. Keiner von ihnen mit ihren angeborenen Schwächen kann das, und ganz gewiss konnte es nicht der Junge Herr. Sie spielte auf ihm wie auf einer *erhu*, und er reagierte auf ihre Bogenstriche.

Die Augen des Jungen Herrn sogen sie förmlich ein. Er sah sie an, wie er seine Frau nie angesehen hatte. Bei der Jungen Herrin waren seine Augen freundlich und kündeten von seiner Zärtlichkeit. Bei dieser hier waren seine Augen dunkel vor Verlangen. Sie nahmen nur sich beide wahr. Und in der Ewigkeit, die dieser Blick währte, geisterte zwischen ihnen das Echo all jener Versprechen, die sie sich in der Vergangenheit gegeben hatten. Die Befürchtung der Alten Herrin war eingetroffen: Der Junge Herr hatte sich wieder verloren.

Der Junge Herr kehrte nicht sofort zur Insel zurück.

Das Kind war kränklich, und der Arzt meinte, es dürfe vorerst nicht reisen. Also blieben wir alle in Shanghai und warteten darauf, dass das Kind kräftiger wurde. Kostbare Jade hatte eine Amme eingestellt sowie noch eine Frau, die half, ihn zu versorgen. Sie hatte keinen Bedarf für eine Dienerin, die ihr die Mutter des Jungen Herrn geschickt hatte. Das machte sie nur misstrauisch mir gegenüber. Sie war nicht dumm. Als sie hörte, wie der Junge Herr erklärte, die Alte Herrin habe mich mitgeschickt, um bei der Reise behilflich zu sein, warf sie mir einen schrägen Blick zu. Doch ihre Stimme klang süß, als sie dem Jungen Herrn antwortete. Sie sagte, sie sei äußerst dankbar für die Freundlichkeit der Alten Herrin. Der Junge Herr glaubte ihr. Auch wenn sie mir nicht traute, so war sie doch nicht so unklug, die Dienerin der Alten Herrin schlecht zu behandeln.

Sie wusste, dass ihre Machtmittel über den Jungen Herrn noch nicht ausreichten. Tief in ihrem Innern fürchtete Kostbare Jade sich davor, was sie auf der Insel erwartete. Sie hatte viel von der außergewöhnlichen Persönlichkeit der Alten Herrin gehört.

Was die Junge Herrin betraf, so musste sie sich erst einen Eindruck verschaffen. Die Nachricht, die Junge Herrin habe angeordnet, den Westflügel für sie vorzubereiten, ließ sie an eine Falle denken.

Sie versäumte nicht, ihn fester an sich zu binden. Bereits von der ersten Nacht an schlief der Junge Herr bei ihr. Und sie empfing ihn ohne einen Vorwurf wegen seiner langen Abwesenheit. Im Verlauf der nächsten Tage bewies er ihr seine erneute Zuneigung. Jedes Mal, wenn der Junge Herr ausgegangen war, kehrte er beladen mit Päckchen zurück, große und kleine, und alle für sie. An zwei davon kann ich mich gut erinnern: Das eine war ein solides Jadearmband für die Geburt des Sohnes, das andere eine filigran geschnitzte Kugel aus Elfenbein. Daran erinnere ich mich, weil sich in der Kugel eine andere Kugel befand und in dieser wieder eine andere, und alle zeigten ein anderes Muster. Wenn die Frau diese Kugel in der Hand hielt, sah es aus, als ob der Junge Herr ihr die Welt geschenkt hätte.

So also stand es. Und es blieb nichts anderes zu tun, als abzuwarten und zu beobachten in jenem Haus, wo das Geschrei des Kindes häufig zu hören war, am Tag und in der Nacht. Es war ein schwächliches Greinen. Soviel ich davon sehen konnte, hatte es Arme und Beine wie Stöckchen, ein verkniffenes Gesicht von kränklich gelber Farbe. Es schlief schlecht, denn es litt über mehrere Tage hinweg an einem hartnäckigen Fieber.

Ich versuchte zu helfen. Ich sagte mir, das Kind sei nicht schuldig an den Fehlern seiner Mutter. Doch Kostbare Jade scheuchte mich fort, wenn der Junge Herr nicht anwesend war. Sie wollte mich nicht in der Nähe des Kindes haben, so als ob sie befürchtete, ich könnte ihm etwas antun, wenn schon nicht wirklich, dann doch in meinen Gedanken. Ich hatte damals keine bösen Gedanken. Noch nicht. Also hielt ich mich von ihrem Kind fern, blieb aber aufmerksam.

Weil ihre Herrin mir nicht traute, hießen mich auch die Diener von Kostbare Jade nicht sonderlich willkommen. Ihre Boshaftigkeit legte vieles bloß. Diener sind ihren Herrschaften dann am nützlichsten, wenn sie ihre Zunge im Zaum halten. Die Dienerschaft von Kostbare Jade tat dies nicht.

»Der Herr unserer Herrin« – damit meinten sie den Jungen Herrn – »weiß von der Nachricht, die ihn nie erreicht hat. Das hat ihn erbost, und er schwört, er habe nichts davon gewusst, denn sonst wäre er zu ihr geeilt, die doch sein Kind erwartete.«

Dann sagte die Amme: »Dein Herr wird unsere Herrin zur Ersten Nebenfrau machen. Er hat auch versprochen, ihr vieles zu geben, und er hat auch versprochen – ich war dabei und habe es selbst gehört –, er versprach, sie würde immer einen besonderen Rang im Haus der Lees einnehmen und in seinem Herzen, denn sie hat ihm einen Sohn geschenkt.«

Ihr Gift sprudelte weiter, und bei den Worten der Amme wusste ich, was Kostbare Jade beschäftigte: Sie würde alles tun, um das Kind am Leben zu erhalten, denn solange es lebte, hatte sie den Jungen Herrn in der Hand.

»Der Junge wird stärker werden. Er ist schwach geboren, doch Herr Lee weiß, das kommt daher, dass unsere Herrin während ihrer Schwangerschaft unter seiner Abwesenheit gelitten hat. Doch nun hat er versprochen, alles zu tun, was in seiner Macht steht, um für seinen Erstgeborenen zu sorgen. Als Mutter des Kindes kann man sie in eurem Haus auf eurer Insel nicht ignorieren!«

Sie sprach diese Worte mit solcher Verachtung, dass unsere alte Köchin, wäre sie dabei gewesen, ihr die Zunge herausgeschnitten und diese fein gehackt an die Vögel verfüttert hätte. Ahnten sie nicht, wie jenes Haus und die Insel, über welche sie derart herzogen, sie kurzerhand verschlucken und wieder ausspeien würden, weil sie nicht dorthin gehörten? Und so entstand mein erster böser Gedanke. Ich wünschte, das Kind sollte schwach bleiben … noch schwächer werden … und …

Doch es fuhr fort, sich an sein Leben zu klammern. Und es

sollten nicht meine Gedanken sein, die ihm zum Schaden gereichten. Die Kraft dazu hatte ich nicht, aber jemand anders, und der musste erst noch geboren werden. Aber hier bringe ich wieder alles durcheinander ... Lasst mich der Reihe nach erzählen.

Nach zwei Wochen, als das Kind sich von dem Fieber erholt hatte, verschloss der Junge Herr das Haus in Shanghai. Kostbare Jade und ihr Sohn kamen in das Haus auf der Insel.

15

Acht Monate, nachdem eine Sänfte die Braut des Jungen Herrn vom Pier zum Haus auf der Klippe hinaufgetragen hatte, wartete eine andere auf Kostbare Jade, um sie zum Haus der Lees zu bringen.

Das stand ihr als Nebenfrau zu. Doch anders als beim vorigen Mal gab es keine Musik, keine bunten Bänder, keine Fahnen, kein Feuerwerk und keine frohen Gesichter, um sie zu begrüßen. Ich konnte die Hand der Alten Herrin dahinter erkennen, las die Botschaft und schaute zu Kostbare Jade hinüber, um zu sehen, ob sie diese auch verstanden hatte. Schließlich war sie heimlich hierher gekommen an dem Tag, als der Junge Herr geheiratet hatte. Der Unterschied dürfte ihr nicht entgangen sein. Es liegt eine große Kluft zwischen Ehrerbietung und Beleidigung.

Ich beobachtete sie, als das Schiff sich dem Pier näherte und sie die einsam dastehende Sänfte mit den von der Alten Herrin entsandten Dienern auf der Plattform stehen sah. Ich bemerkte, wie sich ihre Miene verhärtete, sah das Glitzern in ihren Augen und wie sich ihre Finger zur Faust verkrampften. Doch sie ließ sich ihre Gedanken nicht anmerken. Nur süße Worte kamen aus ihrem Mund. Nachdem wir von Bord gegangen waren, trat sie neben den Jungen Herrn, hakte sich bei ihm unter und sagte: »Ich muss Ihrer freundlichen Mutter danken für das Entsenden dieser Sänfte... Das war sehr wohlbedacht, denn dadurch wird unser Sohn nicht nass.«

Ja, es regnete an jenem Tag. Ein feiner Regen, eher wie Nebel. Der Schiffer sagte, er habe schon am Vorabend begonnen. Ich wusste, dass es bei so einem Wetter besser war, zu Fuß zu gehen, als in einer Sänfte zu sitzen, auch wenn ich das noch nie getan habe. Doch ich konnte mir vorstellen, wie unbequem und beängstigend es sein musste, denn der Weg hinauf war steil, der Boden uneben und durch den Regen wohl auch schlüpfrig.

Doch ich sagte nichts, beobachtete nur, wie der Junge Herr der Frau half, Platz zu nehmen, und wie die Amme ihr das Kind reichte. Die Amme beklagte sich, weil sie laufen musste, und hielt sich dann zusammen mit der anderen Dienerin hinter der Sänfte. Inzwischen wartete der Junge Herr darauf, dass die Diener die Taschen und Kisten aufnahmen, die wir aus Shanghai mitgebracht hatten. Kostbare Jade verfügte über viele Besitztümer, und am nächsten Tag sollten noch mehr nachfolgen. Als alle bereit waren, setzte sich der Junge Herr unter seinem schwarzen Regenschirm an die Spitze des Zuges, und wir gingen los.

Ich konnte sein Gesicht nicht sehen, aber das brauchte ich auch nicht, um seine Stimmung zu kennen. Seitdem wir von Bord gegangen waren, war er still geworden. Der Grund dafür war das, was vor ihm lag. In Shanghai schien die Insel so weit weg zu sein, und in den Armen jener schamlosen Frau war es ihm leicht gefallen, die andere Welt dort draußen zu vergessen. Aber jetzt war er hier, in der anderen, verleugneten Welt, hier, wo ihn seine Mutter und seine junge Frau erwarteten.

Mit einem Mal war das Leben nicht mehr einfach, es gab zu viele Dinge zu bedenken, ganz so wie bei der geschnitzten Elfenbeinkugel, die er Kostbare Jade geschenkt hatte. Unter jeder Schnitzerei tauchte eine andere auf und noch eine. Welche sah er wirklich?

Die Junge Herrin stand auf der Freitreppe, die zum Haupteingang führte. Sie nickte dem Jungen Herrn zu und hieß ihn in seinem Zuhause willkommen. Ihre Stimme war ruhig und ihre Miene unbewegt. Der Junge Herr konnte seine Gefühle nicht so gut verbergen. Sein Gesicht war bleich. Er wusste um ihren

Schmerz, für den er die Ursache war. Aber hier und jetzt war nicht der Moment, mit ihr zu reden.

Der Vorhang der Sänfte öffnete sich kurz. Die Amme eilte hinzu und nahm das Kind entgegen, das zu wimmern begonnen hatte. Und dann schließlich erschien sie ... die Frau namens Kostbare Jade.

Und so standen sich die beiden Frauen im Leben des Jungen Herrn von Angesicht zu Angesicht gegenüber und maßen einander. Sie waren so verschieden wie Tag und Nacht. Die eine gesetzt, die andere feurig. Die Junge Herrin hatte nicht die Schönheit der anderen, doch sie besaß eine stille Würde. Die andere ließ jeden ihre Schönheit sehen; sie glänzte, wie ihr Name besagte.

Dann wiederholte die Junge Herrin ihre Worte des Willkommens gegenüber der anderen. Als sie das hörte, zeigte sich Verwirrung auf dem Gesicht von Kostbare Jade. Sie war aus der Sänfte gestiegen in Erwartung harscher Worte und kalter Blicke, doch die Junge Herrin verhielt sich anders als erwartet. Da ging die Junge Herrin zur Amme hinüber, um das Kind besser in Augenschein nehmen zu können, das aufgewacht und unruhig geworden war. Sie berührte seine kleinen Hände, ohne etwas zu sagen, betroffen von seiner Winzigkeit. In der anderen regte sich Abwehrbereitschaft, sie wartete auf ein Wort der Kritik und trat hinzu. Aber es kam nichts. Ohne jeden Grund zur Gegenwehr schien sie ratlos. Als sich die Junge Herrin ihr zuwandte und sagte: »Sie werden das Bedürfnis haben, sich auszuruhen. Ich werde Ihnen Ihre Zimmer zeigen«, nahm ihre Verwirrung noch zu.

Einen Moment lang trafen sich ihre Blicke. Schließlich nickte Kostbare Jade, und die Junge Herrin ging ihr voran. Alle, die zugeschaut hatten, wussten, was sich zwischen den beiden abgespielt hatte. Die Junge Herrin hatte ihre Stellung unterstrichen. Sie war die Erste Frau. Doch sie hatte das auf eine so zivilisierte Art getan, dass Kostbare Jade ihrerseits gezwungen war, sich korrekt zu verhalten. Auf halbem Weg die Treppe hinauf drehte sie sich nach dem Jungen Herrn um und bemerkte, dass er ihnen nicht gefolgt war.

Ich hörte, wie er fragte: »Wo ist meine Mutter?«

»Sie erwartet Sie alle in einer Stunde in der nördlichen Halle ... Die Junge Herrin wird die anderen dorthin führen«, entgegnete einer der Diener.

Die Alte Herrin saß auf ihrem geschnitzten Sessel aus Rosenholz, der auf das Podium für zeremonielle Ereignisse gestellt worden war, und blickte mit schweigendem Missfallen auf die Eintretenden. Ich stand nahe bei ihrem Sessel mit dem Tablett, auf dem ihre Teetasse stand, und konnte ihren Zorn spüren, aus dem sie keinen Hehl machte. Abgesehen von der Jungen Herrin, der sie einen Platz anbot, blieben alle anderen stehen, einschließlich des Jungen Herrn. Feinfühligkeit war es nicht, derer sich die Alte Herrin an diesem Tag bediente. Ihr Missfallen lag blank wie das antike Schwert an der Wand im Arbeitszimmer des Alten Herrn.

In diesem Augenblick konnte man Kostbare Jade nur bemitleiden. Sie war blass, und ihre Hände zitterten leicht. Was für eine Macht auch immer sie als Mutter des Kindes des Jungen Herrn zu haben glaubte, sie verflüchtigte sich rasch beim Betreten dieses Raums mit der hohen Decke, den aufragenden Säulen und angesichts der lebensgroßen Ahnenporträts der Lees, die sie mit Missfallen betrachteten. Jemand aus einfachen Verhältnissen, so wie ich, kam sich immer winzig vor in diesem Raum. Und jemand mit einer wenig tugendhaften Vergangenheit wie Kostbare Jade musste sich hier völlig wertlos vorkommen. Das war der Grund, warum die Alte Herrin sie in diesen selten benutzten Raum befohlen hatte.

Mit kaltem Blick betrachtete sie die Konkubine, als sie der Junge Herr vorstellte. Die Frau fiel auf die Knie und verbeugte sich respektvoll vor der Alten Herrin, wobei ihre Stirn den Boden berührte. Dann sprach sie von der hohen Ehre, ein Mitglied der Familie Lee geworden zu sein. Doch ihre Worte vermochten das Herz der Alten Herrin nicht zu erweichen. Diese hatte den Versuch nicht vergessen, die Hochzeit des Jungen Herrn aufzuhalten, und obwohl die Alte Herrin sie damals überlistet hatte, stand sie nun doch hier vor ihr.

Dann überraschte Kostbare Jade alle, indem sie ihren wirklichen Namen nannte.

»Ich heiße Wu Ying-mei«, sagte sie.

Die Bedeutung dessen war unmissverständlich. Sie wollte nicht länger ihren Teehaus-Namen tragen. Sie wollte als anständig gelten.

Als sie das hörte, verzog die Alte Herrin die Lippen, und ihre Augen wurden schmal. Sie antwortete: »Kostbare Jade ist schon recht ... Es passt zu Ihnen.«

Ein scharfer Atemzug zeugte von der schmerzlichen Betroffenheit von Kostbare Jade. Dann blickte sie zu Boden, um ihre Schmach zu verbergen. Für die Alte Herrin würde sie immer ein Sing-Song-Mädchen bleiben, jemand, der nicht gut genug war für die Lees.

»Mutter ...«, begann der Junge Herr zu protestieren, doch dann hielt er inne. Dies war nicht der Augenblick, um mit seiner Mutter zu streiten.

Auf dem Gesicht der Jungen Herrin spiegelte sich Bedauern. Sie mochte die Frau nicht, die ihr den Mann gestohlen hatte, und doch wünschte sie ihr nicht, derart grausam behandelt zu werden. Aber auch sie erkannte, wie wenig Sinn es machte, die Alte Herrin jetzt davon abhalten zu wollen, nachdem ihr Zorn schon seit Wochen gekocht hatte.

»Bring mir das Kind!« Die Stimme der Alten Herrin zerbrach die Stille.

Kostbare Jade erhob sich und eilte zu der Amme, nahm den

Jungen in ihre Arme und trug ihn zu der Alten Herrin. Die Bewegung weckte ihn auf, und er schrie. Der Junge Herr trat hinzu, um zu versuchen, das Kind zu beruhigen. Denn er wusste, wie seine Mutter es sehen würde, mit seinen dünnen Gliedmaßen, der kränklichen Farbe und dem schwachen Greinen. Doch seine Mutter winkte ihn weg und beobachtete, wie die Frau sich mit dem Kind abmühte, und je mehr sie das tat, umso mehr schrie es. Besorgt dreinblickend saß die Junge Herrin auf ihrer Stuhlkante, und der Junge Herr musste hilflos zuschauen.

»Er hat nicht gut geschlafen, und die Reise war lang …«, erklärte Kostbare Jade, wobei sie nach Worten suchte. Ihre Erregung zeigte sich in ihrer Stimme, als sie das Kind wiegte, um es zu beruhigen.

»Näher!«, befahl die Alte Herrin.

Durch den scharfen Ton erschreckt, schrie das Kind noch mehr. Doch es war sein übliches schwächliches Greinen, und das Gesicht der Alten Herrin verzog sich verächtlich, denn sie wusste, was sie sehen würde. Die Frau beugte sich am Podium vor und hielt ihr das Kind entgegen. Die Alte Herrin betrachtete es, nahm es jedoch nicht entgegen. Stattdessen lehnte sie sich zurück und sagte langsam: »Er ist klein … und sieht kränklich aus.«

Kostbare Jade drückte das Kind an sich. Die Junge Herrin stand auf und eilte zu der Mutter mit ihrem Kind, doch ihre folgenden Worte galten der Alten Herrin. Mit fester Stimme sagte sie: »Es wird kräftiger werden.« Dann führte sie Kostbare Jade zu einem Stuhl und bat mich, ihr etwas Tee und Kuchen zu bringen.

Die Alte Herrin musterte ihre Schwiegertochter.

»Wir werden sehen«, meinte sie schließlich mit weniger scharfer Stimme, nachdem die Junge Herrin vermittelnd eingegriffen hatte, und sie verstand, was diese damit sagen wollte: Die Frau ihres Sohnes wollte mit der Nebenfrau Frieden schließen.

Daher blieb es für eine Weile friedlich.

16

Anfangs sah es so aus, als ob der Junge Herr Kostbare Jade nicht mehr begehren würde. In der ersten Woche blieb er allein und schlief in seinem eigenen Zimmer. Wir wussten davon, weil sein Diener dies der Alten Herrin berichtete. Auf alle, die ihn heimlich beobachteten, machte es den Anschein, als interessiere er sich nur für die Junge Herrin. Beim Essen ruhten seine Blicke auf ihr und folgten ihr, wenn sie aufstand und hinausging. Wo immer sie sich aufhielt, da war er nicht fern. Und wenn er ihr nicht nahe sein konnte, dann hielt er sich dort auf, von wo aus er sie sehen konnte, schaute ihr aus dem Fenster nach, wenn sie in den Garten ging.

Dann fand er den Mut, ihr näher zu kommen. Sie hatte mittlerweile wieder begonnen, weiter an dem Stück Seide mit dem Meer und der Insel zu sticken. Er saß dann vor ihr und schaute ihr bei der Arbeit zu. Gesprochen wurde wenig. Sie arbeitete, er las. Er schien zufrieden, ihr nahe sein zu können und nicht fortgewiesen zu werden. Danach begannen sie, gemeinsame Spaziergänge zu unternehmen. Sie umrundeten die Insel wie damals, bevor die Frau aus seiner Vergangenheit ihr Glück unterbrach.

Dann eines Abends fand er endlich den Mut, sich zu ihrer Tür zu begeben. Er klopfte leise an, und als ihre Dienerin, die ihr gerade das Haar gebürstet hatte, öffnete und den Jungen Herrn meldete, da schickte die Junge Herrin sie hinaus und bat ihn herein. Die Tür schloss sich hinter ihm, und im Haus war ein Seufzen der Erleichterung zu hören. Alles war wieder gut.

Wo war Kostbare Jade in jener Zeit? In ihrem Zimmer mit dem Kind, das fortwährend schrie und so auch des Nachts an seine Gegenwart erinnerte. Sie verlangte vom Jungen Herrn, einen Arzt zu rufen, was auch geschah. Doch immer noch setzte es kein Gewicht an, seine Wangen wurden nicht dicker und gesünder in der Farbe. Daher war es das Kind, um das für eine Weile ihre Gedanken kreisten, und nicht der Junge Herr.

»Dies da«, sagte meine Mutter, »hat einen schwachen Lebensfaden.« In ihrer Stimme lag kein Bedauern.

Wäre das Kind kräftig und lebhaft gewesen, dann hätte es vielleicht das Herz der Alten Herrin gewinnen können. Doch wie die Dinge lagen, konnte dieses Kind noch niemandes Herz anrühren, so wie es Kinder sonst tun. Niemals lächelte es oder gluckste vor Lachen. Wenn es nicht weinte, dann lag es in seiner Wiege; es war wenig Leben in ihm. Die Einzige, die ihm wohlgesonnen war, war die Junge Herrin, und sogar Kostbare Jade wusste das.

Als wieder einmal ein Fieber im Körper des Kindes brannte und es sogar zu schwach zum Weinen wurde, hielt die Junge Herrin zusammen mit Kostbare Jade die Nachtwache und kümmerte sich um Mutter und Kind. Als das Fieber vorüber ging, brachte die Junge Herrin sie dazu, einen Spaziergang zu machen. Sie sagte ihr, dass es ihr nicht gut täte, den ganzen Tag im Haus zu bleiben und nur Krankheit einzuatmen. Sie führte sie hinaus in die Morgenluft.

Das bedeutete jedoch nicht, dass die Junge Herrin die Gesellschaft der anderen gesucht hätte. Sie erwies sich ihr gegenüber als freundlich, hatte Geduld mit ihr, so wie man Geduld hat mit einem schwierigen Kind, doch dabei wahrte sie ständig Distanz. Denn Kostbare Jade besaß ein unbeständiges Herz. Es war, als ob in ihr viele verschiedene Persönlichkeiten miteinander kämpften und sie selbst nicht wüsste, welcher sie den Sieg wünschte. An manchem Morgen erwachte sie in einer Stimmung, die zu dem klaren blauen Himmel passte, an anderen leuchteten Unwetter aus ihren Augen. Sie wünschte, von den Lees anerkannt zu werden, und doch stieß sie sie wann immer möglich vor den Kopf. Sie war voller Widersprüche.

Trotzdem wandte sich die Junge Herrin nicht von ihr ab. Diese Frau war so ganz anders als sie. Vielleicht glaubte die Junge Herrin, ihre Feindin würde keine Kraft mehr erlangen, sie zu verletzen, wenn sie sie nur verstand. Denn die Junge Herrin glaubte, es wäre nur eine Frage der Zeit, bis Kostbare Jade den Jungen Herrn wieder zu sich locken würde.

Und damit hatte sie Recht.

Vielleicht weil es wenig Hoffnung für ein Gesunden des Kindes gab oder einfach weil sie wollte, der Junge Herr möge noch einmal zu ihr zurückkehren, vielleicht auch, weil sie bemerkte, wie ihre Macht über ihn nachgelassen hatte, schritt Kostbare Jade zur Tat.

Als an jenem Abend Kostbare Jade zum Essen herabkam, wurde mir klar, dass ich vergessen hatte, wie schön sie war. Die langen Nächte der Sorge um ihr Kind hatten sie ausgelaugt, sie war wie ein beschlagener Spiegel gewesen, der poliert werden musste. Doch an diesem Abend glänzte sie erneut. Sie sah aus wie durch einen hundertjährigen Schlaf erfrischt und war wieder sie selbst.

Der Jasminduft kündigte ihm ihr Kommen an.

Sie betrat das Zimmer, als ob sie auf Wolken schwebte. Der Junge Herr schaute auf, und seine glänzenden Augen folgten ihr hungrig, als sie langsam auf die andere Seite der Tafel ging. Jene, die sie zum ersten Mal in ihrer unverschleierten Schönheit erblickten, starrten sie ungläubig an.

An diesem Abend trug sie ein Kleid, das ihn an seine Rückkehr nach Shanghai erinnerte – die Seide des neu erwachten Verlangens, der Stoff der Lust und Erinnerung. Darin besteht die Sprache ohne Worte zwischen einem Mann und einer Frau, eine Sprache, die nur sie beide verstehen. Als ich sie in diesem Cheong-sam sah, wusste ich, dass sich die Dinge ändern würden. Sie sandte ein Signal an den Jungen Herrn: Sie wollte ihn wieder bei sich haben.

Er verstand. Und während der gesamten Mahlzeit war das Klicken der Essstäbchen gegen die Schalen schmerzhaft laut in der angespannten, prickelnden Atmosphäre zu vernehmen. Es wurde wenig gesprochen an der Tafel, doch die Gedanken flatterten umher wie schwarze Fledermäuse, die an manchen Sommernächten gegen den Himmel auszumachen sind. Es wurde wenig gesprochen, aber die Mienen sprachen ihre eigene Sprache. Diejenige der Alten Herrin war wie versteinert, die Junge Herrin hielt die Augen gesenkt, und über den Tisch hinweg tauschten Kostbare Jade und der Junge Herr flüchtige Blicke.

In dieser Nacht zog sich der Junge Herr in sein Zimmer zurück. Das Kind schrie ausnahmsweise einmal nicht. Und die Schatten des Hauses lagen in vollkommener Stille. Die Stunden tropften dahin. Und immer noch blieb der Junge Herr in seinem Zimmer. Solange seine Tür geschlossen blieb, wurde geflüstert, er habe seine Meinung geändert und kämpfe gegen seine Schwäche an, und der Einfluss der Jungen Herrin sei größer als der von der anderen. Doch dieser Entschluss, sofern ihn das in seinem Zimmer gehalten hatte, wurde mit einem Gesang hinfällig.

Eine Stimme wie diese hatte noch keiner von uns gehört. Als wir sie vernahmen, konnten wir verstehen, wieso der Junge Herr von dieser Frau gefesselt war. Sie war nicht nur eine geborene Schönheit, ihr war auch eine Stimme gegeben, die Seelen zum Schmelzen bringen konnte. Sie war traurig und verführerisch zugleich, süß und drängend, lockend und unschuldig. Sie rührte uns zu Tränen.

Sie sang von einem Vogel auf einem Ast, in Erwartung seines Liebsten.

Wo ist er,
wo ist mein Herr?
Voll ist der Mond,
leer ist mein Herz.

Soll ich fliegen
oder soll ich warten,
auf diesen Zweig gekauert,
bis er zu mir kommt?

Da hörten wir es: das Öffnen einer Tür und die Schritte des Jungen Herrn. Einen Augenblick lang zögerte er vor der Tür der Jungen Herrin und ging dann weiter.

Hier ist er,
hier ist mein Liebster,
zurückgekehrt zu mir,
Nicht länger leer ist mein Herz.

Von dort aus, wo wir lauschten und beobachteten, hörten wir, wie sich um Mitternacht im Westflügel eine Tür zögernd öffnete. Kostbare Jade hatte gewonnen.

Die Zeit, von der ich nun spreche, ist eine Zeit des Teilens. Zwei Frauen, ein Mann. Der Sommer war vorangeschritten und hatte den Monsunregen mit sich gebracht. Gleichgültig wann man zum Himmel blickte, ständig ballten sich drohende Sturmwolken über dem Meer, und stets wehte der Wind sie zur Insel, wo sie ihre Wasserlast abluden. Es goss und goss und konnte doch die Hitze nicht vertreiben. Unsere Haut fühlte sich klamm an, und unsere Kleider klebten uns an Rücken, Hals und Armen. Ans Haus gefesselt, war jedermann von Ruhelosigkeit erfasst. Schlechte Laune machte sich Luft. Im Quartier der Dienerschaft fochten die Bediensteten der Lees mit den Dienerinnen von Kostbare Jade ihren eigenen Kampf aus. Tag und Nacht wurden Beleidigungen ausgetauscht.

Es nagte an uns, wenn sie in die Küche kamen und aussahen, als ob einer der Götter selbst ihnen einen saftigen Granatapfel in den Mund gesteckt hätte, und das nur, weil der Junge Herr in der Nacht zuvor ihre Herrin beehrt hatte. Und wir wussten, dass es wahr war, weil wir es mit eigenen Augen gesehen hatten. Denn wir behielten das Treiben des Jungen Herrn genau im Auge. Mit gierigen Blicken beobachteten wir, sammelten wie die Mäuse ihre Krumen, horteten unseren Fund, bis wir ihn, sicher in unseren Löchern, ausbreiten konnten. Wir wussten, bei wem der Junge Herr in jeder einzelnen Nacht schlief, ob bei der Jungen Herrin oder bei dieser falschen, undankbaren Konkubine im Westflügel.

Niemand wusste, was die Junge Herrin von diesem erneuten Betrug dachte. Sie war jemand, der seine Gefühle zu verbergen wusste, der nicht weinte oder tobte oder anderen gegenüber schlecht von der Rivalin sprach. Aber man hörte, wie sie zu der Alten Herrin sagte: »Sie war vor mir da, und er möchte, dass sie hier bleibt, und dann ist da noch das Kind ... ein Lee. Daran ist nicht zu rütteln.«

Die Alte Herrin hätte die andere am liebsten verjagt. Sie hatte die Macht dazu. Sie brauchte es nur auszusprechen, und der Junge Herr hätte ihr zu gehorchen. Doch die Junge Herrin wollte das nicht. »Besser unter demselben Dach vor meinen Augen, so dass ich es sehe ... Was ich mir vorstellen müsste, könnte ich nicht ertragen.«

»Du bist die Erste Frau, vergiss das nicht«, erinnerte sie die Alte Herrin.

»Das kann ich nicht vergessen, Mutter. Das sage ich mir jeden Morgen, wenn ich aufwache, und jede Nacht, die ich allein verbringe. Ich bin die Erste Frau, das zumindest bin ich, seine Frau.«

»Nicht ›zumindest‹, meine Tochter. Die Erste Frau zu sein bedeutet alles. Es bedeutet Macht.«

Damit hatte die Alte Herrin Recht. So war nebenan, im Haushalt der Ng, die Erste Frau von den Nebenfrauen ihres Mannes außerordentlich gefürchtet. Der alte Narr besaß mehr Geld und

Ländereien als Verstand, also hielt er sich drei davon, allesamt selbstsüchtige, hohle Frauen, die alle nur daran dachten, wie sie das Vermögen der Ng durchbringen konnten, wobei jede danach strebte, mehr auszugeben als die anderen. Doch die Erste Frau war schlau. Sie spielte sie gegeneinander aus und hielt die Hand auf dem Geldbeutel. Somit blieb den Ng ihr Reichtum bewahrt, und kein Geld wurde ausgegeben ohne ihr Wissen. Doch die Junge Herrin war nicht wie die Erste Frau bei den Ng.

Die alte Köchin sagte: »Sicher, sie ist die Erste Frau, aber sie hat dem Jungen Herrn noch keinen Erben geschenkt. Daher ist ihre Stellung schwächer als die der Ersten Frau des Ng. Diese Frau hat den alten Narren bereits im ersten Jahr ihrer Ehe mit einem Sohn versehen.«

Die Söhne waren von größter Wichtigkeit.

Kostbare Jade wusste das. Und nun, da sie den Jungen Herrn wieder in ihrem Bett hatte, verschwendete sie keine Zeit. Mit seinem Spross würde sie ihre Position auf immer absichern. Ihr erster Sohn war schwächlich, doch das entmutigte sie nicht. Vier Monate nach ihrer Ankunft im Haushalt der Lees, zwei Monate, nachdem der Junge Herr in ihr Bett zurückgekehrt war, erwartete Kostbare Jade erneut ein Kind.

Diese Neuigkeit wurde uns in der Küche von ihrer Zofe überbracht. »Meine Herrin hat nicht geblutet«, sagte sie mit einem vielsagenden Lächeln in den Augen.

Die Köchin starrte sie an und entgegnete: »Aber du wirst es, wenn du nicht verschwindest.« Dann zog sie ein langes, scharfes Fleischmesser hervor und begann es zu schleifen. Sogleich zog sich die Zofe zurück. Was mich betraf, so tat ich, was sie von mir gewollt hatte. Ich berichtete der Alten Herrin davon.

Das Geräusch überraschte mich. Als ich hinunterschaute, sah ich, dass die Alte Herrin ihren Elfenbeinkamm zerbrochen hatte. In jedem ihrer zitternden Fäuste hielt sie noch einen Teil.

»Die Götter können doch nicht gemeint haben, dass alle drei

von ihr sein werden!«, sagte sie kurz darauf mit zusammengebissenen Zähnen.

Da erinnerte ich mich daran, was der alte Wahrsager dem Jungen Herrn an seinem Hochzeitstag gesagt hatte: »Drei Söhne … Sie werden drei Söhne haben!«

17

Die Neuigkeit von Kostbare Jades Zustand nährte den Inselklatsch. Das war eine deftige Sache, die kaute man gründlich durch, um den besonderen Geschmack so richtig genießen zu können. Jedes Krümelchen wurde zerkaut beim Mah-Jongg-Spiel, wenn man sich beim Einkaufen traf oder wenn man an den langen Nachmittagen den Kindern beim Spielen zusah.

Bald waren die Vorgänge im Haushalt der Lees eine allgemeine Angelegenheit geworden. Die alte Köchin mochte schon gar nicht mehr zum Markt gehen, so schlimm war es. Sogar der Fischverkäufer stellte ihr Fragen, sagte sie. Ganz zu schweigen von der schlauen Lao Tai-tai, mit der sie ständig zusammentraf, wenn sie Fisch und Gemüse einkaufen ging.

Was sagte die Alte Herrin, sieht die Junge Herrin nicht reichlich blass aus, wo ist der Junge Herr jetzt, haben Sie gesehen, wie rosig diese Kostbare Jade aussieht, wie ich höre, spricht die Alte Herrin nicht mit ihr, sie wird es schon, wenn es ein Junge ist, die andere trägt keine Frucht, wissen Sie ... und so ging es in einem fort.

In mancherlei Hinsicht gaben die Lees den Menschen etwas anderes als den Krieg, womit sie sich in Gedanken beschäftigen konnten.

Der Krieg – der Bürgerkrieg – dauerte länger, als wir erwartet hatten. Die Rote Armee, von der wir gedacht hatten, sie sei hoffnungslos in Jiangxi von den Nationalisten eingekesselt, kämpfte nach einem Jahr immer noch. Doch viele waren umgekommen, durch Kugeln oder Hunger. Die Nachrichten waren schlimm, es blieben ihnen nur zwei Möglichkeiten: sich bald ergeben oder sterben.

Aber wir hätten ihnen mehr zutrauen müssen, denn sie waren geübt darin, das Unerwartete zu tun. Eines Morgens erreichte die Insel eine Nachricht, wonach sich die Rote Armee unter der Führung von Mao Tse-tung aus der Einkesselung befreit hatte. Wieder einmal war Chiang Kai-shek der Sieg entglitten.

Rasch wie der Wind war die Rote Armee durch die Nacht gezogen. Ihr Entkommen wurde erst entdeckt, als es zu spät war. Da hatten neunzigtausend Männer und Frauen den Süden von Jiangxi erreicht. Drei Tage später waren sie unterwegs nach Nordwesten zu einer neuen Basis, von wo aus sie, wie sie schworen, gegen die Japaner kämpfen würden, was sich die Nationalisten immer noch zu tun weigerten.

Während der folgenden Wochen erfuhren wir mehr. Die Rote Armee hatte auf ihrem Marsch durch Hunan und Guangdong die Streitkräfte des Generals angegriffen. Und wo auch immer sie durchkamen, schlossen sich ihnen Bauern, Jung und Alt, Männer wie Frauen an, und ihre Zahl nahm immer mehr zu. Endlich kam China auf die Beine.

So begann, was wir eines Tages den Langen Marsch nennen sollten.

Doch wenn wir auch für eine Weile von diesem Ereignis sprachen, vergaßen wir doch nie, was sich im Haus der Lees tat. Und alle Blicke der Dienerschaft ruhten auf Kostbare Jade.

Wir wussten, dieses Kind würde anders sein.

Das erste, so sagte es Kostbare Jades Zofe, war nicht so gewachsen wie das zweite. Der Leib der Mutter sei nicht dick geworden, auch nicht als ihre Zeit gekommen war. Und wie blass sie gewesen sei, wie lustlos und kränklich. Dieses dagegen wuchs im Leib seiner Mutter und machte sich sichtlich früh bemerkbar. Es war nicht klein, entschuldigte sich nicht für sein Dasein. Es nahm seinen Platz ein, wohl um seine Berechtigung wissend. Dieses zweite Kind brachte Kostbare Jade zum Leuchten. Und obwohl das Kind groß und schwer war, raubte es ihr nicht die Kraft, auch wenn es an ihrem Körper zehrte. Vielmehr schien seine Anwesenheit auch sie zu stärken. Niemals war sie müde, ging in den Garten, oft bis zu dem vorspringenden Felsen, von wo aus sie übers Meer blicken konnte. Manchmal begleitete sie der Junge Herr, aber meistens ging sie mit ihrer Zofe. Sie bedauerte seine Abwesenheit nicht. Es schien, als sei ihr das Kind genug. Zum ersten Mal seit ihrer Ankunft im Haus der Lees war Kostbare Jade zufrieden.

Während dieser Zeit vergaß der Junge Herr niemals die Junge Herrin und berücksichtigte ihre Gefühle. Er achtete darauf, nichts zu tun, was sie in den Augen der Leute herabsetzen konnte. Vieles war in ihm zu finden, Gutes und Schlechtes. Seltsam, dass dies alles in ein und demselben Mann enthalten sein konnte. Doch meine Mutter sagte, daran sei nichts Seltsames. Wir alle seien aus Gut und Böse gemacht. Ich blickte in mein eigenes Herz und fand, sie hatte Recht. Und als ich in das Herz der Jungen Herrin blickte, fand ich, dass es auch auf sie zutraf.

Wann immer sie das Stück Seide aufnahm, das sie so fein bestickte, dann war das ihre Art, Verletztsein und Wut zu zähmen. Wenn der Junge Herr an die Tür im Westflügel klopfte, saß die Junge Herrin bis spät in die Nacht an ihrer Stickerei. Wann immer Kostbare Jade mit schwerem Leib vorbeiging, nahm sie das Stück Seide zur Hand, zog Nadel und Faden hindurch, pausenlos stechend und ziehend. Und so wusste ich, was sie so geduldig arbeiten ließ, als ob das Meer, welches sie auf Seide stickte, ihre Bitterkeit hinwegnehmen könnte.

Vielleicht tat es das auch. Das Gute in ihr, und sie trug mehr Gutes als Schlechtes in sich, zeigte sich daran, wie sie sich um das erste Kind von Kostbare Jade kümmerte. Die Junge Herrin bedauerte es wegen seiner zarten Gesundheit. In den Monaten, als das zweite Kind in ihrem Leib heranwuchs, konnte man sehen, wie seine Mutter es nahezu vergessen hatte. Es blieb der Amme und der Jungen Herrin überlassen. Wenn es weinte, waren es ihre Arme, die es wiegten. Die Junge Herrin hätte leicht sein Schicksal teilen müssen, aber der Junge Herr hatte sie nicht vergessen, und die Alte Herrin liebte sie, vielleicht in jener Zeit noch mehr als sonst.

Was Kostbare Jade betraf, so gestand die Junge Herrin ihr das Recht auf einen Platz im Haus zu, auch wenn sie sich gewünscht hätte, jene wäre nie gekommen. Denn im Lauf der Zeit hatte sie feststellen müssen, dass ihre Rivalin sich nicht nur wegen seines Reichtums an den Jungen Herrn klammerte, sondern auch, weil sie ihn liebte.

Ich selbst sah diese Liebe in den Augen von Kostbare Jade. Sie war das verwirrendste Wesen, das je geboren wurde ... Gerade als ich von ihr nur das Schlechteste annahm, blickte ich in ihr Herz.

Eines Morgens waren sie und ich im Garten. Ich schnitt gerade ein paar Blumen für die Alte Herrin, da öffnete sich die Vordertür. Ich sah nicht zur Tür, sondern in ihr Gesicht. Ich hielt den Atem an, denn nie zuvor hatte ich sie so ohne Abwehr gesehen. Ich sah, was unter der Miene verborgen lag, die sie sonst trug. Ihr Gesicht trug ein sanftes Leuchten, war voller Zärtlichkeit, und bald sollte ich den Grund dafür verstehen. »Ich sehe, Sie machen einen Spaziergang ...«

Es war der Junge Herr. Da hatte sie auch rasch wieder das andere Gesicht aufgesetzt. Ein Fremder hätte keinen Unterschied bemerkt. Sie zeigte ein willkommenheißendes Lächeln, aber die Künstlichkeit war wieder da. Ich hätte ihr gerne gesagt: Sie brauchen das nicht zu tun, um Ihren Platz bei ihm und in diesem Haus zu bewahren. Denn die Frau, die ich in jenem unbewachten Augenblick sah, hätte sogar das Herz der Alten Herrin gewonnen.

Ahh ... die Alte Herrin. Sie machte uns allen Angst, sie war hart und unbeugsam. Und doch tat sie das alles für ihre Familie, alles für die Lees. Wenn ich jetzt an jene Zeit zurückdenke, glaube ich, es hätte weniger Kummer gegeben, wenn sie nicht so hart gewesen wäre. Doch die Alte Herrin war keine, die vor Schwierigkeiten zurückschreckte, und es war schwer für sie, das zu tun, was sie dann tat. Denn als Kostbare Jade im Verlauf ihrer Schwangerschaft still und zufrieden wurde, begann die Alte Herrin, weniger hart über sie zu urteilen. Und nach der Geburt ruhte ihr Blick, für einen kurzen Moment, freundlich auf ihr. Doch das sollte nicht andauern.

Alles wäre vielleicht gut verlaufen, wenn das erste Kind nicht krank geworden wäre.

Es schien, als ob dies umso schwächer wurde, je mehr das andere im Leib seiner Mutter heranwuchs. Wie eine Pflanze verwelkte es vor unseren Augen. Kostbare Jade weigerte sich, ihrem Erstgeborenen nahe zu kommen. Ich glaube, sie befürchtete, was auch immer der Grund für seine Krankheit war, könnte auch jenes treffen, das bald zur Welt kommen sollte; jenes, von dem sie wusste, es würde ihr Freude bringen – das Kind, das ihr wirklich beschieden war.

Das kranke Kind greinte mitleiderregend. Wenn sie es in ihrem Zimmer hörte, konnte die Junge Herrin diese Laute der Qual nicht ertragen. Dann ging sie zum Westflügel, fragte nach Kostbare Jade, die der Amme auftrug, der Jungen Herrin das Kind zu geben. In ihren Armen beruhigte es sich. Anders als früher verfinsterten sich jetzt nicht mehr die Blicke seiner Mutter, wenn dies geschah.

Als der neunte Monat heranrückte, fiel es Kostbare Jade immer schwerer, im Garten spazieren zu gehen, ihre Bewegungen wurden immer schwerfälliger. Daher blieb sie im Westflügel. Hier jedoch hinderten sie die Schreie des Kindes am Schlafen. So nahm die Junge Herrin das Kind zu sich, damit Kostbare Jade ruhen konnte. Auch die Amme zog zu ihr, und seither sagte sie keine gemeinen Dinge mehr über die Junge Herrin, wenn sie in die Küche kam. Sie erkannte endlich, wie sehr ihr das Kind am Herzen lag, das die Amme seit seiner Geburt genährt hatte.

Als abermals ein Fieber das Kind heimsuchte, sodass sein Körperchen vom Schüttelfrost gebeutelt wurde, obwohl es glühend heiß war, da war es die Junge Herrin, die nach dem Arzt schickte. Als er eintraf, kam Kostbare Jade in die Nähe des Zimmers, blieb jedoch an der Tür stehen und wollte nicht zur Wiege ihres Kindes kommen. Also war es die Junge Herrin, die dem Arzt zuhörte und die mit der Amme zusammen des Nachts wachte. Doch der Zustand des Kindes wollte sich nicht bessern. Seine Ärmchen wurden immer dünner, sein Gesicht immer spitzer. Es verging. Sogar die Alte Herrin war bewegt von seinem Leiden. Und so kam sie, um nach ihm zu sehen, und runzelte die Stirn.

Diese Nacht wachte sie zusammen mit der Jungen Herrin. Gegen Mitternacht brachte ich ihnen eine Kanne Tee. Das Kind war unruhig und schwitzte von der Hitze, die in seinem kleinen Körper tobte.

»Du musst ein starkes Herz haben«, sagte die Alte Herrin zu ihrer Schwiegertochter. »Du musst vorbereitet sein.«

Die Junge Herrin schüttelte den Kopf. »Er wird wieder gesund.«

»Nicht nach deinem Willen oder dem eines anderen ... Siehst du denn nicht, meine Tochter, wie er immer schwächer wird und nicht stärker? Halte dein Herz zurück.«

Die Alte Herrin sah Kummer für die Schwiegertochter voraus, denn die hatte das Kind so lieb gewonnen wie ein eigenes. Auch wenn es nicht ihres war, so liebte sie es völlig selbstlos. Wenn sie es verlor, würde es sie schwer treffen.

Da vernahmen sie Laufschritte, die Zofe von Kostbare Jade stürzte ins Zimmer und rief: »Meine Herrin ... ihre Zeit ist gekommen!«

»Aber es ist noch zu früh!«, meinte die Alte Herrin.

»Das Fruchtwasser kommt schon«, entgegnete die Zofe.

Da übernahm die Alte Herrin das Kommando. »Schick einen Jungen nach der Hebamme«, befahl sie. Sie ließ das kranke Kind bei der Jungen Herrin und eilte zum Westflügel. Dort traf sie auf den Jungen Herrn, der auf und ab lief und mit den Dienerinnen zusammenstieß, die mit Wasserschüsseln und Tüchern herbeigeeilt kamen. Die Alte Herrin sagte, das sei eine Frauenangelegenheit, und schickte ihn fort. Er sollte in seinem Zimmer warten, wo er niemandem im Weg war.

Kurz darauf traf die Hebamme ein und eilte in zerknitterten Kleidern in das Zimmer. Sie hatte keine Zeit gehabt, sich umzuziehen.

»Aiy! Mitternachtsgeburten. Die Kleinen reißen einen aus dem Bett, um einen dann warten zu lassen, sobald man angekommen ist«, grummelte sie.

Aber sie irrte sich. Die Geburt ging rasch vonstatten. Kaum hatte sie sich die Hände abgetrocknet, als auch schon der Kopf erschien. Kostbare Jade schrie gellend, als ihr Fleisch riss. Sogar die Alte Herrin erbleichte und griff nach einem Stück Tuch, um das Blut aufzufangen, das die Mutter verlor. Doch nach diesem einen lauten Schrei hielt Kostbare Jade ihre Tränen zurück und biss sich auf die Lippen, dass sie bluteten. »Drücken! Fester!«, wies die Hebamme sie an. Die Mutter drückte, und die Schultern des Kindes kamen heraus. Die Hebamme hielt es fest und zog, bis auch der übrige Körper herausglitt.

Kostbare Jade seufzte und fiel auf das Bett zurück. Noch atemlos, fragte sie drängend: »Was ist es? Was ist es?«

Die Hebamme hob das Kind empor, doch es war die Alte Herrin, die antwortete: »Ein Sohn … Ein zweiter Sohn!«

Gerade in diesem Moment stieß das Kind einen lauten, empörten Schrei aus, als die Hand der Hebamme es an seinem Hinterteil berührte. Kostbare Jade in ihrem Bett lachte, die Freude strahlte aus ihr, und der Blick der Alten Herrin ging zwischen der lachenden Mutter und dem lebhaften, rotgesichtigen Jungen hin und her. Sie dachte rasch und gründlich nach, dann wandte sie sich an mich, um mir aufzutragen: »Rufe meinen Sohn. Sage ihm, er hat einen Jungen.« Nach einer kurzen Pause fügte sie hinzu: »Einen kräftigen, gesunden Sohn.«

Als sie das hörte, liefen Kostbare Jade Tränen die Wangen hinab, und Schluchzen trat anstelle des Lachens. Denn das waren die ersten anerkennenden Worte, die sie im Haus der Lees zu hören bekam. Die Alte Herrin schaute auf sie hinab, nickte und verließ das Zimmer.

Draußen traf sie auf große Aufregung. Lautes Klagen drang aus den Gemächern der Jungen Herrin. Sie eilte dorthin, und was sie dort fand, verjagte alle Freude. Die Amme drückte das Kind an ihre Brust, wiegte es und fuhr fort zu klagen. Neben ihr hielt der Junge Herr seine Frau in den Armen, die still weinte und ihr Gesicht mit den Händen bedeckte. Und so vernahmen wir es: In eben dem Augenblick, als der zweite Sohn geboren wurde, starb der erste.

Das Neugeborene war ein Seelenfänger.

18

Und so wurden sie verbannt. Mutter und Kind wurden aus dem Haus der Lees fortgeschickt. Denn die Alte Herrin, die für einen Augenblick sanftmütiger geworden war gegenüber jener Frau, als diese ihr zweites Kind gebar, fürchtete sich nun vor seiner Kraft. Sie war überzeugt, es würde jedes Kind beiseite drängen, das nach ihm geboren wurde. Ebenso wie es den Tod des Kindes verursacht hatte, das vor ihm da war.

»Kannst du denn nicht verstehen, meine Tochter? Solange er hier ist, wirst du keinen Sohn gebären.« Dies sagte die Alte Herrin zu ihrer Schwiegertochter, als diese sie in ihrem Zimmer aufsuchte, um sie zu bitten, Kostbare Jade und ihren Jungen im Haus bleiben zu lassen. Sie kam mit dem Jungen Herrn, doch die Alte Herrin blieb unerschütterlich dabei: »Sie müssen gehen.«

Sie erzählte ihnen, wie sie für einen Augenblick schwach geworden war, als sie das Neugeborene erblickte. »Er ist ganz so, wie ein Lee sein sollte: stark, kräftig, sein Schreien ist laut und lebhaft... nicht so wie bei dem anderen.«

»Wozu ihn dann fortschicken, Mutter?«, fragte der Junge Herr.

»Weil er kein echter Lee ist.«

»Und ob er das ist! Er ist der Sohn Ihres Sohnes. Er hat das Blut der Lee in sich!«, rief die Junge Herrin.

»Ja, aber unehelich geboren!« Dann wurde die Alte Herrin ganz streng: »Diese Frau hat dich verhext, wie sie meinen Sohn verhext hat. Du verteidigst sie und ihr Kind!«

Als ob er wüsste, dass von ihm gesprochen wurde, ließ das

Kind ein durchdringendes, verärgertes Geschrei ertönen, das im ganzen Haus zu hören war.

»Hörst du ihn? Das ist einer, der keinen Widerstand duldet und mit niemandem teilen will.« Sie ergriff die Hand ihrer Schwiegertochter. »Solange er unter diesem Dach weilt, das sage ich dir, wirst du kein Kind bekommen.« Sich ihrem Sohn zuwendend, erinnerte sie ihn an die Worte des Wahrsagers: »Drei Söhne! Erinnerst du dich nicht? Am Tag deiner Hochzeit sagte der alte Mann, du würdest drei Söhne haben, doch er sagte nicht, du würdest sie von deiner Frau bekommen.«

Der Junge Herr trat vor, bis an den Sessel der Alten Herrin. »Aber der dritte wird von ihr sein!«

Die Junge Herrin schaute auf, Zweifel lagen in ihrer Miene. Sie hatte zu glauben begonnen, unfruchtbar zu sein. Denn ihr Mann teilte auch mit ihr das Bett. Und in den letzten Monaten, als Kostbare Jade immer schwerer an ihrem Kind trug, hatte er sie gar nicht mehr aufgesucht und die Nächte nur noch bei seiner Frau verbracht. Trotzdem ging kein Same in ihr auf.

»Wie willst du das wissen? Hat dir das einer der Götter erzählt?«, fragte die Alte Herrin mit Groll in der Stimme.

»Ich weiß es, denn von jetzt an werde ich nur noch mit meiner Frau das Bett teilen.«

Stille senkte sich auf das Zimmer.

In der dunklen Ecke, wo ich immer wartete, bis mich die Alte Herrin brauchte, betete ich zu den Göttern, sie möge nachgeben und einverstanden sein, dass die Frau und ihr Kind hier blieben. Wie sich ein Herz doch wandelt. Einst hatte ich den Tod ihres Kindes gewünscht, und nun betrauerte ich seinen Tod, da ich glaubte, unser böser Wille war schließlich zu jenem Messer geworden, das seinen Lebensfaden durchschnitten hatte. Jetzt wünschte ich, es könnte zurückkehren, und so wünschte ich auch seiner Mutter und ihrem neuen Kind alles Gute.

Doch die Alte Herrin schüttelte den Kopf. »Du glaubst, du

kannst den Willen dieses Kindes beeinflussen ... Es wird nicht zulassen, dass ein anderes neben ihm lebt.«

Angesichts dieser hoffnungslosen Lage trat die Junge Herrin vor, stellte sich neben ihren Mann, fasste ihn bei der Hand und kniete nieder, wobei sie ihn mit sich zog. Und so knieten beide. Mann und Frau baten um Gnade für eine Konkubine und ihr Kind. Wenn mir jemand gesagt hätte, ich würde einmal so etwas sehen, dann hätte ich erwidert, eher wird im Winter die Wistaria an der Westmauer blühen und der Pfirsichbaum ausschlagen, als dass so etwas geschieht.

Doch die Alte Herrin gab nicht nach. Noch nicht einmal dann, als die stolze, widerspenstige Konkubine hinzukam und zum ersten Mal vor ihr einen Kotau machte, denn sie wusste, wie es um sie stand.

»Sie werden stolz auf ihn sein können, auf meinen Sohn. Sehen Sie denn nicht, dass er ein Lee ist? Vertreiben Sie uns nicht. Warum soll er verderben? Haben Sie Mitleid, wenn schon nicht mit mir, dann mit ihm. Er wird große Fähigkeiten besitzen. Ich weiß es, ich habe es die ganze Zeit gespürt, als ich mit ihm schwanger ging. Dieses Kind ... Dieser Sohn ... es kann keinen besseren geben. Er wird klüger und stärker sein als alle Lees vor ihm.«

»Schweig!«, sagte die Alte Herrin. »Ihr müsst gehen.«

Da begann die Junge Herrin erneut, sie anzuflehen, und auch der Junge Herr. Aber die Alte Herrin wollte davon nichts wissen, auch nicht, als die drei vor ihr auf den Knien liegen blieben. Wieder sprach die Junge Herrin und meinte, sie würde dieses Kind lieben und erziehen und damit zu einem Lee machen, wenn sie selbst keine Kinder bekommen sollte.

»Das Kind einer Konkubine?«, rief die Alte Herrin voller Ärger und Abscheu. Verzweifelt beugte Kostbare Jade den Kopf. Dann sagte sie: »So nehmen Sie meinen Sohn, nur meinen Sohn, und ziehen Sie ihn auf. Ich werde gehen.«

»Nein«, rief die Junge Herrin. »Ich wollte ihn Ihnen nicht wegnehmen. Das habe ich nicht gemeint. Ich würde niemals einer Mutter ihr Kind wegnehmen!«

Aber Kostbare Jade ignorierte sie und hielt den Blick auf die Alte Herrin gerichtet: »Ich kann ihm nicht geben, was Sie ihm geben können. Und wenn Sie ihn aufziehen, dann kennt er nur Sie und nicht mich. Er wird mich gar nicht kennen lernen.« Dann wandte sie sich an die Junge Herrin. »Er wird Sie Mutter nennen.« Nach einer Pause sah sie wieder die Alte Herrin an. »So wird er den Lees dienen und sie ehren, er wird sich um ihre Belange kümmern. Nehmen Sie ihn … Ich bitte Sie, nehmen Sie ihn.«

Die Alte Herrin schwieg, während sie überlegte, was ihr die Frau anbot: ihr Verschwinden gegen eine Zukunft für ihren Sohn. Das Beste, was sie sich erhoffen konnte, war, dass die Alte Herrin den Jungen annahm. Das war ein Opfer, das ihr niemand zugetraut hätte. In diesem Augenblick zeigte sie sich großherziger als sonst jemand in diesem Zimmer und wohl auch tapferer. Das erkannte die Alte Herrin, und sie war ebenfalls betrübt, aber das konnte sie in ihrem Entschluss nicht ins Wanken bringen. O ja, sie blieb stark, auch wenn alle anderen zurückwichen. Doch auch wieder nicht so stark, als dass man nicht ein Bedauern in ihrer Stimme mitschwingen hörte, als sie schließlich sprach:

»Sie müssen morgen gehen … mit Ihrem Kind.«

Dieser Satz klang endgültig, und wir alle wussten, dass weiteres Reden zwecklos wäre. Da weinte ich, in der dunklen Ecke, und man hätte mein Weinen gehört, wenn nicht die anderen auch geweint hätten, ganz in ihren Kummer versunken, der Junge Herr, seine Frau und seine Konkubine. Und draußen schrie wieder das Kind. Ich dachte, es wäre vielleicht hungrig und wollte an die Mutterbrust. Denn da gibt es noch etwas, was ich erzählen muss. Aus Kummer über den Tod des anderen Kindes hatte die Amme keine Milch mehr. Sie war trocken geworden vor lauter Trauer. Doch Kostbare Jade suchte nicht nach einer anderen, um ihr Kind stillen zu lassen, sondern stillte es selbst. So sehr liebte sie es. Und nun würden sie zusammenbleiben. Ihr Opfer war nicht angenommen worden. Sie würde seine Mutter sein, er würde nur sie kennen. Sie erhob sich. In diesem Augenblick strahlte sie Würde aus. Und zum ersten Mal, seit ich sie kannte, bewunderte ich sie.

»Sie werden nicht mit leeren Händen gehen«, sagte die Alte Herrin leise, aber entschieden. »Wenn Sie achtsam sind, haben Sie mehr als genug, um dem Jungen eine gute Erziehung geben zu können und immer ein angenehmes Leben zu haben.«

Doch ich kann nicht sagen, ob Kostbare Jade sie gehört hatte.

Sie war aus dem Zimmer gegangen und hatte die Tür offen gelassen, sodass wir aus der Vorhalle das kräftige Schreien des Kindes durch das ganze Haus schallen hörten.

In jener Nacht hat die Junge Herrin nicht geschlafen. Sie saß bei einem Licht und arbeitete stetig an ihrer Seidenstickerei. Sie arbeitete rasch, nur das eine oder andere Mal hielten ihre Hände inne, wenn sie sich die Augen rieb. Die Insel, die Bucht, die Fischerboote in der Ferne, Himmel und Vögel waren schon längst fertig, denn die Junge Herrin arbeitete bereits seit fünfzehn Monaten an diesem Stück. Alles, was noch zu tun blieb, waren die letzten, abschließenden Stiche. Als der Morgen anbrach und sein erster Schimmer durch ihr Fenster schien, verknotete sie den letzten Faden.

Endlich war das seidengestickte Bild von der Insel vollendet. Sie hob es hoch, betrachtete es und drehte es dann um, um sich die andere Seite anzusehen. Jede Seite war das Spiegelbild der anderen. Es gab keine Rückseite, beide Seiten waren gleich makellos. Es war wirklich ein exquisites Stück. Niemand, der so etwas gemacht hatte, würde sich davon trennen wollen. Und doch war es genau das, was sie vorhatte, weshalb sie so emsig und unermüdlich die ganze Nacht daran gearbeitet hatte. Sie räumte ihren Arbeitstisch auf. Dann, mit dem Stück Seide in der Hand, machte sie sich zögernd auf den Weg zum Westflügel.

Sie klopfte an die Zimmertür von Kostbare Jade, und die Dienerin ließ sie herein. Die Junge Herrin war gekommen, um sich von Kostbare Jade zu verabschieden, die auf einem Stuhl saß und aus dem Fenster starrte. Leise rief sie ihren Namen. Kostbare Jade wandte sich nach ihr um. Sie weinte nicht mehr, doch ihr Gesicht war blass und eingefallen. Wenig war von ihrer sonstigen Schönheit zu sehen. Die Junge Herrin setzte sich neben sie und legte das Stück Seide auf einen Tisch aus Teakholz. Unter den Augen von Kostbare Jade entfaltete sie es behutsam.

Während sie mit den Fingern zart über die feine Stickerei fuhr, sagte die Junge Herrin: »Ich habe noch bis zum Morgengrauen daran gearbeitet … Ich möchte es Ihnen geben.« Kostbare Jade sagte nichts, den Blick auf das Bild gerichtet. Die Junge Herrin fuhr fort: »Ich weiß, Sie haben diese Insel lieb gewonnen, so wie ich. Ich weiß, Sie haben an diesem Ort viel Schmerzliches erlebt, und doch bereitet es noch mehr Pein, ihn zu verlassen. Und doch gebe ich Ihnen das, nicht um Ihnen damit Schmerz zuzufügen, sondern damit Sie es für Ihren Sohn aufbewahren. Gleichgültig, was all die anderen sagen, er ist hier geboren … Er ist ein Lee, und eines Tages werden Sie es ihm sagen müssen.«

Sie hielt inne, holte tief Atem und fuhr fort: »Ich habe Sie nicht immer gemocht … Es hat eine Zeit gegeben, da habe ich Sie gehasst und Sie von diesem Haus und von dieser Insel fortgewünscht.«

Kostbare Jade blickte sie an, schüttelte den Kopf und sprach zum ersten Mal: »Sie waren freundlich zu mir. Die Einzige, die …«

Jetzt war es an der Jungen Herrin, den Kopf zu schütteln. »Das war keine Freundlichkeit. Gegen Sie konnte ich nicht ankämpfen, nicht gegen Ihre Schönheit. Und Sie hatten ihm einen Sohn geboren, als Sie kamen – ich dagegen nicht, immer noch nicht. Also musste ich freundlich sein, gut sein ... Es war die einzige Möglichkeit, ihn zu halten. Ich musste ihn mit Ihnen teilen. Wie habe ich Sie gefürchtet und gehasst, Sie, die er zuerst geliebt hat, am längsten lieben wird. Sie glauben, ich lüge, aber es ist die Wahrheit. Denn sogar nachdem er mich kennen gelernt hatte, liebte er Sie noch immer. Es gab keine Möglichkeit, Sie zu verdrängen, weil ich nie so sein kann wie Sie. Und doch braucht er auch mich. Keine von uns beiden kann ihm all das geben, was er braucht.

Als ich letzte Nacht an diesem Stück arbeitete, habe ich die Wahrheit erkannt. Wenn ich ihn trotz seiner Schwächen liebte – oh, ich bin keineswegs so blind, um nicht zu erkennen, dass er uns beide betrogen hat –, wie konnte ich es Ihnen dann verübeln, ihn gleichfalls zu lieben? Zuerst habe ich gedacht, Sie hätten ihn mir weggenommen, aber Sie haben ihn zuerst gekannt. Wir beide haben ihn uns weggenommen.

Auch wenn Sie gehen, haben Sie doch gewonnen. Wegen Ihrer Abwesenheit wird er mehr an Sie denken. Wonach wir uns sehnen, ohne es bekommen zu können, das erscheint uns wertvoller als alles, was wir besitzen. Ich bleibe hier, wohl wahr, aber ich werde ihn immer an das erinnern, was er verloren hat. Doch ich werde damit zurechtkommen müssen. Ich werde das Beste daraus machen, denn das ist schon immer meine Art gewesen. Ich werde mich darum bemühen, ihn zufrieden zu stellen, und wenn wir älter werden, wird ihm Zufriedenheit vielleicht genügen.«

Danach erhob sich die Junge Herrin, aber sie war noch nicht fertig. Sie hatte noch etwas zu sagen: den Namen von Kostbare Jade. Nicht ihren Teehaus-Namen, sondern ihren richtigen. Wu Ying-mei. Den, mit dem sie zu nennen Kostbare Jade am Tag ihrer Ankunft auf der Insel gebeten hatte. Den, den ihr die Alte Herrin verweigerte. Als sie ihn nun hörte, blickte Kostbare Jade auf, und Tränen stiegen ihr in die Augen.

»Wenn Sie von hier fortgehen«, sagte die Junge Herrin mit

energischem Ton, »wenn Sie ein neues Leben anfangen, dann erinnern Sie sich an Ihren wirklichen Namen, Wu Ying-mei, denn Sie sind Sie selbst und nicht Kostbare Jade.«

Sie faltete die Seide zusammen und reichte sie der Konkubine. Es wurden keine weiteren Worte mehr zwischen ihnen gewechselt. Die Junge Herrin verließ das Zimmer. Als sie hinausging, begegnete sie dem Jungen Herrn, der gerade hatte eintreten wollen. Er zögerte unsicher. Aber sie nickte ihm zu und sagte: »Gehen Sie hinein und verabschieden Sie sich von ihr ... und von Ihrem Sohn.«

Der Morgen war noch nicht vergangen, da stand der Westflügel bereits leer. Kostbare Jade und ihr Sohn befanden sich an Bord des Schiffes nach Xiamen, und von dort würde sie mit dem Kind und ihren Dienerinnen den Dampfer nach Shanghai nehmen. Doch einmal sollten wir ihr noch begegnen.

Man hätte es auch nicht anders von ihr erwarten können. Sie hatte eine rebellische Natur, sie wusste zu kämpfen, hatte in ihrem Leben schon immer um alles kämpfen müssen, zwar nicht immer auf kluge Weise, aber immer furchtlos.

Und deshalb kehrte sie zurück.

Wir wussten von ihrer Anwesenheit, auch wenn wir sie nicht zu Gesicht bekamen ... Sie stand im tiefen Schatten und sang. Als wir ihre Stimme hörten, klang sie zuerst wie aus einem Traum. Sie kam und ging, vom Wind herbeigetragen. Doch wir wussten, das war Wirklichkeit, denn wir alle hörten sie, und wir kannten das Lied. Es war dasselbe, das sie gesungen hatte, als sie den Jungen Herrn wieder zu sich gelockt hatte.

Er hörte es ebenfalls und natürlich auch die Junge wie die Alte Herrin. Aber niemand traute sich hinaus, um sie zu finden, um sie hereinzuholen aus der kühlen, windigen Nacht. Denn die Alte Herrin sagte: »Lasst sie. Sie wird schon wieder weggehen.«

Sie ging und kam wieder. Und das tat sie eine Woche lang.

Jede Nacht sang sie das Lied von dem wartenden Vogel auf dem Zweig eines blattlosen Baumes, der im Licht des vollen Mondes auf den Liebsten wartet. Die Junge Herrin stand an ihrem Fenster und lauschte. Der Junge Herr schloss sich in seinem Zimmer ein. Und die Alte Herrin saß mit versteinertem Gesicht auf ihrem Sessel.

Ich bemerkte, wie die alten Empfindungen wiederkehrten. An die Stelle des Mitleids, das die Alte Herrin empfunden hatte, obwohl sie Kostbare Jade verbannte, trat wieder ihr alter Zorn. Sie unternahm jedoch nichts, saß nur in ihrem Sessel, die Lippen zu einem schmalen Strich zusammengepresst, während die Stimme jener Frau in ihr Zimmer drang. Jede Nacht sang sie an einer anderen Stelle. Niemand erblickte sie, wenn sie auf das Grundstück kam. Sie war einfach da, wie ein Phantom.

In der siebten Nacht hielt es die Alte Herrin nicht mehr aus. Sie öffnete die Tür und rief nach mir und einer anderen Dienerin. Zusammen halfen wir ihr die Treppe hinab. Auch der Junge Herr verließ sein Zimmer. Und als sie hörte, wie sich die Türen öffneten und schlossen, kam die Junge Herrin aus ihrem Gemach.

Draußen stand die Alte Herrin auf der Freitreppe und lauschte aufmerksam. Die Stimme kam von den Bäumen bei dem Felsvorsprung. Nun war klar, wie die Frau hereingekommen war. Sie kletterte über die Felsen herauf.

Da ihre eingebundenen Füße der Alten Herrin ein schnelles Gehen nicht gestatteten, trug sie eine der Dienerinnen auf ihrem Rücken durch den Garten, am Springbrunnen vorbei und weiter. Hinter uns kamen der Junge Herr und seine Frau, während zwei Diener mit Laternen herbeieilten, um uns zu leuchten.

Und dann sahen wir sie. Vom Mondlicht übergossen, stand sie da und sang. Es war ihr gleichgültig, dass wir sie aufgespürt hatten. Ihre Stimme wurde nun kräftiger, lauter als zuvor, voll und verführerisch, und sie blickte über die Alte Herrin hinweg, während sie fortfuhr zu singen.

Hier ist er,
hier ist mein Liebster,
zurückgekehrt zu mir
im Licht des Mondes.

Und dort stand der Junge Herr und sah sie an mit einem Blick voller Verzweiflung. Die Alte Herrin, nun wieder auf ihren Füßen, fuhr zu ihm herum und sprach zu ihm mit einer Stimme, die ebenso ruhig wie entschlossen war: »Schick sie fort.«

Die Stimme von Kostbare Jade erstarb. Sie stand reglos. Mit einem wilden Ausdruck im Gesicht sah sie ihn an, wartete auf seine Worte. Ich bedauerte ihn, wie ich ihn noch nie bedauert hatte, mehr als in den ersten Tagen seiner Trauer. Denn er sehnte sich nach ihrer Rückkehr. Aber er konnte sie nicht zurückrufen, denn wie er sich auch sonst verhalten mochte, so hatte man ihn doch gelehrt, die Wünsche jener zu respektieren, die älter und weiser waren als er. Also sprach er die Worte, die ihm genauso viel Schmerz bereiteten, wie er ihr damit verursachte.

»Sie müssen gehen.«

Vor unseren Augen veränderte sich etwas in Kostbare Jade. Ihr Gesicht wurde grausam und kalt, und plötzlich erschien sie größer. »Ich werde gehen, ja, aber ich werde eines Tages wiederkommen zu diesem Haus, aus dem ihr mich und meinen Sohn vertrieben habt.«

Die Alte Herrin musste gewusst haben, was dann von den Lippen jener Frau kommen würde, denn sie rief mit scharfem Ton: »Schweig!«

Doch Kostbare Jade ließ sich nicht zum Schweigen bringen. Sie fürchtete niemanden mehr. »Ich werde zurückkehren, weil ihr nicht mehr hier sein werdet, ihr stolzen, dummen Lees! Ich verfluche euch alle … verfluche euch allesamt für alle Zeit!« Dann blickte sie den Jungen Herrn fest an. »Dein Blut wird erkalten, dein Same wird schwach sein, und selbst wenn du einmal einen

Sohn haben wirst«, jetzt blickte sie zu der Jungen Herrin hinüber, »dann wird er im Schatten meines Sohnes stehen.«

»Schweig, du schamlose Hure!«, rief die Alte Herrin, holte aus und schlug Kostbare Jade ins Gesicht. Die Frau verlor das Gleichgewicht und fiel auf die Knie. Die Junge Herrin lief zu ihr und kniete neben ihr nieder, aber Kostbare Jade stieß sie fort.

»Mutter, es ist genug!«, rief der Junge Herr, doch der Wut der Alten Herrin vermochte niemand Einhalt zu gebieten.

»Verschwinde, du Hure, verlass diesen Ort! Hier gehörst du nicht hin.«

Kostbare Jade fegte die Hand der Jungen Herrin beiseite. Mit wildem Blick starrte sie die Alte Herrin an und verkündete: »Ihr werdet es sein, die gehen müssen! Und bevor ein Lee jemals wieder den Fuß an diesen Ort setzen kann, wird er zuerst vor einem von meinem Blut auf den Knien liegen!«

Dann erhob sie sich, wobei sie immer noch die Unterstützung der Jungen Herrin ablehnte. Sie ergriff den Jadearmreif, den ihr der Junge Herr vor langer Zeit geschenkt hatte, streifte ihn von ihrem Handgelenk und warf ihn zu Boden. Er zerbrach in zwei Stücke, mit einem Klang wie splitterndes Glas. Stumm sahen wir ihr nach, wie sie über den Rasen zum Tor hinüberging. Dann verschluckte sie die Dunkelheit.

Und nun wissen Sie, Josie-ah, warum Sie vor diesem Mann knien müssen, der jetzt in dem alten Haus der Lees wohnt. Er ist ihr Sohn und Sie ... Sie sind die Letzte der Lees.

TEIL IV

19

KC Yu schloss selbst die Haustür auf, als er hinausging. Es war früh am Morgen und der Himmel bedeckt. Es sah nach Regen aus. Er hatte angeordnet, ein Zeltdach zu errichten. Wenn es im Hotel keines gab, dann musste seine Sekretärin dafür sorgen, dass so rasch wie möglich eins aus Hongkong eingeflogen wurde. Es war besser, vorbereitet zu sein, falls es am Samstag in Strömen regnen sollte.

Er ließ sich nicht gerne überraschen. Und genau das hatte diese Lee getan. Seine Verärgerung kehrte wieder, als er an sie dachte. Als er unter dem Blätterdach über dem Weg hervortrat, fühlte er einen Regentropfen auf seinem Gesicht. Er blieb stehen, aber es folgte kein weiterer. Also setzte er seinen Weg fort. Am sinnvollsten erschien es, so sagte sich KC, mit seiner Suche im Zentrum der Insel zu beginnen, wo es einige Gasthäuser gab. Es war aber auch genauso gut möglich, dass diese Lee auf dem Festland eine Unterkunft gefunden hatte.

Er hatte eine schlaflose Nacht mit dem Problem verbracht, über ihre Anwesenheit auf der Insel nachzudenken. Es mochte sein, dass ihre Begegnung vom Vortag schon ausgereicht hatte, um sie zu vertreiben, aber er musste sicher sein. Irgendetwas sagte ihm, dass sie immer noch hier in der Gegend war oder vorhatte wiederzukommen, und es war nicht seine Art, etwas dem Zufall zu überlassen. Er wollte diese Angelegenheit vor dem Geburtstagsfest seiner Mutter erledigen. In zwei Tagen würden die Gäste auf die Insel kommen, und er konnte es sich nicht leisten, diese Lee dann immer noch hier zu wissen. Es stand zu viel auf dem Spiel: der Seelenfrieden seiner Mutter … und ihrer beider Ruf.

Als er von seinem Vorarbeiter Wei von dem Wunsch dieser Lee, das Haus zu besichtigen, gehört hatte, war KC überrascht gewesen und nur zu dankbar, dass seine Mutter sich nach ihrem Rundgang durch alle Zimmer nach oben begeben hatte, um zu ruhen. Somit hatte nur er Weis Nachricht erhalten. Seine Reaktion darauf war eine Mischung aus Ungläubigkeit, Verärgerung und Furcht gewesen. Er fürchtete ihre Möglichkeiten, sein wohlgeplantes Vorhaben zu Fall zu bringen, und dass das große Fest, das er sich zu Ehren seiner Mutter vorstellte, ihnen nun vor aller Öffentlichkeit nur Schimpf und Schande bringen könnte.

Dabei hätte er auch bei noch so viel Umsicht nicht damit rechnen können, dass diese Lee hier erschien. Als er schweren Schrittes den Weg entlangging, erinnerte er sich, wie sie das Anwesen als das Zuhause der Lees bezeichnet hatte. Es waren diese Worte, die ihm die Freude an diesem Ort vergällten. Er empfand ihn nicht länger als rein. Und dabei war er noch zwei Stunden vor ihrer Begegnung vor Stolz und Freude nahezu geplatzt, als er, mit Madame Yu an seiner Seite, zum ersten Mal vor dem Haus gestanden hatte.

Beim Betreten des Foyers hatte er zu seiner großen Zufriedenheit feststellen können, dass das Innere, eine geschmackvolle Verbindung von Ost und West, genauso gediegen war wie die äußere Säulenfront. Und er hatte noch etwas anderes gespürt: das Gefühl, an einem lang ersehnten Bestimmungsort angekommen zu sein. Dieses Haus aus der Vergangenheit seiner Mutter war seine Zukunft gewesen, und nun war es seine Gegenwart.

Nach den ersten paar Schritten war es seine Mutter, die sie führte. Wie eine Schlafwandlerin – nur war dieses hier ein Wachtraum – führte sie ihn, ohne ein Wort zu sagen, von Zimmer zu Zimmer. Keine der alten Geschichten wurden dabei offen erwähnt. Wie gut er sie doch alle kannte; in jedem Zimmer lebten sie von ganz alleine wieder auf.

In der großen Empfangshalle – dem Ort des einst grausamen

Willkommens – stellte er sich vor, wie sie sich, jung und eingeschüchtert, um eine tapfere Haltung vor der Matriarchin der Lees bemühte. Er zwang sich, den Raum aus objektiver Sicht wahrzunehmen, und musste seine perfekten Proportionen bewundern, die wirkungsvolle Platznutzung, die geschickte Abstufung der Maße. Er verstand, was dem zugrunde lag: Alles war dazu gedacht, Ehrfurcht zu erwecken. Dann hatte ihn seine Mutter die Treppe hinaufgeführt und sich, oben angekommen, nach links gewandt. Er wusste, auch ohne dass man es ihm sagte, wohin sie gingen. Er folgte ihr einen Flur entlang, bis sie vor einer Tür standen. Hier hielt sie kurz inne, bevor sie den Türknauf drehte, und dann betrat KC das Zimmer, in dem er seinen ersten Schrei getan hatte.

Zusammen sahen sie sich alle Räume an und erlebten dabei, wie sich Erniedrigung in Triumph verwandelte. Wie sehr es die beiden befriedigte, dass jegliche Spur ihrer Vorgänger fehlte. Es gab nicht ein einziges Rollbild von einem stolzen Ahnen. Als er die Wände betrachtete, wo ein Team von Inneneinrichtern Tage damit verbracht hatte, die Yu-Sammlung von Malereien und Kalligrafien aus dem dreizehnten Jahrhundert aufzuhängen, die Ecken, in denen nun wertvolle Bronzestatuen, Celadon-Porzellan und sein unschätzbarer Tang-Krieger zu Pferd ausgestellt waren, dazu die Fußböden mit ihrem halben Dutzend schwerer Perserteppiche, sonnte KC Yu sich in der unumstößlichen Tatsache, dass dieser Ort nunmehr von seiner Persönlichkeit geprägt wurde.

Dann, nachdem seine Mutter auf ihr Zimmer zurückgekehrt war, hatte ihm ein Dienstmädchen mitgeteilt, Wei wünsche ihn zu sprechen. Er hatte sich noch gar nicht richtig von Weis Nachricht erholt, als auch schon Pao-Pao ins Arbeitszimmer gestürzt war und ganz begeistert berichtet hatte, eine neue Freundin gefunden zu haben, die ihn im Garten erwarte. Noch bevor sein Enkel den Namen nannte, hatte er gewusst, dass sie es war.

Verdammt sollte diese Frau sein, verdammt alle Lees! Ihr Anblick auf seinem Grund und Boden machte ihn wütend. Sechzig Jahre hatte es gedauert, hierher zurückzukehren, und kaum war er hier, da kam auch schon eine Lee, um Anspruch darauf zu erheben. Deshalb hatte er sie angefahren, diese Tochter seines Halbbruders, des Sohnes, der im Schoße der Familie aufwachsen durfte. Für einen kurzen Moment erlaubte sich KC Yu, an ihn zu denken. Er hatte nie ein Bild von ihm gesehen, hatte nie denjenigen sehen wollen, dem man dem Namen Lee gegeben hatte, der auch der seinige hätte sein sollen. Nicht, dass es noch etwas ausgemacht hätte. KC war dieser Name verhasst, ebenso wie alle, die ihn trugen.

So wie diese farblose Person. Was hatte es ihm doch für eine Genugtuung bereitet, sie von seinem Besitz zu verweisen. Ihr betroffenes, blutleeres Gesicht und ihr hastiger Rückzug vermittelten ihm sogar jetzt noch ein Gefühl der Befriedigung. Es war nur ein kleiner, längst überfälliger Ausgleich für die Ungerechtigkeiten in der Vergangenheit. Trotzdem hätte er seine Laune im Zaum halten und sie ausfragen sollen, mehr herausfinden müssen über ihre Absichten, mit wem sie gekommen war, wo sie übernachtete und wie lange sie bleiben wollte.

Nachdem sie gegangen war, war KC Yu noch draußen geblieben, um seine Gedanken zu sammeln. Dann war er ins Haus zurückgekehrt und die Treppe hinaufgegangen. Seine Mutter musste es erfahren. Der Außenwelt gegenüber war sie Madame Yu, die verehrte Matriarchin der Familie Yu. Doch ihre Identität war das Resultat einer über sechzig Jahre lang sorgfältig konstruierten Geschichte. Und diese Lee konnte mit wenigen unvorsichtigen Worten zur falschen Zeit dieses ehrenhafte Schutzschild zerstören.

Eine Tür öffnete und schloss sich. Ausgeruht war seine Mutter aus ihrem Zimmer gekommen. KC hatte das Bedürfnis, sie zu beschützen. Es war ihm zuwider, ihre Zufriedenheit zu zerstören, aber es gab keine Möglichkeit, etwas zu beschönigen. Außerdem war seine Mutter schon immer der Ansicht gewesen, immer die Wahrheit zu sagen, und sei sie noch so unangenehm. Sie hatte zu ihm aufgesehen und sofort gewusst, dass ihn etwas bedrückte. Sie drehte sich um und bedeutete ihm, ihr in ihr Zimmer zu folgen.

Als sie sich dann in den Sesseln aus Rosenholz gegenübersaßen, die er extra für sie hatte anfertigen lassen, beugte er sich vor und sagte ihr alles, wobei er ihr Gesicht nicht ein einziges Mal aus den Augen ließ. Er sah, wie sie einen Augenblick lang ganz still da saß, während sie das, was er ihr erzählt hatte, in sich aufnahm und dabei alle Aspekte erwog, hin und her wendete und analysierte. Er sah die wechselnden Emotionen in ihrem Gesicht. Voller Bitterkeit hatte sie dann gesagt: »Auch nach sechzig Jahren, KC, bin ich immer noch Kostbare Jade, das ehemalige Sing-Song-Mädchen, die verbannte Erste Nebenfrau.«

Diese Worte hatten ihn in seinem Entschluss bestärkt: Er musste diese Lee loswerden. Nie wieder sollte ein Lee ihm und seiner Mutter diesen Ort rauben. Jetzt gehörten sie auf diese Insel, das Haus war ihres, man würde sie nicht noch einmal daraus vertreiben. Und ganz gewiss nicht durch die Frau, deren Vater KCs Platz eingenommen hatte.

Tief in seinem Innern war er davon überzeugt, sie wiederzufinden. Und damit sollte KC Yu Recht behalten. Als er um eine Wegbiegung kam, erblickte er eine Gestalt, die gerade eine Anhöhe erklomm. Da war sie ... die Tochter des auserwählten Sohnes.

Josie ging den Abhang hinauf, wobei sie ihre Finger sacht über die zerfallenden Grabsteine gleiten ließ, an denen sie vorbeikam. Still war es zwischen den schlafenden Toten. Sie hatte nicht vorgehabt, hier Halt zu machen auf ihrem Weg zum Haus der Lees, doch dann war sie auf den bekannten Pfad gestoßen. Das verschaffte ihr eine willkommene Pause vor dem Sturm, der, wie sie wusste, bald ausbrechen würde.

Sie suchte nach der Grabsteingruppe am Hang. Dort hielt sie inne und las die Namen ihrer verstummten Verwandten. Dabei bemerkte sie, dass sie wieder mit leeren Händen gekommen war. Das Schicksal der Lees war der Bettelstab.

Als sie zu dem Grab ihrer Urgroßmutter kam, setzte sie sich auf die Erde. Dabei zerdrückte sie das Gras und scheuchte einen Schmetterling auf. Sie betrachtete das Grab, während ihre Hände das Unkraut auszupften, das über seine Ränder wucherte. Während dieser Arbeit dachte sie über all das nach, was sie am vorherigen Abend erfahren hatte.

Welches Netz war da für sie von den Toten mit ihren Geheimnissen gesponnen worden? Nach dem Bericht von Großmutter Chen musste sie feststellen, dass ihr jetziges Wissen nicht im Entferntesten mit dem zu vergleichen war, das sie früher von ihren Großeltern gehabt hatte: dass sie ein Ehepaar waren, das gut miteinander harmonierte. Es schockierte sie, von einer so turbulenten Vergangenheit zu erfahren. Das Verhalten ihrer Großmutter konnte sie nur schwer verstehen. Heutzutage würde sicherlich keine Frau sich in so einer Situation derart verhalten. Doch was ihr am wenigsten vorstellbar schien, das war ihr über alles geliebter Großvater als Verursacher von so viel Leid.

In Gedanken versunken hörte sie die Schritte nicht, bis ein Schatten auf den Grabstein fiel. Sie hörte seine Stimme, bevor sie sich umdrehen und aufblicken konnte.

»Sogar die stolzen Lees werden zu Staub.«

Seine Anwesenheit hier erschien Josie nur natürlich. Und wenn sie sich anfangs auch nicht klar gewesen war, was sie ihm hätte sagen können, so kamen ihre Worte jetzt ganz von selbst. Ohne zu ihm aufzusehen, sagte sie: »Ja ... und ich bin gekommen, um noch einen zu begraben.«

Einen Augenblick lang herrschte Schweigen. Schließlich sagte er: »Ihr Großvater.«

»Sie wollen sagen, Ihr Vater«, entgegnete sie und wusste sehr wohl, welche Wirkung ihre Worte auf ihn haben würden. Sie konnte gerade noch den Ausdruck des Ekels auf seinem Gesicht erhaschen, als sie sich umdrehte. Sie hörte auch seinen hastigen Atemzug und spürte die Aggressivität, die er zu beherrschen versuchte.

»Gestern Abend habe ich die ganze Geschichte erfahren«, sagte sie.

Herablassend entgegnete er: »Nein, das ist nicht möglich. Denn ich allein weiß darüber Bescheid.«

20

Die Wahrheit über seine Herkunft erfuhr KC nicht vor seinem vierzehnten Lebensjahr, als er seinen Vater wegen eines Leberleidens verlor. Der Tod seines Vaters war der Anstoß zu so vielen Offenbarungen, dass KC zu der Ansicht gelangte, sich bis zu diesem Zeitpunkt mit einer völlig falschen Vorstellung von sich selbst geplagt zu haben. Die Wahrheit schmerzte ihn, befreite ihn aber auch. Sie brachte ihn auf den Weg, der ihm bestimmt war.

Von seiner frühen Kindheit erfuhr er durch die Berichte seiner Mutter. Sie erzählte so lebendig und häufig, dass er das Gefühl hatte, alles mit eigenen Augen und Ohren wahrgenommen und verstanden zu haben, wenn er an die eine oder andere Begebenheit denken musste.

Dazu kamen die Bilder und Geräusche, Gerüche und Empfindungen, die er direkt erlebte, als er älter wurde und die Welt um sich herum bewusster wahrnahm. Diese vereinigten sich mit denen aus der Lebensgeschichte seiner Mutter. Zusammen ergaben diese verschiedenen Erinnerungen die Grundlage für das Bild seiner Kindheit.

Doch der Anfang lag immer bei seiner Mutter.

»Ich habe die Frau namens Kostbare Jade auf der Insel gelassen, als ich von dort fortging.« Damit begann seine Mutter ihre Geschichte.

Sie verwandelte sich, angefangen mit ihrem Namen, der nun nicht mehr Kostbare Jade lautete, sondern Wu Ying-mei, ihr wirklicher Name. Sie kehrte nach Suzhou zurück, wo sie ein schlichtes Haus bezog mit der Absicht, hier ihren Sohn aufzuziehen. Sie versuchte, ihm ein so normales Leben wie möglich zu bieten, wie es ihre vom Glück wenig begünstigte Situation erlaubte.

Aber es sollte nicht lange dauern, bis sich ihre Ambitionen wieder regten. Sie hatte das Bedürfnis nach Geltung in einem größeren Rahmen, und vor allem wünschte sie Erfolg für ihren Sohn. Sie hatte nicht vergessen, was man ihnen beiden angetan hatte. Die erniedrigende Verbannung. Das schmerzvolle Exil. Sie sehnte sich nach der Insel. Nachts, wenn sie die Augen schloss, stellte sie sich vor, wie sie auf das Meer hinausblickte. Doch wenn sie am Beginn eines neuen Tages erwachte, dann waren es die stinkenden Kanäle von Suzhou, mit denen sie sich bescheiden musste.

Sie begann zu erkennen, dass Suzhou keine Aussichten bot. Sie konnte hier den Rest ihres Lebens recht komfortabel verbringen, aber ihre Welt würde bis an die Grenze des Stumpfsinns zusammenschrumpfen. Und was ihren Sohn betraf, so wären seine Möglichkeiten auf den engen Raum innerhalb der alten Stadtmauern beschränkt. Sie wünschte ihm eine größere Welt für seine Entfaltung. Sie beschloss, ihm jede Chance zu bieten, Türen zu öffnen, die von allein weit aufgegangen wären, wenn man ihn als einen Lee erzogen hätte. Sie schwor sich, den verblendeten Lees zu zeigen, was für einen schweren Fehler sie begangen hatten. Die Frucht, die sie so achtlos weggeworfen hatten, war die beste. Alle, die nach ihm kommen würden, waren nichts im Vergleich mit ihrem Sohn.

Sie begann, Pläne zu schmieden. Sie befand, dass alles davon abhing, einen passenden Mann zu finden, der sein Leben mit dem ihren verband. Eine Frau in ihrer Position konnte nur wenig für ihren Sohn ausrichten. Und diesmal, so schwor sie sich, würde sie es ihrem Herzen nicht gestatten, ihre Entscheidung zu beeinflussen, wenn sie ihre Wahl traf. Dieser Mann musste bereit sein, ihren Sohn als seinen eigenen aufzuziehen. Und er musste stark sein, denn um ein angesehener Mann zu werden, benötigte ihr Sohn eine feste Hand, die ihn leitete. Dieser Mann musste zudem Macht und Vermögen besitzen, andernfalls wäre er niemals in der Lage, jene auf ihren Platz zu verweisen, die auf seine Frau mit Verachtung herabsahen.

KCs Mutter war fest entschlossen zu heiraten. Diesmal würde sie eine Ehefrau sein, keine Nebenfrau oder Konkubine. Wenn es schon schwierig gewesen war, so etwas als unberührtes Sing-Song-Mädchen zu schaffen, dann waren für sie als verstoßene Konkubine die Hindernisse jetzt noch um einiges größer. Sie ließ sich davon nicht entmutigen.

Mit diesem Vorhaben packte KCs Mutter ihre Sachen und zog mit ihrem Sohn und ihrer Dienerin nach Shanghai um. Das war immer noch die Stadt, wo man Männer mit Ansehen finden konnte. Sie nahm sich ein Haus in einer Straße mit viel Grün, am Rande des Französischen Viertels, wo es an die alte Chinesenstadt grenzte. Es war weder groß noch luxuriös, in keiner Weise zu vergleichen mit dem, das KCs Vater für sie gemietet hatte, als sie sich kennen lernten, aber es entsprach ihrem Vorhaben. Es war respektabel.

Ihr Einzug mit Kind und Dienerin, aber ohne Ehemann, war ein viel diskutiertes Thema bei ihren Nachbarn. Doch KCs Mutter ließ sich von dem Klatsch nicht einschüchtern; sie hatte nichts anderes erwartet. Sie war auch darauf vorbereitet, von einigen ihrer früheren Bekannten – Sing-Song-Mädchen ebenso wie Kunden – erkannt zu werden. Sie war darauf vorbereitet, dass hinter ihrem Rücken geflüstert wurde, und darauf, dass man mit dem Finger auf sie zeigen und sagen würde: »Das da war die Konkubine des Lee.« Es war noch nicht allzu lange her, seitdem sie Shanghai verlassen hatte, um auf die Insel zu ziehen. Man erinnerte sich noch an sie. Ein Gesicht wie das ihre vergaß man nicht so rasch.

Die zwei Geburten hatten ihr nichts von ihrer Schönheit genommen, sondern diese lediglich verändert. Nun besaß sie eine Reife, die ihr gut stand. Das sagten ihr die bewundernden Blicke, mit der ihr Männer wie Frauen hinterhersahen. Und so war es nur eine Frage der Zeit, bis sich die bewundernden Blicke von Yu Tsao-li auf sie richteten.

Die Nachricht des Tages, an dem ihre schicksalsträchtige Begegnung stattfand, war die Beendigung des Langen Marsches der Roten Armee. Als die Berichte darüber, trotz strenger Zensur durch die Nationalisten, in Shanghai eintrafen, beschäftigte das sogar die Dekadenten und Abgestumpften. Viele hatten in den vergangenen zwölf Monaten das Vorankommen von Mao Tsetungs Bauernarmee verfolgt, und zwar nicht nur mit oberflächlichem Interesse, denn auf dem Weg zu ihrem Bestimmungsort hatte sie Kampf um Kampf gegen die besser bewaffnete Streitmacht Chiang Kai-sheks gewonnen. Der Kampfgeist der Roten Armee war beeindruckend, aber für einige Angehörige der Geschäftswelt von Shanghai beinhaltete dies auch eine unheilvolle Botschaft: Ein Sieg der Kommunisten war möglich geworden.

Yu Tsao-li war einer von denen, die dies in Betracht zogen. Sicherlich lag es fern, aber man konnte es auch nicht ganz außer Acht lassen. Seine Kollegen im Bankgeschäft waren anderer Meinung. Den Langen Marsch konnte man nicht als Hinweis auf die Zukunft werten. Hatte er denn die Zahlen vergessen? Neunzigtausend hatten mit dem Marsch begonnen, aber nur achttausend kamen bis Shaanxi. Und was den Angriff auf die Japaner im Nordwesten betraf, so war das der reine Selbstmord und außerdem sehr schlecht fürs Geschäft. In diesem letzten Punkt stimmte Yu Tsao-li mit seinen Kollegen überein. Der Bankier in ihm war gegen alles, was das Geldverdienen stören konnte, daher war es in seinen Augen wichtig, den Waffenstillstand mit den Japanern aufrechtzuerhalten.

Und doch, als Chinese missfiel ihm die Anwesenheit der Japaner nicht nur in Shanghai, sondern in China allgemein. Wenn es möglich gewesen wäre, geschäftliche Erwägungen auszuklammern, dann hätte er es gern gesehen, wenn sich Chiang Kai-shek mit den Kommunisten verbündet hätte, um gegen die Japaner zu kämpfen. In dieser Hinsicht dachte Yu Tsao-li wie die meisten seiner Landsleute. Über die politische Situation war er mit sich im Zwiespalt.

Das konnte man ihm jedoch nicht nachsagen, als er diese Frau im jadegrünen Cheong-sam erblickte, die durch das größte Vergnügungszentrum der Welt schlenderte. Er suchte sie in der Menge. Sein Blick erhaschte einen grünen Schimmer. Er orientierte sich und beschleunigte seinen Schritt. Mit Ellenbogenstößen drängte er sich zwischen ein Händchen haltendes Paar, ignorierte ihre verärgerten Blicke und ging immer weiter, bis er neben ihr angelangt war.

Mit leicht zitternder Stimme stellte sich Yu Tsao-li vor und sah die Überraschung in ihrem Gesicht. Er kam sich komisch vor, wollte aber nicht aufgeben. Und als sie ihn anlächelte, fühlte er sich ermutigt und suchte krampfhaft nach Worten, um ein Gespräch in Gang zu bringen. Ihre Augen musterten ihn mit einer Freimütigkeit, die ihn verlegen machte. Schließlich lud er sie zum Mittagessen ein. Höflich lehnte sie seine Einladung ab. Dann Tee, wie wäre es mit einem Tee oder einem Drink, wenn ihr das lieber wäre? Die ganze Zeit, während er mit ihr sprach, betrachtete er ihr Gesicht, ihre Figur, alles an ihr. Sie war zwanzig oder einundzwanzig, ziemlich jung. Und doch spürte er, dass sie wusste, wie es auf der Welt zuging. Er begehrte sie ebenso, wie es ihn drängte, sie zu beschützen. Sie war im gleichen Maß stark wie auch verletzlich.

Er wartete auf ihre Antwort.

Sie erbarmte sich und stimmte dem Mittagessen zu. Nicht heute, sagte sie, in einer Stunde müsste sie woanders hin. Aber übermorgen wäre es ihr recht. Er war einverstanden, sie kurz vor zwölf hier an derselben Stelle zu treffen. Erst als sie gegangen war, fiel ihm ein, dass er noch nicht einmal ihren Namen kannte. Später, als sie sich bereits besser kannten, erzählte er ihr, mit welch zehrender Ungeduld er auf das Verstreichen der Stunden gewartet hatte, bis es an der Zeit für ihr Treffen war. Wie ein Pendel schwankte er zwischen Vorfreude und Befürchtung, zwischen Hoffnung und Verzweiflung. Was, wenn er sie niemals wiedersah?

Aber er hätte sich nicht zu sorgen brauchen. Sie erschien zur verabredeten Zeit. Und Yu Tsao-li erfuhr endlich ihren Namen, Wu Ying-mei. Und er erfuhr auch, dass sie einen wenige Monate alten Sohn hatte, ein Sing-Song-Mädchen gewesen war sowie die Nebenfrau eines reichen jungen Mannes aus dem Süden. Als er sie ihre Geschichte erzählen hörte, verstand er, dass sie keinerlei Geheimnisse zwischen ihnen haben wollte. Dafür bewunderte er sie, aber gleichzeitig befand er sich in einer verzwickten Lage. Was beabsichtigte sie mit ihrer Freundschaft?

KCs Mutter war zu der Ansicht gelangt, nur mit Offenheit etwas erreichen zu können.

Yu Tsao-li musste auf den Klatsch vorbereitet sein, der sie in Zukunft verfolgen würde. Und sie war zuversichtlich, dass es eine Zukunft geben würde. Aber zuerst musste er seine vielen Zweifel loswerden. Sie würde geduldig sein, denn er war es wert, auf ihn zu warten. In der Zeit zwischen ihren beiden Begegnungen hatte sie viel über ihn erfahren. Als sie sich zu ihrem ersten gemeinsamen Mahl niederließen, wusste sie daher, dass er der reichen Familie Yu angehörte, deren Geschäfte sich auf mehrere Banken in Shanghai erstreckten. Er war einer der gerissensten Banker in der Stadt, besaß sein eigenes großes Vermögen, was ganz besonders wichtig war, und seine Verbindungen beschränkten sich nicht nur auf die Geschäftswelt, sondern erstreckten sich bis zu hochrangigen Nationalisten. Das waren Verbindungen, die für steten Wohlstand sorgten, trotz des ungewissen Klimas, das im Land herrschte. Und sie hatte außerdem erfahren, dass er verheiratet war, aber das entmutigte sie nicht.

In den folgenden Wochen trafen sie sich viele Male. Und schließlich machte Yu Tsao-li ihr einen Antrag. Dabei dachte er nicht an eine Ehe. Das wäre unvorstellbar gewesen angesichts der gewaltigen Kluft zwischen seiner und ihrer Herkunft. Nein, er schlug eine zwanglosere Verbindung vor. Schließlich gehörte er einer herausragenden Familie an, während sie aus sehr viel geringeren Verhältnissen stammte. Sie hatte gewusst, dass es so kommen würde, aber obwohl sie darauf vorbereitet war, verletzte sie dieser Antrag. Sie ging das Wagnis ein und ließ es darauf ankommen.

KCs Mutter wies Yu Tsao-li ab, gab ihm stolz zu verstehen, sie wolle nicht das Spielzeug eines reichen Mannes sein, das eine Zeit lang verwöhnt wurde, um es dann wegzuwerfen, wenn man ein neues Spielzeug fand. Sie schickte ihn fort. Falls er erstaunt war über ihre Absage auf ein Angebot, das jede andere mit ihrem Hintergrund als ein Geschenk des Himmels angesehen hätte, so ließ er sich das in keiner Weise anmerken. Was er zeigte, war die Verzweiflung eines abgewiesenen Liebhabers. Sie durfte hoffen.

KCs Mutter war darauf gefasst, ihn für eine Weile nicht zu sehen. Sie wusste, mit dreiundvierzig Jahren würde es ihm schwer fallen zuzugeben, sich zum ersten Mal in seinem Leben verliebt zu haben, und das auch noch in eine junge Frau, die seine Tochter hätte sein können. Sie verstand seine Befürchtung, es könnte etwas über seine Lage bekannt werden. Es würde Ärger mit seiner Familie geben und ihn zum Gesprächsstoff in der Geschäftswelt von Shanghai machen. Als selbstständiger Geschäftsmann hatte er kein Interesse an einem Skandal. Sie wusste auch, dass alle diese Überlegungen nichts waren im Vergleich zu dem sehr viel größeren Hindernis, das seine Frau bedeutete.

Ohne dass er es wusste, las sie seine Gedanken klar und deutlich. Es war nicht die Scheidung selbst, die ihn hinderte. Es gab genug Geschiedene in Shanghai. Jeder wusste, sogar Chiang Kaishek hatte sich scheiden lassen, bevor er May-ling, die Tochter des guten alten Charlie Soong, zur Frau nahm. Das Problem war die gesellschaftliche Ebene. Wie konnte er sich von einer Frau aus angesehener Familie scheiden lassen, um dann die abgelegte Konkubine eines anderen zu heiraten? Indem er diese Angelegenheit gegenüber KCs Mutter zur Sprache brachte, bewies er, das Undenkbare gedacht zu haben. Als er nun fortblieb, sagte sie sich, dass noch nicht alles verloren war.

Er war ein vernünftiger Mensch. Also würde er versuchen, sie zu vergessen. Doch sie war fest entschlossen, nicht vergessen zu werden. Sie ging dorthin, wo er ihr begegnen musste. Und jeder kurze Blick würde es ihm nur noch schwerer machen, sie aus seinen Gedanken zu verbannen.

Ihre Kenntnis des menschlichen Herzens stammte aus jener Zeit, als sie selbst sich nach ihrem ersten Liebhaber verzehrte. Bei Yu Tsao-li würde es nicht anders sein. Sie stellte sich vor, wie er sich vornahm, sie zu vergessen, sich dies aber dadurch unmöglich machte, indem er den endgültigen Schnitt hinausschob, der das Band zu ihr durchtrennt hätte. Noch einen Tag. Morgen. Noch ein einziges Mal.

Als sie eines Sonntags mit der Dienerin, die KCs Kinderwagen schob, im Jessfield Park spazieren ging, sah sie, wie er sie aus der Entfernung beobachtete, während er dachte, er wäre unsichtbar in der Menge verborgen. Da wusste sie, dass der Augenblick, in dem er nachgeben würde, nicht mehr fern war.

Und dann war es so weit.

Eines Nachts, als der Suzhou Creek derart stank, dass der Himmel weinte und in den Fluten des Huangpu der schwarze Schlamm aufstieg, tauchte er bei ihr zu Hause auf und wurde nass bis auf die Haut, während er an ihre Tür klopfte. Er entschuldigte sich dafür, sie geweckt zu haben, und bettelte darum, eingelassen zu werden. Sie beschied ihm, er habe eine Minute, um zu sagen, was er zu sagen hatte, und dann müsste er gehen. Letzten Endes blieb er bis zum Morgengrauen und sprach die ganze Nacht. Als er sich verabschiedete, war er ein anderer Mann. Durch seine Leidenschaft wagemutig geworden, kehrte er heim und ging tropfnass bis in das Schlafzimmer, wo er seiner Frau mitteilte, dass er die Scheidung wollte.

Selbstverständlich kostete es ihn einen beachtlichen Teil seines Vermögens, bis sie ihm seine Freiheit gab, und das, obwohl sie ihm nur zwei unscheinbare Töchter geschenkt hatte. Doch Yu Tsao-li zuckte nicht einmal mit der Wimper angesichts ihrer Forderungen, was seine Frau nur noch mehr in Rage brachte.

KCs Mutter sagte er, er betrachte sich als einen vom Schicksal gesegneten Menschen, dem im späten Leben noch einmal eine Chance auf das Glück gewährt worden war.

Noch bevor die Tinte auf seiner Scheidungsurkunde getrocknet war, heirateten sie. Und Yu Tsao-li ging daran, auch das andere Versprechen zu erfüllen, das er ihr in jener Nacht gegeben hatte, als er an ihre Tür klopfte. Er adoptierte KC ganz offiziell, gab ihm seinen Namen und schwor, ihn als seinen Sohn und Erben zu erziehen. Dann brachte er seine neue Familie in einem weitläufigen Anwesen in einer Nebenstraße der Avenue Joffre im Französischen Viertel unter. Und KCs Mutter betrat es mit hocherhobenem Kopf, denn dem einen Schritt über diese Schwelle waren sehr viele andere vorangegangen: Sie hatte den schwierigen Aufstieg vom Sing-Song-Mädchen zur Konkubine bis zur offiziellen Gemahlin bewältigt.

21

Doch es wollte KCs Mutter nicht gelingen, die Schatten der Vergangenheit abzuschütteln. Als sie daran gegangen war, Yu Tsao-li zu erobern, hatte sie geglaubt, mit der gesellschaftlichen Ablehnung fertig werden zu können, die zu erwarten war, wenn sie seine Frau wurde. Sie hatte jedoch die eingebildeten Damen unterschätzt, mit denen die Männer in Yu Tsao-lis Kreisen verheiratet waren. Sie gingen auf Schulterschluss und stellten sich auf die Seite von Yu Tsao-lis erster Frau. Auch wenn diese nie besonders beliebt gewesen war, so gehörte sie doch zumindest ihrer Gesellschaftsschicht an. Anders als die zweite Frau Yu, die ganz offensichtlich darunter stand.

Zuerst weigerte sich KCs Mutter, sich von diesen Frauen einschüchtern zu lassen. Sie blieb weiterhin zuvorkommend, und in der Hoffnung auf freundschaftliche Beziehungen suchte sie jene Orte auf, wo auch die anderen zu finden waren. Doch wann auch immer sie einen Raum betrat, stieß sie auf eine Mauer des Schweigens. Falls Yu Tsao-li es bemerkte, wie man versuchte, seine Frau zu ächten, so sagte er nichts dazu, und KCs Mutter beklagte sich niemals. Sie war es ihm schuldig, selbst dafür zu sorgen, dass die Frauen seiner Gesellschaftsschicht sie akzeptierten. Wenn er abends nach Hause kam, dann war sie wie immer schön zurechtgemacht und die perfekte Ehefrau.

Doch eines Nachmittags im Jessfield Park erreichten all die Monate gesellschaftlicher Anfeindungen ihren Höhepunkt.

Es war ein wunderschöner Tag und die beste Jahreszeit, um in den Park zu gehen. Die Magnolien blühten, und in diesem Jahr boten sie einen ganz besonders herrlichen Anblick. Sie wies

KCs Kindermädchen an, ihn zum Ausgehen fertig zu machen. Sie zwängten sich in eine Fahrradrikscha, und kaum waren sie im Park angelangt, als KC sich auch schon aus den Armen seiner Amah befreite. Erst vor kurzem hatte er gelernt, ohne Stolpern zu laufen, und genoss nun die Freiheit, die sich für ihn dadurch ergab.

Gelächter richtete seine Aufmerksamkeit auf einen anderen kleinen Jungen, der in der Nähe spielte. Ohne zu zögern ging KC geradewegs zu ihm hinüber. Als sie ihn erblickte, empfing die Mutter des Jungen ihn mit einem herzlichen Lächeln und lobte gegenüber der Amah sein gesundes Aussehen und sein freimütiges Wesen. Sie ermunterte beide Kinder, miteinander zu spielen.

Von dort aus, wo sie stand, erkannte KCs Mutter in ihr eine Frau, der sie bei einem festlichen Essen begegnet war, das Yu Tsaolis Bank ausgerichtet hatte. Sie war die Frau eines seiner Kunden. In der Annahme, hier könnte sich die Gelegenheit für eine Bekanntschaft ergeben, ging KCs Mutter auf sie zu.

Doch kaum hatte die Frau sie gesehen, als sie auch schon begriff, dass KC zu ihr gehörte, und sich hastig aufrichtete. Sie befahl ihrem Kindermädchen, ihren Sohn mitzunehmen mit der Anweisung: »Mit diesem Jungen darf er nie wieder spielen.« Als ob sie befürchtete, jede weitere Minute in dieser Gesellschaft könnte sie mit etwas anstecken, beeilte sie sich, Amah und Kind im Schlepptau, das Weite zu suchen.

KCs Mutter stand wie angewurzelt. Diesmal nahm sie das Geschrei ihres Sohnes, der enttäuscht auf den Verlust seines Spielkameraden reagierte, überhaupt nicht wahr.

Dann ging sie davon und überließ es KCs Amah, ihn zu beruhigen. Sie hastete durch den Park zu der Reihe von Fahrradrikschas, winkte eine heran und setzte sich wortlos hinein. Als die Amah endlich mit einem widerspenstigen KC erschien, war sie es, die angab, wo ihr Zuhause war. KCs Mutter war so still und bleich wie der Tod. Zu Hause angelangt, zog sie sich auf ihr Zimmer zurück.

Die folgenden zwei Wochen verbrachte sie im Bett und sagte alle Mittagessen, Diners und Bälle ab. Yu Tsao-li nahm allein daran teil und entschuldigte sie. Wenn er nach Hause kam, fand er sie stets bei zugezogenen Vorhängen auf ihrem Zimmer. Er glaubte, sie sei krank und sorgte sich, aber sie wollte ihm nicht sagen, was ihr fehlte. Schließlich ließ er einen Arzt für sie kommen. Dieser, ein freundlicher, alter Mann, der schon seit Jahren Hausarzt bei den Yus war, ließ sich viel Zeit mit der zweiten Frau Yu. Als er endlich aus dem Zimmer trat und dabei auf den ungeduldig wartenden, grimmig dreinblickenden Yu Tsao-li stieß, berichtete er ihm, physisch fehle seiner Frau nichts, anders sehe es dagegen in psychischer Hinsicht aus. Seine Frau stünde unter irgendeiner emotionalen Belastung.

In dem Bemühen, das Befinden seiner Frau zu verstehen, befahl er die Dienerin seiner Frau zu sich ins Arbeitszimmer. Und so erfuhr er von dem Nachmittag im Park. Als er davon hörte, stürmte er laut fluchend die Treppe hinauf. Beim Betreten des Schlafzimmers sagte er zu KCs Mutter: »Du kommst heute mit mir auf den Ball. Zieh dich an!«

Jedes Jahr pflegte Yu Tsao-lis Bank einen Wohltätigkeitsball zu geben, und KCs Mutter hatte sich vor diesem Ereignis gefürchtet. Das Gerede würde noch schlimmer sein als sonst, denn dieses Mal würde es die neue Frau sein, die neben Yu Tsao-li stand, um die Gäste willkommen zu heißen, und nicht die Frau, die sie kannten. Mehr als alles andere wünschte sie diese Aufgabe zu vermeiden – um ihrer und ihres Mannes willen. Er würde sehr an Gesicht verlieren, wenn man sie in seiner Gegenwart beleidigte.

Entsetzt sah sie, wie er die Bettdecke wegzog, sie bei der Hand nahm und aus dem Bett zog. Sie wehrte sich und schrie ihn zum ersten Mal in ihrer Ehe an. Sie bettelte, er möge sie zu Hause lassen, sagte, sie sei krank, doch er hörte nicht auf sie. Er stürmte in ihr Ankleidezimmer und riss die Schranktüren auf. Er begann, ihr ein Kleid nach dem anderen zuzuwerfen, bis sie in einem Meer aus Seide, Samt und Spitzen stand. Diese Seite hatte sie noch nie an ihm gesehen, und es erschreckte sie, denn sonst war er immer freundlich und großzügig und hatte Freude daran, sie zu verwöhnen. Schließlich, in der Hoffnung, ihn von seinem Vorhaben abzubringen, schrie sie: »Lieber sterbe ich, als den Frauen deiner Freunde gegenüberzutreten ... Sie hassen mich!«

Sie schlug die Hände vors Gesicht und schluchzte, was ihn nur noch mehr reizte. Er zog ihr die Hände vom Gesicht und beugte sich so weit vor, bis ihre Gesichter sich beinahe berührten. »Du lässt dich von einem Haufen hohler Weiber besiegen, obwohl es noch nicht einmal der Matriarchin der Lees gelungen ist, dich zu brechen?«

Er ließ ihre Hände los, packte sie an den Schultern und schüttelte sie grob. Sie schrie, er solle aufhören. »Nicht, bevor du nicht eines begriffen hast«, brüllte er. »Diese Frauen können dir nichts anhaben, denn ... ihre ... Männer ... sind ... in ... meiner ... Hand!«

Er hielt inne, um Atem zu schöpfen. Dann fuhr er fort: »Du wirst dich ihnen stellen. Wenn nicht für dich, dann für deinen Sohn ... Tu es für *mich*, denn ich will keinen Feigling zur Frau.«

Es waren diese letzten Worte, die ihr Weinen beendeten. Er spürte, dass er weit genug gegangen war, und ließ seine Wut abklingen. Seine Augen wurden wieder freundlich, so wie sie ihn kannte. Es beruhigte sie. Das war der Yu Tsao-li, den sie kannte. Er sagte zu ihr: »Du bist nicht so weit gelangt, hast nicht so hart gekämpft, nur um dich von Frauen unterkriegen zu lassen, die es nicht wert sind, neben dir zu stehen.«

Als sie diese Worte hörte, fasste KCs Mutter wieder Mut. Sanft fasste ihr Mann ihr unter das Kinn und hob es an. Er sah ihr ins Gesicht und versprach ihr: »Wenn du heute Abend tapfer bist, dann wird dich nie wieder jemand beleidigen.«

An diesem Abend kleidete sich KCs Mutter mit noch größerer Sorgfalt als sonst. Aus ihrem Kleiderschrank wählte sie eine Seidenrobe in dunkelroter Farbe, die den Mut stärkt. Sie gab sich das Versprechen, sich eine dickere Haut zuzulegen und ihren Feinden zu trotzen. Sie würde ihren Mann nicht im Stich lassen.

Der Ballsaal des »Cathay Hotels« sah sie als eine andere Frau. Es war, als ob ein Licht von ihr ausginge, das alle anderen Frauen neben ihr bleich, fad und leblos erscheinen ließ. Sie hatte eine königliche Ausstrahlung, die sie von nun an beibehalten sollte.

Als ihr Mann sie zum Eröffnungswalzer führte, konnte sie spüren, wie stolz er auf sie war. Während jeder andere Mann den Zorn der Angehörigen seiner Gesellschaftsschicht zu spüren bekommen hätte, wenn er sich scheiden ließ, um jemanden minderer Herkunft zu heiraten, so wurde Yu Tsao-li deswegen nicht nur beneidet, sondern hatte auch noch an Achtung gewonnen. Er hatte getan, was viele sich niemals trauten. Und anstatt dafür büßen zu müssen, war er mit einem steten Zuwachs an Vermögen belohnt worden.

Auf dem Weg zu diesem Ball erfuhr KCs Mutter von Yu Tsao-li, um wie viel er reicher geworden war, seitdem er sie geheiratet hatte. Er erzählte ihr noch einiges mehr, was ihr Selbstvertrauen stärkte. Und als sie nun über den Tanzboden wirbelten, war ihr, als ob ihr die ganze Welt zu Füßen läge.

Als sie viele Jahre später KC von diesem Ball erzählte, sagte sie: »Nach jenem Abend habe ich nie mehr zurückgeblickt, habe ich mich nie mehr von irgendjemandem beschämen lassen.«

Nach einiger Zeit erfuhr KCs Mutter, dass Yu Tsao-li seinem geschäftlichen und gesellschaftlichen Umfeld ein unmissverständliches Signal gegeben hatte: Am Tag nach dem Ball kündigte er ohne Vorwarnung den Kredit, von dem die weitere Zukunft eines Kunden und seines in Schwierigkeiten geratenen Unternehmens abhing – desjenigen Kunden, dessen Frau KCs Mutter im Jessfield Park so herablassend behandelt hatte.

Als der Mann entsetzt herbeigeeilt kam, um sich nach einer Erklärung dafür zu erkundigen, hatte Yu Tsao-li nur geantwortet: »Fragen Sie Ihre Frau.«

Doch die wichtigste Lektion, die KCs Mutter auf diesem Ballabend lernte, war jene über die Quellen der Macht. Es gibt Macht, die auf Geld beruht. Und es gibt Macht, die auf dem Glauben beruht, man besäße sie aus sich heraus. Beides zusammen macht einen Menschen unbesiegbar. Sie gelobte, dies ihren Sohn zu lehren, sobald er alt genug war, es zu verstehen.

In der Zwischenzeit hatte sie alle Hände voll damit zu tun, die Yus als eine Familie zu präsentieren. Es genügte nicht, dass sich ihr die Türen der Gesellschaft von Shanghai geöffnet hatten, auch ihr Sohn musste dort willkommen sein. Als der adoptierte Sohn und offizielle Erbe von Yu Tsao-li wollte sie ihn auch als solchen anerkannt wissen. Immer häufiger konnte man sie zusammen sehen – Vater, Mutter und Sohn. An den Wochenenden begleitete Yu Tsao-li sie in den Park, und von dort begaben sie sich in eines ihrer bevorzugten Restaurants. So wurden sie ein bekannter Anblick: eine Familie beim gemeinsamen Mahl.

In dieser Zeit bemühten sich auch die Nationalistische wie die Kommunistische Partei um ein Bild der Gemeinsamkeit. In ihrem Fall kam es dazu auf unerwartete Weise.

Im Jahr 1936 stifteten Japans Übergriffe in China große Unruhe. Noch immer weigerte sich General Chiang Kai-shek, etwas gegen die Japaner zu unternehmen. Es waren die Kommunisten, die ihn immer noch beschäftigten. Gezwungen, Chinas weiteren Niedergang zu erleben, wurden die Untergebenen des Generals immer unzufriedener. Am meisten war dies der Fall bei dem mandschurischen General Chang Hsueh-liang, der auch als der Junge Marschall bekannt war.

Chang Hsueh-liangs Vater Chang Tso-lin, der Alte Marschall, war 1928 von den Japanern ermordet worden. Diese Tat vergab ihnen der Junge Marschall nie, ebenso wenig ihren Einmarsch in der Mandschurei, auf die er seiner Ansicht nach ein Geburtsrecht hatte. Daher erwartete der Junge Marschall verständlicherweise von Chiang Kai-shek, gegen Japan Widerstand zu leisten. Er glaubte, China könnte gerettet werden, wenn sich Nationalisten und Kommunisten zusammenschlossen. Er unternahm einen ersten Schritt und suchte Kontakt zu Chou En-lai auf, einem hochrangigen Kommunisten. Dann, unter Nichtbeachtung der Befehle Chiang Kai-sheks, ordnete er seine Truppen an, den Kampf gegen die Rote Armee einzustellen.

Schon bald erreichte Chiang Kai-shek die Nachricht, dass sich sein Kommando im Nordwesten als erfolglos gegenüber den Kommunisten erwies. Der General, der gerade dabei war, seinen neuesten Vernichtungsfeldzug gegen sie zu starten, flog nach Xi'an, um den Jungen Marschall zur Rede zu stellen. Dieser hatte, wie Chiang Kai-shek feststellte, selbst eine ganze Menge zu sagen.

Der Junge Marschall Chang Hsueh-liang unterbreitete ihm seinen Vorschlag für eine vereinte Front und bat dann den General, von einer Offensive gegen die Roten Abstand zu nehmen. Das Ergebnis war vorauszusehen: Die Vorschläge versetzten Chiang Kai-shek in Wut. Nein, sie waren unannehmbar für ihn.

Chiang kehrte Anfang Dezember nach Xi'an zurück, um zweierlei zu verkünden: Der Feldzug gegen Mao Tse-tungs Rote Armee würde am 12. Dezember nicht nur fortgesetzt werden, es würde zudem einen neuen Kommandeur geben.

Alle, die des Verrats schuldig waren – der Junge Marschall, alle seine Soldaten und der General der nordwestlichen Gebiete, Yang Hu-cheng –, wurden in den Süden versetzt. Die beiden versuchten, Chiang Kai-shek zu überzeugen, aber er weigerte sich, ihnen zuzuhören. In ihrer Verzweiflung beschlossen der Junge Marschall und General Yang zu handeln.

Yu Tsao-li war in seiner Bank, als Nachrichten über einen Aufruhr unter den Nationalisten in Shanghai eintrafen: Die Armeen im Nordwesten bei Tungpei und Hsipei hatten gemeutert. Was das Schicksal des jungen Generals betraf, so gab es darüber keine Nachricht.

Ein Ladeninhaber stürzte mit dieser Nachricht auf die Straße, als KCs Mutter beim Einkaufen in der Nanjing Road war. Sofort versammelte sich eine Menge um den Mann. KCs Mutter eilte zu der Bank ihres Mannes, um zu berichten, was sie erfahren hatte. Sie traf ihn beim Telefonieren an, wobei er mit finsterer Miene zuhörte. Als er seinen Gesprächspartner mit Namen ansprach, wusste sie, dass er mit einem Herausgeber der *Chung Yang Jih-pao* sprach, der Zeitung, die von der Regierung kontrolliert wurde.

Als er schließlich den Hörer auflegte, sagte er: »Er hat nicht gewagt, es offen auszusprechen, aber ich glaube, Chiang ist tot.«

In den nächsten beiden Tagen wurde Shanghai zu einer brodelnden Gerüchteküche. Geschäftsleute und Banker brachten die Telefonleitungen zum Glühen. Als Nachrichten eintrafen, wonach der General von dem Vize-Kommandeur der chinesischen Streitkräfte, dem Jungen Marschall Chang Hsueh-liang, und von General Yang Hu-cheng exekutiert worden sei, befürchtete Yu Tsao-li einen Ansturm auf seine Bank. Allerdings wurden die tatsächlichen Vorfälle rechtzeitig bekannt, um die Panik zu ersticken.

Wie sich herausstellte, war Chiang Kai-shek am Leben, stand aber unter Hausarrest und erwartete das Eintreffen dreier kommunistischer Delegierter, unter ihnen Chou En-lai. Die Bedingungen des Jungen Marschalls waren einfach: Die einander bekämpfenden chinesischen Armeen sollten ihre Feindseligkeiten einstellen und für die Befreiung Chinas kämpfen. Nach lang andauernden Diskussionen wurde Chiang Kai-shek aus dem Arrest entlassen und willigte bei seiner Rückkehr nach Nanjing in die

Beendigung des Bürgerkriegs ein. Endlich bildete China eine geeinte Front gegen die Japaner.

Für das chinesische Volk war diese Entwicklung von höchster Bedeutung, doch für KCs Mutter war die Nachricht von dem lang ersehnten Waffenstillstand zwischen den chinesischen Streitkräften zweitrangig gegenüber einer anderen, die sie zufällig erreichte.

Eines regnerischen und windigen Tages, als sie gerade aus dem buddhistischen Tempel an der Bubbling Well Road trat, begegnete KCs Mutter einem Bekannten der Lees, einem Geschäftsmann aus Fujian, der gelegentlich das Teehaus, ihre frühere Arbeitsstätte, besucht hatte. Er grüßte sie höflich, und nach einigen Minuten der Konversation erwähnte er angelegentlich – sehr wohl wissend, wie sehr es sie interessieren würde, was er zu sagen hatte –, dass sein Freund in Begleitung seiner Frau im kommenden Jahr auf die Philippinen gehen würde. Er sagte, die Lees wären dabei, ihre Geschäfte in Manila zu erweitern. Sein Freund hätte versprochen, mit ihm in Verbindung zu bleiben für den Fall, dass sich Möglichkeiten ergeben sollten, die für ihn von Interesse wären.

KCs Mutter merkte sich diese Information für spätere Zwecke. Die unerwartete Begegnung mit diesem Mann hatte ihre Aufmerksamkeit abermals auf die Insel gelenkt. Im Verlauf ihrer Bemühungen, Zugang in die Gesellschaft von Shanghai zu finden, waren die Gedanken an die Lees in den Hintergrund getreten. Aber sie hatte sie nicht vergessen. Niemals würde das geschehen.

Nun dachte sie an ihn, den sie geliebt und der es vorgezogen hatte, sie zu vergessen. Die Entfernung zwischen ihnen mochte sich vergrößert haben, aber jede Entfernung kann überwunden werden. Für den Augenblick genügte es zu wissen, wo er war. Und sie sorgte dafür, informiert zu bleiben. Das war nicht schwierig, denn diese Informationen erhielt sie durch eben jenen Herrn. Sie machte ihn zu ihrem Vertrauten, nahm ihn in den engeren Kreis der Yus auf, wofür er dankbar war, denn Yu Tsao-li war ein wertvoller Geschäftskontakt. Er kannte auch den Preis dafür: Informationen über seinen Freund.

Die lieferte er wieder im folgenden Jahr, 1937, einen Monat vor dem zweiten Angriff der Japaner auf Shanghai. Sein Freund, so informierte dieser Mann KCs Mutter, hatte sich mit einem Vetter in Manila zusammengetan und eine Destille eröffnet, die gute Geschäfte machte. Nun lag die Aufsicht über all die Unternehmen sowohl auf der Insel als auch auf dem Festland bei der Matriarchin der Lees, unterstützt von einem frisch angeheirateten Neffen, dessen Frau eine Lee zur Mutter hatte. Doch das war nicht einfach, da die japanischen Streitkräfte mit ihren wahllosen Bombardierungen große Zerstörungen im Süden anrichteten, wodurch fortwährend arme Bauern getötet und die Bewirtschaftung des Landes behindert wurden. Alledem hörte KCs Mutter mit Interesse zu, obwohl sie wusste, dass dieser Mann seine wichtigste Nachricht erst noch vorbringen würde, denn er liebte es, das Beste bis zum Schluss aufzuheben. Sie würde es schon erfahren. Seinem Freund, so sagte er, war schließlich von seiner Frau doch noch ein Kind geboren worden – ein Sohn.

Kaum war der Mann gegangen, als KCs Mutter geradewegs ins Kinderzimmer eilte, wo KC auf dem Fußboden mit seiner geliebten Modelleisenbahn spielte, die eine Woche zuvor aus Amerika eingetroffen war.

Sie kniete nieder und stellte ihn auf seine Füße. Während sie ihm fest in die Augen blickte, sagte sie: »Aber du bist der Bessere. Du wirst ihn übertreffen ... Im Vergleich zu dir wird er ein Nichts sein.«

An diesen Augenblick konnte KC sich nicht erinnern. Wenn man ihn nach seiner frühesten Erinnerung befragte, dann sagte er: »Flugzeuge über Shanghai.«

22

Jahre später sollte er in der Lage sein, diesem Ereignis ein Datum zu geben: der 13. August 1937. Das war der Tag, an dem die Japaner ihre Bomben auf Shanghai warfen und seine beschützte Welt zerstörten, die er bislang gekannt hatte. Doch bevor er alle Ereignisse in eine chronologische Reihenfolge zu bringen lernte, die Namen der Alliierten und Feinde erfuhr und etwas über die Beweggründe dieses Krieges sowie über den ersten japanischen Angriff von 1932, der zu einem unsicheren Waffenstillstand geführt hatte, verband er mit diesem Zeitabschnitt nur Geräusche und Gerüche, Bewegungen und Farben. So weit er sich erinnerte, wurden die Stunden von Explosionen zerrissen und vom ohrenbetäubenden Lärm der Gewehrfeuer, vom Rufen und Schreien der Menschen, deren Namen er nicht kannte. Die Luft roch nach Rauch und nach etwas, das er nicht zuordnen konnte, von dem er aber später annahm, dass es der Geruch nach verbranntem Fleisch gewesen war. Eine schwarze Dunstglocke hing über der Stadt, löschte das Grün der baumgesäumten Straßen aus, und er erinnerte sich, beim Blick aus dem Fenster in der Ferne gesehen zu haben, wie rote Flammen aus den Dächern züngelten. Diese Stadt war ihm vollkommen fremd.

Mit diesem Durcheinander verband sich für KC die erste Erinnerung an seinen Vater. Er war mit KCs Mutter in das Zimmer gekommen und hatte ihn mit einer Hast hochgenommen, die den kleinen Jungen erschreckte. Denn Yu Tsao-li war sonst eine ernste, distanzierte und unerschütterliche Gestalt, doch jetzt benahm er sich völlig anders. Fest an seinen Vater gepresst, fand KC sich inmitten endloser Straßen wieder, durch die sie zusammen mit Tausenden von Menschen rannten, die Bündel auf ihren Köpfen trugen, Karren mit ihren weltlichen Besitztümern schoben. Das Schubsen und Drängen der Menge machte KC Angst, und er klammerte sich fest an seinen Vater. Seine Nähe beruhigte ihn. Während sie sich einen Weg durch die Menge bahnten, behielt KC seine Mutter im Auge, weil er Angst hatte, sie könnte verloren gehen und er würde sie nie wiedersehen. Als Nächstes erinnerte er sich an ein großes Appartement, in dem er noch nie zuvor gewesen war.

Als er alt genug war, um es zu verstehen, erzählte man ihm, dass Yu Tsao-li sie zu einem ausländischen Geschäftsfreund in dessen Wohnung an der Nanjing Road gebracht hatte. Diese Abmachung war vor zwei Wochen getroffen worden, als Japan zu Beginn seiner Invasion in China zuerst Peking und Tianjin besetzt hatte. Er glaubte, dass es hier sicherer war als im Französischen Viertel, das zu nahe bei dem alten Chinesenviertel von Nantao gelegen war, wo sich die Kampfhandlungen konzentrieren würden, wenn die Japaner angriffen. Was sie sich auch immer vorgestellt hatten, wie sicher sie in der Niederlassung sein würden, so wurde diese Illusion rasch von einer explodierenden Bombe erschüttert, die eigentlich dem japanischen Flaggschiff auf dem Huangpu gegolten hatte. Indem sie ihr Ziel verfehlte, hinterließ sie ein gewaltiges Loch in der Nanjing Road, kaum drei Blocks von dort entfernt, wo Yu Tsao-li und seine Familie Zuflucht gesucht hatten. Inzwischen strömten ständig neue Flüchtlinge aus dem chinesischen Teil der Stadt in die Niederlassung. Vom Dach des Amerikanischen Klubs und vom Speisesaal des feudalen Park Hotels aus beobachteten die Gäste, wie unten in den Straßen gekämpft wurde.

Es dauerte zwei Monate, bis es den Japanern endlich gelang, die chinesischen Linien zu durchbrechen. Als die Kämpfe schließlich endeten und Shanghai seine erste ruhige Nacht erlebte, hatte KC sich schon so an den Kriegslärm gewöhnt, dass er nicht einschlafen konnte und auf das Wiegenlied des Gewehrfeuers wartete.

Es war so ruhig.

Shanghai hatte tiefe Wunden davongetragen.

Zwei Wochen nach der Eroberung wagte sich KCs Mutter in Begleitung ihres Mannes hinaus in den bitterkalten Wind, um auf dem Bund zuzuschauen, wie Metallschrott und chinesische Maschinen an Bord japanischer Frachter auf dem Huangpu verladen wurden. Beim Anblick dieser Kriegsbeute, die dazu bestimmt war, nach Japan verschifft zu werden, rief Yu Tsao-li angewidert aus: »Ich werde nie verstehen, warum unsere Regierung nichts unternommen hat, um unsere Fabriken zu verlegen! Jetzt haben sie uns alle unsere Maschinen weggenommen. Wir haben nichts mehr, womit wir gegen sie kämpfen können!« Die meisten chinesischen Industrieanlagen hatten sich in Shanghai und Wuxi befunden. Aus mangelnder Voraussicht hatte die Regierung sie nicht in Sicherheit gebracht, und so waren sie in die Hände der Japaner gefallen. Auch die kilometerlange Reihe geplünderter Häuser entlang des Huangpu trug die Handschrift der Invasoren. Doch an keinem anderen Ort war ihre Gegenwart mehr zu spüren als in der immer noch brennenden Chinesenstadt, die nun gänzlich von den Japanern besetzt war.

Die chinesische Währung litt ebenfalls, wie KCs Mutter wusste. Seit dem Angriff der Japaner hatte Yu Tsao-li den Markt aufmerksam verfolgt. Er sagte ihr, die chinesische Währung verliere an Wert, er versicherte ihr jedoch, Maßnahmen getroffen zu haben, um sich gegen die Inflation zu schützen. Wie viele seiner Geschäftsfreunde hatte auch Yu Tsao-li damit begonnen, Dollars zu kaufen, dazu Gold und Edelsteine.

Eines Tages sagte er ihr dann, dass es am besten sei, sich andere Möglichkeiten zu überlegen, wie zum Beispiel nach Hongkong oder nach Singapur zu gehen oder auch in die Vereinigten Staaten. Darauf war sie nicht vorbereitet. Nur unter Aufbietung aller Kräfte hatte sie sich beherrschen können, damit er nicht bemerkte, wie sehr sie dagegen war fortzugehen. Wenn sie Shanghai verließ, wenn sie China verließ, dann hieß das, sie würde nie wieder auf die Insel zurückkehren ... Sollte sie ihren Traum aufgeben? Indem sie ihre Stimme zur Ruhe zwang, sagte sie: »Das hier ist Shanghai. Alles entscheidet sich hier in Shanghai. Keiner muss fortgehen.«

Er widersprach ihr nicht, aber sie konnte sehen, wie ihm die Situation weiterhin Sorgen bereitete. Seine unheilvollen Ahnungen verstärkten sich noch, als sie Anfang Dezember an der Nanjing Road standen und der Siegesparade der japanischen Truppen zusahen. Yu Tsao-li hatte von seiner Frau verlangt, KC zu Hause zu lassen, das sich mittlerweile wieder im Französischen Viertel befand. Denn bei dieser Parade würde es nicht das Geringste geben, was einem Kind Spaß bereiten konnte. Er hatte Recht. Die Veranstaltung war ebenso bedrückend wie ein Staatsbegräbnis. Als sie die marschierenden Truppen sah, spürte sogar KCs Mutter, wie sich ihre bisherige Lebensweise dem Ende näherte. Doch ihrem Mann teilte sie keinen dieser Gedanken mit.

Als sie nach Hause kamen, war Yu Tsao-li ungewöhnlich schweigsam. Nichts, was seine Frau auch sagte, konnte ihn aufheitern. Schließlich konnten die letzten Nachrichten gar nicht schlimmer sein. Die japanischen Truppen waren auf dem Marsch nach Nanjing.

Am 12. Dezember drangen fünfzigtausend Eroberer in die damalige Hauptstadt ein, und unter einer dichten Nebeldecke begann die Schändung von Nanjing. Als sich drei Tage später der Nebel wieder hob, deckte er die Schrecken auf, die er verschleiert hatte. Man fand zerschmetterte Babys, ihre Mütter waren vergewaltigt und dann umgebracht worden, die Körper ihrer Väter hatte man zu Bajonettübungen missbraucht, zahlreiche waren geköpft, andere wieder bei lebendigem Leib verbrannt worden. Diese Schreckensherrschaft wütete einen ganzen Monat lang. Keiner wurde verschont. Junge Mädchen wurden in Bordelle eingesperrt, damit sie den Soldaten zur Verfügung standen. Viele begingen Selbstmord. Und am Ende zählte man dreihundertfünfzigtausend Tote.

Chiang Kai-shek, der bis in die Berge von Sichuan geflohen war, ließ sich in Chongqing nieder. In seiner Abwesenheit wurde sein Stellvertreter zum Verräter und gab sich dazu her, der japanischen Marionettenregierung vorzustehen.

Nach einer Zeit des Unbehagens begannen die Menschen in Shanghai sich an die Gegenwart der Japaner zu gewöhnen, ganz so, wie es KCs Mutter vorausgesagt hatte. Aber auch wenn das Leben oberflächlich gesehen wieder wie früher schien, so konnte sogar sie spüren, wie sich Shanghai verändert hatte.

Die Stadt war gefährlicher geworden.

Obwohl Morde und Entführungen nichts Ungewöhnliches waren, kam unter der japanischen Besatzung noch eine politische Komponente hinzu. Chinesen, die mit dem Feind kollaborierten, wurden von Agenten der Nationalisten ermordet. Und immer folgten umgehend die Vergeltungsmaßnahmen der Japaner. Als Geschichten die Runde machten über prominente Geschäftsleute, die man inmitten der belebten Straßen Shanghais verschleppt hatte, um große Summen für ihre Herausgabe zu verlangen, begann KCs Mutter, sich um ihren Mann Sorgen zu machen. Doch Yu Tsao-li ging weiterhin zur Bank und zu den Orten, wo er sich auch sonst aufzuhalten pflegte. Er versicherte KCs Mutter, ihm werde schon nichts passieren, aber als er sah, dass seine Worte die Sorgenfalten nicht aus ihrem Gesicht vertreiben konnten, erzählte er ihr etwas, womit sie nie gerechnet hatte.

Yu Tsao-li stand unter dem Schutz von Großohr Tu. Sogar KCs Mutter, die sich bislang nie um die geschäftlichen Angelegenheiten ihres Mannes gekümmert hatte, wusste über Tu Bescheid. Jeder tat das.

Großohr Tu war jene Figur in der Unterwelt Shanghais, die alle Fäden in der Hand hielt. Der Einfluss dieses Oberhaupts einer gefürchteten Organisation, dessen Vermögen auf Opiumschmuggel, Erpressung und Terror basierte, erstreckte sich nicht nur auf die Unterwelt, sondern auch auf Banken und Regierungskreise. Es war kein Geheimnis, dass Chiang Kai-shek einst die Kommunisten und Gewerkschaften mit Hilfe von Tus Leuten unter Druck gesetzt hatte.

All das war KCs Mutter bekannt, aber sie hätte nie gedacht, Yu Tsao-li könnte etwas mit jenem Mann zu tun haben. Und trotzdem gab ihr Tus abstoßender Ruf mehr als alles andere die Gewissheit für die Sicherheit ihres Mannes auf den Straßen Shanghais. Das Wissen um den Schutz Yu Tsao-lis durch den verrufensten Gangster der Stadt führte überraschenderweise dazu, dass sie nachts wieder gut schlafen konnte.

Nachdem er ihr einmal einen Zugang zu seiner Welt geöffnet hatte, stellte KCs Mutter fest, dass ihr Mann von ihr erwartete, eine weitere Schwelle zu übertreten. Zum ersten Mal in ihrer Ehe begann er, mit ihr über Geschäftliches zu sprechen. Er brachte ihr bei, wie man Geld verdiente. Und zu ihrer Überraschung wie zu seiner Zufriedenheit erwies sie sich als guter Lehrling.

»Geld kann man immer machen«, sagte Yu Tsao-li zu KCs Mutter.

Und von diesem Zeitpunkt an zeigte er ihr, was er damit meinte. Während er seine Position im Bankenimperium der Yus behielt, begann er, seine Geschäfte zu diversifizieren. Mehrere der Besitzer jener Fabriken und Produktionsanlagen, die die Bombenangriffe der Japaner überstanden hatten, überlegten, ihr Unternehmen zu schließen und fortzugehen. Yu Tsao-li sah voraus, dass die Produktion wieder aufleben würde, weil Zerstörtes ersetzt werden musste und Menschen, die ihr Vermögen verloren hatten, wieder Geld verdienen wollten.

Yu Tsao-li begann, Fabrikanlagen aufzukaufen, rüstete sie mit Maschinen aus, die er für einen Spottpreis bekam, um sie dann bei der ersten Gelegenheit mit Profit wieder zu verkaufen. KCs Mutter fragte ihn, warum er denn nicht selbst eine Fabrik führte, um im weiteren Verlauf noch mehr Geld daraus zu machen. Yu Tsao-li erklärte ihr, wie wichtig es sei, flüssig zu bleiben. »Eine Fabrik zu betreiben würde bedeuten, dass unsere Ressourcen gebunden wären. Ja, auf die Dauer würden wir mehr daraus gewinnen, aber wir können jetzt nicht über Jahre planen, jetzt, da wir vielleicht sehr schnell von hier fortgehen müssen. Ich möchte so viel mitnehmen, wie ich nur kann.«

Als sie das hörte, realisierte KCs Mutter mit großem Bedauern, dass Yu Tsao-li nach wie vor in Betracht zog, China zu verlassen. Sie sah die Insel in immer weitere Ferne rücken, so wie ihr Bezug zu den Lees immer schwächer wurde. Daher wies sie ihn rasch darauf hin, wie sich in der Stadt alles zum Besseren wendete. Spielten denn nicht die gelangweilten Damen des Französischen Viertels wieder Mah-jongg und Bridge, wehten nicht wieder in Hongkew die stechend riechenden Opiumschwaden durch die engen Gassen? Auch die Prostituierten waren wieder zahlreich vertreten und gingen ihren Geschäften nach, und täglich wurden in der ausländischen Niederlassung Tanztees abgehalten.

Nein. China zu verlassen kam gar nicht in Frage. Das widersprach allen ihren Träumen von Gerechtigkeit für das, was man ihr in der Vergangenheit angetan hatte ... Träume, die sie mit ihrem Sohn teilen wollte.

KCs erste Erinnerung an die Insel war für ihn immer in die Schleier von etwas Geheimnisvollem verwoben. Da war der Eindruck, etwas Verbotenes gesehen zu haben, ein Geheimnis zu teilen. Denn zufällig hatte er einmal die Seidenstickerei zu sehen bekommen.

KC war in den Salon gelaufen, wohin sich seine Mutter gewöhnlich nach dem Mittagessen zurückzog. Aber an jenem Tag saß sie nicht in ihrem Lieblingssessel am Fenster. Er lief in die Küche und fragte den Koch, ob seine Mutter ausgegangen sei. Dieser antwortete, sie sei oben. Er hatte sie vorhin hinaufgehen sehen.

KC sprang die Treppe hinauf, weil er sie dringend sprechen wollte. Der Junge von nebenan hatte ihn gefragt, ob er zu ihm hinüber zum Spielen komme, und KC hatte gesagt, er müsse zuerst seine Mutter fragen. Auf seinem Weg nach oben rief er nach ihr, erhielt aber keine Antwort. Er kam zum Zimmer seiner Eltern und stieß die Tür auf. Sie war nirgends zu sehen. Als er erneut nach ihr rief, hörte er das Knarren einer Tür zu einem selten genutzten Zimmer am Ende des Flurs.

Durch die einen Spalt weit geöffnete Tür erblickte er sie. Sie saß auf einem Stuhl und betrachtete etwas, das über ihren Schoß gebreitet war und aussah wie ein Stück Seide. Er zögerte, war sich nicht sicher, ob er störte. So hatte er sie noch nie gesehen: still und traurig dreinblickend. Es war ihm zuwider, seine Mutter traurig zu sehen. Er liebte sie. Doch was ihn am meisten beunruhigte, war ihre geistige Abwesenheit. Sie befand sich an einem geheimen Ort in ihren Gedanken und nahm seine Gegenwart überhaupt nicht wahr. Er war der Ansicht, sie jetzt nicht allein lassen zu können. Außerdem wollte er sehen, was sie da auf dem Schoß hatte. So betrat er schließlich das Zimmer und ging langsam zu ihr hinüber.

»Was ist das?«, fragte er.

Ohne ihn anzusehen, antwortete seine Mutter: »Die Insel … Das ist die Insel, KC.«

»Wo?«

»Sie ist in meinen Gedanken, KC. Jeden Tag denke ich an sie.«

Er streckte die Hand aus, um sie zu berühren, und blickte auf, ob ihm das gestattet war. Aber sie machte keine Anstalten, ihn daran zu hindern. Also ließ er seine Finger über die Stickerei gleiten, fühlte ihre Feinheit. »Sie ist… wunderschön«, sagte er.

»In Wirklichkeit ist sie sogar noch viel schöner. Eines Tages werde ich dir alles über sie erzählen«, entgegnete sie.

»Wann?«

»Wenn die Zeit dafür gekommen ist.«

Er nickte. Dann fragte er sie: »Wirst du mich dorthin bringen?«

Da lächelte sie: »Du wirst es sein, der mich dorthin bringen wird, KC.«

Ob sein Vater ihn nicht hinbringen konnte, fragte er. Und ihrer Antwort entnahm er, dass die Insel ihr gemeinsames Geheimnis war.

»Nein. Das geht nur dich und mich etwas an… nur uns beide, KC.«

Danach sah er, wie seine Mutter die Seidenstickerei sorgfältig zusammenfaltete, beim ersten Einschlagen Wasser und Boote verbergend, beim zweiten die Insel mit ihren Felsen und Bäumen und schließlich mit dem dritten und letzten den Himmel und die Vögel. Man musste ihn nicht ermahnen, nicht über etwas zu sprechen, was jetzt nicht mehr zu sehen war. Er musste sein Wissen um diesen verborgenen Ort geheim halten. Also verbannte er alles in die hinterste Ecke seiner Gedanken und verließ Hand in Hand mit seiner Mutter das Zimmer.

23

KC musterte das zweistöckige Gebäude jenseits des Gitterzauns. Er wusste, dass es an diesem Ort darum ging, sich zu bewähren. Schließlich hatte ihm sein Vater gesagt, die Schule sei nicht nur dafür da, damit man wichtige Dinge lernte, sie war auch der Ort, wo KC sich als der Beste zu erweisen hatte. Er hatte das Schlimmste erwartet.

Doch die Schule, eine von Missionaren geleitete Jungenschule, die sein Vater ausgewählt hatte, sah harmlos aus. Warum also weinte der Junge neben ihm? Dieses Zurschaustellen von Schwäche überraschte KC, dessen Vater ihn seit langem gelehrt hatte, dass Jungen furchtlos zu sein hätten und Tränen nur etwas für Mädchen waren.

Nein. KC beschloss, nicht die geringste Angst zu haben. Er verabschiedete sich von seiner Mutter und von seiner Amah und ging in das Gebäude. Als ihn der Chauffeur und die Amah gegen Ende des Tages wieder abholen kamen, wollte er gar nicht fort.

Beim Abendessen erzählte KC seinem Vater voller Stolz: »Ich habe keine Angst gehabt.«

Er konnte sich daran erinnern, wie Yu Tsao-li eine Augenbraue gehoben und ihn gemustert hatte. KC hielt seinem Blick stand – eine andere, stets zu befolgende Sache, die ihm sein Vater beigebracht hatte – und sah, wie sein Vater anerkennend nickte.

Sein Vater sprach immer zu ihm wie zu einem Erwachsenen, gleichgültig ob KC fünf Jahre alt war, acht, zehn oder vierzehn. KC verstand die Worte, die sein Vater sagte, nur offenbarte sich ihm mit der Zeit ihre Bedeutung immer stärker, erhielten sie eine tiefere Aussage, je mehr KC heranreifte.

Ihr großer Altersunterschied beeinflusste ihre Beziehung: Es war weniger die eines Vaters zu seinem Sohn als vielmehr die zwischen Mentor und Zögling. In den ersten vierzehn Jahren seines Lebens war für KC sein Vater der wichtigste Lehrer. Er lernte durch sein Beispiel und unter seiner Anleitung. Er lernte, nicht nur mit anderen wettzueifern, sondern auch mit sich selbst.

Es gefiel KC, seinem Vater immer ähnlicher zu werden, und er bewies die gleiche Begabung für Mathematik. Er wollte so sein wie er.

Als seine Mutter sein gestalterisches Talent bemerkte – er hatte ein ganzes Wochenende damit verbracht, einen Wachturm als Miniatur nachzubauen, ähnlich einem, den er auf einem Foto gesehen hatte –, sagte sie: »Du wirst viele Dinge bauen, wenn du groß bist, KC.«

KC schüttelte den Kopf und entgegnete eisern: »Ich werde in einer Bank arbeiten ... so wie Vater.«

Seine Erziehung verlief anders als die anderer Kinder. KC wurde nicht in der Welt eines Kindes belassen. Häufig gestattete man ihm, den Gesprächen von Erwachsenen zuzuhören. Sein Vater war überzeugt, damit seinen Übergang von der Unreife zur Reife beschleunigen zu können. »Lerne von dem, was du hörst«, wies er KC an. Und so bekam KC eine Vorstellung von dem Geschehen in jener Zeit.

Er wusste von einem andauernden Krieg, in dem sich nur wenig veränderte. Gegen Ende 1941, als KC sechs Jahre alt war, hatte er dennoch den beunruhigenden Eindruck, das Leben in Shanghai würde sich bald wieder ändern. Diesen Eindruck bekam er, als er eines Tages auf dem Weg zum Büro seines Vaters Hunderte von weißen Ausländern – Frauen, Kinder und Babys – an Bord eines Dampfers auf dem Huangpu gehen sah. »Wohin fahren die?«, fragte er seine Mutter und dachte, sie würden vielleicht einen Ausflug machen, so, wie ihn seine Schule erst kürzlich organisiert hatte. Seine Mutter erklärte ihm, die Ausländer würden ihre Frauen und Kinder nach Hause nach Amerika schicken, für den Fall, dass es wieder Kämpfe in Shanghai geben sollte.

Letzten Endes war aber niemand von ihnen darauf vorbereitet, auf welche Weise der große Krieg, der Weltkrieg, schließlich über Shanghai hereinbrechen sollte.

An jenem Morgen erwachte KC durch den Lärm eines Flugzeugs über der Stadt. Er lag still und wartete, bis das Dröhnen vorüber sein würde. Das graue Winterlicht sickerte durch die Vorhänge, und das zarte Blau der Wände vermittelte eine Ruhe, wie er sie mit dieser Tageszeit zu verbinden gewohnt war. Wenn er doch noch etwas dösen könnte, aber er wusste, jeden Augenblick würde seine Amah kommen und ihn aus dem Bett scheuchen. Sie führte ein Leben nach der Uhr und achtete darauf, dass KC jeden Morgen fix und fertig angezogen zum gemeinsamen Frühstück mit seinen Eltern erschien.

Er sah auf den viereckigen Wecker neben seinem Bett. Drei Minuten blieben ihm noch. Er schloss die Augen, genoss die angenehme Wärme seiner Decken. Es war außergewöhnlich kalt gewesen in den letzten zwei Wochen, daher war er nicht besonders begeistert von der Aussicht, zur Schule zu gehen. Und wieder hörte er das Flugzeug, vermutlich ein weiteres, denn es kam aus einer anderen Richtung. Er warf die Decken beiseite und kletterte aus dem Bett, um aus dem Fenster zu schauen.

Es nieselte. Das Flugzeug hatte er verpasst, aber er kam rechtzeitig, um die Papierblätter zu sehen, die wie Laub auf die Erde schwebten.

Seine Zimmertür wurde geöffnet, aber es war nicht seine Amah. Seine Eltern standen da mit düsteren Mienen. Es kam ihm vor, als habe er so etwas schon einmal erlebt. Und dann erinnerte er sich an das andere Mal, als ihn sein Vater hochgehoben hatte und mit ihm in den Armen durch die Straßen Shanghais gerannt war.

Diesmal setzte sich sein Vater lediglich neben ihn aufs Bett, während seine Mutter zum Fenster hinüberging. KC fragte, wo seine Amah sei und warum sie ihm nicht beim Anziehen für die Schule half.

»Heute bleibst du zu Hause ... und auch in den nächsten paar Wochen«, sagte sein Vater.

Erstaunt sah KC ihn an. Es war nicht die Art seines Vaters, ihn von der Schule fern zu halten. Dann erst bemerkte er dessen Haar. Es war feucht. Bevor er ihn fragen konnte, ob er draußen im Regen gewesen sei, sah er, wie sein Vater ein Stück Papier entfaltete. Ohne zu fragen wusste er, dass es eines von denen war, die das Flugzeug abgeworfen hatte. KCs Vater erklärte ihm den Inhalt dieses Flugblatts. Es verkündete die japanische Kriegserklärung an England und Amerika. Noch am Vormittag erreichte sie die Nachricht über Pearl Harbour.

Für KC war Krieg nichts Neues. Er war den Anblick von Soldaten ebenso gewohnt wie den der Bettler, Kulis und liegen gelassenen Leichen in den Straßen von Shanghai. Sogar die japanischen Soldaten, denen seine Eltern offensichtlich aus dem Weg gingen, wirkten auf ihn nicht allzu befremdlich. Er hatte sich an sie gewöhnt. Viele von ihnen lebten im Ghetto von Hongkew. Und während des vergangenen Jahres war ihre Gegenwart immer selbstverständlicher geworden, wohingegen es so aussah, als ob die französischen Soldaten sich immer mehr zurückgezogen hatten. Sein Vater sagte, das hätte etwas mit Vichy zu tun ... KC war sich nicht sicher, wer dieser Vichy sein mochte. Die Einzelheiten waren ihm gleichgültig. Shanghai war für ihn immer eine Stadt im Kriegszustand gewesen. Er nahm nicht an, dass dieser Krieg irgendetwas Besonderes war.

»Werden wir fortgehen?«, fragte er in Erinnerung an das andere Mal.

Sein Vater verneinte das. Diesmal würden sie zu Hause bleiben. Die Japaner, so meinte er, würden das Französische Viertel nicht anrühren. Sie hatten es bereits in der Hand. Wenn etwas in Gefahr sei, sagte er, dann die ausländische Niederlassung.

Aber als die Kanonen der Kriegsschiffe anfingen zu feuern, begann KC doch an der Richtigkeit der Entscheidung seines Vaters zu zweifeln. Die Explosionen kamen von den Kais der französischen Niederlassung. Zu nahe. Er hörte das Wummern einer Explosion nach der anderen und im Hintergrund das Stakkato von Maschinengewehrfeuer. Er stellte sich vor, wie die britischen und amerikanischen Matrosen hinter ihren Sandsackbarrikaden tapfer das Feuer erwiderten. Dann kamen die Flugzeuge. Das Dröhnen der tief daherkommenden japanischen Kampfflieger übertönte das Donnern der Kanonen. Und was, wenn sie eine Bombe abwarfen? Bevor er sich darüber noch weiter den Kopf zerbrechen konnte, wehten schwarze Rauchschwaden vom Fluss auf die Stadt zu, und KC stellte sich vor, wie sie seine Lunge füllten. Er lief in einen anderen Teil des Hauses, von wo aus er die Straße überblicken konnte. Vom Fenster aus sah er, wie japanische Motorradfahrer an ihrem Gitterzaun vorbeijagten. Hieß das, die Kämpfe würden bis in ihre Straße vordringen? Als noch weitere Flugzeuge kamen, lief er zu seinen Eltern und sagte ihnen, sie sollten weglaufen, so wie damals. Er bemerkte, wie seine Mutter zum Vater hinübersah, doch abermals sagte sein Vater nein.

Dann hörten die Schießereien auf.

In den nächsten Tagen waren es nur KCs Eltern, die sich aus dem Haus wagten. Seine Mutter befahl ihm, drinnen zu bleiben. KC verbrachte viele Stunden an den verschiedenen Fenstern des Hauses und beobachtete die Flugzeuge. Es kam ihm vor, als ob japanische Flugzeuge Shanghai für alle Ewigkeit überfliegen würden. Er fragte sich, wie es jetzt wohl in der Stadt aussah. Um sich ein Bild von jenseits der Mauern seines Zuhauses zu machen, verbrachte er viel Zeit damit, die Fotos und Zeichnungen in den englischen und chinesischen Zeitungen zu betrachten, die sein

Vater mitbrachte. Noch am Tag des Angriffs erfuhr KC, dass um zehn Uhr morgens Panzerwagen eingefallen waren, gefolgt von japanischen Marinekorps. Innerhalb weniger Stunden entstanden in den Straßen Barrikaden aus Stacheldraht.

Die ausländische Niederlassung war kein geschütztes Areal mehr. Das britische Kriegsschiff lag auf dem Grund des Huangpu, und über dem amerikanischen wehte nun die japanische Flagge. Mehr Beweise waren nicht nötig. Im Verlauf der nächsten Tage hörte er, wie sein Vater noch von weiteren Veränderungen sprach: Die beeindruckenden Gebäude, die bislang die Europäer als Banken und Handelshäuser genutzt hatten, waren inzwischen von den Japanern besetzt. Als er seinen Vater sagen hörte, die Engländer und Amerikaner seien fortgegangen, fragte ihn KC, wohin.

»In Lager ... Gefangenenlager«, antwortete ihm der Vater.

KC stellte sich ein Shanghai vor, in dem nur Japaner und Chinesen lebten. Daher war er überrascht, Europäer zu sehen, als er schließlich mit seiner Mutter zusammen zur Bank seines Vaters gehen durfte. Als er das seinem Vater gegenüber erwähnte, erklärte dieser, das seien Schweizer und Schweden, also Neutrale, oder Deutsche und Italiener, die mit den Japanern verbündet waren.

Auf dem Weg nach Hause, als sich ihr Wagen durch den Stau auf der Nanjing Road schob, fragte KC seinen Vater, ob es irgendwelche Japaner in seiner Bank gäbe. »Noch nicht«, lautete dessen Antwort. Ein vielsagender Ton schwang darin mit. Hatte die Stadt sich auf eine Weise verändert, die er nicht bemerkt haben sollte? Er betrachtete die Straßen genauer: Männer, die Baumwollballen schleppten, Karren mit Reissäcken schoben, und die Bettler ... Auf alle Fälle gab es mehr davon. Er betrachtete sie mit oberflächlichem Interesse, die einzige Art und Weise, mit der man ihre deformierten Körper, ihre verfaulenden Füße und aufgeblähten Körper ansehen konnte. Schnell wurde er ihrer Hässlichkeit müde.

Er sah an den Gebäuden Shanghais empor. Sie boten einen erfreulicheren Anblick. Er liebte ihre Höhe, den Schwung ihrer Linien, die Art und Weise, mit der sie in den Himmel strebten. Er wünschte, sie würden noch weiter reichen, höher und höher.

Als sie zu Hause ankamen, verbrachte er die Zeit bis zum Abendessen mit Kritzeleien auf Blättern aus seinem Übungsheft. Er zeichnete hohe Gebäude, sie bildeten eine ganze Mauer. Er mochte das Gefühl, mit dem Bleistift aufwärts zu fahren, bis ganz hinauf an den Rand des Papiers. Sie traten an die Stelle der Panzer und Kanonen, die er bis dahin am liebsten gezeichnet hatte.

KC wusste noch nicht, dass er noch sehr viel mehr Möglichkeit zum Zeitvertrödeln daheim haben würde. Denn es passierte etwas, das seine Mutter von der Unsicherheit in den Straßen Shanghais überzeugte: Eines Abends kehrte KCs Vater nicht nach Hause zurück.

24

Yu Tsao-li kam abends immer zwischen sechs und halb sieben nach Hause. Dann war der Tisch zum Abendbrot gedeckt, und KC erwartete ihn mit seiner Mutter, nachdem sie sich umgezogen hatte. Doch diesmal kehrte nur der Chauffeur zurück. Der Mann war kaum zu verstehen, als er von den Vorfällen zu erzählen versuchte. Wie er sagte, war er langsam bis zum Eingang der Bank herangekommen, als auch schon Yu Tsao-li aus dem Gebäude trat. Doch bevor der Chauffeur aus dem Wagen steigen und ihm die Tür aufhalten konnte, waren vier Männer die Treppe emporgeeilt und hatten Yu Tsao-li umzingelt. Er hatte gesehen, wie sich sein Dienstherr gegen sie zur Wehr setzte, aber bevor er selbst sie erreichen konnte, waren sie auch schon alle um die nächste Ecke verschwunden.

Der Chauffeur folgte ihnen. Während er sich durch die dichte Menge drängte, sah er in die Fenster der Autos, die im Stau festsaßen, in der Hoffnung, Yu Tsao-li in einem davon gefesselt aufzuspüren. Aber Shanghai war nun einmal Shanghai: Rikschas und Fahrradkarren drängten zu zehnt nebeneinander voran, wodurch eine Suche so gut wie unmöglich gemacht wurde. Davon abgesehen, bestand immer noch die Möglichkeit, dass man Yu Tsao-li in eines der benachbarten Häuser gezerrt hatte. Es gab keinen Hinweis, wo er sein mochte. Dann erinnerte sich der Chauffeur an das Auto, das er vor der Bank hatte stehen lassen, den Schlüssel noch im Zündschloss. Schnell rannte er zurück, befürchtete, jemand könnte es gestohlen haben. Zu seiner Erleichterung stand der Wagen noch genau so da, wie er ihn verlassen hatte, die Fahrertür weit geöffnet. Dann war er nach

Hause gejagt, um Frau Yu alles zu berichten. Sie würde wissen, was zu tun war.

KCs Mutter stand stocksteif, aus ihrem Gesicht war jegliche Farbe gewichen. KC, der mit ihr heruntergekommen war, um den Vater zu begrüßen, hörte alles, was der Chauffeur berichtete. Er kam sich seltsam klein vor und blickte auf seine Füße, um zu sehen, ob er irgendwie geschrumpft war. Außerdem fror er, obwohl es Sommer war.

Seine Mutter ging in das Arbeitszimmer seines Vaters, und KC folgte ihr. Er stand in der offenen Tür und hörte, wie sie eine Nummer nach der anderen wählte, wobei sich ihre Stimme anhörte wie aus weiter Ferne. Dann legte sie den Hörer auf und bemerkte KC zum ersten Mal.

Sie beantwortete seine unausgesprochene Frage: »Dein Vater wird nach Hause kommen, KC. Es geht um Geld.«

Seine Mutter schickte ihn auf sein Zimmer, wo er auf seinem Bett saß und ängstlich auf die Straße starrte. Er wollte der Erste sein, der seinem Vater die Treppe herunter entgegenlief, wenn er zurückkehrte. Nach einer Stunde sah er Scheinwerferlicht durch das Gittertor. KC rannte hinunter, nur um zu entdecken, dass es sich nicht um seinen Vater handelte, sondern um seinen Patenonkel Liu und einen Herrn Liang, der schon einige Male zum Essen hier gewesen war. KC erinnerte sich, dass der Mann für irgendeine Zeitung arbeitete. Onkel Liu legte den Arm um KC und sagte: »Geh schlafen, KC, und wenn du morgen aufwachst, wird dein Vater vielleicht schon zu Hause sein.«

KCs Mutter führte die beiden Männer in das Arbeitszimmer seines Vaters und schloss die Tür. Sie überließ es der Amah, ihn ins Bett zu bringen. Als er im Bett lag, lauschte er auf die Geräusche der Nacht und fragte sich, wo sein Vater war. Gaben ihm seine Wächter etwas zu essen? Hatte er ein Bett? Er erinnerte sich an die Worte seiner Mutter, wonach diese schreckliche Geschichte bald zu Ende sein würde. Morgen würde sein Vater wieder bei ihm sein.

Als er am nächsten Morgen erwachte, war sein Vater noch immer nicht heimgekehrt. KC ging in das Zimmer seiner Eltern, aber das Bett war nicht benutzt worden. Er ging ins Arbeitszimmer und fand seine Mutter neben dem Telefon sitzend. Und den ganzen Tag und auch noch die gesamte Woche sollte es ihm so vorkommen, als ob sie dort überhaupt nicht weggegangen wäre.

KC blieb bei ihr. Zum Zeitvertreib kritzelte er auf einem Notizblock, und als ihm das langweilig wurde, setzte er sich ans Fenster. Hin und wieder sah er zu seiner Mutter hinüber, die wortlos seinen Blick erwiderte. Er überlegte, ob er nach draußen gehen sollte, befürchtete aber, das Telefon könnte in seiner Abwesenheit läuten und er würde die Neuigkeiten über seinen Vater verpassen. Doch an jenem Tag läutete das Telefon kein einziges Mal.

In der zweiten Nacht nach dem Verschwinden seines Vaters bat er darum, im Bett seiner Eltern schlafen zu dürfen. Seine Mutter blieb unten im Arbeitszimmer. Sie weigerte sich, vom Telefon wegzugehen. Sie nahm dort ihre Mahlzeiten ein, die sie nicht aufaß. Also schlief KC allein. Das Hausmädchen wollte bereits das Bett für KC neu beziehen, aber er ließ es nicht zu. Es beruhigte ihn, auf denselben Laken zu schlafen, auf denen sein Vater gelegen hatte. Der Geruch war ihm vertraut und sagte ihm, dass sein Vater nicht fern war.

Zu Beginn der zweiten Woche erwachte KC plötzlich mitten in der Nacht. Im Traum hatte er das Telefon läuten hören. Doch bald wurde ihm klar, dass er dies nicht geträumt hatte. Er hörte einen Wagen auf der Auffahrt, das Öffnen des Tors. Er rannte in sein Zimmer hinüber und sah den Wagen davonfahren. Er lief hinunter und begegnete einem der Hausmädchen. Seine Mutter war ausgegangen, wie er erfuhr. Wohin? Allein? KC geriet in Panik. Was, wenn auch sie nicht mehr zurückkam? Aber nach ein paar Stunden war sie wieder da, und sie kehrte mit KCs Vater zurück.

Zuerst erkannte KC die gebeugte Gestalt nicht, die langsam

in den Flur trat. Erst als der Mann hinaufschaute, wo KC am Treppenabsatz stand, erkannte er in dem alten Mann seinen Vater. Sein Haar war weiß geworden. Konnte man innerhalb einer Woche alt werden? Yu Tsao-lis fortgeschrittenes Alter hatte ihm eine Aura von Autorität verliehen, doch jetzt sah er gebrechlich aus. Nur seine Augen waren unverändert: immer noch dunkel, intelligent, abschätzend. Sie waren der einzige Beweis für KC, dass er den Vater, den er kannte, nicht verloren hatte. KC wollte zu seinem Vater laufen, ihn in seine kindlichen Arme nehmen, stattdessen kam er langsam herunter, nahm behutsam die Hand seines Vaters und führte ihn die Treppe hinauf in sein Zimmer.

In der folgenden Woche beobachtete er seinen Vater genau, wartete darauf, dass er gesund wurde. Obwohl er noch sehr jung war, verstand KC doch, dass sein Vater sich auf fundamentale Weise verändert hatte. Ein Stück von ihm war in der Dachstube geblieben, wo ihn seine Entführer eingesperrt hatten, mit auf dem Rücken gefesselten Händen. Manchmal beobachtete KC, wie er sich die Handgelenke rieb, wo die Stricke die Haut aufgescheuert hatten. Und einmal hörte er ihn mitten in der Nacht aufschreien. Er lief in das Zimmer seiner Eltern und sah, wie seine Mutter den Vater beruhigte. Sein Gesicht sah grau aus, und in seinen Augen lag ein gehetzter Ausdruck. Die Mutter schickte KC in sein Bett zurück und sagte, es sei nichts, nur ein schlechter Traum.

Eines Nachmittags rief Yu Tsao-li KC zu sich und sagte: »Ich habe dir einmal gesagt, man muss immer darauf achten, was hinter dem eigenen Rücken geschieht. Das habe ich versäumt … und so ist das passiert.« Es war das erste Mal, dass er nach seiner Rückkehr direkt mit KC sprach.

KC stellte ihm die erste der Fragen, die ihn bedrückten: »Wird die Polizei jetzt die Japaner erschießen, die dich gekidnappt haben?«

Da lachte sein Vater. Es war ein raues Lachen, mehr wie ein

Bellen. »Japaner? Das hast du geglaubt, KC?« Er beugte sich zu dem Jungen vor und sagte: »Du musst noch viel lernen. Es waren keine Japaner, die mich gefangen gehalten haben. Das waren Chinesen, so wie wir. Du siehst, man kann noch nicht einmal seinen eigenen Leuten vertrauen.«

Mit der Zeit begriff KC, dass Yu Tsao-li zwar unter dem Schutz von Großohr Tu stand, aber trotzdem noch die Geheimpolizei der Nationalisten zu fürchten hatte. So vorsichtig er sich auch verhielt, so war er doch nicht vorsichtig genug gewesen. Die Geheimpolizei war ein skrupelloser Haufen. Und ihr Hauptquartier befand sich genau hier, im Französischen Viertel, in einem bescheidenen Gebäude, hinter dessen Mauern viele üble Pläne ausgeheckt wurden. Dort gingen Geheimagenten, Kidnapper, Mörder, Erpresser und Folterer ein und aus, die sich gut in ihrem brutalen Handwerk auskannten. Für jedes legitime Vorgehen, das die Geheimpolizei ausführte, war sie in ein Dutzend abscheulicher Vorfälle verstrickt. Die Sprache der Vernunft war an sie verschwendet, aber man konnte sie kaufen. Geld war die universale Sprache in Shanghai. Die Freiheit hatte seinen Vater einen hohen Preis gekostet. KC erfuhr, dass seine Mutter eine Summe ausgehändigt hatte, mit der zehn Familien ihr ganzes Leben lang hätten ernährt werden können.

Durch die Entführung seines Vaters lernte KC etwas über die Macht des Geldes.

Und auch KCs Mutter zog eine Lehre aus dem Vorfall: Sie musste sich noch stärker für die finanziellen Angelegenheiten ihres Mannes interessieren. Es war gefährlich, passiv und unwissend zu bleiben. Hätte sie sich nicht in seinen Angelegenheiten ausgekannt, wäre es ihr nicht möglich gewesen, das Geld für seine Freilassung aufzutreiben.

Was KCs Vater betraf, so sprach er mehr denn je davon, Shanghai zu verlassen. Doch diesmal war KCs Mutter besser beraten und sagte nicht, die Dinge würden sich wieder zum Normalen entwickeln. Sie protestierte nicht, wenn er etwas von seinem Besitz verkaufte und ihr auftrug, das Geld in einen tragbaren Wertgegenstand umzuwechseln. Das tat sie ganz einfach, indem sie regelmäßig das Königliche Juweliergeschäft in der Nähe des Französischen Klubs aufsuchte. KCs Eltern fuhren während der nächsten drei Jahre damit fort, mehrere geschickte Einkäufe zu tätigen. Auch wenn sie sich, wie alle anderen, an ein Leben unter den Japanern zu gewöhnen begannen, weigerte sich Yu Tsao-li, sich vom äußeren Anschein trügen zu lassen.

Als 1944 ein amerikanischer Dollar zwanzig chinesische Dollar kostete, sagte KCs Vater voraus, dass die Lebenshaltungskosten noch weiter steigen würden. Die Mutter meinte, er laufe Gefahr, ein Pessimist zu werden, doch sein Vater entgegnete, er sei lediglich ein Realist. Doch bald hatte sogar Yu Tsao-li Grund, sich zu freuen.

Die Shanghaier Redewendung, wonach »Kriege kommen und gehen«, wurde ein weiteres Mal bestätigt, als zwei Atombomben auf Japan fielen und damit die Besetzung Chinas durch die Japaner ebenso beendet wurde wie der Zweite Weltkrieg.

25

Shanghai feierte. Schließlich war dies eine Stadt, deren sprudelnde Laune durch die japanische Besatzung einen Dämpfer erhalten hatte. Jahrelang hatte Shanghai in einer Art Dämmerzustand verbracht. Es war Krieg und doch nicht Krieg. Aber mit der Niederlage der Japaner fand die ganze Stadt wieder zu ihrem wahren Selbst zurück. Eine Woge des Optimismus durchlief sie, den man geradezu schmecken konnte in seiner Intensität. KC spürte das, wohin auch immer er ging. Auf dem Weg zur Schule klangen die Autohupen lauter, die Fahrradkarren und Rikschas fuhren rascher, ihre Fahrer waren emsiger und flinker. Sogar die Bettler, meinte er, schienen glücklicher zu sein und schepperten noch lauter mit ihren Blechnäpfen. Auch seine Eltern hatten sich verändert. Seine Mutter ging häufiger aus, fürchtete sich nicht länger vor Spaziergängen im Park. Wenn sie nach Hause kam, war sie oft beladen mit Päckchen aus dem Warenhaus Wing On und wählte hellere Farben für die neuen Kleider, die sie anfertigte. Sein Vater war wieder etwas entspannter. Die Linien in seinem Gesicht, die in den letzten Jahren durch die Anspannung hervorgerufen worden waren, verschwanden allmählich, als sich die Geschäfte verbesserten und die bedrückende Gegenwart der Japaner nur mehr wie ein böser Traum erschien.

Einen Monat nach dem Tag der Siegesfeier gaben seine Eltern ein Dinner, das erste nach mehreren Monaten. Als er neben ihnen stand, während sie die eintreffenden Gäste begrüßten, verspürte KC ein seltsames leichtes Schwindelgefühl angesichts so vieler bekannter, glücklicher Gesichter. Da war Onkel Liu mit seiner Frau. Herr und Frau Lam, ein Ehepaar aus Kanton, die mit Yu Tsao-li gemeinsame Bankgeschäfte machten. Herr Kee, der von seiner Lieblingsfrau begleitet wurde, einer Eurasierin chinesischer und weißrussischer Abstammung. Und dann war da der Abt aus dem buddhistischen Tempel an der Bubbling Well Road, zusammen mit seiner Ersten Frau, sowie Herr Fang, ein weiterer Bankier, mit seiner eleganten Gemahlin.

Als Letztes erschien ein neu vermähltes Paar. KC erinnerte sich an den Mann. Der Herr aus dem Süden. Als er KC neben Yu Tsao-li stehen sah, sagte er: »Er ist ein feiner Junge geworden«, worauf KCs Vater erwiderte: »Natürlich, er ist ja mein Sohn.« Als der Mann im Salon verschwand, um sich zu den anderen Gästen zu begeben, schaute KC zu seinem Vater empor. Irgendetwas in dessen Stimme sagte ihm, dass ihn der Mann verärgert hatte. Da er aber keinerlei Zeichen von Verärgerung im Gesicht des Vaters entdecken konnte, vermutete er, sich das nur eingebildet zu haben.

Dann war es an der Zeit, sich zum Essen zu begeben. Der Koch hatte heute sein Bestes gegeben. Nacheinander wurden die verschiedenen Gerichte hereingetragen. In der festlichen Stimmung schmeckte alles noch viel delikater als je zuvor, angefangen von den kalten Gerichten über die Haifischflossen-Suppe bis hin zu den mit Orangen gedünsteten Lotuskernen. Das Essen war vielseitig, ebenso wie die Gespräche, die sich vor allem um die Zukunft drehten. Zu seiner Verwunderung erfuhr KC dabei von immer noch andauernden Kämpfen.

»Ist der Krieg denn nicht vorbei?«, fragte er dann erstaunt seinen Patenonkel.

Onkel Liu erwiderte, dass dieser Krieg keinen Grund zur Sorge gebe. Es sei lediglich der alte Bürgerkrieg, den Chiang Kaishek unbedingt weiter ausfechten wollte. Die Nationalisten verfolgten wieder die Kommunisten.

Herr Kee unterbrach Onkel Liu und sagte den Nationalisten einen leichten Sieg voraus. »Sie müssen wissen, die Amerikaner bewaffnen sie mit ihren eigenen besten Waffen. Außerdem unterstützen sie Chiang mit Geld.«

»Sie meinen damit, es fließt in seine eigenen Taschen!«, konterte Onkel Liu, und alle lachten.

Dann sagte Onkel Lius Frau: »Aiy! Zumindest besteht jetzt keine Notwendigkeit mehr, fortzugehen.«

KC wusste, dass seine Eltern auf unterschiedliche Weise diese Ansicht teilten. Seit der Niederlage der Japaner hatte es keine Gespräche mehr darüber gegeben, sich woanders niederzulassen, kein Wort mehr über Singapur oder Hongkong. Seine Mutter war überzeugt, Shanghai werde wieder zu der Stadt werden, die sie vor zehn Jahren gewesen war. KCs Vater war vorsichtiger und meinte, man müsse abwarten.

Nach dem Essen versammelte man sich im Wohnzimmer. KC verließ Onkel Liu und setzte sich zu seiner Mutter, die sich mit dem Herrn aus dem Süden unterhielt. Sie sprachen über Fujian und einigen Besitz, den die Japaner beschlagnahmt hatten, der nun aber wieder an den Eigentümer zurückgegeben worden war. Der Mann erwähnte etwas von Ackerland, das man verkaufen könne, wenn sich eine Gelegenheit biete. KCs Mutter fand diese Information interessant, und der Mann fuhr fort: »Das macht Sinn, denn falls die Kommunisten siegen, bekommen die das Land ohnehin. Landbesitzer haben viel zu verlieren. Schauen Sie sich bloß den Norden an. Dort herrschen die Kommunisten ...«

»Oh, aber die Kommunisten werden nicht gewinnen«, rief KCs Mutter aus.

Der Mann bemerkte KCs Anwesenheit und wechselte das Thema. »Ich habe ein Foto von dem Sohn meines Freundes gesehen. Vor ein paar Wochen habe ich seine Mutter besucht, und sie hat es mir gezeigt. Da gibt es eine gewisse Ähnlichkeit ...« Er streifte KC mit seinem Blick, bevor er weitersprach: »Aber sein Sohn ist kleiner, natürlich, er ist ja auch jünger, doch das meine ich nicht.«

»Und wie geht es der Mutter Ihres Freundes?«

Ein Lächeln erschien auf dem Gesicht des Mannes. »Aah, der alte Drachen hält sich. Sie sah gebrechlicher aus, aber davon darf man sich nicht täuschen lassen, sie hat immer noch alles fest im Griff. Die Frau des Neffen, der sie unterstützt, hat ein Kind bekommen, aber leider hatte es einen schweren Fieberanfall, und kein Arzt war zu erreichen. Soviel ich gehört habe, ist das Kind nicht mehr ganz richtig im Kopf. Aber die alte Dame liebt ihn, er vertritt den Enkelsohn, den sie wahrscheinlich nie sehen wird.«

KCs Mutter nickte und fragte dann: »Kehrt Ihr Freund denn überhaupt nicht mehr zurück, nachdem doch der Krieg vorbei ist?«

»Es gibt zu viel für ihn in Manila zu tun. Die Auswirkungen des Krieges waren dort wesentlich schlimmer. Während der Befreiungskämpfe ist die Stadt völlig zerstört worden. Die Mutter meines Freundes sagt, er sei damit beschäftigt, sein Geschäft wieder aufzubauen.«

Der Mann hielt inne, hob sein Glas KCs Mutter entgegen und sagte dann: »Sie waren hier in Shanghai sehr viel glücklicher dran.« Damit leerte er sein Glas.

Seine Mutter legte den Arm um KC und sagte zu dem Mann: »Und wir werden auch weiterhin glücklicher sein.«

Der Optimismus jenes Abends hielt sich noch in den nächsten paar Monaten, aber bald war es damit vorbei. Mit der Zeit wurde deutlich, dass mit einem baldigen Sieg der Nationalisten nicht zu rechnen war. Das Heer der Kommunisten war ihnen weit überlegen, nachdem es während der japanischen Besetzung seine Kampffähigkeit wesentlich verbessert hatte, während die Generäle der Nationalisten »herumsaßen und sich bereicherten«, so ähnlich jedenfalls äußerte sich KCs Vater dazu.

Wegen der scharfen Zensur Chiangs gelangten nur selten Nachrichten über Siege der Kommunisten bis in Shanghais Presse. Trotzdem war nicht zu verbergen, dass nicht alles so gut lief, denn in der Stadt gab es einen zuverlässigen Indikator zur Lage der Nation: die chinesische Währung.

Eines Tages im März 1946 aßen KC und seine Eltern in einem Restaurant in Hongkew. Als Yu Tsao-li nach dem Essen bezahlte, tat er das mit dicken Notenbündeln. Als KC sein Erstaunen über die Kosten dieses Essens ausdrückte, meinte sein Vater, dies war zu erwarten, denn der chinesischen Währung gehe es sehr schlecht.

»Wie schlecht?«, fragte KC.

»Zweitausendundzwanzig chinesische Dollar kommen auf einen amerikanischen Dollar.«

Im Verlauf der folgenden Monate verschlimmerten die Dinge sich noch weiter. Yu Tsao-li brachte abermals das Thema, die Stadt zu verlassen, zur Sprache. KCs Mutter, die stets in Gedanken bei der Insel war, meinte rasch, er würde überreagieren, alles käme wieder ins Lot. War Shanghai letzten Endes nicht immer wieder auf die Füße gekommen? KCs Vater beließ es dabei, aber sein Sohn begriff, dass hier noch nicht das letzte Wort gefallen war.

Wann immer er von der Bank wegkonnte, verreiste Yu Tsao-li. Noch vor Ende des Jahres fuhr er in Begleitung von KCs Patenonkel zweimal nach Singapur und Hongkong. Wenn KC seinen Vater fragte, was der Grund dafür sei, antwortete dieser: »Die Zukunft.« So rätselhaft diese Antwort war, KC begriff doch, dass sein Vater ihren Weggang aus China vorbereitete.

KC war jetzt elf Jahre alt und verstand mehr von seiner Umgebung. Immer des Rates seines Vaters gewärtig, glaubte er nicht alles, was er hörte oder las. Das betraf auch die Unterhaltungen seiner Eltern. Er las in ihrem Schweigen und entdeckte oft eine verborgene Bedeutung in dem, was sie sagten.

Ein Vorfall zog seine besondere Aufmerksamkeit auf sich. Er ereignete sich kurz nachdem der Mann aus dem Süden seiner

Mutter einen weiteren Besuch abgestattet hatte. KC, der im Zimmer geblieben war, hörte dem Mann und seiner Mutter zu, wie sie über eine Investitionsmöglichkeit sprachen. Beim Abendessen brachte die Mutter dem Vater gegenüber das Gespräch auf dieses Thema und sagte, sie wolle ein Geschäftsgebäude, einen ganzen Komplex in Xiamen unten im Süden kaufen. Es sei eine wertvolle Immobilie, erzählte sie Yu Tsao-li, und sie werde verkauft, weil der Eigentümer seinen Steuerverpflichtungen nicht nachkommen konnte. Sie fügte hinzu: »Wie lange habe ich darauf gewartet.« Doch Yu Tsao-li äußerte sich nicht dazu, sondern konzentrierte sich auf sein Essen. Es war klar, dass er jetzt keine Entscheidung treffen würde, und so wechselte KCs Mutter das Thema.

Später an diesem Abend, als er in das Arbeitszimmer seines Vaters kam, um seinen Eltern gute Nacht zu sagen, traf er sie dabei an, wie sie über jenes Gebäude sprachen. Sein Vater, der im Zimmer auf und ab ging, sagte: »Es gibt zwei Gründe, warum ich nein sage. Erstens ist jetzt nicht die Zeit, hier im Land zu investieren …«

»Aber der Preis ist niedrig. Sie müssen unbedingt verkaufen!«

Er ging nicht darauf ein und fuhr fort: »Und zweitens ist es an der Zeit, dass du die Vergangenheit vergisst.«

KC wurde bewusst, dass er in einem unpassenden Augenblick erschienen war. Er hustete. Seine Eltern wandten sich zu ihm um, und sein Vater sagte: »Wusstest du, dass du eine sehr dickköpfige Mutter hast, KC? Du darfst sie nie erzürnen – sie hat ein sehr gutes Gedächtnis.«

Seine Mutter lachte, aber KC wusste, sie war verärgert. »Mein Sohn wird mir nie Kummer bereiten. Wir sind eines Herzens und eines Sinns, nicht wahr, KC?«

»Dann ist er zu bemitleiden«, entgegnete sein Vater.

Mit dem dringenden Bedürfnis, sich aus der spannungsgeladenen Atmosphäre in dem Zimmer zu entfernen, sagte KC ihnen hastig gute Nacht und ging. Seine Eltern waren immer gut miteinander ausgekommen, daher verstörte ihn diese Spannung zwischen ihnen. Noch nie hatte sich sein Vater gegenüber der Mutter eine Ungeduld anmerken lassen, war er doch vernarrt in sie. Oft hatte er gesehen, wie sein Vater ihr mit Blicken folgte, wenn sie in einem Zimmer umherging. Der Ausdruck darin offenbarte seine Zuneigung. KC spürte, dass die Liebe des Vaters schwerer wog als die der Mutter, würde man sie beide auf eine Waagschale legen. Nicht dass sie ihn nicht liebte – er liebte sie nur stärker. Wie KC zu dieser Feststellung gelangte, wusste er selbst nicht zu erklären. Er begründete es einfach damit, dass er älter geworden war.

Im März 1947 hatte die Inflation unvorstellbare Ausmaße erreicht. Ein amerikanischer Dollar kostete zwölftausend chinesische Dollar. KCs Vater gab zu, sogar er selbst habe nicht damit gerechnet, dass es so weit kommen würde. Als er seinen Vater dieses sagen hörte, fragte sich KC, ob es darauf hinausliefe, dass er und seine Eltern schließlich vor der Bank des Vaters als Bettler auf ihren Matten sitzen würden.

»Wird die Bank von China kein Papiergeld mehr haben?«, fragte KC.

Sein Vater lachte und meinte, er brauche sich keine Sorgen zu machen. »Der General wird noch mehr drucken!«

Im Frühjahr 1948 kostete ein Pfund Butter siebenhundertfünfzigtausend und ein einzelnes Ei zehntausend chinesische Dollar. Wenn der Koch der Familie auf den Markt ging, begleiteten ihn zwei Männer, die auf die große Einkaufstasche mit Geldnoten aufpassten, die er benötigte, um frischen Fisch, Geflügel und Gemüse zu bezahlen. KC fragte sich, wie andere Leute über die Runden kamen, vor allem die Flüchtlinge aus abgelegenen Dörfern, die in die Stadt strömten, um den Kämpfen zu entgehen. Jeden Tag starben mehr von ihnen auf den Straßen.

KC und seine Klassenkameraden gingen dazu über, die Toten auf ihrem Weg zur Schule und nach Hause zu zählen. Dann verglichen sie die Zahlen und errechneten aus der Differenz, ob in der Zeit ihres Unterrichts noch mehr gestorben waren. Doch nach einer Woche wurden sie dieses morbiden Spiels überdrüssig. Außerdem nahm die Zahl der Schüler ab. Die wohlhabenden Familien Shanghais hatten bereits mit der Flucht begonnen.

An dem Tag, an dem der Koch verlangte, mit dem Wagen zum Markt gefahren zu werden, damit der Wäschekorb mit dem Geld im Kofferraum aufbewahrt werden konnte, fällte KCs Vater einen Entschluss: Er würde seine Familie nach Singapur bringen. An diesem Abend kam er mit fünf Tickets nach Hause. Drei für die Familie und die beiden anderen für KCs Amah und den Koch, die ihn gebeten hatten, mit ihrem Herrn kommen zu dürfen. Fast das ganze Jahr hindurch hatte KCs Vater in aller Stille seinen Besitz aufgelöst und sich auf diesen Tag vorbereitet.

Auch wenn KCs Mutter den Umzug nun als Notwendigkeit akzeptierte, war er ihr immer noch unwillkommen. Beim Anblick der Tickets, die ihr Mann mitgebracht hatte, zeigte ihr Gesicht nicht den Ausdruck der Erleichterung, den KC erwartet hatte. An diese Tickets war schwer heranzukommen, sie bedeuteten die Möglichkeit zur Flucht. Wollte seine Mutter denn nicht in Sicherheit sein? Ihre Traurigkeit verblüffte ihn. Etwas später suchte er nach ihr und fand sie auf einem Stuhl in dem selten genutzten Zimmer, wo sie jenes Stück Seidenstickerei betrachtete, das er Jahre zuvor einmal gesehen hatte.

KC betrachtete es und begriff, dass die Traurigkeit seiner Mutter etwas mit dieser Insel zu tun hatte. Um sie zu trösten, nahm er ihre Hand und sagte: »Eines Tages wird es sicher genug sein, um zurückzukommen.« Sie sah ihn an, entgegnete aber nichts. Nach einer Weile faltete sie die Seide sorgfältig zusammen und legte sie in die untere Schublade einer Kommode. Dann verließen sie gemeinsam das Zimmer.

Unten war der Herr aus dem Süden zu einem unerwarteten letzten Besuch erschienen. Er informierte KCs Mutter, dass er sein Büro in Shanghai schließen und nach Manila gehen werde, wo ein guter Freund ihm dabei behilflich sein würde, ein Geschäft aufzubauen.

Daraufhin lächelte KCs Vater ihn an: »Nun, es ist an der Zeit, sich zu verabschieden. Wir werden uns kaum jemals wiedersehen. Ich bringe meine Familie nach Singapur.«

Dann aber kam es anders, und KCs Familie traf nie in Singapur ein. An dem Morgen, an dem sie Shanghai verlassen wollten, erschien KCs Patenonkel Liu vor ihrer Tür.

Sein Gesicht war bleich, und er zitterte. Jemand hatte ihm den Hinweis gegeben, die Geheimpolizei suche nach ihm. Man hatte Wind von seinen illegalen Geschäften mit Auslandswährungen bekommen. Das letzte Mal war die Summe zu groß gewesen, um unbemerkt zu bleiben. Er war das Risiko eingegangen und lief nun Gefahr, hingerichtet zu werden. Er hatte vorgehabt, am nächsten Tag mit seiner Familie nach Hongkong abzureisen, doch nun musste er sofort aufbrechen. Ob KCs Vater mit ihm die Tickets tauschen würde?

Noch an jenem Tag fuhren Onkel Liu und seine Familie nach Singapur. Und am darauf folgenden Tag ging KCs Familie, begleitet von der Amah und dem Koch, an Bord des Dampfers nach Hongkong.

Verkrampft stieg der Koch die Gangway hinauf. Er war seine neuen amerikanischen Tennisschuhe nicht gewohnt, die er an diesem Morgen von KCs Vater erhalten hatte. KC kicherte, als er seine steifen Schritte sah. Als er zwischen seinen Eltern ging, bemerkte er bei seinem Vater einen neuen Spazierstock mit Elfenbeingriff. Er fragte, was es mit dem anderen auf sich habe. »Oh, ich wollte nur etwas Neues dabei haben, wenn ich ein neues Leben beginne«, entgegnete sein Vater.

Als der Dampfer endlich den Hafen verließ und die Skyline von Shanghai sich deutlich gegen den dunstigen Himmel abhob, blickte KC seine Mutter an, die den ganzen Morgen kein einziges

Wort gesprochen hatte. Es waren keine Tränen in ihren Augen, aber er wusste um ihre Besorgnis. Er ergriff ihre Hand, und sie sah schweigend zu ihm hinunter, doch er spürte ihren erwidernden Händedruck.

Als sie schließlich in Hongkong und dann in der Zweizimmerwohnung in einer belebten Gasse in Kowloon angelangt waren, die ursprünglich für Onkel Lius Familie gedacht war, sah KC voller Erstaunen, wie der Koch seine Tennisschuhe auszog und sie KCs Vater reichte, der darüber nicht im Geringsten beleidigt wirkte. Neugierig beobachtete er, wie sein Vater ein scharfes Taschenmesser hervorzog und die dicken Sohlen auftrennte. KC blinzelte vor ungläubigem Staunen. Vor sich sah er, sorgfältig in dem Gummi eingebettet, Stücke grasgrüner Jade, blutrote Rubine und funkelnde Diamanten.

Dann sagte der Vater: »Gib mir meinen Stock, KC.« Und als der Elfenbeingriff gelöst wurde und sich noch mehr glitzernde Steine aus dem hohlen Inneren ergossen und auf dem Küchentisch funkelten, sah KC, wie dieser Anblick sogar seiner Mutter ein Lächeln entlockte.

26

Abgesehen von den Flüchtlingen, die in die Stadt strömten, um dem bevorstehenden Sieg der Kommunisten zu entgehen, gab es wenig in Hongkong, was KC an seine alte Heimat erinnert hätte.

Hongkong war ein Provinznest, ohne das geschäftige Leben und die anregende Atmosphäre Shanghais. Was seine Skyline betraf, so kamen nur wenige Bauten den prächtigen Gebäuden auf dem Bund gleich. Was die Stadt im Überfluss besaß, war Hoffnung. Das konnte KC bei den Menschen spüren, wenn er auf der Straße an ihnen vorüberging. Es lag ein Hunger, eine Entschlossenheit in ihren Blicken, die besagten, sie würden einen Neubeginn wagen. Und sie würden erfolgreich sein.

Wie viele dieser Neuankömmlinge tauchte KC in dieses neue Leben ein. Auf der Schule bemühte er sich, den Kanton-Dialekt zu lernen, um sich mit seinen neuen Freunden unterhalten zu können. Als seine Mutter ihn diesen Dialekt mit seinen rauen Tönen sprechen hörte, sagte sie zu ihm: »Kantonesisch ist die Sprache der Köche und Händler!« Aber KC war fest entschlossen, sie zu lernen. Er wollte dazugehören.

Trotzdem hielt er sich für einen Glückspilz, als eines Tages der Schulleiter als neuesten Zugang in der Klasse einen Jungen namens Simon Kwang vorstellte. Von seinem Platz in der hinteren Reihe aus begrüßte ihn KC mit einem strahlenden Lächeln. Er kannte Simon aus Shanghai, wo sie zur selben Schule, wenn auch nicht in dieselbe Klasse gegangen waren. Bald waren sie unzertrennlich und wurden als das Shanghai-Duo bekannt. In der Klasse saßen sie nebeneinander, verbrachten ihre Zeit im Zuhause des einen wie des anderen, und gemeinsam erforschten sie Hongkong.

KCs Mutter dagegen konnte sich nicht so leicht einleben. Nach wie vor vermisste sie Shanghai und beklagte sich oft darüber, dass es in Kowloon vor Provinzlern nur so wimmele. Die kleine, dunkle Wohnung spiegelte ihre Stimmung wider. KC dachte, ein Wohnungswechsel in etwas Helleres, Luftigeres könnte sie glücklicher machen, und er sprach das Thema eines Umzugs gegenüber seinem Vater an.

Yu Tsao-li hatte seine Absichten, nach Singapur zu ziehen, geändert. Mittlerweile wollte er in Hongkong bleiben. Aber wie er KC erklärte, konnten sie nicht woandershin ziehen, bevor Onkel Liu sie nicht in zwei Monaten aufgesucht hatte. Um jedoch der Ruhelosigkeit seiner Frau Rechnung zu tragen, schlug ihr Yu Tsao-li vor, sich schon einmal nach einem neuen Zuhause umzusehen.

Während seine Mutter sich auf Wohnungssuche begab und KC in der Schule war, betrieb sein Vater Devisengeschäfte. Er war oft mit anderen Geschäftsleuten aus Shanghai zusammen, die emsig dabei waren, Möglichkeiten zum Geldverdienen auszubrüten. »Du wirst sehen, eines Tages werden wir Hongkong zu einem Finanzzentrum machen. Es gibt hier genügend kluge Köpfe aus Shanghai«, sagte ihm sein Vater.

Jeden Abend sprachen KCs Eltern über die neuesten Nachrichten vom Vormarsch der Kommunisten. Die Rote Armee hatte den Norden eingenommen und drang rasch nach Süden vor. Im April jenes Jahres bereiteten sie sich auf die Überquerung des Jangtse vom Nordufer aus vor. Jeder, einschließlich KCs Vater, meinte, das sei unmöglich. Es gab keine Brücken, und der Fluss war nicht nur tief und reißend, sondern auch äußerst breit. Doch bislang hatte es in China noch keine Armee gegeben wie die Rote Armee. Wo es keine Boote gab, wurden sie gebaut. Und so überquerten eine Million Soldaten der Roten Armee den Fluss in Tausenden kleiner Boote, mit schmetternden Trompeten und wehenden Fahnen. Sie marschierten auf Nanjing zu, und die damalige Hauptstadt ergab sich ohne Blutvergießen. Dann, einen Monat später, befand sich auch Shanghai in den Händen der Kommunisten.

KCs Mutter nahm die Nachricht gefasst auf, aber ihre tränenschimmernden Augen verrieten ihre wahren Gefühle. Noch nicht einmal der Hinweis auf die bevorstehende Ankunft von Onkel Liu und seiner Familie, die nun endlich nach Hongkong kommen sollten, konnte sie aufheitern. KCs Vater machte keine Anstalten, sie zu trösten. An jenem Tag sprachen sie wenig miteinander, aber einige Abende später konnte KC durch die dünne Wand, die ihr Zimmer von dem seinigen trennte, hören, wie sein Vater sagte: »Wieso befürchtest du, nicht zurückkehren zu können? Wohin? Nach Shanghai oder auf deine verfluchte Insel?«

»Warum bist du so verärgert?«, entgegnete seine Mutter. »Du sprichst, als ob es dich überrascht. Ich habe nie etwas vor dir verheimlicht. Von Anfang an hast du gewusst, wie die Dinge bei mir stehen.«

»Ja, aber ich war so naiv zu hoffen, du würdest es vergessen, wenn du die Gelegenheit dazu hast. Du hättest ein neues Leben beginnen können, aber das hast du nicht getan. Und nun haben wir wieder ein anderes Leben vor uns, und immer noch klammerst du dich stur an die Vergangenheit und deinen Hass. Was hat dir unser gemeinsames Leben bedeutet? Nichts, wie mir scheint!«

Daraufhin folgte Stille. KC stellte sich vor, wie seine Eltern sich von einander abwandten und keinen Schlaf finden konnten. Er selbst konnte in jener Nacht nicht schlafen. Er starrte auf die Muster des reflektierten Straßenlichts an seiner Zimmerdecke. In seiner Vorstellung war die Insel riesengroß geworden. Ihre Bedeutung wuchs gleichzeitig mit dem Geheimnis, das sie umgab.

Am nächsten Morgen schien jedoch alles wieder normal. KC

fragte sich, ob das, was er gehört hatte, nur ein Traum gewesen war. Seine Eltern gingen zärtlich miteinander um, und seine Mutter schien besonders sorgfältig auf die Wünsche seines Vaters einzugehen. KC atmete auf. Er wusste nicht warum, aber anscheinend hatte sich die Kluft zwischen seinen Eltern geschlossen.

In dieser Woche hob sich die Stimmung seiner Mutter, denn sie hatte eine Dreizimmerwohnung mit einem zusätzlichen Raum für einen Dienstboten gefunden, die ihr gefiel. Sie war hell und angenehm und bot einen Ausblick über die Repulse Bay. KC und seinem Vater gefiel sie ebenfalls. Die Miete war hoch, aber Yu Tsao-li hatte bemerkt, wie sehr seiner Frau an ihr gelegen war, und so unterzeichnete er den Mietvertrag. Das Geld sei kein Problem, versicherte er ihr, denn er hatte seit ihrer Ankunft in Hongkong eine ansehnliche Summe verdient.

Und dann war es endlich so weit mit dem Umzug. Onkel Liu und seine Frau brauchten ihre Wohnung in Kowloon, und KC und seine Eltern konnten zusammen mit der Amah und dem Koch in ihr neues Zuhause ziehen.

Als alles ausgepackt war und die neuen Möbel an ihrem Platz standen, blickte KC sich um und fühlte sich mehr denn je in Hongkong zu Hause. Er wünschte, seine Mutter könnte Hongkong auf die gleiche Weise sehen wie er und sein Vater. Denn der Vater begann das neue Leben mit der Begeisterung eines Mannes, der nur halb so alt war wie er. Wenn er doch auch die dazugehörende Energie besessen hätte. Er schien jetzt rasch zu ermüden, doch wenn KC ihn fragte, ob er krank sei, erwiderte sein Vater lediglich mit einem Lächeln, nein, er sei bloß alt, obwohl er erst siebenundfünfzig Jahre zählte. »Du aber«, sagte er, »du bist genau am richtigen Ort, denn ebenso wie Hongkong stehst du erst am Beginn deines Lebens.«

Die Worte seines Vaters ließen KC an seine Zukunft denken. Was wollte er einmal werden? Was interessierte ihn? Er begann allmählich, sich solche Fragen zu stellen. Gegen Ende des Jahres sollte sich die Antwort ganz von allein in einem so alltäglichen Augenblick ergeben, dass er ihre Bedeutung erst später erfasste.

Er und Simon Kwang überquerten den Hafen mit der Star Ferry. KC, der am Fenster saß, betrachtete die Skyline der Stadt, ihre Spärlichkeit. »Das ist nicht so wie in Shanghai«, meinte Simon und sprach damit etwas Offensichtliches aus. Die Gebäude waren in der Tat niedrig. Es waren jedoch nicht die Gebäude, für die KC sich interessierte, sondern die freien Zwischenräume. In Gedanken fand er Spaß daran, sie auszufüllen, aber sobald die Fähre anlegte, vergaß er die Begebenheit auch schon.

Als KC heimkehrte, erwartete ihn eine unangenehme Nachricht. Sein Vater war im Büro eines Freundes zusammengebrochen und ins Krankenhaus gebracht worden. Die Diagnose war mehr als beunruhigend, es sah hoffnungslos aus. Sein Vater hatte Leberkrebs. Diese Neuigkeit schien KC überwältigen zu wollen, aber er wusste, sein Vater erwartete von ihm, dass er stark blieb. Und so folgte er dem Beispiel seiner Mutter, die sie stoisch ertrug. Er gab sein Sporttraining auf, ging nach der Schule sofort nach Hause, um seine Mutter abzulösen, die nur noch selten von der Seite des Vaters wich.

KCs Vater machte sich keine Illusionen über die Zukunft. Als ein bis zuletzt pragmatischer Mensch brachte er seine Angelegenheiten in Ordnung und bereitete sich auf den Tod vor. Er ließ KCs Mutter kommen und ging mit ihr detailliert seine Finanzen durch. Anschließend ließ er sie versprechen, zumindest fünf Jahre abzuwarten, bevor sie nach Shanghai zurückkehren würde, denn inzwischen befand sich China gänzlich unter kommunistischer Herrschaft.

»Fünf Jahre dürften ausreichen, bis das Regime sein wahres Gesicht gezeigt hat. Derzeit sieht alles gut aus, alle machen einen vernünftigen Eindruck, aber man darf sich nicht täuschen lassen. Es ist noch früh am Tage. Sie können sich immer noch als brutale

Unterdrücker erweisen. Denke daran: Abgesehen von einer kleinen Hand voll gebildeter Männer an der Spitze sind das Bauern, die ihre Feindseligkeiten seit Generationen genährt haben.«

Dann rief Yu Tsao-li KC zu sich und fragte ihn, ob er sich schon einmal Gedanken über die Zukunft gemacht habe. KC wusste, dass dies ihr einziges Gespräch zu diesem Thema sein würde. Die Zeit ging dem Ende zu. Das Problem war, KC wusste immer noch nicht genau, was er werden wollte, aber das konnte er unmöglich sagen. Er wollte den Seelenfrieden seines Vaters nicht stören. Auf der Suche nach einer Antwort fiel ihm sein Erlebnis auf der Fähre ein. »Ich will Ingenieur werden. Ich werde ins Baugeschäft gehen«, sagte er Yu Tsao-li.

Zu seiner Erleichterung nickte der Vater und zeigte damit seine Zustimmung. »Hongkong bietet Menschen deiner Art Raum. Doch sei klug, bau nicht nur für andere. Kaufe Land, damit du verkaufen kannst, was du baust.« Von diesem Moment an war KCs Lebensweg festgelegt. Er fühlte sich bei seiner Ehre an sein Wort gebunden.

Sein Vater schloss die Augen und schwieg. KC dachte, das Gespräch sei vorbei, aber nach einer Weile fuhr sein Vater fort. Er sagte KC, er sei nun alles an Familie, was seiner Mutter bliebe, sofern sie nicht noch einmal heiratete, daher müsse er für sie stark sein. »Du musst sie vor sich selbst bewahren. Ich habe es versucht, aber ich habe versagt.« Er holte tief Atem und fuhr fort: »Deine Mutter glaubt, ihr Glück liegt in einer bestimmten Richtung. Der Preis dafür, das sage ich dir hiermit, ist zu hoch. Daher musst du stark sein und sie davon abbringen.« KC verstand nicht, was sein Vater meinte, aber er unterbrach ihn nicht, um zu fragen, denn offensichtlich ermüdete er. Wieder machte sein Vater eine Pause, diesmal eine längere, bevor er schließlich sagte: »Und wenn du sie nicht retten kannst, dann rette wenigstens dich selbst.«

Der Vater seufzte, öffnete dann unter großer Anstrengung die Augen und sah KC an: »Ich sehe eine leuchtende Zukunft vor dir«, sagte er. »Ich bedaure nur, nicht dabei sein und deinen Triumph miterleben zu können.«

KC ergriff die Hände seines Vaters und kämpfte gegen seine Tränen an, dankbar dafür, dass sein Vater die Augen geschlossen hatte.

Das sollten die letzten Worte gewesen sein, die sein Vater mit ihm wechselte. Am nächsten Morgen brachte man ihn erneut ins Krankenhaus. Gegen Abend glitt er in einen Dämmerzustand, und am Ende der Woche war Yu Tsao-li tot.

Im buddhistischen Tempel saß KC als der Erbe den Trauerfeierlichkeiten vor. Nach der üblichen Bewirtung und der Vergabe von Geschenken an alle, die dem Toten die letzte Ehre erwiesen hatten, kehrten KC und seine Mutter nach Hause zurück. Und dort sagte sie zu KC: »Jetzt werde ich dir die Wahrheit sagen.«

So erfuhr KC mit vierzehn Jahren, dass sein bisheriges Leben auf falschen Annahmen basierte. Der Vater, den er bewundert, respektiert und geliebt hatte, war nicht sein leiblicher. Diese Kenntnis beraubte ihn aller Grundlagen, auf denen sich sein Leben aufgebaut hatte, und zerstörte seine bisherigen Vorstellungen darüber, wer er wirklich war.

KC fühlte sich betrogen und hintergangen. Hatte Yu Tsao-li ihn als Sohn betrachtet? Während ein Teil von KC sich wünschte, er hätte das getan, sagte ihm ein anderer Teil seines Selbst, dass dies unmöglich sei. Hatte ihm seine Mutter nicht ihre Vergangenheit offenbart? Yu Tsao-li konnte in dem Sohn einer Konkubine nicht den eigenen Sohn sehen. Er hatte KCs Gegenwart nur wegen KCs Mutter geduldet. Als der Mann, der er gewesen war, hatte Yu Tsao-li lediglich das Beste aus der Situation gemacht. Er hatte KC zu etwas geformt, auf das er stolz sein konnte. Dieser Gedanke tat KC weh. Sein Vater bedeutete ihm sehr viel. Er hatte immer nach seiner Zustimmung gestrebt. Das Band, das ihn mit ihm einte, war ein anderes als jenes, das zwischen ihm und seiner Mutter bestand.

Sie waren Vater und Sohn.

Nur war alles bloß eine Lüge gewesen. Er war der Sohn eines anderen, eines Lee. Zwei Väter: der eine nicht echt und der andere ein Fremder. Keiner von beiden wollte ihn wirklich, und das, so dachte KC verbittert, war das Einzige, was seine beiden Väter miteinander gemein hatten.

KC glaubte, keine andere Wahl zu haben. Er schob Yu Tsao-li, den einzigen Vater, den er gekannt hatte, in den hintersten Winkel seines Gedächtnisses, verschloss die Tür und weigerte sich, jemals wieder an ihn zu denken. Weigerte sich, um ihn zu trauern. Und als die Jahre vergingen, verblasste das Bild von Yu Tsao-li immer mehr.

Mit seiner Mutter war es genau umgekehrt. Ihre Gegenwart hatte schon immer sein Leben beherrscht. Doch nun, da er ihre schmerzliche Vergangenheit kannte, ging er noch mehr auf sie ein. Das erleichterte es ihm, ihr ihre Täuschung zu vergeben – denn getäuscht hatte sie ihn. Für einen kurzen, unerträglichen Augenblick war KC böse auf sie gewesen, hatte gespürt, wie in ihm so etwas wie Hass entstehen wollte. Das erschreckte ihn. Es war falsch, die eigene Mutter zu hassen. Nicht nur, weil er von ihrem Fleisch und Blut war und sie eine Frau, die für ihn viel gelitten hatte, sondern auch, weil er niemand anderen hatte. Wenn er sie verstieß, so wie er es mit Yu Tsao-li getan hatte, dann wäre er ganz allein.

Er rang sich dazu durch, das Verhalten seiner Mutter in einem anderen Licht zu sehen. Was hatte sie denn für eine Wahl in Anbetracht ihrer Situation? Indem er sich bemühte, ihren Betrug zu verstehen, stellte er sich ihre Demütigungen vor und spürte, wie sein Zorn nachließ. Er sagte sich, sie habe ihn nicht wirklich betrogen, hatte ihm vielmehr nach dem Tod ihres Mannes die Wahrheit gesagt. So etwas war durchaus verzeihlich. Und somit war er in der Lage, ihre Worte zu akzeptieren, als sie eines Abends zu ihm sagte: »Jetzt gibt es nur noch uns beide, KC.« Das war die Wahrheit.

Mutter und Sohn.

Er gelobte sich, sie für alle Ungerechtigkeiten zu entschädigen, die man ihr angetan hatte, und wenn es sein ganzes Leben dauern sollte. Und dieser Entschluss schien sogar dem Boden, auf dem er stand, mehr Festigkeit zu verleihen. Er gab ihm etwas, wonach er sich richten konnte. Und bald war er der Leitfaden für sein neues Leben. Er hielt sich so fest an sein Versprechen, wie es seine Mutter tat. Wenn er bereit war, alles für sie zu tun, dann verhielt es sich bei ihr nicht anders. Sie weigerte sich, noch einmal zu heiraten, und machte KC zum Mittelpunkt ihres Lebens.

Sie war vierunddreißig, als Yu Tsao-li verstarb, und immer noch eine Schönheit. Die begehrtesten Männer Hongkongs warben um sie. Obwohl es welche gab, die über ihre frühere Vergangenheit flüsterten, denn das Meer konnte den Klatsch nicht aufhalten, so waren diese Gerüchte unerheblich angesichts ihres beachtlichen Reichtums. Er besaß die Macht, alle Unzulänglichkeiten hinfällig erscheinen zu lassen. Und übrigens hatte sie ein respektabler Mann wie Yu Tsao-li für gut genug erachtet, um sie zu seiner Frau zu machen. Doch es wurde nichts aus den zahlreichen Anträgen, die sie erhielt.

»Das ist für mich erledigt. Ich will keinen neuen Mann. Und was Kinder betrifft, so habe ich nach KC nie ein weiteres Kind haben wollen und dafür gesorgt, kein weiteres zu bekommen«, hörte er sie eines Tages Onkel Lius Frau erzählen.

KC sagte sie: »Ich habe vierzehn Jahre lang einen guten Mann gehabt. Vor ihm lebte ich ein anderes Leben, und jetzt beginne ich mein drittes. Du, KC, bist dessen Herz, und von allen meinen Leben ist dies dasjenige, auf das ich gewartet habe.«

Dann kam er eines Tages nach Hause und fand die Seidenstickerei von der Insel an der Wand hängen. Es war gerahmt und hatte einen zentralen Platz im Wohnzimmer erhalten. Das war ein bestimmender Augenblick in KCs Leben. Seit langem verstand er den Wunsch seiner Mutter. Jetzt machte er ihn auch zu dem seinen. Und so begann sein lebenslanges Streben nach einer triumphalen Rückkehr auf die Insel. Wie lange es auch dauern mochte, was immer es auch kostete, er würde das Anwesen der Lees für sie erwerben. Er war zuversichtlich, dass es ihn und seine Mutter erwartete. Es war ihnen vorherbestimmt, zu ihm zurückzukehren. Eine Rechnung sollte beglichen werden.

Wenn KC sich seinen wirklichen Vater vorstellte, sah er vor sich einen Mann ohne Ehre. Einen schwachen Mann. Er begann, diesen Fremden zu hassen. Und als sein Hass zunahm, übertrug er ihn auch auf den Sohn dieses Mannes, seinen Halbbruder. Vater und Sohn. *Ein wirklicher Vater mit seinem wirklichen Sohn.* Bei diesen Worten würgte es ihn, und er hatte einen bitteren Geschmack auf der Zunge.

Es gab Zeiten in den langen Jahren des Wartens, in denen KC der Mut zu verlassen schien. Sein Hass hielt ihn aufrecht. Er brannte hell und heiß in ihm, spornte ihn an, gab ihm neuen Elan. Sechsundvierzig Jahre sollte es dauern, bis KC endlich nach China zurückkehren konnte. Denn China verschloss seine Tore vor der Welt, und sogar KCs Mutter sah ein, dass eine Rückkehr unsinnig wäre. Sie warteten ab.

KC nutzte die Zwischenzeit gut. Er stand zu seinem Wort und studierte, um Bauingenieur zu werden. Nach dem Abschluss arbeitete er bei einem großen Bauunternehmer und lernte in dessen Firma alles, was es zu lernen gab. Dann lehnte er das Angebot einer Partnerschaft ab und machte sich selbstständig. Sein Timing hätte nicht besser sein können. In den sechziger Jahren erlebte Hongkong einen Bauboom. Mit dem Vermögen der Yus als Rückhalt – einem Vermögen, das sich inzwischen nahezu verdreifacht hatte, dank seiner Mutter und dem klugen Rat seines Onkels Liu – erwarb KC Land, bebaute es, verkaufte mit Profit und machte sich damit einen Namen.

In den Siebzigern bot er den Stoff für Legenden, und sein Vermögen konnten nicht einmal die Reichen schätzen. Schon damals, mit Anfang vierzig, hätte er sich zur Ruhe setzen können, aber es war noch nicht alles erledigt. Er wartete immer noch auf China. Niemals verlor er die Geduld, denn wie er lange zuvor gelernt hatte, war dem Leben ein Fließen zu Eigen, wodurch sich die Voraussetzungen immer wieder veränderten. Und schließlich öffnete China seine Tore. KC war bereit.

Er begann Erkundigungen einzuholen. Die Lees auf der Insel existierten nicht mehr. Die anmaßende Matriarchin war 1951 gestorben. Das Haus, so erfuhr er, war ebenso an den Staat gefallen wie der Geschäftskomplex an der Zhongshan Road in Xiamen, den seine Mutter vor langer Zeit hatte kaufen wollen. An diesem Punkt hätte er Halt machen können, denn diese Informationen genügten ihm, um auf den Erwerb dieser Immobilien hinzuarbeiten. Aber KC war neugierig. Er wollte mehr wissen.

Er fand heraus, dass sein Vater – wie er es hasste, unter diesem Begriff an ihn zu denken – mit der Familie seines Sohnes nach Australien ausgewandert war. Mit dem bevorzugten Sohn. KC wurde neugierig auf ihn. Wie war er? War er so erfolgreich wie sein Vater? War er so erfolgreich wie KC?

Was KC erfuhr, gab ihm zu denken. Die Lage des Lee-Sohnes war schwach, tatsächlich so verletzbar, dass ein kleiner Schubs ihn in den Abgrund befördern konnte. Das war nicht vorgesehen gewesen, aber die Gelegenheit ergab sich von selbst. Er konnte es dabei belassen oder sie nutzen. Er wusste, wenn er sie nutzte, würde es einige Zeit dauern, bis sein Vorgehen zum Erfolg führte. Er dachte einige Tage darüber nach, dann entschied er sich. Was waren schon ein, zwei Jahre mehr, wenn er bereits ein ganzes Leben gewartet hatte? Er würde sich diese Gelegenheit nicht entgehen lassen, diese Chance, es demjenigen heimzuzahlen, der seine Mutter im Stich gelassen hatte. Er würde ihn dort treffen, wo es ihn am meisten schmerzte: mit einem Schlag gegen seinen kostbaren Sohn. Das Universum selbst stand hinter ihm. Warum hätte es ihm sonst diese Gelegenheit geboten?

KC nutzte dazu das Meridian-Projekt an der Gold Coast. Dieses Projekt, sein erstes in Australien, stand vor seiner Realisierung, doch KC beschloss, es zu opfern oder auch nur lange genug zu verzögern, bis damit sein Ziel erreicht war. Er setzte Lawrence Wong als den Mann an der Spitze ein, und gleichzeitig gründete er zusammen mit Simon Kwang die Paragon Finanzierungsgesellschaft. Es war sein alter Schulfreund, der das Darlehen organisierte. Die Falle. Alles kam so, wie KC es geplant hatte, und das Geschlecht der Lees war am Boden.

Mit sechzig hatte er nun alle seine Ziele erreicht, und er würde seinen Triumph so feiern, wie er es sich immer gewünscht hatte. Nichts und niemand konnte ihn daran hindern …

»Und ganz gewiss nicht Sie, Fräulein Lee«, sagte KC zu der jungen Frau, während er sie aufmerksam musterte. Ihre Augen verdunkelten sich angesichts seiner Worte. Er blickte in ein Gesicht, das bleich war vor Schock oder vielleicht auch vor Zorn.

Sie hatte am Boden gesessen und ihm zugehört, stumm und aufmerksam, bis zum letzten Teil über das Meridian-Projekt und Paragon; Namen, die sie, wie er wusste, wieder erkennen würde. Er hatte sie erwähnt, um ihr zu zeigen, wozu er fähig war, um sie dazu zu bewegen, die Insel zu verlassen.

Jetzt stand sie auf und sagte mit leiser, leicht anklagender Stimme: »Er hat Ihnen nichts getan. Mein Vater war unschuldig.«

»Das hat nichts mit Unschuld zu tun.«

»Womit dann? Rache? Es war nicht genug, dass Sie das Haus bekommen haben und davor das Grundstück in Xiamen. Sie mussten auch noch den Eigentümer und seinen Sohn bestrafen?«

Das verärgerte ihn. Und er war überrascht, dass sie sich wehrte. Er hatte angenommen, sie sei wehrlos und schwach, so wie ihr Vater. Sie hingegen besaß Feuer.

»Sie reden, als ob das, was man meiner Mutter angetan hat, kein großes Unrecht gewesen wäre.«

»Das rechtfertigt nicht, was Sie getan haben!«

»Rechtfertigen? Ich brauche mein Tun nicht zu rechtfertigen. Und was Ihren Vater betrifft, so wäre er ohnehin früher oder später gescheitert.«

»Oh, und Sie haben es nur ein bisschen beschleunigt, und damit ist alles rechtens? Damit sind Sie unschuldig?«

»Diese Frage müssen Sie Ihrem Vater stellen ... Fragen Sie ihn, was er davon hält.«

Sie trat einen Schritt zurück und musterte ihn. Er bemerkte in ihren Augen einen berechnenden Ausdruck. Dann sagte sie betont freundlich: »Ich kann ihn nicht fragen, Herr Yu, mein Vater ist tot. Er ist ins Meer gegangen.«

KC sah ihr nach, wie sie mit raschen Schritten davonging und bald zum Fuß des Hügels gelangte. Er stand da, neben dem Grab der alten Matriarchin der Lees, wie festgenagelt von der Bedeutung ihrer Worte.

27

Feng saß auf einem Felsen und sah zu dem schmalen Pfad hinüber, den Josie in diesem Moment herabkam. Wie lange er dort gesessen hatte, konnte sie nur raten, doch es sah so aus, als ob er von ihrem Kommen gewusst hatte. Als sie an ihm vorüberging, stand er auf und folgte ihr wie ein treuer Schatten; dieser sonderbare Mensch, der ebenfalls ihrer Familie entstammte.

Sie wandte sich nicht um, um sich seiner Anwesenheit zu vergewissern. Mit ihren Gedanken war sie ausschließlich bei KC Yu. Bis jetzt hatte sie nicht gewusst, wie falsch ihre Einschätzungen allesamt gewesen waren. Sie hatte die Menschen immer nur nach ihrem Äußeren beurteilt. Stark, schwach. Gut, schlecht. Richtig, falsch. KC Yu war ihr als ein Mann mit Zielstrebigkeit und Durchsetzungswillen erschienen. Jetzt aber erkannte sie, wie zerrissen seine Seele war. Sie hatte ihren Großvater immer für fehlerlos gehalten, und doch hatte er sich auf gewisse Weise als schwach erwiesen.

Sie zwang sich, diese Schwäche genauer zu betrachten. Das Herz von Kostbare Jade hatte in seiner Hand gelegen, und er war sorglos damit umgegangen. Er besaß die Gabe des Vergessens, das war seine Schwäche. Aber zugleich seine Stärke. Diese Gabe, die der einen Frau Schmerz bereitete, hatte es ihm auch ermöglicht, ein Leben mit der anderen zu führen.

Wenn Glück der Maßstab für ein erfülltes Leben war, dann waren ihre Großeltern in ihrer Ehe glücklich gewesen. So sicher waren sie einander, dass sie gemeinsam nach Singapur fahren und dort nach der Frau suchen konnten, der er unrecht getan hatte.

Nun wusste Josie, dass dies der Grund für alle die Reisen nach Singapur gewesen war. Der Freund ihres Großvaters, jener Herr aus dem Süden, hatte ihm von dem Vorhaben erzählt, wonach KCs Mutter mit ihrem Mann und dem Kind nach Singapur ziehen wollte. Der Mann hatte nicht wissen können, dass Yu Tsao-li seine Familie stattdessen nach Hongkong gebracht hatte. Josies Großeltern hatten am falschen Ort gesucht.

Aber wie auch immer: Sie war sich nicht sicher, ob eine Versöhnung möglich gewesen wäre. Denn während ihr Großvater die Gabe des Vergessens besaß, so verfügte Kostbare Jade über jene der Erinnerung. Auch nach sechzig Jahren waren die Erinnerungen an ihre Verbannung nicht verblasst, sie hatte sie sogar noch auf ihren Sohn übertragen.

Josie hatte noch nie jemanden gekannt, der sich seinen Hass so lange und so gut konserviert hatte. Und dessen Wesen dadurch so verdorben wurde, dass er nicht mehr in der Lage war, das Schreckliche seines Tuns zu erkennen. KCs unbewegte Wiedergabe der Ereignisse hatte sie in Wut gebracht. Ihr Zorn auf ihn war echt gewesen. Aber sie wusste, dass dieser Zorn einen anderen Grund hatte. Er war die Reaktion auf ihre Erkenntnis, dass auch sie ihren Vater im Stich gelassen hatte.

Das drückende Gewicht ihres Bedauerns ließ Josie mitten auf der verlassenen Straße innehalten. Sie schaute sich um, erblickte einen Felsvorsprung in der Nähe eines gefällten Baums und ging darauf zu. Ein schlurfendes Geräusch und das Knacken von Zweigen sagten ihr, dass Feng noch immer bei ihr war. Als Josie sich auf den Felsen setzte, ließ er sich unweit davon unten auf dem harten Boden nieder. Er kauerte sich zusammen und blickte zu ihr hinauf. Auf eine seltsame Weise empfand sie seine Gegenwart als beruhigend. Sie wollte nicht allein sein, wenn ihre Erinnerungen sie heimsuchten.

Josies Vater hatte immer im Schatten dessen gestanden, was ihr Großvater erreicht hatte. Er war nie der Sohn, der gute Sohn, geworden, nie hatte er dem entsprochen, von dem er annahm, sein Vater erwarte es von ihm. Daher war er zu beschämt gewesen, um darüber zu sprechen, als das Geschäft in Gefahr geriet. Sein Scheitern zuzugeben hätte seiner Ansicht nach nur die schlechte Meinung bestärkt, die sein Vater von ihm hatte, auch wenn Josies Großvater nie abfällig über seinen Sohn gesprochen hatte. Und am Ende war da niemand, an den Josies Vater sich hätte wenden können, nicht einmal seine Tochter.

Josie, die ihren Großeltern näher gestanden hatte als ihrem Vater, hatte nie gezeigt, dass sie ihn brauchte. In ihrer Jugend hatte sie nicht viel Zeit mit ihm verbracht, ihn nur hin und wieder begleitet, wenn er zum Fischen ging oder zum Schwimmen. Nun wurde ihr bewusst, wie ausgeschlossen er sich gefühlt haben musste. Teil einer Familie, aber nicht zugelassen im inneren Kreis, dem seine Eltern und seine Tochter angehörten. Hatten sie ihn unbewusst auf größere Distanz gehalten, als es seiner einzelgängerischen Natur ohnehin entsprach?

Allein der Gedanke, sie könnte die Kluft noch vergrößert haben.

Zu behaupten, er sei einfach zu einem Spaziergang aufgebrochen, gab die Vorgänge nicht genau wieder. Wie schwer es auch jetzt noch war, bei der Wahrheit zu bleiben. Wenn sie an jenen Nachmittag dachte, hatte Josie immer einen kurzen Augenblick aus dem Gedächtnis verbannt. Noch nicht einmal ihrer A-yi hatte sie davon erzählt. Doch nun sah sie genau hin, riss die alte Wunde wieder auf.

Die Wolken waren dunkel und schwer.

Josie hatte gerade eine bestellte Arbeit beendet, die nun auf dem Tisch lag, um zu trocknen. Sie griff nach der jüngsten Ausgabe der *Vogue* und ging auf die Veranda hinaus, um zu lesen.

In diesem Moment war der Wagen die Auffahrt hinaufgekommen. Ihr Vater war nach Chatswood gefahren, um einen

Schlauch abzuholen, den er für die Gasheizung im Studio bestellt hatte. Fünfzehn Minuten später kam er zu ihr und nahm sich den Gartenstuhl neben ihrem. Sie sah ihn an, er trug immer noch seine Anzugjacke. Er räusperte sich und sagte, er wolle rasch hinunter zum Corso gehen, um bei Humphrey's eine Anglerzeitschrift zu besorgen und vielleicht einen Kaffee zu trinken. Sie hatte genickt und darauf gewartet, dass er ginge. Dann sprach er weiter.

»Willst du nicht mit mir kommen?«, fragte er.

Diese Einladung überraschte Josie. Es war einige Zeit her, seitdem sie gemeinsam etwas unternommen hatten. Sie spürte, dass sie eigentlich ja sagen müsste, aber sie hatte nicht wirklich Lust, mit ihm zu gehen. Es würde peinlich sein. Sie sprachen kaum noch miteinander. Jeder mied den anderen aus seinen eigenen Gründen. Josie, weil sie in ihm den Verlierer sah, auch wenn sie sich deswegen schämte; und er, weil er vielleicht das harte Urteil erkannte, das sie über ihn gefällt hatte und vor ihm zu verbergen suchte. Etwas, das ohne Zweifel sein Gefühl, versagt zu haben, nur noch vergrößerte.

Er spürte ihr Zögern und ihre Verlegenheit und sagte daher rasch: »Das Wetter ist wohl nicht wirklich für einen Spaziergang geeignet. Bleib nur hier ... Ich werde gehen.«

Er war aufgestanden, hatte zum Himmel hinaufgeblickt und war den Weg hinuntergegangen. Sie zögerte noch kurz und konnte sich nicht entschließen, fragte sich, ob sie nicht doch ihre Zeitschrift beiseite legen und sich ihm anschließen oder ihn doch allein gehen lassen sollte. Sie dachte daran, wie er das Wetter erwähnt hatte, um ihr eine Ausrede zu ersparen, weil sie nicht mit ihm kommen wollte. Ihre Ablehnung hätte sie beide in Verlegenheit gebracht. Schließlich blieb sie sitzen. Der Augenblick war verpasst.

Vielleicht war er zu dem Zeitungshändler gegangen, wie er gesagt hatte. Vielleicht war er aber auch einfach weitergegangen, bis er sich auf den Felsen von Freshwater wiedergefunden hatte. Der Gedanke … der Entschluss zu sterben war ihm gekommen, als er das Haus verlassen hatte. Wäre sie bei ihm gewesen, wäre ihm der Gedanke nicht gekommen.

Jetzt verstand Josie die Bedeutung ihres erhobenen Arms in der Nacht. Wahrscheinlich hatte sie schon immer gewusst, was es besagte. In dem sich wiederholenden Traum nach seinem Tod hatte sie versucht, ihre Tatenlosigkeit wiedergutzumachen, ihm zuzuwinken und zu rufen: »Ich komme mit dir!« Sie wollte gerne die Verandastufen hinablaufen, um ihn auf seinem Spaziergang zu begleiten, damit sie vor der Dunkelheit wieder daheim waren.

Zu gerne hätte sie ihrem Vater gesagt, wie dumm es von ihr gewesen war, sich anzumaßen, ihn zu verurteilen, wenn noch nicht einmal ihr Großvater seinen eigenen Sohn verurteilte. Sie sah nun ein, wie selbstsüchtig und egozentrisch sie gewesen war, ein verwöhntes Kind, das von seinem Vater erwartete, niemals etwas falsch zu machen, damit sie sich weiterhin sicher fühlen konnte in ihrer kleinen Welt. So etwas konnte sie von niemandem verlangen, noch nicht einmal von ihrem Vater.

Nein. Josie war ihm keine gute Tochter gewesen.

Zum ersten Mal seit dem Tod ihres Vaters weinte sie um ihn. Sie hatte nicht geweint, als sie seine Leiche brachten, noch nicht einmal beim Begräbnis und auch nicht in den zwei Jahren, die seither vergangen waren. Nun ließ sie ihren Tränen freien Lauf, gleichgültig, ob ein vorübergehender Fremder sie sah. Und als Feng herankam und ihr behutsam die Schulter tätschelte, als ob sie ein kleines Kind wäre, da verscheuchte sie ihn nicht.

Es war an der Zeit zu trauern.

28

»Erzählen Sie mir von Feng«, sagte Josie zu Großmutter Chen. Sie saßen draußen auf einer Bank, um sich nach dem Abendessen noch ein wenig abzukühlen. Dies war die letzte Nacht, die Josie auf der Insel verbringen würde. Als sie am Vormittag zum Haus zurückgekommen war, wartete der Brief auf sie. Soon-li hatte ihn ihr gegeben und sich verwundert über die rasche Antwort geäußert. Aber es waren enttäuschende Nachrichten, die so schnell eingetroffen waren. Auf dem alten Friedhof der Insel waren keine weiteren Beerdigungen mehr gestattet. Aber es war noch Platz auf dem Volksfriedhof von Xiamen oder, falls Josie das vorzog, auf einer Begräbnisstätte weiter außerhalb der Stadt.

Beides kam nicht in Frage. Wenn ihr Großvater nicht auf der Insel beerdigt werden konnte, dann würde sie die Urne wieder mit nach Sydney nehmen. Es war Zeit heimzukehren. Sie vermisste die beruhigende Gegenwart ihrer A-yi. Josie, Soon-li und Großmutter Chen würden morgen noch einmal gemeinsam zu Mittag essen, bevor sie am Nachmittag die Fähre nach Xiamen nehmen würde. Sie wollte einige Entfernung zwischen sich und den Yus wissen.

Von ihrer zweiten Begegnung erzählte sie nur, er wäre ebenso unfreundlich gewesen. Soon-li hatte Einzelheiten wissen wollen, aber ihre Großmutter meinte, es gäbe keinen Anlass, sich über Unerfreuliches zu unterhalten. Dankbar hatte Josie die alte Frau angelächelt.

Und nun versuchten die drei, ihren letzten gemeinsamen Abend so angenehm wie möglich zu gestalten. Sie saßen im

Freien unter einem sternenlosen Himmel und erzählten sich Geschichten.

Dann fragte Josie nach Feng, um auch noch das letzte der Rätsel zu lösen, die eine Reise voller Enthüllungen aufgedeckt hatte. »Ich weiß, dass die Mutter seines Vaters eine Lee war … dass er eine Zeit lang in dem Haus gewohnt hat«, sagte Josie zu Großmutter Chen.

Die alte Frau nickte und begann dann nach einer Weile mit ihrer Erzählung.

Während der letzten Jahre des Bürgerkriegs verkaufte die Alte Herrin das meiste an Landbesitz und Häusern. Eins nach dem anderen wurden sie weniger, um für die Mitglieder der Familie hier und in Xiamen Reis kaufen zu können – entfernte Vettern und ihre Kinder sowie die Diener, die man behalten hatte, weil sie nicht wussten, wo sie sonst hingehen konnten. Als schließlich das große Gebäude in Xiamen verkauft war, sagte die Alte Herrin: »Ihr Hass ist größer als unser Glück.«

Sie hatte die Worte von Kostbare Jade nicht vergessen.

Schließlich war den Lees nur noch ein kleines Stück Ackerland geblieben und das große Haus auf der Insel. Hier lebte die Alte Herrin auch weiterhin, zusammen mit ihrem Neffen und Gehilfen, mit seiner Frau und ihrem Sohn Feng.

Feng … er wäre beinahe an einem Fieber gestorben, aber die Alte Herrin und seine Mutter holten ihn wieder ins Leben zurück. Danach war er nicht mehr derselbe. Der Junge, der eingeschlafen war, war nicht der Junge, der wieder aufwachte. Die Alte Herrin behütete ihn trotzdem weiterhin. Sie war vernarrt in ihn, wie sie in Ihren Vater, den Enkel, vernarrt gewesen wäre, hätte er bei ihr sein können.

Ohne Feng hätte wohl nichts die Eintönigkeit in den Tagen der Alten Herrin verscheucht. Mit ihrem Sohn und seiner Familie in einem anderen Land, war dieses große Haus ein einsamer

Ort. Da war es ein Segen, Feng um sich zu haben. Da er so war, wie er nun einmal geworden war, kam er nie auf den Gedanken, sich vor ihr zu fürchten. Sogar in ihrem hohen Alter hatte die Alte Herrin etwas Einschüchterndes. Ein anderes Kind hätte sich von ihr fern gehalten, ihr gegenüber eher Respekt als Liebe gezeigt. Nicht so Feng. Wenn er sich schnitt, dann war sie es, zu der er lief. War er traurig, dann ging er zu ihr, um Trost zu suchen. Sein kindliches Vertrauen in sie wärmte das Herz der Alten Herrin. Bei ihm konnte sie sich weichherzig geben. Auch wenn er nur ein Kind war und dazu noch eins mit einem Hirnschaden, so gehörte Feng doch zum Haus wie jeder andere von uns.

In jenen Jahren diente ich der Alten Herrin immer noch, obwohl ich schon längst mit dem Gärtner verheiratet war und ein eigenes Kind besaß. Die Alte Herrin hatte meine Hochzeit arrangiert. Es kam ihr gelegen, mich bei sich behalten zu können. So lebte ich mit meiner Familie in dem Haus und arbeitete für die Alte Herrin, wie ich es immer getan hatte.

In der Mitte des Frühlings, als die Kälte fort und die Hitze noch nicht auf der Insel eingetroffen war, saß die Alte Herrin gerne draußen bei den Bäumen, von wo aus sie einen Blick auf das Wasser erhaschen konnte. Man musste sie auf dem ganzen Weg stützen, daher blieb ich an ihrer Seite. Es gab Tage, an denen sie damit zufrieden war, nur auf das Wasser hinauszuschauen … und dann wieder andere Tage, an denen sie redete.

»Jenseits des Meeres lebt mein Sohn und gedeiht …«, sagte sie dann zu mir.

Im Lauf der Jahre schickte ihr der Junge Herr Bilder von Ihrem Vater. Und die Alte Herrin betrachtete sie jeden Morgen und jeden Abend, während ich ihr das Haar kämmte. Die Bilder lagen säuberlich unter Glas auf einem Tisch in ihrem Zimmer. Bald nach dem Ende des Bürgerkriegs schrieb der Junge Herr und bat sie, nach Manila zu kommen. Die Alte Herrin sagte: »Nein, ich muss hier bleiben.«

Sie blieb nicht wegen des Hauses. Vielmehr glaubte sie, die Worte von Kostbare Jade würden sie überallhin verfolgen, wohin auch immer sie ging, und sie könnte dadurch dem Jungen Herrn Unglück bringen, wenn sie zu ihm kam.

»Was zählt die Einsamkeit, wenn ich weiß, es geht ihnen allen gut.«

Mit der Zeit wurde sie immer gebrechlicher und konnte nicht mehr hinausgehen. Feng saß dann zu ihren Füßen, und die Alte Herrin sprach mit ihm, ohne sich darum zu kümmern, dass er sie nicht verstehen konnte. Sie erzählte ihm aus früheren Zeiten, davon, wie die Lees auf die Insel kamen, von dem Gesicht auf dem Felsen, das nur die Lees erkennen konnten. Sie erzählte ihm aus dem Leben derjenigen Lees, die schon lange tot waren, von ihren vielen Reisen und Abenteuern, von ihren zahllosen Erfolgen. Sie erzählte ihm von den Zeiten, als ein Lee sich das Land um sich herum ansehen und sich sagen konnte, so weit sein Blick reichte, gehörte alles den Lees. Und sie erzählte ihm von ihrem Sohn und dem Sohn ihres Sohnes in einem anderen Land. Feng verhielt sich immer still. Schweigend hörte er zu, wobei er sich vor und zurück wiegte, während die Alte Herrin den Faden ihrer Erzählungen spann.

An manchen Tagen war es die Alte Herrin, die Feng zuhörte. Dann summte er vor sich hin, ein Wiegenlied, das ihm seine Mutter vorgesungen hatte, oder auch ein Kinderlied, und sie lehnte sich zurück und lauschte. Manchmal nickte sie dabei ein.

Die Alte Herrin starb eines Abends gleich nach dem Abendessen. Sie litt wenig Schmerzen. Sie hatte sich schon längst auf ihr Ende vorbereitet und mir gezeigt, wo sie die sieben Lagen Kleider aufbewahrte, die sie auf ihrer letzten Reise tragen wollte. Sie fürchtete sich nicht, und was die Lees sonst erlitten haben mögen, sie jedenfalls hatte einen leichten Tod. Eine kurze Atemnot, und dann war sie entschlafen. Ich wusch sie und kleidete sie an, umwickelte ihre Füße mit frischen Bandagen und kämmte ein letztes Mal ihr Haar.

In der Nacht, als die Alte Herrin auf ihrem Bett lag und ihr Geist in ein anderes Leben hinüberwechselte, summte Feng ihr etwas vor und sorgte so mit einer seiner beruhigenden Melodien für ihren leichten Übertritt in die Geisterwelt. Noch lange, nachdem wir die Alte Herrin begraben hatten, saß Feng auch weiterhin bei ihrem Sessel, wiegte sich vor und zurück, verloren in seiner eigenen Welt.

Lange zuvor hatte die Alte Herrin ihren Wunsch verkündet: Ihr Neffe und seine Frau sollten in dem Haus bleiben, damit Feng für den Rest seines Lebens ein Heim hatte. Aiy! Es war gut, dass sie damals gestorben ist, denn ihre Wünsche sollten sich nicht erfüllen.

Schon bald nach ihrem Tod, genau zwei Jahre nach dem Ende des Bürgerkriegs, änderten sich die Dinge. Sie veränderten sich langsam, jeder spürte das. Mit der Zeit wurden die Menschen wachsam, weil sie sich fürchteten, verraten zu werden. Niemand wusste, wem man bei der Arbeit oder in den Wohneinheiten trauen konnte. Viele neue Gesetze waren erlassen worden, neue Kampagnen angeordnet ... anti dies, anti das, immer wieder etwas Neues. Es gab viele Versammlungen zur Kritik und Selbstkritik, über lange Zeit nahezu jeden Tag. Feng bedeutete das alles überhaupt nichts. Er verstand nicht, wie sich die Welt verändert hatte.

Eines Tages fand eine solche Versammlung gegen seine Eltern statt. Der Neffe der Alten Herrin und seine Frau entstammten einer langen Reihe von Kaufleuten und Landbesitzern. Einer nach dem anderen begann sie zu kritisieren, während sie mit gebeugten Köpfen dastanden. Feng stand hinten im Raum und schaute neugierig zu. Am Ende des Treffens klatschte er in die Hände und lachte. Man trug seinen Eltern auf, ihn nicht wieder mitzubringen.

Der Neffe der Alten Herrin überstand diese Versammlungen zur Kritik und Selbstkritik. Er überstand jedoch nicht das gleiche Leiden, das vor langer Zeit auch den Alten Herrn dahingerafft hatte. Seine Lungen versagten ihm den Dienst. Nach seinem Tod schrieb seine Frau dem Jungen Herrn, das Haus sei zu groß für sie. Sie wollte in ihr früheres Zuhause zurückkehren und bei ihrer verwitweten Mutter leben. Der Junge Herr meinte, sie könne ihre Mutter in dem Haus aufnehmen, und er wollte ihr zudem Geld schicken, aber Fengs Mutter war fest entschlossen zu gehen.

Statt es an Fremde zu vermieten, verkaufte der Junge Herr das Haus an eine andere Familie auf der Insel. Es wurde für einen Spottpreis verkauft, denn die Zeiten waren ungewiss. Aber etwas Geld erhielt man doch dafür. Mehrere Jahre später wurden viele Mietobjekte vom Staat enteignet.

Alle verließen das Haus am selben Tag. Am Tor wollte Feng umkehren, aber seine Mutter sagte fortwährend: »Feng-ah, wir wohnen hier nicht mehr. Wir haben ein anderes Zuhause.«

Er klammerte sich an das Gitter und wollte nicht fortgehen. Wir bogen ihm die Finger von den Gitterstäben und zerrten ihn mit uns den Weg hinunter. Normalerweise ist er ruhig. Aber an jenem Tag hat er so laut geschrien, als ob jemand gestorben wäre. Und in gewisser Weise war es ja auch so. Ein Teil von uns blieb in dem Haus zurück.

Mein Mann und ich zogen hier ein, in dieses Haus, wo ich auch nach seinem Tod geblieben bin. Was Feng betraf, so dauerte es lange Zeit, bis er begriff, dass in dem großen Haus nun jemand anders wohnte. Oft ging er den ganzen Weg dorthin, um am Tor zu stehen. Zuerst kam seine Mutter und holte ihn wieder zurück. Doch dann gab sie es auf, denn sie musste sich um ihre alte Mutter kümmern. Also lief Feng ungehindert herum. Nach dem Tod seiner Mutter sah ich ihn auf den Straßen der Insel. Es waren harte Zeiten, niemand hatte genug zu essen, wovon er hätte etwas abgeben können. Ich brachte ihn hierher und gab ihm zu essen.

Er weiß, er ist hier willkommen. Er kommt, wenn er hungrig ist oder einen Platz zum Schlafen braucht.

Denn sehen Sie, ich habe der Alten Herrin ein Versprechen gegeben. Sie sagte zu mir: »Es ist noch nicht vorbei, A-san. Die Angelegenheit ist noch nicht abgeschlossen. Eines Tages werden sie alle bei den Felsen zusammentreffen, so wie in jener Nacht vor vielen Jahren. Wenn diese Zeit kommt, A-san, dann musst du mein Fleisch und Blut behüten.«

Lange Zeit habe ich geglaubt, Feng beschützen zu müssen, wenn die Worte von Kostbare Jade wahr werden würden. Sonst gab es niemanden mehr aus Ihrer Familie auf dieser Insel, er war der Letzte aus der Familie Lee. Aber ich habe mich geirrt. Die Alte Herrin hat Sie gemeint. Vor so langer Zeit … Sie hat gewusst, dass Sie kommen würden.

29

Der erste Gast, der am Tag von Madame Yus Geburtstagsfeier eintraf, war der stellvertretende Direktor Chiu in Begleitung seiner Frau und seines Sohnes Xiaoru. KC konnte nun endlich den Staatsbeamten seiner Mutter vorstellen, die ihm herzlich dafür dankte, ihren Sohn auf dieses Grundstück hingewiesen zu haben.

»Es ist genau das, was ich mir schon immer gewünscht habe ... Ein Traum ist in Erfüllung gegangen«, sagte sie zu ihm. KC bemerkte, wie sehr ihre Worte seinem Freund schmeichelten.

KC ließ Pao-Pao aus seinem Zimmer rufen, und als sein Enkel die Stufen hinabgehüpft kam, sagte er ihm, die versprochene Überraschung sei hier. Nun endlich konnte man die beiden Jungen miteinander bekannt machen. Amüsiert beobachteten KC und der stellvertretende Direktor, wie sich die beiden vorsichtig musterten. Dann schlug Pao-Pao seinem neuen Freund vor, nach draußen zu gehen. Im Handumdrehen war alle Schüchternheit verschwunden, als die beiden hinausrannten, um das Personal des Hotels »Großer Reichtum« zu terrorisieren, das schon früher eingetroffen war, um die Vorbereitungen für das Festbankett zu treffen.

Während KCs Mutter die Gäste durch das Haus führte, stand er an einem offenen Fenster und blickte auf die riesige, blendend weiße Markise inmitten des Grundstücks hinunter. Sie war umgeben von dicht belaubten Bäumen, an deren Ästen man rote Lampions aufgehängt hatte, die speziell für dieses Ereignis angefertigt worden waren. Die chinesischen Schriftzeichen für Glück und langes Leben waren in goldener Farbe aufgemalt. Man würde sie entzünden, sobald die Dämmerung anbrach und alle Gäste zum zwölfgängigen Festmahl eingetroffen sein würden, mit dessen Vorbereitung der Chefkoch schon vor zwei Tagen begonnen hatte. Mit einem Blick zu den Wolken, die sich nicht verzogen hatten, hoffte KC, dass sich das Wetter hielt. Denn der Gipfel der Festveranstaltung sollte ein ganz besonderes Feuerwerk sein.

Viel Freude würde er nun nicht mehr daran haben. Dafür hatte Josie Lee gesorgt. Er sträubte sich dagegen, sich die schrecklichen Enthüllungen auszumalen. Er holte tief Luft und atmete kräftig wieder aus, doch das beklemmende Gefühl blieb. Er wünschte, der Abend würde bald beginnen und rasch vorübergehen. Wie es ihm davor graute. Das falsche Lächeln, das er aufsetzen musste, wenn er in seinem tiefsten Innern an die schrecklichen Folgen seines Tuns denken musste. Welchen Preis hatte er für dieses Haus bezahlt? Würde er es überhaupt ertragen, hier eine ganze Woche zu verbringen, so wie er es vorgehabt hatte?

Seine Gedanken quälten ihn. Die tief hängenden Wolken ließen auch keine heiteren Gedanken aufkommen. Er schaute hinauf zu dem dunkel drohenden Himmel, doch dann richtete sich seine Aufmerksamkeit auf die zwei kleinen Gestalten, die unter der Markise hervorgeschossen kamen. Dann waren die Jungen erneut verschwunden. Ein ohrenbetäubendes Scheppern, gefolgt von lautem Schimpfen, zeugte davon, dass sie sich soeben unbeliebt gemacht hatten.

KC wollte gerade einem Dienstmädchen auftragen, die beiden aus dem Bereich der Festvorbereitungen herauszuhalten, als er hörte, wie Pao-Paos Kindermädchen nach den Jungen rief. Mit erstaunlicher Geschwindigkeit sausten sie hinaus und rannten weiter zum abseits gelegenen Baumdickicht. KC hörte, wie ihr Geschrei verhallte, als sie in den Schatten tauchten. Von seinem Standort aus konnte er beobachten, wie das Kindermädchen ihnen hinterherlief. Dort zumindest, sagte er sich lächelnd, würden die Jungs nicht weiter stören.

Dann aber hörte er, wie seine Mutter nach ihm rief. Die Frau des stellvertretenden Direktors wollte wissen, woher er diesen Miniatur-Korallenbaum bekommen hatte. Das Exemplar hier war das Kunstwerk eines Meisters seiner Zunft. KC gesellte sich zu seinen Gästen, und eine halbe Stunde später klopfte ein Bediensteter an und teilte mit, dass eines der gecharterten Schiffe angelegt habe und ungefähr vierzig Gäste sich in diesem Augenblick auf dem Weg zum Haus hinauf befanden.

Das Mittagessen hatte in gedämpfter Stimmung stattgefunden.

Soon-li sagte, sie habe gehofft, Josie würde länger bleiben. Nun war sie traurig, weil sie heute abreiste. Josie lächelte ihre Freundin an, erwiderte aber nichts. Der Abschied von diesen beiden Menschen würde nicht einfach sein. Auch wenn sie nur kurze Zeit mit ihnen verbracht hatte, bedeuteten sie ihr viel. Sie schaute zu Großmutter Chen hinüber und bemerkte, wie nachdenklich diese wirkte. Während des Essens hatte die alte Frau kaum ein Wort gesagt. Josie seufzte. Warum konnte sie nicht unter glücklicheren Bedingungen abreisen? Und dann war da noch Feng. Josie war von sich selbst überrascht, als ihr ihre Enttäuschung bewusst wurde, ihn an diesem Morgen nicht gesehen zu haben. Auch wenn sie sich immer noch nicht wirklich wohlfühlte in seiner Gegenwart, wollte sie etwas für ihn tun. Er war mit ihr verwandt, und ihre Urgroßmutter hätte es von ihr erwartet. Sie durfte nicht vergessen, Großmutter Chen etwas Geld für ihn zu geben.

Nachdem sie das Restaurant verlassen hatten, beschloss Josie, ein letztes Mal zu den Felsen zu gehen. Sie hatte das Gesicht nicht vergessen, das sie meinte dort gesehen zu haben, und wollte sich vergewissern, dass es nicht nur ihrer Einbildung entsprungen war. Soon-li sagte, sie wolle sie begleiten, und dann überraschte Großmutter Chen alle beide, als sie sagte, sie werde ebenfalls mitkommen. Und so brachen die drei Frauen auf.

Am Strand gingen sie an einer Touristengruppe vorbei, die mit ihren Kameras schwer beladen war. Obwohl das Wetter alles andere als vielversprechend aussah, kamen sie immer noch in Scharen auf die Insel. Auch die Badenden hatten sich dadurch nicht aus dem Wasser scheuchen lassen. Regen oder nicht, meinte Soon-li, zu dieser Jahreszeit war das Wasser hier immer warm. Das Kreischen von herumplanschenden Kindern schallte zu ihnen herüber, und draußen am Horizont konnte Josie ein paar Schiffe ausmachen.

Die Menschen wurden weniger, je weiter sie gingen. Großmutter Chen sagte wenig, aber Josie bemerkte, wie sie ständig zum Himmel emporsah, der immer dunkler wurde. Josie beschleunigte ihre Schritte. Sie mussten nicht lange gehen, die Felsen waren bereits in Sichtweite.

»Habt ihr es bemerkt ... Regen«, hörte sie Soon-li sagen. Josie drehte sich nach ihr um und sah, wie sie ihre Handfläche ausstreckte. »Und noch ein Tropfen«, sagte sie.

Da schlug Großmutter Chen vor, umzukehren. Bedauernd sah Josie zu den Felsen hinüber, die nun schon so nahe waren. Nur noch ein paar Schritte, und sie stünde auf dem ersten Brocken. Sie entdeckte dort ein paar Gestalten, darunter zwei Jungen, die den Pfad herabgelaufen kamen, der zum Wasser führte. Wenn nur Soon-li dabei gewesen wäre, hätte Josie vorgeschlagen, weiterzugehen. Denn schließlich war es egal, ob sie weitergingen oder umkehrten, sie würden auf alle Fälle patschnass werden. Aber es wäre nicht sehr rücksichtsvoll der alten Frau gegenüber, so etwas zu sagen. Josie blickte ein letztes Mal zu den Felsen hinüber, als auch schon zwei dicke Regentropfen auf ihr Gesicht fielen. Dann machte sie kehrt und ging zu Großmutter Chen. Sie wartete, dass Soon-li sich ihnen anschloss, aber die hatte mit ihren scharfen Augen eine vertraute Gestalt auf den Felsen entdeckt.

»Schaut! Da ist Feng-ah!«

Er war es tatsächlich. Allerdings blickte er nicht zu ihnen, sondern zu jener Gruppe hinüber, deren Rufe und Gelächter der Wind bis dorthin trug, wo Josie stand.

»Feng ... Feng-ah!«, rief Soon-li noch einmal, aber er sah immer noch nicht in ihre Richtung. Josie stimmte in Soon-lis Rufen ein. In der Ferne hörten sie die Mutter eines Jungen: »Komm zurück, Pao-Pao!« Schallendes Gelächter erklang, gefolgt von weiteren Rufen. Wieder rief Soon-li nach Feng. Er wandte sich hastig um und nahm sie endlich wahr. Die jungen Frauen winkten ihm und beschlossen dann, zu ihm hinaufzuklettern. Großmutter Chen meinte, sie würde hier warten, und sagte, sie sollten sich beeilen. Feng begann, ihnen mit wild fuchtelnden Armen zuzuwinken.

Sie kamen näher und konnten sein Gesicht immer deutlicher sehen. Er rief ihnen etwas Unverständliches zu. Jetzt sprang er auf und ab. Josie lächelte. Er war offensichtlich hocherfreut, sie zu sehen. Dann zeigte er zu den Felsen hinüber. Wollte er, dass sie dorthin gingen? Er fuhr fort, auf etwas zu zeigen. Dort. Jetzt. Da vernahmen sie den Schrei. Schrill und drängend. Es war die Frau. Als Josie auf das Wasser schaute, sah sie sie am Rand des Pfades stehen und aufgeregt in Richtung Meer gestikulieren. Neben ihr stand ein Junge. Einer, nicht zwei.

Josie und Soon-li hasteten los. Ein paar Schritte vor ihnen rannte Feng. Jetzt fielen die Regentropfen schon stärker. Soon-li mahnte Josie zur Vorsicht. Ihre Warnung kam zu spät. Josie stolperte, fing ihren Sturz mit den Händen ab und schürfte sie sich dabei auf. Soon-li war sicherer auf den Füßen und lief weiter. Als sie ihr Gleichgewicht wiedergefunden hatte, folgte Josie ihr. Feng erreichte die Frau als Erster, eine Sekunde später kam Soon-li dazu. Als auch Josie sie erreichte, hörte sie, wie die Frau einen bekannten Namen rief: »Pao-Pao! Pao-Pao!«

In dem inzwischen aufgewühlten Wasser erhaschte Josie einen Blick auf das Gesicht des Jungen, bevor es rasch wieder unterging.

Hinter sich hörte Josie, wie Soon-li leise sagte: »Ich kann nicht gut schwimmen.«

Die Frau, in der Josie jetzt die Kinderfrau erkannte, weinte und jammerte vor sich hin: »Ich habe ihnen gesagt, sie sollten nicht die Felsen hinuntergehen ... Ich sagte ihnen, dass sie nicht so nahe an den Rand laufen sollten ... Aber sie haben nicht gehorcht ... und Pao-Pao ist ausgerutscht!«

Josie beachtete die Frau nicht. Ohne die Augen von dem Jungen im Wasser abzuwenden, rief sie Soon-li und dem anderen Jungen zu: »Schnell ... holt Hilfe! Im großen Haus!« Während die beiden über die Felsen davonliefen, starrte Josie in das auftauchende und untergehende Gesicht des Kindes.

Die Gäste ließen einen lauten Ruf des Unmuts hören, als die Wolken schließlich barsten. KC bat sie alle ins Haus hinein, und seine Mutter führte sie in die große Empfangshalle. Einige der Gäste wandten sich an ihn mit der beruhigenden Ankündigung, dass diese Art Regen zwar heftig, aber nur von kurzer Dauer sei. KC hoffte, sie würden Recht behalten. Denn trotz des Regengusses war es heiß und schwül, und außerdem waren bislang nur die Hälfte der Gäste eingetroffen, die übrigen würden innerhalb der nächsten zwei Stunden ankommen. Es würde dann unerträglich warm werden in dem Haus. Er hatte die Bediensteten angewiesen, die Fenster an jener Seite des Hauses weit zu öffnen, wo der Wind den Regen nicht hereinwehen konnte. Doch das half wenig, um die Hitze zu vertreiben.

Danach gab es nicht viel mehr zu tun, als das Ende des Regens abzuwarten. KC gesellte sich zu den verschiedenen Gruppen, um sich dann zu entschuldigen, als die Drinks serviert wurden. Draußen stand er auf der überdachten Eingangstreppe und starrte durch den Regenvorhang. Die zweihundert roten Lampions waren alle aufgeweicht. Er fragte sich, ob man sie noch entzünden konnte. Zumindest hielt die Markise dem Guss stand, aber KC suchte dennoch den Boden ab, um zu sehen, ob es irgendwo durchtropfte.

Er wollte gerade umkehren, als er Stimmen im Regen vernahm. Zwei Gestalten rannten auf ihn zu, ein Kind und eine Frau. Das Kindermädchen und ... Xiaoru, beide nass bis auf die Haut. KC schüttelte den Kopf und erwartete, gleich einen ebenso durchweichten Pao-Pao zu erblicken. Aber dann bemerkte er, dass die Frau eine Fremde war. Er wollte schon fragen, wo Pao-Pao sei, aber ein Blick in ihre Gesichter sagte ihm, dass etwas nicht stimmte.

Das Wasser war warm und salzig.

Josie hustete spuckend, als sie noch etwas davon in den Mund bekam. Sie kämpfte darum, den Kopf über Wasser zu halten, um zu sehen, wo der Junge geblieben war. Doch wieder schlug eine Welle über ihr zusammen. Wo war er? Vor einer Sekunde hätte sie ihn beinahe gehabt. Sie hatte gerade ihren Arm um ihn gelegt, als das Meer ihn erneut fortriss.

Für einen kurzen Augenblick sah sie ihn wieder, sah, wie er nach Luft schnappte. »Pao- ...«, rief sie. Er wandte sich zu ihr, streckte die Arme aus, aber bevor sie zu ihm gelangen konnte, wurde sie gegen einen Felsen geschleudert. Ihre ganze Seite schmerzte von dem Aufprall. Sie wartete, bis der Schmerz nachließ, holte tief Atem und stieß sich ab. Es war gefährlich so nahe bei den Felsen. Außerdem war der Junge inzwischen weiter draußen, konnte sich aber immer noch oben halten. Sie war froh, dass er schwimmen konnte und dass die Angst ihn noch nicht lähmte.

Wieder schwamm sie zu ihm hinüber. Er sah sie kommen und versuchte, ihr entgegenzuschwimmen. Dann ging Josie selbst unter. Ihre Arme ruderten wild in dem Bemühen, wieder an die Oberfläche zu gelangen. Sie spürte, wie Panik in ihr aufstieg, glaubte, sie würde den Himmel nie wieder sehen. Dann war sie oben, schnappte gierig nach Luft.

Da spürte sie ihn. Ein leichter Stoß gegen ihren Arm. Er war ganz nahe. Mit ausgestreckten Armen wühlte sie im Wasser, suchte ihn. Ihre Hände griffen ins Leere. Sie drehte sich, suchte die Wasseroberfläche ab, auf der der Regen tanzte. Die See neckte sie für kurze Momente, in denen das kleine Gesicht mit seinen dunklen, entschlossenen Lee-Augen auftauchte. Jetzt war er zwei Armlängen von ihr entfernt. Sie schwamm zu ihm hin, aber wieder trieb eine Welle sie auseinander, nahm ihn mit sich fort.

Wie konnte das Meer es wagen, ihr abermals jemanden fortzunehmen! Trotz ihrer nachlassenden Kräfte unternahm sie einen letzten Versuch. Diesmal musste es gelingen, denn sie wurde müde. Einen Herzschlag lang plante sie ihr Vorhaben, füllte ihre Lungen mit Luft und tauchte.

In dieser trüben Umgebung konnte sie seinen verschwommenen Schatten erkennen. Sie schwamm hinter ihn und befolgte Befehle, die wie aus einem anderen Leben zu ihr drangen.

Du musst dich so positionieren, dass seine Hände dich nicht zu fassen bekommen können. Dann lege einen Arm über seine Brust ... so. Siehst du, wie dein Arm jetzt wie ein Haken funktioniert? Auf diese Weise kannst du seinen Kopf über Wasser halten, während du an Land schwimmst.

Er spürte ihre Nähe, versuchte sich umzudrehen, umfasste sie mit beiden Armen und strampelte hektisch. »Nein!«, schrie sie, als sie auftauchte, »oder wir gehen unter!«

Sie hielt ihn fest, als er sich wehrte, während sie dabei für sie beide Wasser trat. Wie sehr sie sich danach sehnte, nichts mehr zu tun ... sich auszuruhen. Dann, nach einer Weile, hörte er auf, sich zu wehren, vielleicht weil er erkannt hatte, dass er ihr vertrauen konnte, vielleicht aber auch, weil er einfach zu müde war, um noch zu kämpfen. Weshalb auch immer, Josie war dankbar dafür. Es ermöglichte ihr zurückzuschwimmen. Vom Wasser getragen, erschien ihr sein Körper leicht. Sie war froh darüber, denn sie war mit ihren Kräfte fast am Ende.

Kämpfe nicht gegen das Wasser an. Das Meer hat seinen eigenen Rhythmus. Diesen musst du erkennen, damit es dir helfen kann.

Vielleicht waren es jene Gedanken, die Josie in diesem Augenblick spüren ließen, wie sich die Umgebung veränderte. Sie und der Junge wurden eins. Sie waren miteinander verbunden, und sogar das Meer war ein Teil von ihnen geworden, sodass sie nicht hätte sagen können, wo ihre Körper endeten und das Wasser begann. Dieses Gefühl beruhigte sie sehr, und langsam überließ sie sich dieser schwebenden Welt. Sie ließ sich tragen. Sie vertraute.

Und so entließ sie das Meer aus seiner Umarmung.

Andere kamen ins Wasser, aber ihre Rufe klangen gedämpft, denn Josies Sinne schwanden. Sie spürte, wie man sie aus dem Wasser zog und ihr den Jungen abnahm. Dann spürte sie, wie ihr Rücken etwas Raues, Hartes berührte, während ein Durcheinander von Stimmen um sie war: die von Soon-li, dann die lauten Anweisungen eines Mannes ... die Stimme kannte sie. Hände, rau von der Arbeit, fuhren ihr über das Gesicht. Josie öffnete die Augen. Sie brannten, und sie spürte, wie sie das Salzwasser herausweinte. Ein vertrautes altes Gesicht beugte sich über sie. Sie sah, wie sich Falten über die Stirn legten, wie von unsichtbarer Hand gezeichnet. Josie versuchte zu sprechen, brachte aber kein Wort heraus. Dann erinnerte sie sich an etwas, kämpfte sich auf die Knie. Sie drehte sich um, suchte nach dem Beweis, bis sie neben sich den erschöpften Jungen sah ... sah, wie sich der kleine Brustkorb hob und senkte. Sie hatte es nicht geträumt. Er war hier.

Mit einer Stimme, die ihr fremd in den Ohren klang, hörte sie sich selbst sagen: »Er lebt.«

Der Himmel hatte sich aufgeklart.

KC blickte aus dem Schlafzimmerfenster seines Enkels und konnte kaum glauben, wie vor vier Stunden noch dichter Regen aus schwarzen Wolken gefallen war.

Er ging zurück ans Fußende von Pao-Paos Bett und musterte das Gesicht seines schlafenden Enkels, suchte nach einem Hinweis auf einen Schaden, aber der Junge schlief friedlich. Einer von KCs Gästen, ein Arzt, hatte sich um ihn gekümmert. Der Mann hatte gesagt, es gehe ihm gut, wenn er auch äußerst erschöpft sei. Man müsse mit einem unruhigen Schlaf rechnen, mit Alpträumen, aber das alles würde mit der Zeit vergehen. Immerhin, das Kind machte einen widerstandsfähigen Eindruck und war kräftig. Pao-Pao war eingeschlafen, noch bevor der Mann das Zimmer verlassen hatte. KC kehrte in kurzen Abständen zurück, um zu sehen, wie es ihm ging. Er traute niemandem zu, nicht einmal seiner Schwiegertochter, dass auch wirklich alles für den Jungen getan wurde.

Es hatte nur ganz wenig gefehlt, und KC hätte ihn verloren. Den Augenblick seiner Rettung würde er niemals vergessen, denn diese Lee war damit verbunden. Damit musste er erst einmal fertig werden. Vielleicht würde er das nie können. Er empfand es als grausame Ironie, dass ausgerechnet Josie Lee ihm etwas so Wertvolles wie das Leben seines Enkels zurückgab.

Fernes Gläserklingen wehte zu ihm hinauf. Er wandte sich um und ging zum Fenster, lehnte sich vor und presste seine Stirn gegen die kühle Glasscheibe. Wenn er doch nur klar denken könnte. Draußen, im Schein von zweihundert roten Lampions, aßen und tranken seine Gäste. Die ersten beiden Gänge waren serviert worden. Die schrillen Stimmen plaudernder Frauen, das selbstgefällige Lachen der Männer, aufgelockert durch den Wein und das gute Essen, drangen bis in Pao-Paos Zimmer. Sie erinnerten KC an seine Pflichten. Er wusste, er würde bald wieder hinuntergehen, ein Lächeln aufsetzen und den charmanten Gastgeber spielen müssen, ungeachtet der beinahe stattgefundenen Tragödie. KC stellte sich vor, wie ihre Gespräche immer wieder zu den unerwarteten Ereignissen dieses Nachmittags zurückkehrten. Was für ein Glück, dass die junge Frau dort gewesen war.

Stellen Sie sich vor, eine Touristin hatte auf ihrem Spaziergang den Jungen gerettet. Was wäre passiert, wenn sie gar nicht vorbeigekommen wäre?

Ein Teil von ihm hatte das Bedürfnis, sich aus dem Fenster zu beugen und ihnen die Wahrheit zuzurufen. Es war eine Lee – verdammt sollen sie sein, die Lees –; Josie Lee war dazu bestimmt, dort zu sein. Meine Mutter hat ihre Anwesenheit vor langer Zeit befohlen.

Plötzlich sah KC sich wieder auf den Felsen. Der Regen hatte nachgelassen, und das Meer war ruhiger geworden, nachdem es um seine Opfer betrogen worden war. Er beugte sich über seinen Enkel, und neben ihm, ohne ihn wahrzunehmen, war diese Lee ... sie kniete.

Josie Lee kniete vor Pao-Pao, vor einem aus seinem Fleisch und Blut. Die Worte seiner Mutter hatten sich also bewahrheitet, aber der Preis dafür war zu hoch gewesen.

Nun standen sie bei einer Lee in der Schuld.

Sie standen bei ihr in der Schuld für Pao-Paos Leben. Und er schuldete ihr noch sehr viel mehr: das Leben ihres Vaters.

Jetzt endlich gestattete es sich KC, an den Tod jenes Mannes zu denken. Er hatte sich geweigert, das zu tun, hatte es nicht ertragen. Indem er sich das vor Augen hielt, offenbarten sich ihm seine eigenen Charakterschwächen. Nie hatte er sie wahrgenommen, sie gar nicht für möglich gehalten. KC Yu hatte immer an die Rechtmäßigkeit seines Tuns geglaubt. Und warum auch nicht? Schließlich waren sie diejenigen, denen man unrecht getan hatte.

Als sich die Chance ergeben hatte, den Mann zu ruinieren, war allein das schon für KC der Beweis gewesen, dass es getan werden musste. Es war ihm nie eingefallen, dass er hiermit die Chance geboten bekam, abermals eine Wahl zu treffen, den Kurs seines Lebens zu ändern. Er hatte gehandelt, wie er es gewohnt war. Er hatte die Rache gewählt.

Wie einfach es gewesen war, den vernichtenden Schlag gegen seinen gesichtslosen Feind auszuführen. KC erinnerte sich an seine Gleichgültigkeit. Nur auf die Zerstörung des Unternehmens jenes Mannes konzentriert, hatte er nicht an die emotionalen Folgen gedacht. KC war es einfach nicht in den Sinn gekommen, der Mann könnte sich selbst aufgeben. Er selbst wusste nicht, was eine Niederlage war. Er hatte sich verrechnet. Jetzt erst erkannte er, wie man gewinnen und dabei doch verlieren kann.

Er ist ins Wasser gegangen.

Diese Worte, das wusste KC, würden ihn immer verfolgen. Indem er so gnadenlos seinem Hass gefolgt war, hatte er einen Menschen dazu gebracht, sein Leben aufzugeben. Immer würde er daran denken müssen, wie der Mann ins Wasser ging, den Tod willkommen hieß. Er konnte es nicht verhindern zu überlegen, wann das geschehen war. Was hatte er, KC, da gerade gemacht, als sich die Lungen des Mannes mit Wasser füllten? Hatte er einen Moment innegehalten, etwas Tee verschüttet, seinen Stift fallen gelassen, sich aus einem unerklärlichen Grund beunruhigt gefühlt? Gewiss musste eine Beziehung zwischen ihnen bestanden haben. Bestimmt fühlte es derjenige, der für den Tod eines anderen verantwortlich war, wenn dieser starb.

Er würde noch mit seiner Mutter über den Tod jenes Mannes sprechen müssen. Er wollte damit warten, bis dieser Abend vorbei war, bis die Gäste zum Hotel »Großer Reichtum« zurückgekehrt waren. Dann würde er es ihr sagen. Der Schlaf würde sie beide meiden heute Nacht.

Mutter und Sohn.

Aber er gab ihr keine Schuld. Er gab nur sich selbst die Schuld, auch wenn Außenstehende der Ansicht wären, die größere Schuld läge bei seiner Mutter. Sie würden sagen, schließlich habe sie seinen Charakter geprägt. Aber er hatte es so gewollt. Das war die Wahrheit. Und so war letzten Endes ihr Hass der seine geworden.

Seine Mutter zumindest hatte ein Recht auf ihren Zorn. Sie hatte ein Recht zu hassen. Sein Hass dagegen war ein angenommener, einer aus zweiter Hand. Seine blinde Ergebenheit, seine Unfähigkeit, Fragen zu stellen, hatten diesen Kummer über sie alle gebracht. Wenn er sich bemüht hätte, richtig zu urteilen, dann hätte er vielleicht seine Mutter von ihrer Besessenheit befreien, ihr einen anderen Weg zeigen können. KC hatte sich immer etwas darauf eingebildet, ein guter Sohn zu sein. Jetzt erkannte er, dass er das ganz und gar nicht war.

Plötzlich erinnerte er sich an seinen Vater, Yu Tsao-li.

Sechsundvierzig Jahre lang hatte er seiner nicht in Ehrerbietung gedacht, unfähig, ihm zu vergeben, dass er nicht wirklich sein Sohn war. Und doch war es Yu Tsao-li, der ihm die wertvollsten Lektionen erteilt hatte. Er war ein gerissener Geschäftsmann, aber er war ehrenwert gewesen. Wenn KC auf seine Worte gehört hätte, sähe die Gegenwart ganz anders aus.

Jetzt erinnerte er sich an jenen Moment, als Yu Tsao-li ihn gebeten hatte, seine Mutter zu retten, und falls das unmöglich wäre, sollte er wenigstens sich selbst retten. Da ... da war der Beweis, den KC immer vermisst hatte. Sein Vater *hatte* ihn geliebt. Yu Tsao-li hatte ihre Charaktere besser gekannt als sie selbst, er und seine Mutter. Er hatte erkannt, dass sie Rettung brauchten. Aber KC hatte versagt und sie beide nicht gerettet, und das bekümmerte ihn.

War denn Trauer das Wort für das, was er bei dem Gedanken an seinen wirklichen Vater empfand, einen Fremden, von dessen Leben ihm nur eine Reihe feiger Handlungen bekannt war? Und doch, wie konnte er sich sonst seine Reaktion auf die Nachricht vom Tod dieses Fremden erklären? Als er auf dem Friedhof die junge Frau sagen hörte, sie sei gekommen, um hier noch einen Lee zu begraben, hatte KC zuerst nur Gleichgültigkeit empfunden. Dem war ein Aufwallen von Verärgerung gefolgt, doch diese war allmählich einer tiefen Bedrückung gewichen. Wieso war da das Gefühl gewesen, etwas verloren zu haben? Weshalb kam es ihm vor, als sei ihm mit dem Tod des Mannes, den er hasste, etwas entgangen?

In diesem Augenblick wurde ihm etwas klar, das er sein ganzes Leben lang übersehen hatte. Mit jedem Sieg, den er davontrug, hatte er einen Verlust erlitten, denn er hatte sich selbst bekämpft. Sie alle waren Lees.

Später, als er neben seiner Mutter stand, umgeben von seinen Gästen, die staunend und begeistert das Feuerwerk und die Lichtkaskaden betrachteten, die den Nachthimmel erhellten, offenbarte sich KC Yu noch ein weiteres: Indem sie Pao-Pao rettete, hatte Josie Lee sie alle gerettet.

30

Die Nachricht, mit der Josie in das alte Anwesen der Lees gebeten wurde, traf in der Frühe des folgenden Morgens ein. Sie war da, um sie selbst entgegenzunehmen. Großmutter Chen und Soon-li hatten sie nach jenem Erlebnis nicht nach Xiamen abreisen lassen. Sie bestanden darauf, dass sie sich ausruhte. Auch wenn Josie jenem Mann gesagt hatte, es sei nicht nötig, mit ihm zu seinem Haus zu kommen, wo ein Arzt nach ihr hätte sehen können, so konnte sie Großmutter Chen doch nichts vormachen. Die alte Frau sagte, Josie würde diese Nacht jemanden an ihrer Seite brauchen.

»Die Alte Herrin würde das so wollen. Ihre Urgroßmutter ... sie würde es mir niemals vergeben, wenn ich Sie fortgehen lassen würde.«

Also blieb Josie noch für eine weitere Nacht. Und sie hatte geschlafen wie eine Tote und war mit Muskelschmerzen erwacht, die sie aufstöhnen ließen.

Als sie die Nachricht las, war Josies erste Regung zu sagen, sie habe keine Zeit. Doch abermals erriet Soon-lis Großmutter ihre Gedanken.

»Sie müssen diese Sache zu Ende bringen«, sagte sie zu Josie, »deshalb sind Sie hier.«

Nach dem Frühstück brachen sie auf. Josies gepeinigter und schmerzender Körper ließ sie nur mühsam vorankommen. Immer wieder musste sie innehalten, um Atem zu schöpfen. Aber schließlich erreichten sie das hohe Gittertor, denn alle Reisen haben einen Grund, und Josie verstand, dass Großmutter Chen Recht hatte. Es war ihr immer vorherbestimmt gewesen, hierher zu kommen.

Ebenso wie Feng. Wieder stand er vor dem Gitter, wie damals, als sie ihn zum ersten Mal gesehen hatte. Doch diesmal kam er mit hinein, denn als ein Diener erschien, um Josie einzulassen, drehte sie sich zu ihm um und sagte: »Komm. Komm nur herein.«

Feng begleitete sie jedoch nicht ins Haus. Er ging davon, um sich draußen umzuschauen. Josie beschloss, es dabei zu belassen. Sie wandte sich dem Eingang zu, wo der Diener und ihre Begleiterinnen sie erwarteten. Sie atmete tief ein und betrat das Haus ihrer Ahnen.

Endlich standen sie sich gegenüber.

Josie und Kostbare Jade, in eben jenem Raum, wo vor langer Zeit die Konkubine vor Josies Urgroßmutter gestanden hatte. Nur hatte sich in den dazwischen liegenden Jahren das Glück der Konkubine gewendet, sie zu einer Madame Yu gemacht, zu der Matriarchin der mächtigen Familie Yu. Doch Josie stand mit hocherhobenem Kopf vor ihr und erwiderte unerschütterlich ihren Blick.

Josie spürte auch die Blicke der anderen: Mei-ling, Pao-Paos Mutter, die auf sie zugekommen war, um sie zu begrüßen und ihren Dank auszusprechen, und die – dessen war sich Josie sicher – mehr Wärme gezeigt hätte, wäre sie nicht durch die Gegenwart der anderen gehemmt worden. Und da war Patrick, der Vater des Jungen, der ihr ebenfalls für die Rettung seines Sohns und einzigen Kindes dankte. Sein Verhalten stand in einem so starken Kontrast zu der starken Persönlichkeit seines Vaters, dass er Josie schmerzlich an ihren eigenen Vater erinnerte. KC hatte sie darüber aufgeklärt, dass die beiden über alles Bescheid wussten, als er mit Josie zuerst noch unter vier Augen gesprochen hatte, bevor er sie hierher geleitete. Und nun beobachtete er sie mit nachdenklichem Blick.

Josie fürchtete weder ihn noch seine Mutter. Nachdem sie

dem Meer entronnen war, wusste sie, dass nichts ihr jemals wieder etwas anhaben konnte. Als sie im Wasser dem Tod ins Antlitz geblickt hatte, erkannte sie die Stärke ihres Vaters und wusste, dass die See sie nicht mehr ängstigen konnte. Ihr Erlebnis hatte ihr auch gezeigt, wie sehr sie das Leben liebte und ihren Weg weitergehen wollte. Sie erkannte in sich die Gabe ihres Großvaters, die Fähigkeit, die Zukunft willkommen zu heißen, trotz der Fehler in der Vergangenheit.

Madame Yu wandte ihre Aufmerksamkeit Josies Begleiterinnen zu, die neben ihr standen; ihre beiden Beschützerinnen, deren Erscheinungsbild niemanden beeindrucken mochte. Über Soon-li glitt der Blick der Matriarchin rasch hinweg, anders dagegen bei ihrer Großmutter. Josie bemerkte, wie sich Madame Yus Augen verengten, als sie sie erkannte.

»Du bist immer noch hier... dienst immer noch den Lees!«, sagte sie zu ihr. Ihre Stimme klang vorwurfsvoll, eine Mischung aus Ungläubigkeit und Verachtung. Sie hielt inne und fügte dann hinzu: »Sie erteilt ihre Befehle auch noch aus dem Grab heraus!«

Zu Josies Überraschung ließ sich die alte Frau nicht von Madame Yu einschüchtern. Vielleicht glättete das Alter die Unterschiede, oder vielleicht kam es daher, weil sie die Konkubine noch gekannt hatte, bevor sie gesellschaftlich aufgestiegen war. Was auch immer der Grund sein mochte, sie war imstande, mit fester Stimme zu antworten.

»Ja, ich diene meiner Herrin immer noch. Sie weckte mich aus meinem Schlaf, um mir zu sagen, dass Sie kommen würden.«

Josie horchte auf. Davon hatte ihr die alte Frau nichts erzählt.

»Du redest wirr, das Alter hat deinen Verstand getrübt«, sagte Madame Yu zu Großmutter Chen.

Die alte Frau lächelte. »Glauben Sie, was Sie wollen. Doch ich weiß, im Grunde Ihres Herzens kennen Sie die Wahrheit.«

»Die Wahrheit!«, höhnte Madame Yu.

»Ja, die Wahrheit. Es gibt nichts, was die Alte Herrin nicht sieht oder hört. Sie bewacht die Ihren.«

»Sie hat alles verloren!«

Die alte Frau schüttelte den Kopf. »Ihr Zorn macht Sie blind. Sehen Sie denn nicht? Es ist meine Herrin, die gewonnen hat. Das Kind ist am Leben!«

Die Yu-Matriarchin erhob sich halb aus ihrem Sessel und rief: »Du redest Unsinn! Pao-Pao ist ...«

»Ein Lee! Die Alte Herrin hat zurückgenommen, was sie aufgab.«

»Dazu hat sie kein Recht!«

»Es ist zu spät, um sie aufzuhalten.«

Großmutter Chen blickte zu Josie auf und dann wieder zu Madame Yu. »Eine Lee hat einen Lee gerettet. Wäre es nach Ihnen gegangen, dann wäre der Junge tot. Sie haben die Worte gesprochen, wonach ein Lee vor jemandem aus Ihrem Fleisch und Blut knien sollte. Ebenso gut hätte die junge Frau auch vor einem ertrunkenen Kind knien können, stattdessen aber hat sie ihn gerettet.

Sie vergessen das Blut der Lees in Ihrem Sohn und im Sohn seines Sohnes. Fragen Sie Ihren Sohn. Gestern hat er die Wahrheit erkannt ... Sehen Sie sein Gesicht!«

»Genug!«, befahl Madame Yu.

Großmutter Chen sprach nicht weiter. Sie hatte alles gesagt, was gesagt werden musste. Josie kam es vor, als sähe sie sie zum ersten Mal. Und sogar Soon-li schien sie voller Ehrfurcht zu betrachten.

Der Ausdruck in Madame Yus Gesicht zeigte immer noch ihre Verachtung, aber sie konnte nicht mehr überzeugen. Feine Risse waren entstanden in dem, was einst eine feste Mauer des Zorns gewesen war. Sie würde niemals ihre ganze Ablehnung verlieren können, zu lange war sie ein Teil von ihr gewesen, aber sie würde sie nicht mehr beherrschen.

Josie sah durch den Zorn hindurch und erkannte, was er wirklich war: das andere Gesicht der Liebe.

Diese Frau hatte ihren Großvater wirklich geliebt. Als er ihr den Rücken kehrte, hatte sie ihren Schmerz nur mit Hass bewältigen können. Damit stand sie nicht allein da, es war ein alltäglicher menschlicher Irrtum. Das musste Josie nun erkennen. Dieser Hass war so bedeutungslos wie der Staub, zu dem ihr Großvater geworden war. Was war das noch für ein Hass, der sich gegen nichts mehr richten konnte? Er war fort. Sie hatte ihn für immer verloren.

Was seinen Sohn betraf, so erinnerte sich Josie an ihr Gespräch im Arbeitszimmer. Die Spannung zwischen ihnen, ihre eigene Unbeholfenheit, seine angestrengte Redeweise. KC Yu war kein Mann, der gewohnt war, sich zu entschuldigen, und Josie war es nicht gewohnt, Entschuldigungen anzunehmen. Die Zeit war dafür nicht die richtige, aber es war die einzige, die ihnen noch blieb. Ihre Wege würden sich nicht noch einmal kreuzen, sobald Josie abgereist war. Also hatte Josie ihn reden lassen. Aber sie konnte sich nicht dazu überwinden, irgendetwas Versöhnliches zu sagen, und hatte lediglich genickt, als er fertig war. Die Gemeinheit, mit der er den Niedergang ihres Vaters beschleunigt hatte, konnte sie nicht vergessen. Und bei KC Yu, das wusste sie, hinterließ das Gefühl der Schuld einen allzu bitteren Nachgeschmack. Nein, sie konnte ihm keinen Trost bieten. So großmütig war sie nicht. Und die Wahrheit war, sie hatte an ihrem eigenen Bedauern zu tragen, das sie für den Rest ihres Lebens begleiten würde.

Sie war müde und traurig und wünschte sich fort aus diesem Raum, doch bis dahin sollte es noch eine Weile dauern. Madame Yu überraschte sie alle, indem sie die anderen zu gehen bat, nur Josie sollte bleiben. Soon-li und Großmutter Chen wollten schon Einspruch erheben, aber die Matriarchin winkte sie hinaus.

»Geht, lasst uns allein. Wovor habt ihr Angst? Ihr wird nichts geschehen ... Die Lees gewinnen immer.«

Josie nickte ihren Begleiterinnen zu, und sie gingen hinaus. Madame Yu verfiel in Schweigen. Schließlich sagte sie: »Vor langer Zeit hat man mich in diesem Raum gedemütigt. Nur Ihre Großmutter war freundlich zu mir.« Nach einer kurzen Pause fügte sie zögernd hinzu: »Ich hätte mich eher an ihre Freundlichkeit erinnern sollen.«

Josie wusste, dass dies das Beste war, was sie jemals als Zeichen ihres Bedauerns äußern würde. Es genügte.

Dann wies Madame Yu auf den Sessel hinter Josie und bat sie, sich zu setzen. Nachdem sich Josie niedergelassen hatte, sprach Madame Yu weiter. Mit einer Stimme, die erfüllt war von einer seltsamen Sehnsucht, sagte sie: »Erzählen Sie mir ... von ihnen.«

Und Josie erzählte vom Leben ihrer Großeltern.

Ein leichter Wind war aufgekommen, als sie alle zu den Felsen aufbrachen.

Pao-Pao hatte Josie nicht mehr gehen lassen wollen, als er sie im Haus gesehen hatte. Er wollte sie in seinem Zimmer halten und ihr seine Schätze vorführen.

Schließlich hatte er Josie seine Muscheln nach ihrem Gespräch mit Madame Yu gezeigt. Er war in das Zimmer gehüpft gekommen und hatte das Schweigen unterbrochen, das nach Josies Bericht geherrscht hatte. Er zog Josie in sein Zimmer und ließ sich von ihr die Muscheln in der Schachtel benennen. Er machte aus seiner Enttäuschung keinen Hehl, als sie die eine oder andere nicht mit Namen kannte. Ohne Zweifel würde er bald jemanden finden, der das konnte. Er war so ein Kind: Ein Nein als Antwort ließ er nicht gelten, weigerte sich aufzugeben.

Er hatte gebettelt, wieder ins Wasser gehen zu dürfen. Er wies ausdrücklich darauf hin, gestern nur ausgerutscht, aber sonst ein guter Schwimmer zu sein. Hatte er das gestern nicht dadurch bewiesen, indem er sich so lange über Wasser halten konnte? War er nicht tapfer gewesen? Josie hatte seine Furchtlosigkeit bewundert.

Beim Blick in seine funkelnden Augen war Josie zuversichtlich für seine Zukunft.

Nun ging sie über das Grundstück, während er neben ihr her hüpfte und immer wieder ihren Namen wiederholte. Josie freute sich, dass er dabei sein würde, wenn sie die Asche ihres Großvaters verstreute.

Zu diesem Entschluss war sie gekommen, als sie sich von Madame Yu und ihrer Familie verabschiedete. Trotz deren Einwände war sie über den Felsweg hinabgegangen, Feng vorneweg und Soon-li mit Großmutter Chen hinterher. Und so hatte sie die Göttin noch einmal zu sehen bekommen. Es war keine Einbildung von ihr gewesen. Ihr Künstlerauge erkannte die Linien. Sie blickte zu Feng hinüber, suchte eine Bestätigung. Doch Feng war von allem um ihn herum abgelenkt und ließ nicht erkennen, ob er das Gesicht überhaupt sah. Aber das machte nichts.

Dabei war Josie der Gedanke gekommen, die Asche hier auszustreuen. Der Wind würde etwas davon auf das Gelände seines alten Zuhause wehen und etwas bis ins Meer, das er so geliebt hatte.

Sie war zum Haus zurückgegangen und in das Arbeitszimmer gestürzt, wo KC Yu mit düsterer Miene allein saß, und hatte ihm ihr Vorhaben unterbreitet. Sie sagte ihm, vor ihrem Aufbruch nach Xiamen werde sie mit der Asche ihres Großvaters noch einmal wiederkommen. Er hatte die Stirn noch stärker gerunzelt. Er bemühte sich nicht, sein Missfallen zu verbergen, aber Josie kümmerte sich nicht darum. Sie dachte, er gehörte einer Generation an, nach deren Ansicht es einen Mangel an Ehrerbietung bedeutete, so mit den Toten umzugehen. Das hier aber betraf allein Josie und ihren Großvater. Sie wusste in ihrem Innern, dass dieser sie guthieß.

Als Josie am Nachmittag zurückkehrte, überraschte KC sie mit der Ankündigung, er und seine Familie, einschließlich seiner Mutter, würden sie begleiten. Und so waren sie alle da, auch

Großmutter Chen, Soon-li und Feng, den Pao-Pao mit unverhohlenem Interesse musterte.

Auf dem vorspringenden Felsen, unterhalb des Gesichts der Göttin, das dem Meer zugewandt war, hob Josie den Deckel von der kleinen Messingurne. Das Metall war warm von ihrer Berührung und der Sonne. Dann, mit ausgestreckten Armen, drehte sie sie um und verstreute ihren Inhalt. Sie beobachtete, wie die Asche vom Wind zum Wasser getragen wurde, wo ihr Großvater geschwommen war, zu den Palmen, die in Erinnerung an ihn rauschten, zu den Felsen hier und noch weiter, wo er einst spazieren gegangen war. Der Wind brachte ihn zurück, den lange verloren gewesenen Sohn. Und der Wind trug ein trauriges, süßes Lied, das Josie nie zuvor gehört, aber dessen Worte sie auswendig gelernt hatte. Es wurde von einer leisen Stimme vorgetragen, die seit vielen Jahren nicht mehr gesungen hatte und trotz ihres langen Schweigens immer noch von bewegender Schönheit war. Als sie sich umwandte, erblickte sie die Sängerin, aufrecht; die Jahre schienen aus ihrem Gesicht verschwunden, wieder jung geworden, zeitlos. So sang sie ein letztes Mal für den Mann, den zu lieben sie nie aufgehört hatte.

Draußen auf dem Wasser tanzte das Sonnenlicht, über ihnen schwangen sich die Möwen empor, und als sie ihnen zusah, wie sie über den endlosen azurblauen Himmel zogen, fühlte Josie sich emporgehoben, schwerelos.

Sie war frei.

DANKSAGUNG

Ich habe vielen Menschen dafür zu danken, dass dieses Buch zustande kommen konnte: meinen Eltern für ihre Unterstützung; Tante Tina für ihre wunderbaren Geschichten über China; Annie Dee für ihre Begleitung auf meiner äußerst kurzfristig geplanten Reise nach Xiamen und Gulangyu; Kathie Dixon, Yvonne Ellis, Suzanne Mercier und Alan Barry für viele Caffè Latte, gesüßt mit aufmunternden Worten; Cheryl Wong-Horne, die mich auf dem ganzen Weg von London aufgeheitert hat, sowie Julie Quinlivan, Jane Palfreyman und Linda Funell und Julia Stiles für ihren Glauben an mich. Und Bryce Courtenay, meinem Mentor und Freund.

Eine spannende, dramatische Familiensaga, verwoben mit der Faszination Afrikas

Beverley Harper
STURM ÜBER
VERSCHLUNGENEN PFADEN
Allgemeine Reihe
544 Seiten
ISBN 3-404-15237-9

Vor dem Hintergrund der bewegten Geschichte Simbabwes wird die fesselnde Geschichte der Familie Dunn erzählt. Familienoberhaupt Richard ist der Herr über die Farm Pentland Park. Lange Jahre hat er um seine Frau Kathy getrauert, bis die junge Fotojournalistin Steve in sein Leben tritt. Keiner der beiden weiß, dass Richards 17-jähriger Sohn ebenfalls in Steve verliebt ist. Als mögliche Stiefmutter lehnen er und seine ältere Schwester Penny sie rundheraus ab. Trotz der Spannungen bricht die Familie mit Freunden zu einer Safari auf. Doch der Ausflug nimmt eine schreckliche Wendung, nach der nichts mehr so ist, wie es einst war ...

Bastei Lübbe Taschenbuch